AF397689

José Antonio Vallejo Aller

Cuentos para leer durante un naufragio

No se permite la reproducción total o parcial de esta obra, ni su incorporación a un sistema informático, ni su transmisión en cualquier forma o por cualquier medio (electrónico, mecánico, fotocopia, grabación u otros) sin autorización previa y por escrito de los titulares del copyright. La infracción de dichos derechos puede constituir un delito contra la propiedad intelectual.

© José Antonio Vallejo Aller, 2025

Editorial: BoD · Books on Demand, Calle de Manzanares, 4, 28005 Madrid, bod@bod.com.es
Impresión: Libri Plureos GmbH, Friedensallee 273, 22763 Hamburg (Alemania)

ISBN: 978-84-1092-100-9

PRÓLOGO

por

Ramiro Pinto Cañón

Según Ortega y Gasset, "la vida es en sí misma y siempre un naufragio. Naufragar no es ahogarse. El pobre humano, sintiendo que se sumerge en el abismo, agita los brazos para mantenerse a flote." Muy al hilo de este libro de cuentos viene esta cita, que nos hace más conocedores de nuestro mundo interior, con una dosis de ironía y sarcasmo. Como dice Nietzsche. "filósofo es quien es capaz de reírse de sí mismo." Los podemos leer en cualquier momento. Quien lo haga se llevará una grata sorpresa o, mejor, muchas. No sólo en cada cuento, sino en diferentes partes de los mismos, porque cambian de perspectiva y paisaje de un párrafo al siguiente. Experiencias de la vida que el autor cuenta de una u otra manera, las exagera, las hace hecatombe, pero siempre como metáforas en prosa que nos dan una imagen de la realidad, ciertamente surrealista y muy peculiar. Saltan de lo trivial que cuenta la historia a lo profundo de lo que nos quiere insinuar para hacer pensar. Y sentir.

Aparentemente nada tiene que ver lo que cuenta José Antonio con la realidad cotidiana, en tal caso con la estrambótica que nos presentan los telediarios, pero cada narración lleva un trozo de lo que nos sucede por dentro y en nuestra sociedad, sólo que inconscientemente. Estos cuentos "para leer" lo manifiestan, a veces, con toda su crudeza. Corre el mundo por las hojas de este libro cual arroyo en las montañas para desembocar en el lector. Cada relato es un afluente de vivencias que se funden en ficciones que arañan, porque algo tienen de misterio humano, tal vez como indica el título: durante un naufragio. Hace visibles fuerzas irrefrenables que afloran como literatura. José Antonio Vallejo las hace reconocibles, conocedor de las inconfesables profundidades humanas. Decía Sigmund Freud que el inconsciente aparece en los mitos y en la literatura de todos los tiempos; él ideó un método científico para acceder al mismo. En nuestros días, con tanta norma, el abuso de lo política y literariamente correcto aplana a los seres humanos.

Por tal motivo, este libro se convierte en un acicate para darnos cuenta de las cosas que ocultamos y que acaban explotando en nuestras manos como sociedad por no reconocer que forman parte de cada uno de nosotros.

Contar viene de "enumerar cantidades", que en esta escritura de Vallejo Aller son hechos, sucesos que parecen inventados para "contar" algo de nuestra realidad íntima y de lo mundano. Refieren sucesos de la fantasía del autor, habiendo en cada uno de ellos algo real que nos puede asustar, pero a la vez sonsacan una sonrisa, y hacen reír, porque nos da una sorpresa al suceder algo que el lector no espera. En ocasiones parece que toda la historia que narra se viene abajo, cuando lo que hace es llamar la atención sobre realidades inesperadas, que son más cotidianas de lo que parece.

Queriendo asociar un estilo determinado al autor no lo he encontrado, es *sui generis*, tal como lo son quienes practican cocina de autor. Se fundamenta en vivencias que transforma en literatura y las retuerce, a veces demasiado, para jugar al escondite y asustar a quien lea su obra. De esta manera aparecen personajes curiosos, inventados, irracionales que nacen del subconsciente de quien escribe proyectándolo al colectivo. Por esta razón nos puede hacer naufragar, o sea perdernos en nuestras propias elucubraciones mediante una catarsis, tal vez necesaria.

Hacer visible lo contado me parece impropio, hay que leer cada cuento y en cada lector dejará su poso. Seguro que nunca va a provocar indiferencia. ¿Saber lo que piensa un perro del que eres dueño es pensar como un perro?, un perro que se llama Totó, cuyo afecto mutuo sucede ante la falta de cariño que muestra nuestra sociedad hacia los semejantes. O el odio se manifiesta en aversión y fobia a los perros. No faltará "de rondón", como se dice en nuestra tierra leonesa, en cada texto de José Antonio una crítica. Sucede cierta simbiosis entre el Animal y el Hombre cuando, por ejemplo, el amor adquiere un instinto perruno que ha de reprimir y hacerse manso, ante la disputa con un vecino que hace un muro colindante. Todo un tiovivo de personajes dará vueltas en esta colección de cuentos que hacen pensar. Seres imaginarios que representan la realidad: Un tigre, un gato, un niño, una abuela y otros que sorprenderán a quien al leer el libro se tope con ellos: la curandera Refugio, el cura don Avito, un Papá Noel, demonios y demás. El lector se encontrará riendo sin darse cuenta, a la vez que, si piensa lo que transmiten los cuentos, debería llorar por lo que muestra en ocasiones descarnadamente. Lo hace muy al estilo de León, con eso que llamamos "la retranca." Un asesinado, uno más en la ciudad inventada, y el asesino de las tijeras. Un estudiante de Derecho deja la carrera. Los usuarios de un autobús son parte de una fauna humana que no sólo entrelazan sus historias entre ellos, sino también con el espectador que imagina cada situación, a veces rocambolesca. En este sentido son tan peculiares que podrían crear estilo, el vallejonismo. Inventa una realidad que se asemeja a nuestro día a día, sobre todo en las informaciones de los medios de comunicación que nos acompañan hasta en la sopa y nos las tragamos.

Un protagonista de este conjunto de cuentos es la muerte. Se ríe de esta, porque ella se descojona de las personas, acaba con todo, y nunca mejor dicho, y hace que nada tenga sentido. Se disfraza de mil maneras. Podemos concluir que la muerte es un cuento. Esto permite al autor ver por dentro a los personajes, construirlos psicológicamente, siendo cada uno de ellos una historia dentro de la que es narrada. Los deseos actúan sin control porque aflora el inconsciente. Es importante tener en cuenta esta clave para no encoger los cuentos. Al fin y al cabo son para leer en un naufragio que dará mil vueltas a lo que lea. ¿Cuál es la embarcación hundida? El mundo. Lo demás: Horizonte.

Parecen cuentos inverosímiles, increíbles, que sobresaltan a quien tenga el libro en sus manos. Provocan una reflexión en una primera apariencia imaginativa, pero, cuando lo leído cala y empapa, agita el juicio y las ideas preestablecidas desde una manera de contar surrealista y anacrónica. Digamos que propone una distopía y al mismo tiempo la rompe. Es capaz de sumergirnos en el recuerdo de la no memoria, porque en nuestro vivir diario preferimos pasar página. Pero la siguiente es otra y luego otra. Paradójicamente, deja que fluya la imaginación en torno a la muerte, al asesinato, a lo macabro en historias llenas de vida con su cotidianidad. No falta cierta crueldad cínica. Con un fondo que envuelve cada escenario siendo un personaje invisible la soledad.

Cada cuento nos sorprende, muchos de ellos a cada renglón. Los personajes se transforman porque nada está definido. Vallejo Aller hace que leer se convierta en una experiencia, no sólo pasar el rato. Critica con sordina la sinrazón, dejando caer un mensaje subyacente, en especial señala la hipocresía, con un deje irónico que seguro pinta más de una sonrisa, dando ocasión a pequeñas lecciones morales, la moraleja de todo cuento. Muchos son auténticas locuras, quizá para entender la realidad, porque ¿qué esconde tanta normalidad? Una estatua es una amante de alguien enajenado, la viste con ropa de su hermana, pero otros que conviven con él la desnudan y la llaman "muñeca." ¿Quién es normal? ¿Los toros que protestan para que no se hagan corridas de humanos?, porque les dicen que, si no, desaparecería la especie *homo sapiens*, que no siente dolor cuando se le clava una banderilla. El público muge. Hay partes espectaculares en esta colección de relatos. Pero casi todos no se pueden contar, hay que leerlos, ¿cómo hacer entender que en un pueblo haya un suicida oficial? En el fondo es un humor filosófico con finales encriptados. Convierten la fantasía de aquello que cuenta en una realidad, esa que nos aprisiona y que exige que todo sea espectáculo porque de otra manera carece de importancia. Nos agita este libro para no ser superfluos.

Si la novela negra se ha convertido en un estilo de la literatura moderna, con la obra de José Antonio Vallejo los policías novelescos se volverían rematadamente locos ante la concatenación de crímenes, en un estilo literario que me permito definir como "cuentos transparentes", porque vemos mucho a través de ellos. El que tenga ojos para ver ¡que lea! Y que lo haga igual que escribe el autor, con premonición creativa, como es el arte. En un mundo invadido por la locura hacen falta espejos, como estos cuentos, que permiten ver a la Humanidad por dentro. Qué ironía en los tiempos que vivimos, sin, tal vez, ya soñar, cuando relata: "Disfruta de la guerra; la paz será terrible." (Comentario sarcástico entre la población alemana, en los años finales de la II Guerra Mundial.) Un cuento, el de Zara, el único de la colección basado en hechos reales, en el que no hay que leer entre líneas, sino caminar en ellas, porque escribe desde la memoria histórica, aquella que es la de las personas anónimas que se encontraron inmersas en la gran tragedia de la posguerra civil española, cuyas historias no pasan a la Historia. Sus protagonistas y los demás personajes representan a las personas ignoradas que hacen día a día, palmo a palmo, la realidad frente a los hechos que se escriben en los libros de oropel.

¡Quién sabe si estos cuentos son la misión de un escritor veterano que ha visto más allá de sí mismo, como el "maestro Canches"! Lector, bienvenido a la palabra dada de José Antonio Vallejo. Te ofrece unas risas (a veces por no llorar) y un pensamiento.

***Ramiro Pinto Cañón** es escritor y activista social. Miembro de la Asociación Colegial de Escritores y de la Asociación de Autores de Teatro (AAT), ha dedicado toda una vida a escribir y a promover encuentros y actos culturales. Es autor de teatro, ensayo, poesía y narrativa.*

NOTA DEL AUTOR

En el momento de titular este libro de relatos no reparé en que ya existían algunas publicaciones, antes de la mía, que comenzaban sus títulos con las mismas palabras escogidas por mí: "Cuentos para leer..." Más adelante fui descubriendo algunas creaciones cuyos autores habían utilizado antes que yo el mismo comienzo para titular sus creaciones; así Pedro Mañas para sus *Cuentos para leer con lupa del detective Picard*, o Santica Ortega en sus *Cuentos para leer en un momento*, o los *Cuentos para leer en 5 minutos antes de dormir*, obra de varios autores publicada en su día por Britannica Books, narraciones todas destinadas a un público infantil, más otras dos colecciones para adultos, de mayor enjundia, como los *Cuentos para leer con asco*, del escritor boliviano Óscar Barbery, y los *Cuentos para leer después del baño*, obra no muy conocida de Camilo José Cela.

A pesar de lo dicho, decidí respetar el titulo inicialmente pensado para este libro, *Cuentos para leer durante un naufragio*, en primer lugar porque tengo la segura conciencia de no haber copiado a nadie, y en segundo lugar, y sobre todo, porque este título refleja perfectamente la intención que me llevó a escribir los relatos que a continuación vas a leer, y porque los leerás necesariamente, sin evasión posible, inmerso en el evidente e imparable naufragio de la condición humana, en el palmario declive moral de nuestra sociedad, y arrastrado, lo quieras o no, por el derrumbe de los valores éticos que, según parece, rigieron la conducta de nuestros mayores.

Claro que puedes pensar que esto de que "cualquiera tiempo pasado fue mejor" es tan solo, como dejó dicho Manrique, un "parecer", con el que tú no estás de acuerdo, porque estás convencido de que este tiempo nuestro, de acelerado progreso tecnológico, es el mejor o, al menos, no es el peor de los momentos históricos que hasta ahora se han dado. Una opinión muy respetable, que te permitirá ver el naufragio moral de mis personajes desde la orilla de tu optimismo, sin que las salpicaduras del naufragio que ellos viven te alcancen. No dejes por eso de leerme. Y, en cualquier caso, que Dios nos coja "confesaos".

José Antonio Vallejo

EL PERRO

Cuando Gregor Samsa se despertó una mañana después de un sueño intranquilo, se encontró sobre su cama convertido en un monstruoso insecto.
(Franz Kafka, *La metamorfosis*)

El horror venía... de creerme prisionero en un cuerpo de axolotl, trasmigrado a él con mi pensamiento de hombre, enterrado vivo en un axolotl.
(Julio Cortázar, *Axolotl*)

Quítesele su corazón de hombre y désele un corazón de bestia, y pasen sobre él siete tiempos... Fue arrojado de en medio de los hombres, y su cuerpo se empapó del rocío del cielo, hasta que llegaron a crecerle los cabellos como plumas de águila, y las uñas como las de las aves de rapiña.
(Dan, *4, 13; 30*)

I . YO

No puede decirse que lleve una vida muy agitada; desde que falleció mi esposa, me he limitado casi por completo a la lectura y al cuidado de mi perro, mi único compañero, con el que charlo, juego y es mi acompañante en los paseos. La mayoría de mis vecinos y de mis escasos amigos se reirían de mí o me criticarían con dureza si llegaran a enterarse de mi costumbre de entablar conversaciones interminables con Totó, mi perro lobo. Me tacharían de loco, o poco menos, porque yo me comunico con Totó, y Totó conmigo, utilizando los ladridos, gruñidos, suspiros y gañidos, tonos e intensidades, movimientos de orejas, cabeceos y miradas que él me enseñó para cada situación diferenciada; y, obviamente, él me responde con el mismo lenguaje. Por eso he dicho que "charlo con mi perro", y no que "hable a mi perro", algo que hace todo el mundo y que es lo que todo el mundo juzga absolutamente normal. Cualquier dueño de perro entiende a su mascota: sabe cuándo quiere jugar, cuándo le apetece una determinada golosina, cuándo se ha quedado sin agua en el bebedero, cuándo quiere salir o comer, y hasta cuándo prefiere aislarse de todo y dormitar o ponerse a cavilar en sus cosas de perro. Hasta aquí, no hay nada a lo que no llegue cualquier dueño de un perro, pero es que, repito, nosotros hablamos, los dos, en el lenguaje canino, el usado por cualquier cánido en cualquier parte del mundo, porque, dicho sea de paso, ellos nunca desafiaron a Dios con la construcción de una torre como la de Babel y, por consiguiente, no fueron castigados con la confusión de lenguas. El ladrido de los perros, junto con su mímica, es todo un lenguaje, variado y rico; muchos se sorprenderían si llegasen a comprender la gran cantidad de información o de sentimientos que se pueden expresar con los distintos tonos e intensidades del ladrido y las diversas posturas del cuerpo. Estoy seguro de que existen lenguas entre los pueblos primitivos mucho más limitadas que la de los cánidos. Y, además de hablar canino, yo tengo otra rara facultad: leo los pensamientos de mi perro, sé todo lo que piensa; algo que no me resulta especialmente difícil, porque yo mismo pienso como perro.

Totó debe su nombre a un célebre cómico italiano muerto hace ya más de medio siglo, que tenía una mandíbula exageradamente prominente, muy parecida al hocico de mi perro; solo que Totò, el cómico (con acento grave), tenía la boca por encima de esa protuberancia y Totó, mi perro (con acento agudo), la tiene por debajo. Dejando aparte esta diferencia, el parecido es asombroso.

Totó fue perro callejero durante, aproximadamente, su primer año de vida. Después fue capturado e ingresado en una perrera, de la que yo le rescaté hace ahora cuatro años.

Cuando entró en casa, estaba desnutrido y atacado por un montón de dolencias, pero mis cuidados y los de la veterinaria que contraté hicieron pronto de él un perro robusto y orgulloso, de buena planta y de carácter dominante, con unos buenos veintisiete a veintinueve kilos de peso, y que en muy poco tiempo se hizo dueño de la casa y, por qué no reconocerlo, de mi libertad. En casa, se hace lo que Totó quiera: se juega o se sale cuando él dice, o, por poner otro ejemplo, se relaja uno viendo apaciblemente la televisión cuando a él le apetece. No es que a mí me desagrade esta situación, más bien al contrario: vivo una vida tan solitaria y estoy tan falto de afectos humanos, que el cariño de mi perro y su bienestar se han erigido en el principal objetivo de mi existencia.

Totó y yo vivimos casi todo el año en la enorme casa de piedra que heredé de mis padres en este pueblo donde ellos nacieron, se conocieron y se casaron, aunque yo no nací aquí, sino en la ciudad a la que ellos se trasladaron cuando mi padre consiguió plaza de conserje en el Instituto de Enseñanza Media, unos meses antes de mi nacimiento. Muertos ellos hace años y yo, hijo único, viudo sin hijos y ya jubilado, decidí venir aquí, a vivir los últimos años que la Providencia me depare, que espero sean muchos y en la mejor salud posible.

Aquí la vida es muy apacible, o, mejor dicho, lo fue hasta que llegó a instalarse en la casa más próxima a la mía un individuo que nadie sabe de dónde vino, rechoncho, viejo, fornido, malencarado, mal vestido; siempre con raídos pantalones y chaqueta de pana negra; antipático y rezongón; indefectiblemente calzado con ruidosas madreñas, aun en los soleados y secos días de verano. Con ese aspecto, se pensaría en un pasado campesino, un hombre de la gleba ya retirado; sin embargo, desmienten tal creencia sus manos pequeñas, blancas, delicadas, casi femeninas, y el libro que siempre lleva bajo el brazo o en uno de los bolsillos de su chaqueta.

Nuestras casas están distanciadas por unos veinte metros, pero nuestros huertos son colindantes; las dos casas y los dos huertos forman una isla dentro del pueblo, cercada con muro de mampostería. Interiormente nos separa una alta tapia de ladrillo, que mi vecino comenzó a levantar con sus propias manos de pianista y la ayuda de dos albañiles contratados, a los pocos días de instalarse. Antes solo nos dividía el añoso seto de zarzas que ahora crece adosado a la tapia por el lado de mi finca. Probablemente, los dos huertos fueron en el pasado una sola finca que pasó a manos de dos herederos, los cuales, porque se llevasen bien o por simple tacañería, decidieron separarse casi simbólicamente con un sencillo seto de zarzas.

Mi vecino respetó el arbusto y realizó la zanja como a unos veinte o veinticinco centímetros hacia el interior de su finca, y solo taló, podó o destruyó la vegetación de su lado que le molestaba para el manejo de una pequeña zanjadora. Aun así, el vegetal sufrió daños importantes, de los que tardaría varios años en recuperarse.

Yo suelo emplear muchos fines de semana en viajar, unas veces a la ciudad, para relacionarme con mis familiares y amigos, y en otras ocasiones, más frecuentes, a conocer y visitar otras ciudades, museos, monumentos o lugares de interés histórico o arqueológico. De todos es conocida mi pasión por la cultura. Como no puedo llevar a Totó, lo dejo encerrado en la cochera, aunque, eso sí, con todas las comodidades posibles: luz, un buen colchón de perro, calefacción en invierno, un rincón con empapadores para depositar sus necesidades (en esto, Totó es muy limpio y estricto) y agua y comida para varios días. Pues bien, mi odioso vecino aprovechó uno de esos fines de semana para consumar la dichosa zanja.

No me di cuenta del desmán hasta el lunes por la mañana, cuando fui despertado por el desagradablemente rítmico estruendo de una hormigonera y la voz de mi vecino dando órdenes a alguien. Me asomé a la ventana, aún medio sumido en los vapores del sueño y, del sobresalto que sufrí, mi corazón estuvo a punto de salírseme por la boca. Mi vecino y otros dos hombres rellenaban con cemento líquido la zanja que he mencionado, y que yo veía ahora por primera vez. Busqué un albornoz, calcé mis zapatillas y salí disparado al encuentro de aquel imbécil.

—¡Pero, hombre de Dios!, ¿qué está haciendo usted? —le grité, todavía desde la distancia.

Interrumpió su trabajo, hizo una seña a sus operarios para que continuasen con el suyo, me miró fríamente y, sin mover apenas los labios, me contestó:

—No creo que tenga usted nada que reprocharme: estoy dentro de mi finca.

—Sí, ¿pero el estropicio que ha hecho con el seto? —no se me ocurrió otra observación.

—Eran ramas que estaban en mi finca y me molestaban.

En aquel momento sentí el impulso animal de saltar sobre él, de hincarle mis colmillos en la yugular, de desgarrar sus carnes con mis cuatro zarpas, de arrástralo lejos, abrirle el vientre a dentelladas y devorar sus asquerosas tripas; pero me contuve y me limité a preguntar con la mayor flema posible:

—¿Y qué piensa hacer, con esa zanja colmada de cemento?

—Voy a levantar una tapia.

Me quedé de piedra. Inquirí:

—¿Y no le bastaba con el seto de zarzas? Bien tupido que era. Era insalvable.

—No suficiente para preservar mi intimidad —replicó, haciendo ademán de dar por terminada nuestra conversación.

Estaba desarmado; no sabía qué decir. Aventuré:

—No creo que eso que está haciendo sea muy legal . — Me sentía tonto.

—Denúncieme —replicó.

No supe reaccionar; metí el rabo entre las piernas y me alejé de allí, babeando de rabia. Aún hoy me arrepiento de no haberle atacado entonces; en aquel momento no podía imaginar cuántos problemas me hubiera ahorrado en el futuro.

En los días que siguieron, no se me ocurrió otra forma de intimidación que la de sacar al huerto una hamaca, sentarme en ella durante horas con un libro y un sombrero de paja, y observar silenciosamente el trabajo de mi vecino, que no se inmutó lo más mínimo. La tapia de ladrillo crecía de día en día a un ritmo endiablado; cuando ya alcanzaba el metro y medio, poco más o menos, no pude contenerme más y desde mi hamaca grité al vecino, destempladamente:

—¡Tú, cabronazo!, ¿hasta dónde piensas seguir? ¡Me vas a quitar el sol de todo el huerto!

Imperturbable ante el insulto y el súbito tuteo, me contestó:

—Hasta donde crea conveniente. Denúncieme. Y debería estar contento, que le regalo casi medio metro de terreno todo a lo largo de la finca.

—¡Métete el terreno por el culo, hijoputa! —aullé con todas mis ganas.

Este insulto sí pareció afectarle; tomó una pala, me amenazó con ella e hizo un amago de saltar el muro. Abrí mis fauces, mostrándole mis afilados colmillos y comencé a gruñir amenazadoramente. Se paralizó, soltó la herramienta y retrocedió unos pasos. Por el rabillo del ojo observé cómo uno de sus obreros palidecía intensamente, en tanto que el otro iniciaba un movimiento de huida, abortado enseguida.

Al poco, los tres, como puestos de acuerdo, comenzaron a caminar hacia la casa casi de espaldas, con mucha lentitud y sin separar de mí sus ojos espantados. Yo mantuve mi actitud amenazadora hasta que desparecieron de mi vista. Estaba realmente regocijado; creo que pocas veces me he divertido tanto.

Aquella tarde ya no hubo más trabajo, pero al día siguiente los tres estaban otra vez en el tajo, aunque advertí que mi vecino tenía una escopeta apoyada en un árbol y también vi un hacha clavada en un tronco mocho. La tapia crecía a un ritmo mucho más frenético que el llevado hasta entonces. Después del enfrentamiento del día anterior, yo me sentía cansado y con pocas ganas de pelea, así que me dije:

—Déjalos, que les den por el culo. El día que se me hinchen los cojones, les pongo una bomba en la tapia, y a freír monas.

Y así fue cómo, al cabo de unos quince días, los dos huertos quedaron separados por un muro medianero de ladrillos de unos dos metros y medio de altura, cuyos huecos se llenaron pronto de arañas y de lagartijas. Yo no cumplí jamás la amenaza de denunciar el hecho y, de haberlo realizado, no sé qué resultado habría obtenido; probablemente, ninguno; es muy posible que el tío contase con todos los permisos municipales necesarios.

II. ÉL

Había dedicado toda su vida a la docencia. Recién terminada la carrera de Maestro en Educación Primaria, obtuvo un puesto de interino en la escuela de un poblachón destartalado, donde otros tres o cuatro maestros, además de él, consumían su tiempo con indolencia en el intento de desasnar unos ochenta niños y niñas, tan poco interesados en adquirir el bagaje cultural reglado por el Estado como sus docentes en inculcárselo.

Pronto perdió el joven pedagogo sus entusiasmos de recién graduado y pasó a adquirir la misma rutinaria vida de sus compañeros: clases por la mañana, chateo a mediodía, unas cuantas clases más por la tarde, chateo con eventual partida de cartas a la tarde, televisión y cena en casa en las primeras horas de la noche hasta irse a la cama, y fines de semana vacíos y aburridos. Precisamente para rellenar esos vacíos, adquirió la costumbre de la lectura, que no abandonaría nunca. Al principio, hizo también pinitos en la poesía, pero desistió pronto de esta afición, cuando se convenció de que nunca conseguiría superar construcciones tan ripiosas como una que, por mucho que intentase quitársela de la cabeza, recordaría siempre, para íntima vergüenza: *"Dios creó la libertad / para que los hombres todos / pudieran vivir en paz / y no existieran los odios.* Ripios de maestrillo de escuela (¿qué otra cosa era él?) o de cura párroco con ínfulas literarias.

Se había adaptado bien a la tediosa vida en aquella decadente población de economía agrícola. Solo un conflicto complicaba su existencia con más frecuencia de la deseada: la abundancia de perros sueltos en las calles, de las más variadas razas y tamaños. De niño, su padre le contaba con frecuencia que su abuelo había sido atacado por una jauría de perros rabiosos, lo que provocó en él un miedo irracional hacia estos animales; cada vez que veía uno, comenzaba a sentir una ansiedad extrema, el corazón se le aceleraba, el aire no entraba en sus pulmones y no podía reprimir la necesidad de huir precipitadamente. Esta fobia solo aparecía en presencia de perros callejeros, nunca ante las mascotas unidas a sus dueños por una correa.

Como todos sus amigos y colegas, se casó. Él lo hizo con una compañera de trabajo guapa con sosería, tan poco avispada que casi caía en la idiocia, y a la que desvirgó con impaciencia unos pocos días antes de la boda. Como todos sus colegas, tuvo hijos. Y como todos sus colegas, engordó.

Con los años, promocionó a otros centros de mayor categoría, hasta que recaló en un colegio público de la ciudad de Segovia, en el que, al cabo de algunos pocos años más, hubo de retirarse forzosamente de la actividad docente al serle concedida la incapacidad permanente absoluta por una depresión que a punto estuvo de costarle la vida. Porque no le había sonreído la suerte en su existencia: A los quince años de casado, una súbita e inesperada riada del río Duratón le sorprendió en la carretera que atraviesa sus Hoces, cuando él visitaba el lugar en compañía de su esposa y de sus dos hijos. La impetuosa avenida arrastró el vehículo unos centenares de metros; él pudo zafarse del coche y se aferró a un saliente que nunca supo identificar hasta que, sin que tampoco supiera jamás quién pudo avisarla, una patrulla de salvamento lo rescató.

Privado de su familia de forma tan trágica como inesperada, se sumió en una terrible depresión, con varias tentativas serias de suicidio. Los médicos no lograban erradicar la conducta autodestructiva de su paciente, por lo que acabó internado en un centro de Salud Mental. Cuando, ya en los límites de la vejez, el infeliz pareció abandonar su comportamiento autolítico y parasuicida, los galenos decidieron darle el alta, aconsejándole que no se quedase en la ciudad, sino que buscase más bien un pueblecito tranquilo, donde pudiera rehacer su vida, recuperar la calma de espíritu y quién sabe si también un poco de felicidad.

Salió del nosocomio con el carácter agriado y huraño y con un montón de manías; la más llamativa, su forma de vestir, siempre con los mismos pantalones y chaqueta de pana negra, que jamás se cambió, e invariablemente calzado con unas ruidosas almadreñas de madera, comportamiento debido a un montón de fobias adquiridas, entre ellas la vestifobia que le impedía vestir con otras ropas (cuando tenía que lavar la que llevaba, permanecía encerrado en casa en paños menores hasta que se secaba). Curiosamente, y tal vez debido a sus anteriores hábitos de limpieza íntima, tal fobia no afectaba a la ropa interior, que vestía y cambiaba regularmente. Padecía también de higrofobia, o miedo a la humedad, sobre todo en los pies, razón por la que siempre calzaba madreñas, y de venustrafobia, que le provocaba verdadero espanto ante las mujeres bellas. A estas fobias y a alguna más había que sumar la cinofobia que ya padecía desde niño, también un poco peculiar, porque ya hemos sabido que solo se desencadenaba ante los perros sueltos.

Tenía unos ahorrillos, a los que había de sumar la indemnización del seguro por el terrible accidente sufrido, así que ojeó algunas casas rurales, hasta que dio con una que le satisfizo: una gran casa de piedra en perfecto estado en un pueblo olvidado de una provincia muy alejada de Segovia. La compró, trasladó a ella todas sus pertenencias, cambió de número y de compañía de móvil, borró todas sus cuentas en redes sociales, abrió cuenta en un nuevo banco y domicilió en ella su pensión y, sin avisar a ninguno de sus parientes o amigos ni despedirse de nadie, se marchó a su nueva residencia.

La casa era un edificio exento, situado a unos veinte metros del más próximo, aunque los grandes huertos anejos a las dos edificaciones colindaban, solo separados por un espeso e infranqueable seto de zarzas; hecho curioso, porque los límites restantes de ambas fincas se aislaban del exterior mediante un muro de ladrillo y piedra de aspecto invariable en todo el perímetro, lo que inducía a pensar que ambas fincas habían sido una en un tiempo pasado.

Le habían informado que el residente de la casa cercana era un hombre solitario, como él, y que no se relacionaba mucho con los demás vecinos del pueblo. Mejor así: difícilmente habría soportado la vecindad de una familia con niños jugando y alborotando al otro lado del seto. Sin embargo, pronto descubrió un inconveniente grave: su vecino tenía un gran perro, al que llamaba

Totó, que todo el día campeaba suelto por su finca. No era ladrador, nunca había intentado traspasar el seto, pero su sola presencia, o más bien barrunto, porque era difícil verlo a través de la vegetación, despertaba en él su antigua cinofobia, agravada con el pensamiento de que una maleza no podría ser en toda circunstancia una barrera infranqueable para un animal.

En un principio, pensó en un careo con su vecino, para tratar de encontrar una solución amistosa al asunto, pero le venció su arraigada misantropía. Había observado que el otro se ausentaba con mucha frecuencia los fines de semana, así que decidió actuar por su cuenta y riesgo: levantaría una tapia infranqueable de ladrillo, y lo haría bien adentro de su propiedad para no dar lugar a protestas, aunque eso significase la pérdida y cesión de unos cuantos metros cuadrados de terreno, pero terreno era lo que le sobraba. En ningún momento se planteó pedir permiso de obra al Ayuntamiento, trámite que implicaría la conformidad de las partes y una angustiosa demora en el tiempo. Pensó: "Si me multan, pago la sanción y santas pascuas. ¿Para qué quiero el dinero?".

Apalabró a dos albañiles, que el primer fin de semana de ausencia del vecino se presentaron muy temprano, a bordo de una camioneta cargada de ladrillos, cemento, arena, una hormigonera y una pequeña zanjadora de gasolina. Tensaron una cuerda paralela al zarzal, unos veinte centímetros hacia el interior de la finca, y siguiendo su traza abrieron una zanja de unos cuarenta centímetros de profundidad, que al final de la jornada del domingo estaba concluida y habían comenzado a rellenar del cemento que serviría de base al futuro muro.

Al lunes siguiente, casi al alba y a poco de reemprender el trabajo, alborotaron la mañana unos gritos destemplados procedentes del huerto aledaño. A través del seto, que los días anteriores sus obreros habían clareado despiadadamente, con el objeto de despejar la zona de trabajo, los tres hombres pudieron contemplar la estrambótica figura de un hombre feo, despeinado, hirsuto, someramente vestido con un albornoz de baño y unas zapatillas en chancleta, que les bramaba con voz bronca y desapacible:

—¡Pero, hombres de Dios!, ¿qué están haciendo ustedes?

Interrumpió su trabajo, hizo una seña a los operarios para que continuasen con el suyo, fijó su mirada en aquella aparición y, sin mover apenas los labios, contestó fríamente:

—No creo que tenga usted nada que reprocharme: estoy dentro de mi finca.

El del albornoz lanzó una ojeada en torno, deteniéndola en el arruinado zarzal.

—Sí, ¿pero el estropicio que ha hecho con el seto? —clamó.

—Eran ramas que estaban en mi finca y me molestaban.

Al otro se le hincharon las venas de la frente, arrugó el hocico como un perro, dilató las órbitas de sus ojos y, por un momento, pareció que iba a arrojarse sobre su oponente. Había adquirido la exacta apariencia de un animal salvaje, pero, al cabo de un rato, pareció contenerse y preguntó, con voz aparentemente tranquila:

—¿Y qué piensa hacer, con esa zanja colmada de cemento?

—Voy a levantar una tapia.

El tipo palideció, Inquirió, entre dientes:

—¿Y no le bastaba con el seto de zarzas? Bien tupido que era. Era insalvable.

—No suficiente para preservar mi intimidad —replicó, haciendo ademán de dar por terminada la conversación.

El del albornoz parecía desarmado. Aventuró:

—No creo que eso que está haciendo sea muy legal.

—Denúncieme.

El otro metió las manos en los bolsos del albornoz, se encogió de hombros, agachó la barbilla y se alejó despacio, murmurando entre dientes. El huraño exmaestro se sorprendió experimentando un tenue sentimiento de lástima por aquel hombre, viva imagen del desaliento. "¡Qué fácil ha sido mi victoria!", pensó.

En los días siguientes, mientras los tres hombres trabajaban, su vecino se limitó a sentarse silenciosamente en una hamaca, con un sombrero de paja y un libro que jamás leía, contemplándolos con fijeza. Tal vez lo hiciera como una forma de intimidación. Cuando la tapia alcanzaba ya el metro y medio de altura aproximadamente, el mirón no pudo contenerse más y, sin alzarse de su hamaca, gritó al exmaestro:

—¡Tú, cabronazo!, ¿hasta dónde piensas seguir? ¡Me vas a quitar el sol de todo el huerto!

Notó que el otro, por primera vez, lo tuteaba y lo insultaba, lo que interpretó como un evidente signo de derrota. Sintiéndose dueño de la situación, contestó, despacio, sin acaballar las palabras:

—Hasta donde crea conveniente. Denúncieme. Y debería estar contento, que le regalo casi medio metro de terreno todo a lo largo de la finca.

—¡Métete el terreno por el culo, hijoputa! —aulló el otro.

Bueno, estaba dispuesto a admitir insultos solo hasta un límite tolerable, pero aquel exabrupto vagamente referido a su madre difunta parecía traspasar todas las fronteras. Rojo de ira, asió una pala y la alzó sobre su cabeza, en actitud amenazante. Y el gesto se le heló en ese preciso instante. Creyó ver, alucinado, cómo el rostro de su adversario se transformaba en el de un animal salvaje, con los pelos erizados y unas fauces de afilados colmillos, una bestia dispuesta a saltar sobre él y destrozarlo a dentelladas. Parecía que sus dos obreros habían visto lo mismo: pálidos como la cera, habían soltado las herramientas y retrocedían hacia la casa lentamente. También él emprendió la huida.

Cuando los tres se sintieron a salvo tras la puerta cerrada, se miraron en silencio durante un largo rato, sin siquiera pestañear. Finalmente, habló uno:

—¿Habéis visto lo mismo que yo? ¿No pareció que se transformaba en una maldita bestia? ¿En un lobo, o algo así?

Aun a sabiendas de que aquello era imposible, los otros dos asintieron. Aquel día, por tácito acuerdo, los trabajos quedaron suspendidos. Cuando los dos obreros se marchaban hacia la camioneta, los detuvo el maestro:

—Pero mañana por la mañana, otra vez aquí. O terminamos el trabajo de una vez o no cobráis.

Y allí estaban al día siguiente; por si acaso, uno se trajo una escopeta de caza y el otro un hacha descomunal, de borde recién afilado.

Al cabo de un par de semanas, los dos huertos quedaron separados por un muro medianero de ladrillos de unos dos metros y medio de altura.

III. TOTÓ

Por supuesto que la cosa no iba a terminar de aquella manera. La tapia era ya un hecho consumado, así que urdí otro tipo de venganza, que me pareció muy refinado, para el que me valdría de Totó. No se me escapó, durante la construcción del muro, que aquel cabronazo tenía un miedo irracional a los perros, auténtica cinofobia, creo yo, porque cada vez que el buenazo de mi perro, suelto por el huerto, se acercaba a él, simplemente curioseando, el tipo palidecía intensamente y muchas veces corría a colocarse, con disimulo, eso sí, detrás de uno de sus obreros, como buscando refugio.

En una de las ciudades que visité un fin de semana, compré una pequeña picana eléctrica de muy baja intensidad, de esas que se emplean para arrear al ganado. Compré también unos zuecos.

Una tarde me vestí con un traje de apicultor con sombrero de velo muy tupido, rocié mi ropa con un perfume fuerte que nunca había usado hasta entonces, hice esto para que Totó no pudiera reconocerme, me fui a buscar a mi perro y me encerré con él en el garaje. Una vez allí, me envolví el brazo izquierdo con una manta de viaje, calcé las madreñas, me acerqué a Totó haciendo todo el ruido posible al caminar con aquel calzado de madera y golpeé suavemente su flanco izquierdo con la picana. Ya he dicho que era un aparato de muy baja intensidad eléctrica, pero es bien sabido que los perros son mucho más sensibles y más intolerantes a la electricidad que los seres humanos, y lo que para mí hubiera sido un ligero hormigueo nada desagradable, como el que producen esas tobilleras de electroestimulación nerviosa que usan los fisioterapeutas, fue para mi perro poco menos que una electrocución en toda regla. Completamente sorprendido, pegó un enorme salto hacia atrás y corrió a refugiarse, aullando lastimeramente, en un rincón del garaje. No me dejé enternecer; de nuevo me acerqué a él golpeando el suelo con los zuecos y le volví a aplicar la picana. Otra vez huyó aullando a un rincón, pero en esta ocasión arrugó el morro y me enseñó los colmillos, amenazante.

Volví a repetir varias veces todo el proceso, pisoteando ruidosamente con las madreñas, hasta que, por fin, Totó dejó de huir y decidió que la única forma de acabar con aquel desagradable acoso era el ataque. Cerca de una hora había transcurrido desde el principio de mi hostigamiento, y confieso que estaba ya a punto de abandonar el intento, compadecido de mi mascota, cuando Totó, antes de que le tocase otra vez aquel aborrecible instrumento de tortura, se abalanzó sobre mí con toda la fuerza de sus poderosos músculos. Tuve que reaccionar muy rápido para interponer mi brazo protegido por la manta entre mi cuello y los afilados colmillos del perro, que me derribó al suelo, dispuesto a acabar conmigo con un buen mordisco en la yugular. Como pude, y zarandeado como estaba, me quité el sombrero de apicultor y grité con todas mis fuerzas:

—¡Totó, soy yo!, ¡para!, ¡soy yo!

Al oír mi voz, el perro se detuvo. Sin liberar mi brazo, me miró. Yo, como pude, me senté en el suelo, siempre sujeto por el animal. Cuando me reconoció del todo, me soltó, puso sus dos patas delanteras sobre mis hombros y comenzó a lamerme la cara mientas meneaba frenéticamente su cola. Es increíble lo nada rencorosos que son estos bichos. Pero lo más importante es que Totó había aprendido la lección: cuando me puse en pie y comencé a caminar con las almadreñas puestas, se distanció de mí y empezó a ladrar amenazadoramente a los zapatos de madera. Me los quité apresuradamente y saqué de un bolsillo y ofrecí al perro unos falsos huesos, de esos que están hechos de cereales, pollo y no sé cuántas porquerías más, que le encantan y que yo llevaba ya preparados para premiarle si el experimento concluía con éxito.

A partir de aquel aprendizaje, todos los días encerraba un rato a Totó en la cochera y yo me calzaba las madreñas y me paseaba por el exterior. Al oír el cloc cloc de la madera contra el pavimento, el perro se lanzaba a la puerta furioso y babeante, pugnando por salir con gran escándalo de ladridos, y solo se calmaba cuando yo me descalzaba y entraba a premiarlo con unos cuantos huesos de mentira.

Todo estaba preparado para mi gran venganza. Era solo cuestión de paciencia y de saber esperar el momento propicio. El tipejo salía poco de casa; solo dos o tres veces al mes, para ir de compras por las tiendas del pueblo y proveerse, sobre todo, de alimentos. E, indefectiblemente, con sus madreñas. El crujido de estas contra el asfalto me alertaría.

Me parece que ya he comentado que tanto él como yo vivíamos solos. Yo recibía frecuentes visitas de mis familiares y amigos, que a menudo pernoctaban en mi casa, pero jamás vi que alguien visitase al vecino.

Pasaban los días y el tío no salía de casa o, si lo hacía, yo no me enteraba; estaba esperando oír el golpeteo de su calzado de madera para soltarle a Totó y pegarle el gran susto de su vida o algo más, pero nada, no había suerte. Tampoco le oía en el huerto, aunque eso no tenía nada de raro, porque el suelo era de tierra, y en la tierra no suenan las almadreñas. "¿Se habrá muerto en casa, el muy cabrón?", pensé alguna vez.

Para que no perdiese la maña adquirida, continué todos los días con el entrenamiento de mi perro, pero tenía que hacer algo más, no estaba dispuesto a que nuestro enfrentamiento acabase en nada. Un día que salimos a pasear por el campo, Totó cazó un conejo, toda una hazaña para un perro doméstico. Como la pieza parecía sana, decidí cocinarla y nos la comimos entre los dos, pero deseché la cabeza y las vísceras y las introduje en una bolsa de plástico, que colgué al aire libre. Varios días después, cuando ya hedían, cogí la bolsa, salí de casa, rodeé mi huerto, alcancé la parte trasera del de mi vecino y, comprobando antes que nadie me veía, arrojé aquella inmundicia por encima de la tapia. No lo hice desde dentro de mi huerto, por encima de la nueva pared medianera, porque quería sembrarle la duda de quién podría ser el autor de la asquerosa gamberrada.

¿Quién ha dicho que mi vecino fuera tonto? Podría ser feo de cuerpo y miserable de alma, pero no tenía un pelo de estúpido, y enseguida coligió que yo había sido el autor de la guarrada. Al día siguiente aparecieron en mi huerto, también en la parte posterior, un enorme montón, muy esparcido, de excrementos humanos y de cerdo, plastas de vaca, mondas de patata, hortalizas podridas y otros desechos no identificables, que arruinaron para siempre una plantación de rosales que yo cuidaba con mimo e impregnaron el aire de la zona de un olor nauseabundo imposible de disipar.

Este fue el inicio de un asalto casi diario a las bardas traseras de las dos propiedades con todo género imaginable de deyecciones, estiércoles, boñigos, plastas, vómitos, bostas y podredumbres líquidas y sólidas innombrables, que, indudablemente, consiguieron los objetivos buscados por los dos contendientes: devastar por mucho tiempo el cercado vecino y exacerbar hasta el paroxismo el odio mutuo.

El caso es que yo, por muy vigilante que estuviese, no era capaz de detectar las salidas de mi vecino, que, por fuerza, habrían de ser ruidosas, por el golpeteo de sus pasos contra el pavimento. Porque lo que no podía imaginar era que hubiese cambiado de calzado; sus pies estaban tan hechos a las almadreñas que estaba seguro de que no podrían calzar unos zapatos normales. El misterio tenía que estar en la hora de sus salidas. "Este canalla sale cuando hasta las piedras están dormidas", deduje. Así que decidí velar una noche, envuelto en una gruesa manta y a la sombra de una arboleda muy tupida que crece enfrente de nuestras casas con el suelo cubierto de maleza, y desde donde se domina la vista de los dos portales. Cuando ya estaba tieso de frío y muerto de aburrimiento, el éxito me sonrió: A las cinco menos cuarto de la madrugada, completamente de noche, salió mi vecino sigilosamente, con un pesado caldero en cada mano, una pequeña escalera de mano sujeta a su espalda con una correa y sin ninguna luz. Menos mal que la noche era clara; de otro modo, no lo hubiera visto. Sigilosamente, se dirigió a la parte trasera de los huertos y volvió al cabo de unos diez minutos, ya con los calderos vacíos. Calzaba madreñas, pero no hacía ningún ruido. "¡Claro!", exclamé para mis adentros, "¡el tío ha pegado tacos de goma en los tarugos de las abarcas!" "¡Joder, es que no tiene un pelo de tonto!". Sin duda, habría escuchado cómo entrenaba yo a Totó a atacar ante el ruido de los pasos de unas almadreñas. Me di cuenta de que había tirado a la basura semanas, meses de adiestramiento.

Otra vez de vuelta a la picana y a los entrenamientos del pobre Totó. Esta vez lo enseñé a reaccionar con violencia ante la simple vista de unos zuecos en movimiento, aunque estos permaneciesen silenciosos. Y no me fue difícil; al cabo de dos semanas, los lomos del pobre Totó estaban un poco más castigados, pero la vista de cualquier tipo de abarcas provocaba en él irreprimibles instintos asesinos.

Ahora era preciso vigilar los pasos de mi vecino, no con el oído, sino con la vista. Me jodía muchísimo, pero no tuve más remedio que permanecer horas y horas, día tras día, en un balcón cerrado que daba a la calle, desde donde se veía sin ningún estorbo la puerta de su casa.

Le vi salir varias veces y a distintas horas, ya invariablemente con sus zuecos silenciosos, pero, bien porque había peatones o coches circulando por la calle, bien porque me pillase un poco a contrapelo, sin calzado, con Totó perdido por alguna parte del huerto o por otras circunstancias, no hallaba el momento de poner en práctica mi plan. Hasta aquella tarde lluviosa, fría y desapacible de marzo, casi a punto de desvanecerse en las sombras de una noche que se anunciaba espesa y oscura como boca de lobo. Tras los visillos, con Totó a mis pies, observé cómo, antes de abandonar su zaguán, sin poder imaginarse lo que le esperaba, abría un enorme paraguas, salía a la calzada y se detenía un instante bajo la lluvia, a la vacilante luz de una farola. La calle estaba solitaria; solo se escuchaba el fragor de la intensa lluvia golpeando el suelo encharcado. Me levanté de un brinco y exclamé:

—¡Llegó tu hora! ¡Vamos, Totó!

Y bajé las escaleras a grandes zancadas, seguido de mi perro. Entre tanto, mi enemigo, ajeno a su inminente desgracia, emprendía el camino hacia el centro del pueblo.

IV. LOS TRES

Ninguno de los dos podía imaginarse lo que iba a ocurrir en los próximos quince minutos. Es verdad que el dueño de Totó había planeado un cruel escarmiento de su vecino, aquel huraño individuo de edad indefinida, tal vez anciano, de manos de mujer, venido de nadie sabía dónde, que había irrumpido en su vida de forma tan traumática. Pretendía darle un susto tal que lo indujese a cambiar de aires si quería conservar su integridad física. ¿O, tal vez, su existencia? ¿Había llegado a pensar en la muerte? No quería preguntárselo.

Lo cierto es que Totó posee una mandíbula muy fuerte y unos colmillos tan afilados como para causar la muerte de una presa, pero yo no deseo que este imbécil muera; me conformo con que quede marcado para siempre y tan asustado que solo quiera largarse de aquí.

Amparado de la intensa lluvia bajo su descomunal paraguas, el exmaestro sorteaba los charcos del pavimento a grandes zancadas, procurando no levantar demasiada agua con sus pisadas; la sola idea de que un chorro de ese inmundo líquido pudiera introducirse en el interior de sus madreñas rellenas de algodón y mojar sus pies le aterraba.

No paraba de llover; le repugnaba la sola idea de tener que salir de casa, y más con ese tiempo y a esas horas en que la luz del día se va de retirada, pero le empujaba la necesidad de proveerse de alimentos y de algunos artículos de limpieza que había agotado. La tienda estaría a punto de cerrar, pero no se encontraba lejos; solamente tenía que llegar hasta la plaza y andar unos pasos más por una de las callejas laterales. Con aquel tiempo de perros, no sería nada de extrañar que ni una sola alma caminase por las calles. No obstante, se topó con gente: justo al desembocar en la plaza, entrevió tras la cortina de agua una confusa figura envuelta en una gabardina completamente empapada, con las manos metidas en los bolsillos y una gran boina negra reluciente de humedad, de la que caía un círculo de goteras, ocultando su cara. Se cruzaron sin intercambiar una palabra, aunque la sombra llegó a articular un breve gruñido, como de saludo. Treinta segundos después, sentiría en sus espaldas un violento empujón que lo derribaría al suelo y un agudo dolor se apoderaría de su mejilla derecha.

—¡Totó, este es el momento! ¡Tienes que atacar! ¡Mira sus madreñas, cagüen la leche!

El perro, agobiado por la lluvia que caía sobre su lomo, avanzaba tras de mí con desgana, arrimándose cuanto podía a las fachadas de la hilera de casas. El agua iba formando torrentes sobre las mismas aceras, tomando más profundidad en los bordillos y arremolinándose en los sumideros, incapaces de absorber tanto líquido. Yo creo que el pobre animal jamás había soportado un diluvio tan copioso y estaba asustado. Decidí tomar la iniciativa, jaleando a Totó y animándolo a seguir mi ejemplo.

Me acerqué al enemigo chapoteando ruidosamente, aunque el fragor de la lluvia sobre el inmenso paraguas de mi vecino sin duda le impedía oír el ruido de mis pasos Ya estaba casi a su altura, como a unos quince metros, cuando una circunstancia imprevista me frenó: caminando hacia nosotros por la misma acera, un sujeto tocado con lo que pudo ser una chapela antes de arruinarse con el agua se cruzó con mi vecino y, tras unos pasos, conmigo, murmurando entre dientes lo que podría ser un saludo o una blasfemia. Conté varios segundos antes de reanudar mi carrera al encuentro del vecino; Totó, ahora más animado, me seguía a buen paso.

Alcancé sus espaldas y me lancé sobre él, buscando su garganta con mis colmillos. Cayó al suelo y yo sobre él. Al golpearse con el asfalto, lanzó las piernas en alto, haciendo muy ostensibles sus almadreñas, a cuya vista Totó reaccionó según el reflejo adquirido en tantos meses de entrenamiento, y también él se lanzó sobre la sorprendida víctima. Cuatro colmillos afilados, ocho zarpas hirientes comenzaron a ensañarse cruelmente en aquel cuerpo convulso y gritador hasta que, tras unos horribles y angustiosos minutos, aquel grotesco fantoche de sangre y carne macerada dejó de moverse. Un rojo arroyo de agua, lodo, basuras y sangre corría a arremolinarse violentamente en los sumideros cercanos.

Alertados por el alboroto de voces, lamentos y ladridos, varias personas aparecieron en la plaza. Los más audaces, convenientemente armados de palos y piedras, se lanzaron a hostigar a las dos bestias, que finalmente soltaron su presa y huyeron a grandes trancos por una de las oscuras callejuelas.

V. COPIA DE ALGUNOS PÁRRAFOS DE LAS DILIGENCIAS PRACTICADAS POR LA GUARDIA CIVIL, UNIDAD ORGÁNICA DE POLICÍA JUDICIAL

<u>DILIGENCIA DE COMPARECENCIA DE TESTIGO</u>

En esta ciudad, en las Dependencias Oficiales de la UOPJ de la Comandancia de la Guardia Civil, siendo las 11:30 horas del día de la fecha, actuando como Instructor el Guardia Civil provisto de Tarjeta de Identificación Profesional número 00000, perteneciente a la Unidad Orgánica de Policía Judicial de la Comandancia de la Guardia Civil, extiende la presente diligencia haciendo constar:

Que se procede a la toma de manifestación en calidad de TESTIGO de D. ANTONIO GARCÍA GONZÁLEZ, con DNI 00000000, nacido en XXXX, con domicilio en la C/ [...]

Por el Instructor es informado de la obligación legal que tiene de decir la verdad (Art. 433 de la L.E.Cr.) y de la posible responsabilidad penal en la que puede incurrir en caso de acusar o imputar falsamente a una persona una infracción penal o con temerario desprecio a la verdad (Art. 456 del Código Penal), simular ser responsable o víctima de una infracción penal (Art. 457 del Código Penal), o faltar a la verdad de su testimonio (Art. 458 del Código Penal)

Igualmente es informado del contenido de la L.O. 15/99, de protección de datos de carácter personal... etc., etc.

MANIFESTANDO a preguntas del INSTRUCTOR:

PREGUNTADO para que diga si el día 16 de marzo de este año, a las 19:45 horas, aproximadamente, se encontraba circulando por la calle y plaza de [...] de la localidad de [...], MANIFIESTA que SÍ.

PREGUNTADO para que diga si recuerda las circunstancias climatológicas y de cualquier otra índole que concurrieron en los citados día y hora, MANIFIESTA que era un día muy desapacible, con lluvia y viento muy intensos y que ya casi había anochecido.

PREGUNTADO para que diga las circunstancias personales en que él mismo se encontraba en los mencionados día y hora, MANIFIESTA que había salido a la calle preocupado por un luctuoso suceso familiar, cuya descripción no viene al caso, que no había advertido que estaba lloviendo intensamente y que se ausentó de su domicilio protegido únicamente por una gabardina y una chapela.

PREGUNTADO para que diga si a su paso por la calle y plaza citadas se encontró o vio alguna persona o ser vivo, MANIFIESTA que había encontrado todas las calles desiertas, a excepción de a su paso por la plaza mencionada, donde se cruzó con una persona y poco después con dos seres, uno tras del otro, que no puede precisar si eran una persona y un perro, o dos perros, el primero de un tamaño descomunal.

PREGUNTADO para que diga si puede identificar a la primera persona con que se cruzó, MANIFIESTA que era un varón de baja estatura, cubierto con un paraguas de gran tamaño, vestido con chaqueta y pantalón de pana negra y calzado con almadreñas, y que no pudo identificarlo, no solo a causa de la intensa precipitación, sino también porque el paraguas ocultaba su rostro por completo.

PREGUNTADO para que diga si puede realizar una descripción más precisa de los dos seres semovientes con los que se cruzó a continuación, MANIFIESTA que no puede precisar con más exactitud si el que caminaba apresuradamente por delante era un ser humano vestido de oscuro, totalmente empapado de agua y muy encogido, o, por el contrario, un animal, posiblemente un cánido, muy corpulento, y que no tiene ninguna duda de que el ser que caminaba tras el primero era un perro de los comúnmente conocidos como perros lobo.

PREGUNTADO para que diga el motivo o motivos que le impiden ser más preciso en sus dos manifestaciones anteriores, MANIFIESTA e itera que lo impiden, no solo su estado de ánimo en aquel día, sino también las excepcionales e inclementes condiciones climatológicas en la hora de autos, repetidamente mencionadas.

PREGUNTADO para que diga si oyó o vio con posterioridad algo anormal o que llamase su atención, MANIFIESTA que poco después de cruzarse con los seres semovientes descritos, comenzó a oír a sus espaldas grandes gritos, peticiones de auxilio, ladridos y gruñidos, y ruidos como de un gran tumulto.

PREGUNTADO para que diga cómo reaccionó ante aquel tumulto, MANIFIESTA que volvió apresuradamente sobre sus pasos, con el ánimo de auxiliar a quien fuere preciso.

PREGUNTADO para que diga qué vio, MANIFIESTA que vio al hombre vestido de pana negra en el suelo, muy ensangrentado, gritando e intentando débilmente librarse del ataque del otro hombre o perro y del perro lobo.

PREGUNTADO para que diga cómo reaccionó ante lo que veía, MANIFIESTA que no tuvo que reaccionar de ninguna forma y que se limitó a ser mero espectador, porque ya habían acudido al lugar de autos, con gran rapidez, un elevado número de vecinos, muchos de ellos armados de palos, bastones y otros objetos contundentes, que intentaban ahuyentar a los dos atacantes del hombre vestido de pana negra.

PREGUNTADO para que diga si conoce cómo finalizó el incidente señalado, MANIFIESTA que vio cómo los dos atacantes, el hombre o perro corpulento y el perro lobo, obligados por la valerosa acción de los vecinos, desistieron de su ataque y huyeron apresuradamente por una de las callejuelas adyacentes a la plaza.

PREGUNTADO para que diga si el ataque presenciado podría, en su opinión, haber causado la muerte del atacado, MANIFIESTA que SÍ con toda rotundidad, y que, dada la brutalidad del ataque, le produjo gran extrañeza la posterior actitud del atacado, manifiestamente malherido, que solo parecía preocuparse por comprobar si seguía calzando sus almadreñas.

PREGUNTADO por si puede añadir algo más, MANIFIESTA que NO y que todo lo que ha dicho es cierto.

Y para que conste, tras una lectura completa y pausada de la declaración por parte del declarante, y declarando su comprensión, se extiende la presente, que firma junto a la Fuerza Instructora, en el lugar y fecha señalados.

VI ANOTACIONES FINALES

El hombre vestido de traje de pana y de manos de pianista volvió a su casa tras varios meses de estancia en un hospital, curado de sus heridas, pero no de sus fobias. Cubrió la tapia con un tejadillo de tejas que vertía aguas hacia su huerto y nunca volvió a usar zuecos ruidosos.

Totó y yo volvimos a casa aquella noche, muy cansados. Me duché, me cambié de ropa, me senté ante la televisión y me dormí en el sofá. No desperté hasta el día siguiente, con dolor de cuello.

No he vuelto a ver a mi vecino, o, mejor dicho, no hemos vuelto a mirarnos, porque las rarísimas veces que nos hemos cruzado por la calle nos hemos ignorado mutuamente.

Con el tiempo, el zarzal creció más fortalecido que antes y ocultó totalmente la tapia. Mejor así: ahora soy yo el único que disfruta de sus sabrosos frutos.

Las noches de luna llena, Totó y yo nos entretenemos aullando y escuchando, regocijados, los sollozos aterrorizados que provienen del otro lado del seto.

Las investigaciones policiales no fueron coronadas por el éxito. Es de suponer que, después de mucho tiempo traspapelada bajo un montón de expedientes, la causa haya quedado archivada.

VEINTE MINUTOS DE RETRASO

No tenía ninguna esperanza de que hoy fuese un día menos malo que el de ayer, o que el de anteayer. Para empezar, no sonó el despertador a las siete de la mañana. Se le había olvidado accionar la condenada palanquita al acostarse y, cuando llegó el momento, el aparato, naturalmente, permaneció mudo.

Sin embargo, funcionó el sexto sentido. Tantos años levantándose a la misma hora de lunes a viernes habían creado costra. Primero sintió la urgencia en sueños, e inmediatamente adquirió conciencia de que ya no eran horas de permanecer en la cama. Abrió los ojos de súbito y simultáneamente se incorporó de un salto. Encendió la luz de la mesita y miró el reloj; eran las siete y diez. Tan solo diez minutos de retraso, pero esos diez minutos suponían tener que prescindir del desayuno y, tal vez, la mala fortuna de perder el autobús.

Del otro lado de la cama, su mujer se incorporó ligeramente apoyando un codo en el colchón, con la mano libre encendió la luz de la mesita de su lado y miró el reloj despertador.

—Es tarde — dijo.

—Ya. No sonó el despertador.

—Nunca lo pones bien.

No era cierto. En todos aquellos años, habría olvidado activar el reloj tres o cuatro veces, como mucho. Calló; mejor no replicar.

—Estás aviado si piensas que me voy a levantar para prepararte el desayuno. Ten mejor cabeza y levántate antes.

La mujer se recostó de nuevo, se dio media vuelta, ofreciéndole la espalda, se cubrió golosamente con el embozo hasta más arriba de las orejas, con el cuerpo doblado en un cuatro perfecto, gozando de la calidez de las sábanas, y dio por definitivamente terminada la conversación.

Él la miró. Aquella cabeza rubia de frasco, poblada de bigudíes, única parte visible de la mujer, le inspiraba un encontrado sentimiento de repulsa y de ternura. Susurró:

—No te preocupes, cariño. Ya no me da tiempo a hacer nada, pero tomaré un café en el bar, a media mañana.

—¡Claro, como nos sobra el dinero...! —gruñó el envoltorio. "Vete a la mierda", pensó él, con mucho cuidado de no pensar en voz alta.

Andando con una dulce galbana, para no espantar demasiado deprisa el último fleco de somnolencia aún prendido en sus párpados, se encaminó al cuarto de baño. Orinó larga y ruidosamente, aunque sabía que a ella no le agradaba oír desde la cama aquel borboteo.

—¡A estas horas, te oyen mear todos los vecinos! —le gritó su mujer, desde el dormitorio.

El agua de la taza adquirió un intenso color ambarino y se cubrió de espuma. Se acordó de un antiguo refrán, que un compañero suyo repetía con frecuencia: "Si al mear no echas espuma, no te funciona la pluma". "¡Para lo que me sirve!", murmuró, pensando en la persistente abstinencia a que le obligaba la negativa firme de su esposa a cumplir con su débito matrimonial.

Se afeitó. Se enjuagó la cara y las manos y, sin tiempo para más, regresó al dormitorio y se vistió deprisa y en silencio.

Se precipitó al ascensor sin terminar de ponerse el abrigo; disponía de los minutos justos para llegar a la parada a tiempo de coger el autobús de su hora. Esperar al próximo supondría llegar al trabajo siete u ocho minutos tarde y aguantar la censura del puto jefe, ese imbécil que se creía la encarnación de Dios todopoderoso, señor y dueño de la existencia de sus empleados, a los que mantenía en régimen de semiesclavitud, con sueldos ridículos y agotadoras jornadas de trabajo de más de diez horas diarias.

Afortunadamente, aunque tuvo que correr los últimos cincuenta metros hasta quedar sin aliento, pudo asirse al pescante del ómnibus justo en el momento en que las puertas automáticas comenzaban a cerrarse y el enorme vehículo iniciaba su marcha. Pasó su tarjeta contactless por el TPV situado al lado del conductor, el cual, pese a ser viejos conocidos, lo observó con reprobación por haberle hecho perder unos segundos, y, bamboleándose violentamente, fue a sentarse en una plaza libre al fondo del pasillo.

—Buenos días — saludó a su casual compañero de asiento, un hombre moreno y mal afeitado, parapetado tras unas gruesas gafas de miope con armadura de carey. El hombre, por toda respuesta, emitió un monosilábico gruñido y continuó enfrascado en la lectura atenta de un periódico deportivo. Él se encogió de hombros, se repantigó en el asiento y se dedicó a pensar en las musarañas. Volvió en sí cuando el autobús se detuvo en su parada; se apeó, esta vez sin despedirse de su adlátere ("Que te den morcilla, ¡no te jode el gilipuertas este!"), y comenzó a caminar a buen paso, para combatir el frío.

Era un hombre dócil. De niño, había crecido en un ambiente de represión, bajo la tiranía de un padre caprichoso e injusto. Se acostumbró a consentir sin protestas cualquier afrenta, cualquier menosprecio, con tal de evitar toda posible situación de tenso enfrentamiento con nadie. Conservaba su libertad interior en todas las ocasiones, o así lo pensaba, y poco importaba que los demás opinasen que era excesivamente pusilánime. Era un modo de justificar su indolencia, de conjurar su debilitada autoestima. Por otra parte, padecía el síndrome del ascensor: cuando alguien lo menospreciaba o profería un juicio vejatorio, casi siempre se le ocurría la respuesta más apropiada y más brillante, capaz de desarmar sin remedio a su contrario, pero se le ocurría siempre cuando el otro se había ido ya. Alguien le había dicho que eso tenía un nombre: se llamaba el síndrome del ascensor; te has alejado de tu ofensor, estás bajando ya en el ascensor y de súbito se te viene a la mente, ya tarde, la respuesta más apropiada.

Se detuvo un instante ante el quiosco para comprar la prensa local. Lo hacía muchos días y, sin falta, todos los lunes, para enterarse del resultado de los partidos de fútbol y de la clasificación del equipo local, un modesto equipo de segunda sin muchas aspiraciones. Nunca iba al fútbol y no podía aguantar sin dormirse un partido entero televisado, pero le gustaba estar un poco al tanto de lo que hacía el equipo de la ciudad. Cambió unas cuantas frases con el quiosquero acerca de la inutilidad de los jugadores locales para ganar un solo partido fuera de casa, introdujo el periódico en el bolso del abrigo, sin hojearlo, y siguió caminando. Con un vistazo al reloj, comprobó que ya se había hecho tarde.

Entró en el almacén en el que curraba con cuatro o cinco minutos de retraso. El tramo hacia las escaleras situadas al fondo que daban acceso a su oficina, en el segundo piso, parecía despejado. A la izquierda, un obrero hacía rodar una enorme bobina de cable casi tan alta como él, para colocarla entre otras dos bobinas de idéntico tamaño. Lo saludó sin detenerse, con un ligero movimiento de cabeza, y casi corriendo alcanzó el primer escalón. A pesar del frío reinante en el local, se despojó inmediatamente del abrigo y lo colgó del brazo izquierdo, en un intento que sabía inútil de dar la impresión de llevar ya un rato en el local. Era un gabán ya un poco raído y descolorido, que aquella misma mañana tuvo que rescatar del fondo de un armario, porque la noche anterior le habían robado, o había olvidado en algún sitio, o vete a saber qué había pasado con la nada mala pelliza que vistió hasta ayer, desde hacía un par de inviernos. El caso es que anoche llegó a casa sin ella, algo mareado e incapaz de recordar qué diantres habría podido suceder con la prenda en cuestión, lo que le valió la bronca más monumental y casi la agresión física de su mujer, junto con la confirmación solemne de su imbecilidad supina y la promesa, no menos solemne, de abandono del hogar en un futuro no determinado. Ya alguna vez en el pasado había sufrido olvidos y confusiones parecidas, que un médico al que consultó había definido como episodios de amnesia anterógrada de índole idiopática (ojo al nombre), sin decidirse a prescribir tratamiento alguno. El galeno no le dio importancia, probablemente porque no supo cómo tratarlo, y él ya se había olvidado del asunto.

Lo peor estaba en lo alto de las escaleras; allí, debía girar a la izquierda y pasar, para llegar a su mesa de trabajo, por delante del despacho del jefe, un recinto enteramente acristalado, salvo en la pared del fondo, desde donde su ocupante podía vigilar cómodamente todo el entorno. Pasó por delante de la vidriera con rapidez. Afortunadamente, el jefe parecía abismado en el examen de algún documento importante y no levantó los ojos. Algo aliviado, entró en las oficinas, un amplio local diáfano sin ventanas al exterior, artificialmente iluminado, con cinco mesas de trabajo: la suya era la del fondo, junto a la caja de caudales. Dio los buenos días a sus compañeros, todos ya instalados en sus mesas y aparentemente sumidos en sus trabajos, colgó su abrigo en el perchero, se sentó, encendió su ordenador y comenzó a teclear el informe que había dejado sin concluir la tarde anterior.

—¿Ya te enteraste de lo de anoche?

Era Avelino, el compañero que ocupaba la mesa más cercana a la suya, quien le hablaba, mientras se afanaba en afilar un lapicero en el sacapuntas eléctrico.

—No. ¿Qué pasó?

—¿No has leído el periódico?

—No; no me ha dado tiempo.

—Pues échale un vistazo a la primera plana.

Había guardado el diario en uno de los cajones de su mesa. Lo sacó, lo desplegó por debajo del tablero y examinó la portada.

En el centro de la página, destacando sobre el resto de los titulares de noticias nacionales e internacionales, una gran foto de un cuerpo yacente sobre el asfalto, cubierto con un sudario brillante de color amarillo eléctrico y rodeado de curiosos, ilustraba la información acerca de un brutal asesinato acaecido en un barrio de la ciudad, que el periodista no dudaba en atribuir al que denominaba como "Asesino de las tijeras", un escurridizo criminal, añadía, que hacía cosa de dos o tres años había aterrorizado aquella hasta entonces pacífica y algo aburrida ciudad provinciana con tres muertes en el plazo de una semana, todas ellas causadas, al parecer, con unas tijeras de cocina, un abrecartas o un estilete. Por aquel entonces, la policía había fracasado en sus indagaciones; ni los mejores investigadores criminales del país, venidos *ex profeso*, habían conseguido la menor pista que condujese a la detención del misterioso y furibundo delincuente. Sus crímenes carecían de toda lógica, aparentemente. Había escogido víctimas de distintas edades y condición social, con solo dos características comunes: todos eran varones y todos tenían algún tipo de adorno capilar, bigote, barba o patillas. Con el tiempo, la gente había ido relegando el asunto a un plano secundario de interés, hasta que terminó olvidándolo por completo.

De admitirse la hipótesis del periodista en cuanto a la autoría de los crímenes, esta sería la cuarta víctima del reaparecido "Asesino de las tijeras". El hecho había sucedido, según el forense, a primera hora de la noche anterior, en el solitario paseo del Malecón, a unos doscientos metros de la catedral.

—¡Coño! ¡En el paseo del Malecón! Anoche pasé yo por allí. Y tuvo que ser antes del crimen, porque no vi nada anormal. ¡Igual me crucé con el asesino! Bueno, no, porque solo vi a una mujer tapada hasta los ojos, que se me quedó mirando como idiota. ¡Menos mal que yo no tengo barba, ni bigote, ni casi pelo en la cabeza! — exclamó, profundamente impresionado.

—¿De verdad estuviste allí anoche? —preguntó el Avelino, con un deje de incredulidad—. Pues tuviste suerte, so cabronazo, que no te eligió a ti el "Asesino de las tijeras". Bueno, a no ser que seas tú el asesino — añadió con un guiño pícaro.

Lo miró con un semblante vacío. Aún no se había recuperado del impacto que le había producido la circunstancia de haber estado tan cerca, en lugar y tiempo, del escenario de un crimen.

El otro chascó los dedos ante su cara:

—¡Despierta, coño, que era una broma! —siguió, sonriendo—. ¡Precisamente tú, el tío más *parao* que conozco, incapaz de matar una mosca! ¿Pero sabes lo que te digo? Que ese mamonazo de las tijeras ha tenido una cosa buena: ha conseguido situar esta puta ciudad en el mapa. Ahora, hasta en el rincón más apartado de Australia saben dónde estamos.

—Mira que eres idiota —terció otro compañero—. Famas así, mejor no tenerlas.

El jefe salió de su pecera:

—¡Pónganse ustedes a trabajar, caramba! ¡Ya está bien de chácharas!

En silencio, pero sin abandonar su expresión burlona, Avelino ocupó su asiento y se acabó la conversación.

Hacía ya dieciséis años que trabajaba como administrativo en aquel establecimiento de instalación y venta de fontanería y sanitarios, con un sueldo mísero, un poco por culpa de su roñoso patrón y un mucho por causa de su cobardía innata, que le imposibilitaba para reclamar una compensación más justa por su labor de gestión integral del negocio, ya que prácticamente él solo llevaba la contabilidad, confeccionaba las nóminas, realizaba los pagos a proveedores, emitía las facturas a clientes, atendía la caja, pagaba la seguridad social y los impuestos, realizaba los informes para la dirección y el servicio jurídico, requería a los morosos, contestaba la correspondencia y hasta, de vez en cuando, despachaba mercancía a los clientes. "Ya solo me queda que me metan una escoba en el culo y, de paso que me muevo de acá para allá, barro la oficina".

Compensaba con la fantasía la monótona ruindad de su vida real. Tenía una gran facilidad para el dibujo y en sus ratos libres, a escondidas, componía historietas gráficas pobladas de corsarios, espías, héroes con superpoderes, asesinos, santos, guerreros y mujeres seductoras; luego condenaba a sus personajes al más completo ostracismo, en el fondo de una gran caja de cartón, debajo de su cama. También escribía melancólicos poemas que hablaban de secretos amores de niño, de oscuras frustraciones, de obsesivos paisajes interiores. Pocos se salvaban de la papelera, y los que merecían esa gracia eran confinados en el mismo destierro que sus dibujos u olvidados para siempre entre las páginas de algún libro. Jamás le sobrevino la tentación de darlos a conocer.

Pero el encogimiento de ánimo no era su único defecto; tenía otros: no le reía las gracias al jefe, no formaba parte de su red de lectura clandestina de noveluchas pornográficas mecanografiadas, a las que aquel era tan adicto, nunca fue de putas con él, y otras carencias tanto o más graves que estas, que, en definitiva, explicaban por qué, aun habiéndose convertido en pieza clave del negocio, su salario, integrado por la nómina oficial y un sobre con dinero negro que la dirección entregaba a cada empleado, fuese, probablemente, uno de los más reducidos de la plantilla, si exceptuamos, quizás, los de los reponedores y los aprendices.

Durante años buscó armarse de valor para presentarse ante el gerente y reclamar un salario justo, más acorde con la importancia de su trabajo, pero jamás dio el paso. Su enfermiza timidez le impelía a diferir *sine die* la decisión precisa.

Había entrado en la empresa por amistad de su padre con el anterior gerente, ya jubilado, con el que trabajó los primeros cuatro o cinco años. Un hombre bondadoso y amable, que apreciaba y elogiaba su trabajo, pero que no le subía el sueldo ("La cosa no va muy bien, lo comprendes ¿verdad", le decía alguna vez a su padre, a modo de excusa) y nunca le dio de alta en la Seguridad Social.

Cuando terminó el bachiller, con un expediente académico excelente, había manifestado tímidamente su deseo de matricularse por libre en la Facultad de Filosofía y Letras más cercana a su localidad. Aquel viejo poblachón con ínfulas de ciudad tenía obispado y gobierno militar, pero carecía aún de Universidad, y ni que decir tiene que ni en sueños se le había pasado por la cabeza la posibilidad de que sus padres le pagasen la estancia fuera de casa.

Su padre no esperaba mucho de aquel muchacho retraído y soñador. Opinaba que era mejor que se despabilase pronto y comenzara a ganarse la vida. Lo de estudiar era para niños ricos. En todo caso, si se empeñaba en seguir con los libros, que hiciese Derecho; no se moriría de hambre, como, sin duda, le pasaría con la filosofía. Además, hacía poco que en la ciudad se había establecido una academia, coordinada con la Universidad de una ciudad próxima, que permitía estudiar leyes sin tener que desplazarse a la otra población más que para los exámenes. Él acató la decisión paterna sin protestar.

—Tú te pones a trabajar, que tus padres no son ricos. —le dijo un día su padre—Y si quieres estudiar, te matriculas en Derecho en la academia y lo haces por las noches, como hay muchos, que al que algo quiere, algo le cuesta. Y los hijos de los pobres no pueden vivir de fantasías.

No fue esta la única decisión paterna que condicionaría su futuro. Por aquel entonces estaba aún en vigor el servicio militar obligatorio y su progenitor pensó que lo mejor (¿para quién?, ¿para qué?, cabría preguntarse) era que pechara cuanto antes con esa incómoda y gravosa obligación patriótica, así que, recién cumplidos los dieciocho años, lo inscribió como voluntario en el ejército. He dicho "lo inscribió"; él no intervino para nada en el proceso y nadie pidió su parecer. Nadie reparó tampoco en que como soldado voluntario se comprometía a permanecer dos años en el ejército, en tanto que los forzosos solo eran retenidos nueve o diez meses. Un detalle de poca importancia. Él, como siempre, aceptó la imposición, a pesar de que, de una manera un tanto difusa, se consideraba antimilitarista y objetor de conciencia.

Pronto comenzó a sentir una invencible aversión hacia los áridos estudios de Derecho, difíciles de compaginar con sus obligaciones como soldado, a lo que se sumaba la insoportable repugnancia por la vida de cuartel y hacia la caprichosa arrogancia de cualquier imbécil con algún galón en su uniforme. Resultado: sumido en una profunda depresión, abandonó sin remedio los estudios y todo proyecto de futuro. Muchos años después, aún rememoraba su tiempo de estancia en el ejército como la peor etapa, con mucho, de toda su existencia.

Con el tiempo se fueron acentuando su timidez y su retraimiento, su incapacidad para hacer amigos íntimos. El abandono formal de los estudios no significó en absoluto la desaparición de su afán por saber, la renuncia a su innata curiosidad. Devoraba cualquier libro que cayera en sus manos, no solo obras de ficción, sin un criterio definido, sin un orden preestablecido, en un obsesivo ejercicio de autodidactismo, que le procuró una más que mediana formación en algunos aspectos del conocimiento, casi todos inútiles para la vida práctica, salpicada con profundas lagunas en otras materias, característica habitual de los genuinos autodidactas.

Se había casado ya algo mayor, por miedo a quedarse solo, o por inercia, o por emulación de sus amigos. Eso no significa en absoluto que no estuviera enamorado de su mujer; lo estaba, profundamente, rendidamente, y aquel amor había perdurado y se había consolidado con el tiempo. Pero no era correspondido en la misma medida. Se ha dicho que en toda relación amorosa hay uno que quiere y otro que se deja querer, y este axioma se cumplía en su caso al pie de la letra. Habían tenido tres hijos, todos varones, todos salvajes, todos lerdos y perezosos, hasta que su mujer decidió unilateralmente "cerrar el grifo", lo que llevó a efecto sometiéndole a una total abstinencia de sexo. Aceptó la imposición con mansedumbre y sin que ni por asomo se le ocurriera pensar en compensar la frigidez de su esposa con alguna ocasional aventurilla extramatrimonial. Era fiel por instinto.

La mañana transcurrió con la misma agobiante lentitud de siempre. A partir de las doce, los minutos se alargaron pesadamente, insoportablemente. Cuando las perezosas manecillas del reloj señalaron por fin la una y media de la tarde, apagó el ordenador, reunió en un solo mazo todos los papeles dispersos y los colocó cuidadosamente en un ángulo de la mesa, a su derecha; se levantó, vistió el abrigo y, tras despedirse de los demás con un escueto "hasta luego", salió a la fría y húmeda claridad de la calle. Algunos compañeros podían ir a comer a sus casas; casi todos los demás solían agruparse en una alegre cuadrilla para ir juntos a engullir el menú del día en un figón cercano, pero él prefería comer solo. No compartía los mismos gustos que ellos, sus frívolas conversaciones le aburrían y sus chabacanas bromas le repugnaban. Por eso, se había inventado la excusa de que iba a comer en casa de una tía que vivía cerca de allí, pero, en realidad, se desplazaba hasta un modesto figón, a unos dos kilómetros de distancia, regentado por un anciano y obsequioso matrimonio, para comer en soledad un sabroso y poco sofisticado condumio casero.

En el trayecto de ida y vuelta a buen paso y la comida consumía una hora del tiempo disponible, así que le quedaban unos treinta minutos más de gozosa libertad antes de reintegrarse al trabajo, tiempo que empleaba en la lectura. Siempre llevaba, en un bolsillo del abrigo, un libro, que utilizaba sentado en un banco público, completamente abstraído del ruido de la circulación y del griterío de la gente.

Y luego, otra vez la insufrible monotonía del odioso trabajo durante cinco o seis horas más, hasta que, ya de noche cerrada en el invierno y cerca del atardecer el resto del año, alcanzaba una precaria, aunque valiosísima libertad hasta las siete de la mañana del día siguiente. Es verdad que debía compartir con su familia casi todo el cortísimo lapso de tiempo que podía arañar del descanso nocturno, pero nadie podía hurtarle, antes de volver a casa, el pausado y perezoso deambular de todas las noches por las calles de la ciudad, no siempre las mismas, hasta la parada del autobús, y el viaje en este hasta las cercanías de su casa, un sagrado e inviolable espacio de tiempo que él dedicaba a la ensoñación en su mundo interior, en el que se sentía liberado de sus frustraciones, de sus miedos, y reconciliado consigo mismo.

En uno de aquellos paseos vespertinos, había remoloneado la noche anterior por el mismo escenario del brutal crimen que ocupaba las primeras páginas de los periódicos del día. Ahora, no podía evitar una desagradable sensación de malestar. Además, no era la primera vez que el desconocido asesino, si es que era el mismo de hace unos años, actuaba en parajes que él frecuentaba, circunstancia que provocaba en él una inquietud difícil de definir. ¿Cuántas veces se habría cruzado con el asesino? ¿Sería alguien conocido por él?

Aquella noche, decidió pasear por el lado exterior de las murallas medievales, más oscuro y menos frecuentado que el pasaje intramuros. En todo el trayecto solo se cruzó con una mujer, aparentemente de mediana edad, embozada hasta los ojos, que lo miró con aprensión. Le pareció encontrar un aire familiar en aquella mirada. A unos pasos por detrás de ella caminaba un tipo bajito y rechoncho, enfundado en una parka desmesuradamente grande y que parecía estar siguiendo a la mujer. Al llegar a su altura, advirtió en el rostro del hombre una sonrisa abyecta. "¡Qué tipo tan asqueroso!", pensó. "No sé muy bien por qué, pero me gustaría partirle la cara".

En la parada del autobús había bastante menos gente de lo habitual; tuvo la sensación de que los pocos que allí esperaban se observaban unos a otros con aprensión no disimulada. Era evidente que la noticia del crimen de la noche anterior, propagada como la pólvora, había vaciado las calles. Solo una hora después del cierre de los comercios, la ciudad ofrecía el desolado aspecto de una población evacuada a toda prisa. Le recordó la ciudad fantasma de Pripiat, que hacía poco había contemplado en un documental, abandonada para siempre tras el desastre de Chernóbil.

Circulaban muy pocos coches, casi todos de la policía, silenciosos, lentos, escrutando con sus faros todas las sombras, todos los rincones. Entre los pobres diablos de la parada, obligados por necesidad a permanecer todavía en la calle, se palpaba el miedo difuso, el apremiante deseo de alcanzar cuanto antes el amparo seguro de sus hogares. Cuando, por fin, el autobús se detuvo ante ellos, subieron todos con prisa al precario cobijo del interior del monstruo mecánico.

Él se instaló al fondo del pasillo. Probablemente el agradable calor en el interior del vehículo indujo en él un estado de abandono, de euforia. Contempló con cierto regocijo las medrosas expresiones en los rostros de los otros pasajeros. Sus primeros recelos desaparecieron por completo; lo del asesino en serie en la ciudad le parecía ahora un asunto irreal, una invención de los periodistas para vender periódicos, y en todo caso, algo que no le concernía, algo ajeno a él por completo. Claro que, puestos a pensar barbaridades, podría suponer que se trataba de un experimento pavloviano promovido por el gobierno con el fin de provocar en la población un reflejo condicionado de pavor, como recurso para mantener la paz social, desviando la atención de la gente de los auténticos graves problemas del país, entre ellos, la corrupción de la propia clase dirigente. "Si así fuera, estaría por apostar que mañana aparecerá otro crimen" —se dijo—. "Otra vuelta de tuerca para asegurarse la sujeción de la población, y después, un nuevo período prolongado de calma hasta que se haga necesario un nuevo estímulo".

Cuando llegó a casa, sus tres abominables vástagos estaban ya acostados y su mujer se afanaba en la cocina, ultimando la cena para los dos. Él la besó en la nuca, un beso que hacía unos años funcionaba a la perfección, pero que ahora la dejaba indiferente, y le puso una mano en el culo.

—Para —dijo ella, rechazando la caricia con brusquedad—. ¿Te has enterado de lo del crimen del malecón?

—Claro. Viene en el periódico —contestó él, arrojando el diario sobre la mesa.

—Quita de ahí esa porquería. A saber por dónde ha estado. ¿Y qué dice?

—Nada; lo de siempre en estos casos. Que, de momento, no hay pistas y que la policía está investigando. Los periodistas se caen de originales. Y algunas fotografías.

—Otra cosa: ¿Apareció la pelliza?

—¡Ah, no! ¿Dónde iba a aparecer? Deja ya el asunto, por favor, no vuelvas a armar otra como la de anoche.

—Claro, como nos sobra el dinero... Vete a la mierda. —Y se enfrascó en su trabajo, depositando ruidosamente en el fregadero los cacharros usados en la preparación del guisote que serviría de cena.

Al día siguiente, el periódico local insertaba a grandes titulares, bajo la mancheta:

"UN NUEVO CRIMEN DEL ASESINO DE LAS TIJERAS"

Se enteró por las conversaciones de los otros pasajeros del autobús de ida al trabajo. Desgraciadamente, había acertado en su pronóstico. Los otros hablaban agitadamente, se interrumpían unos a otros y el ruido del motor no dejaba oír con nitidez, pero le pareció escuchar varias veces la palabra "murallas". Tuvo un presentimiento. Nada más apearse, corrió a comprar el diario y buscó la noticia con avidez. Un sentimiento de terror se apoderó de él al leer aquello que confirmaba su corazonada: La víctima, un hombre grueso y de baja estatura vestido con una parka excesivamente grande para él, había sido encontrado a primeras horas de la noche de ayer en las inmediaciones de la muralla medieval, por su lado exterior.

Un poco más abajo, otro comunicado con fotos daba cuenta del hallazgo en el fondo del río, en las inmediaciones del Paseo del Malecón, por submarinistas de la policía, de una pelliza con los bolsos cargados de piedras, además de unas largas tijeras de acero inoxidable. Se suponía que estas eran el arma homicida en el crimen ocurrido allí hacía dos noches, aunque no se albergaban grandes esperanzas de conseguir alguna pista conducente a la detención del asesino, porque a la dificultad de obtener ADN de una prenda de ropa se unía el hecho de la desaparición de vestigios orgánicos por acción del agua.

"¡Dios, Dios, Dios!", musitó, sintiéndose desfallecer. A punto de perder el equilibrio, tuvo que apoyarse en la pared del edificio más próximo. Todo su cuerpo temblaba con convulsiones tan vigorosas que comenzó a llamar la atención de los numerosos transeúntes. Sin embargo, ninguno se detuvo a auxiliarle; como hormigas, corrían hacia su trabajo, y no era cosa de perder unos minutos para interesarse por un perfecto desconocido. "Yo estuve en los dos sitios, poco antes de los crímenes. ¿O no fue antes? La pelliza de las fotos se parece muchísimo a la mía, es la mía. ¿Qué tengo que ver yo con estas muertes?". Recordaba sus episodios de amnesia de tiempos pasados y se atormentaba pensando: "¿No vi ni hice nada anormal, o más bien no recuerdo lo que vi o lo que hice?" Y al final, como un delirio, como un engendro atroz que amenazaba con arrebatarle la razón, surgió la temida cuestión: "¿Soy yo, acaso, el asesino?"

Pálido como la muerte, comenzó a caminar sin rumbo. No obstante, la fuerza de la costumbre lo encaminó hacia su oficina. Llegó con veinte minutos de retraso. Marchaba como un autómata, completamente ajeno a cuanto le rodeaba. Ascendió las escaleras. Al verlo, el jefe, furibundo, salió de su pecera y se plantó ante él, dispuesto a endilgarle una bronca monumental ante sus compañeros, pero al encontrarse con la mirada plana de aquellos ojos sin fondo, que anunciaban la terrible agitación de un alma desesperada, se detuvo en seco, verdaderamente acobardado, se hizo a un lado y lo dejó pasar sin pronunciar una sola palabra.

Él se dirigió a su rincón, se sentó en su silla giratoria y permaneció quieto y mudo durante un buen rato. Todas las miradas se posaron en él, pero nadie se movió, nadie hizo el más leve gesto de acercamiento, nadie le preguntó nada. Todos estaban profundamente impresionados ante el inesperado comportamiento de aquel hombre, siempre tan callado y tan humilde.

Al cabo se levantó. Seguía tan pálido y ausente como a su llegada. Consiguió articular:

—Me voy. No me siento bien.

El jefe llamó:

—¡Faustino! Coge el coche y llévalo a su casa. Toma las llaves. Y acompáñalo hasta la puerta.

Estaba seguro de que, si lo dejaba ir solo, no llegaría a su destino, aunque eso no fuera algo que le preocupase en exceso. Más bien, deseaba alejarlo cuanto antes, porque aquel extraño e inesperado comportamiento lo intimidaba de veras; intuía que el otro podría pasar súbitamente de la profunda postración a la exaltación más salvaje, con peligro para su integridad física.

Seguía en estado de shock cuando su compañero, a media mañana, lo dejó ante la puerta de su domicilio. Nadie respondió al timbrazo. Buscó la llave en sus bolsillos y la introdujo en la cerradura, que encontró asegurada con doble vuelta. La casa estaba vacía: los chicos, a aquellas horas, se hallaban en el colegio, pero ¿dónde estaba su mujer, que siempre se quejaba de vivir permanentemente encerrada en casa, mientras los demás disfrutaban, según ella, de una intensa vida social?

Aunque la sensación de pavor no cedía, la tensión mantenida durante varias horas había agotado sus energías. Una vez solo, comenzó a sentirse tremendamente cansado. Se dirigió al dormitorio y se tumbó sobre la cama, sin ni siquiera despojarse del gabán. Pronto se quedó dormido, con un sueño convulso y febril. Estaba caminando por un parque muy frondoso y muy oscuro, en compañía de un número cambiante de personas a las que no lograba reconocer, a pesar de que lo trataban con absoluta familiaridad; eran pelirrojos, de la misma rojez que el cielo; vestían chaquetas americanas, llevaban las manos en los bolsillos y hablaban, hablaban, hablaban, aunque él no podía oír sus voces, solo veía el movimiento de sus labios. Pese a la oscuridad reinante, eran perfectamente visibles todos los detalles de las personas y del parque, que unas veces era parque, otras calle de una ciudad, e inmediatamente después terreno abarrancado. Él, mucho más alto que sus acompañantes, caminaba detrás y llevaba en la mano derecha un papel arrollado, o una barra de pan, o una vela. El número de personas cambiaba con toda naturalidad: siete, dos, tres, una. Ahora solo quedaba una persona, a la que únicamente veía la espalda y que hablaba sin cesar, sin volverse nunca, gesticulando aparatosamente con las manos, que ya no reposaban en los bolsillos. De repente, el objeto en su diestra se transformó en un estrecho y largo punzón afilado y él, que también era pelirrojo y tenía unos caninos afilados, no de Drácula, sino de tigre, tal como se estaba viendo a sí mismo, como en un espejo, comenzó a asestar puñaladas por la espalda al tipo bajito y pelirrojo, el cual, sorprendido, giró su rostro y lo miró con unos enormes ojos muy redondos: era su padre, cuarentón, con un desmesurado mostacho de color pajizo. Su padre, muerto hacía muchos años.

El ruido de un portazo lo sacó de su pesadilla. Unos segundos después, su mujer asomó a la puerta del dormitorio. Estaba primorosamente maquillada y peinada y vestía un elegante abrigo chaquetón rojo con cinturón de lazo atado a la cintura. Al verlo sobre la cama, lanzó un gritito:

—¡Huy! ¿Qué haces en casa, a estas horas? ¡Menudo susto me he llevado cuando vi la puerta abierta!

—No me sentía bien. Y tú, ¿dónde has estado?

—Fui a la peluquería. Y de compras. Tenía que comprar unas tijeras, que no sé qué ha podido pasar con las que teníamos, que no aparecen en parte alguna. ¡Y mira que las he buscado! No veas la cara que puso el dependiente, cuando le pedí unas tijeras grandes. Se ve que hay psicosis, con lo del asesino de las tijeras.

Tembló al oír estas palabras. Ella continuó:

—¿Por qué no te quitaste el abrigo y los zapatos antes de acostarte? Vas a poner perdida la colcha, con los zapatos. ¿Tenemos que llamar a un médico?

—No, gracias, cariño. Ya se me pasó — respondió él, alzándose de la cama e intentando aparentar una tranquilidad que no sentía.

Cuando su mujer, ajena por completo a la angustia que lo devoraba, salió del cuarto atusándose con coquetería los rizos de su cabello, él corrió hacia la puerta, cerró con llave y de nuevo se arrojó de espaldas sobre el lecho. Pensaba oscuramente en el suicidio como única salida a la absurda situación que estaba viviendo. Al borde de la náusea, se preguntaba: "¿Por qué yo? ¿Por qué a mí?". Se levantó nuevamente, desazonado; se acercó a la ventana. Desde su decimoctavo piso se divisaban los tejados de las casas de enfrente; las terrazas, muchas de ellas convertidas en jardines y casi todas con grandes hileras de ropa tendida agitándose al viento, como velas; los balcones con macetas de plantas quemadas por el frío. Abajo, en la calle, diminutos automóviles y seres humanos como hormigas se agitaban de un lado para otro, como en una danza ritual. ¡Qué fácil sería lanzarse al vacío y acabar con todo! Pero le faltaba valor. Además, podría aplastar a alguien con su cuerpo y sería un crimen más a añadir a los que, con toda certidumbre, a pesar de su incapacidad para recordar, había cometido. Dijo en voz alta:

—Tengo que huir.

¿Pero huir adónde? Su enemigo era él mismo, y no hay lugar en el mundo donde uno pueda esconderse de uno mismo. Daba igual; tenía que irse, alejarse, caminar sin descanso hasta desfallecer, hasta dejar atrás aquellos demonios que sin piedad despedazaban su alma.

Abrió la puerta con sigilo, marchó por el pasillo con estudiada lentitud; al pasar junto a la puerta abierta de la cocina, atisbó a su esposa de espaldas, afanada entre cacharros. Continuó en silencio. Colocadas sobre el taquillón del recibidor, junto al bolso de la mujer, permanecían aún las tijeras recién compradas, en su funda de plástico. Sin pensar en lo que hacía, las introdujo en un bolsillo de su gabán. Abrió la puerta con cuidado y salió al descansillo, entornando de nuevo el batiente sin llegar a cerrarlo del todo, para evitar el chasquido del pestillo.

Ya en el rellano, se precipitó hacia las escaleras y, a grandes saltos, descendió alocadamente dos o tres pisos. Allí estaba parado el ascensor, vacío y solo. Entró en él y, ya un poco más sosegado, descendió hasta el portal, salió a la calle y comenzó a caminar apresuradamente y sin rumbo. Al cabo de un tiempo que no podría determinar, se halló deambulando por calles que le resultaban totalmente desconocidas. Sus demonios interiores no le habían abandonado, pero ahora había pasado de la desesperación a un estado casi indoloro de abatimiento, del que se sintió vagamente avergonzado. ¿Cómo era posible que la conciencia de ser un asesino no le hubiera provocado la muerte o la locura más profunda? ¿A qué extremos de abyección había caído, que no era capaz de recordar ni una sola de las circunstancias de sus crímenes?

Estaba ante una parada de autobús. Aún no era la hora de salida de las oficinas y no había casi nadie bajo la marquesina: una campesina con una cesta de mimbre vacía, una mujer fumando y un soldado esparrancado sobre el asiento metálico, con el petate a un lado. Decidió subir al vehículo que llegaba en aquel momento y se sentó junto a una ventanilla. Iría hasta el final del trayecto, fuera cual fuese. Cuando el ómnibus arrancó, vio a una mujer embozada corriendo tras él, en un intento vano de alcanzarlo. Reconoció su mirada y, estremecido de pavor, se encogió en su asiento y se apartó del cristal.

Tras varios kilómetros recorridos, los edificios comenzaron a ralear en las márgenes de la calzada. En la parada terminal, un único edificio de dos plantas, con los bajos ocupados por un bar, esperaba a los pasajeros. Descendió. El autobús dio la vuelta en una pequeña rotonda y emprendió el camino de regreso. El bar estaba cerrado y en parte alguna se veía un solo ser vivo. Al otro lado de la carretera, frente al bar, una cerca de alambre cuyos límites, a derecha y a izquierda, no podían divisarse desde su punto de observación, rodeaba un frondoso bosque de pinos y robles. A unos metros de distancia de la parada, interrumpía el vallado una amplia puerta de hierro sobre cuyo dintel se leía: "Zona natural de esparcimiento Monte del Lago". La puerta estaba abierta. Entró en el bosque.

En la estrecha explanada de entrada, un cartel mostraba el plano de la zona, con indicación de los puntos de ubicación de los mejores ejemplares arbóreos. Varios senderos partían de allí, todos ellos confluentes, después de muchas vueltas y revueltas, en un pequeño lago, en el centro del bosque. Tomó la vereda más cercana y empezó a caminar. Hacía frío. En el silencio de la espesura, la gravilla pisada por sus zapatos restallaba en sus oídos como tiros en la lejanía. En los lugares más sombríos, la hierba conservaba la alba capa de la escarcha nocturna, a pesar de lo avanzado del día. No sabía la hora que era y se había propuesto resistir a la tentación de consultar el reloj. A medida que el tiempo pasaba, sentía más frío en el cuerpo y una mayor y más sorda angustia en el alma. Gritó. Un eco duplicado, triplicado, contestó su voz, aumentando aquel reverbero la insoportable agonía de su espíritu. ¡Si al menos pudiese llorar! ¡Si pudiese descargar el peso de su alma confesando sus crímenes! Pero, ¿confesar, qué? ¿Cómo era posible que no recordase nada, ningún detalle de aquellos horrendos asesinatos?

Traspasado de angustia, llegó a una pequeña choza de madera a orillas del lago, tal vez refugio de los guardabosques, con un cobertizo adosado a uno de sus lados, habilitado como leñera. Estaba tan despoblada como el resto del entorno. Se sentía aniquilado por el cansancio y la pena; se sentó entre los troncos apilados y se durmió.

Al despertar, estaba anocheciendo. Tenía las manos traspasadas de frío; las introdujo con violencia en los bolsos de su abrigo y un grito de dolor salió de su garganta, haciendo remontar el vuelo a una bandada de pajarillos alojada en un árbol vecino para pasar la noche. Algo se había clavado en su mano derecha. Había olvidado las tijeras que inconscientemente recogió en su casa y que ahora sostenía ante sus ojos, bañadas en la sangre de su muñeca. Las apoyó en el suelo, con la punta hacia arriba, sosteniéndolas en esta posición con ayuda de unas piedras colocadas a su alrededor. Se despojó del abrigo y de la chaqueta. Se arrojaría sobre las tijeras con todo el peso de su cuerpo y se las clavaría en el corazón. No había otro remedio para su locura; Dios lo perdonaría.

Pero era cobarde.

De una patada, lanzó lejos las tijeras.

Subió a un pequeño muelle de madera en la orilla del lago, con varias barcas de recreo amarradas a él. Se arrojó al agua con intención de ahogarse, pero era un excelente nadador y su instinto le obligó a bracear hasta la orilla.

Salió del agua medio congelado; se cubrió rápidamente con el abrigo y comenzó a pensar: "¿Qué locura es esta? ¿Cómo puedo acusarme de unos crímenes que en modo alguno recuerdo haber cometido? ¿Y si soy inocente? ¡Tengo que vivir hasta averiguar la verdad! ¡Y si soy culpable, dejaré que sean los hombres lo que me condenen y redimiré mi culpa!"

Las últimas luces del día se desvanecían en el horizonte. Con firme determinación, se levantó y se volvió, dispuesto a regresar a la ciudad. Se interpuso una sombra ante sus ojos y un fuerte dolor atenazó su vientre. Mientras se deslizaba blandamente hacia el suelo, vio con sus ojos ya muertos la figura de una mujer embozada que lo contemplaba fríamente. Reconoció, sin sorpresa, la mirada de su padre.

— o —

Al día siguiente, el periódico local clamaba con ira:
"¿QUÉ HACE NUESTRA POLICÍA?"
"AYER, UN DOBLE CRIMEN HA VENIDO A SUMARSE A LA OLA DE ASESINATOS SUFRIDA POR ESTA CIUDAD"

En las varias páginas dedicadas al tema, el diario daba cuenta de dos asesinatos perpetrados en el plazo de veinticuatro horas: El de una mujer en la cocina de su casa, en el decimoctavo piso de un inmueble de la zona moderna de la ciudad, descubierto por una vecina que encontró la puerta de la vivienda entornada, y el de un hombre en la zona de esparcimiento del Monte del Lago, hallado por un guardabosques con una gran herida en el vientre y otra de menor gravedad en la muñeca derecha. Curiosamente, el hombre tenía la ropa completamente empapada bajo un abrigo perfectamente seco y ensangrentado en la zona del bolsillo derecho. Interrogado el conductor del autobús que cubre el trayecto hasta la citada zona de esparcimiento, declaró que en la parada terminal habían descendido ayer, hacia mediodía, un hombre, que identificó como la víctima, y una mujer embozada hasta los ojos, que lo acompañaba. Después de aquella hora, nadie había tomado en todo el día el autobús de regreso a la ciudad en aquella parada. Se buscaba a la misteriosa mujer, aunque con pocas esperanzas de éxito.

EL TUBO

Las suelas de goma de sus zapatos nuevos chirriaban en el lustroso suelo del andén, *"rec rec rec"*, provocándole un íntimo sentimiento de vergüenza; le parecía que todos los ojos se fijaban en él y reprobaban su estridente presencia. "¡Mierda!". Procuraba apoyar suavemente el pie más adelantado, pero el desagradable chirrido no cesaba, se repetía incesantemente, una y otra vez, a cada paso. Se detuvo ante el quiosco de prensa, sofocado, y fijó su mirada en las revistas expuestas, aunque sin ver, solo para que aquel ruido vergonzante cesase de una vez, hasta que advirtió que se había detenido, precisamente, ante el desnudo más escandaloso del panel. La sensación de estar haciendo el ridículo subió bruscamente a sus sienes, como una ola.

Sudando a mares, miró con aprensión hacia uno y otro lado; nadie reparaba en su presencia. Se sintió algo más aliviado. La gente, detenida, miraba hacia la izquierda, hacia la boca del túnel donde, unos segundos después, comenzó a oírse un traqueteo y dos luces circulares avanzaron perdiendo velocidad progresivamente.

Cuando el tren se detuvo y abrió sus puertas, una avalancha de gente se precipitó hacia el interior de los vagones, arrastrando a

Camilo, que se dejó llevar dócilmente, aun cuando no estaba muy seguro de querer tomar aquel transporte. Tal vez habría sido mejor esperar en la estación la prometida llegada de Alfonso, su primo. Aquella misma mañana habían hablado por teléfono y su primo le había dicho que esperase, que no tardaría más de media hora en llegar a aquella parada. De eso hacía ya más de dos horas. Intentó llamarle de nuevo, pero el móvil no cesaba de repetir: "Teléfono apagado o fuera de cobertura" y hasta ahora tampoco había recibido respuesta a los cuatro o cinco wasaps enviados, el último escrito ya con ciertos tintes de alarma.

Había olvidado el motivo que lo había traído a la gran ciudad, sin duda a causa de la enorme inquietud provocada por la tardanza de su primo y el agobio de aquella muchedumbre que se movía convulsivamente de acá para allá en aquella estación de metro, a la que tampoco recordaba cómo y cuándo había llegado. No era la primera vez que le ocurría algo parecido; hace unos años, se encontró un buen día en Valladolid, sin recordar a qué había ido a aquella ciudad. Se limitó entonces a tomar unas cuantas cañas de cerveza, hasta que llegó el primer tren de retorno a su localidad de residencia. Solo al día siguiente cayó en la cuenta de que habría tenido que presentarse ante el Tribunal Superior de Justicia, como letrado en un contencioso. El incidente le costó una amonestación y multa del Tribunal, la irrisión perpetua de sus colegas y la fama no menos perdurable de "despistado mayor del reino".

Mientras el tren subterráneo circulaba a gran velocidad, Camilo cayó en otra cuenta: no llevaba, ni recordaba haber llevado antes, equipaje, ni cartera de mano, ni bandolera. Nada. Tal vez se lo habían robado en la estación anterior, o en este vagón. Echó un vistazo a su alrededor: la gente sentada y de pie que atestaba el compartimento no le prestaba la menor atención. Tosió, débilmente al principio, con gran violencia después; nadie volvió el rostro hacia él. Silbó una chabacana melodía de moda, acercando los labios a los oídos más cercanos; nadie pareció sentirse molesto. Ensayó en el pasillo unos pasos de claqué: nadie miró. Pensó en la terrible soledad del hombre en las grandes ciudades. "En los pueblos, al menos, te tienen en cuenta, aunque solo sea para despellejarte". Volvería al pueblo, cuando se jubilase; compraría una casita con huerta, plantaría tomates y lechugas y se dedicaría a vivir sin más complicaciones.

Cada cierto tiempo, el tren se detenía en una nueva estación. Camilo dejó pasar varias paradas hasta que decidió apearse. Se encontró en un gran recinto abovedado, de paredes cubiertas con sucias baldosas de cerámica blanca, un olor atosigante que lo inundaba todo y que le recordó de forma imprecisa el tufo penetrante del cuero mojado, y con una humanidad urgida por la prisa y rumorosa que se desplazaba compulsivamente en dos oleadas enfrentadas: la de los que intentaban abandonar los vagones, obstaculizada e impedida por los que pretendían entrar en ellos. A pesar del alboroto reinante, Camilo no se sentía agobiado o zarandeado.

Echó un vistazo a su alrededor, un poco divertido ante el curioso espectáculo, y de repente creyó divisar a lo lejos un rostro conocido entre los que pugnaban por encajarse en los coches. ¿Aquél no era Felipe, el tornero, el que vivía en la casa de la esquina, el que un día, hace ya unos años, salió a cazar conejos y no volvió jamás? Todo el mundo pensó que se lo había tragado el enorme agujero que aquella misma tarde se formó en las afueras de la población (*sinkholes*, dijeron que se llamaban esos agujeros los científicos que vinieron a investigarlo), aunque no faltó algún malicioso que mantuvo la hipótesis de una huida a tiempo para eludir una embarazosa investigación acerca de la muerte imprevista de un cuñado, al que Felipe debía una verdadera fortuna.

Sí, no cabía la menor duda: aunque con bastantes kilos de menos y un semblante anémico y crispado, aquel individuo era Felipe. ¡Qué casualidad! Lo llamó:

—¡Felipe, Felipe!

Pero en aquella barahúnda era imposible que el otro oyese nada. El vagón lo engulló y el convoy se puso en marcha y desapareció con un silbido metálico.

"¡Vaya notición! ¡Nadie se lo va a creer, cuando lo cuente en el barrio! ¡Resulta que los maliciosos tenían razón!", pensó.

Los andenes se habían vaciado de golpe; solo seis o siete personas permanecían sentadas en los bancos adosados a la pared o consultaban el mapa de estaciones. La claridad del exterior llegaba como un reclamo a través de las empinadas escaleras de acceso. Aunque no sabía en qué parte de la ciudad se encontraba, decidió salir a la calle. No había escaleras mecánicas. Con toda lentitud, comenzó a ascender los escalones de piedra artificial, pero, apenas asomó al exterior, advirtió que se encontraba en una calle de casas feas y destartaladas, alineadas a lo largo de una calzada sucia, húmeda y maloliente, poblada por una chiquillería bulliciosa, andrajosa y gritona, sin apenas coches. El cielo amenazaba lluvia. Volvió sobre sus pasos. Prefería continuar en el subterráneo, viajando por las entrañas de la ciudad, al menos hasta llegar a una salida más agradable, en alguna calle menos mísera, con edificios de más prestancia y gentes con mejor aspecto.

Se dirigió al panel informativo enmarcado en la pared, leyó el nombre de la estación en la que se encontraba y contó el número de estaciones que habría de pasar hasta llegar al centro de la población, donde, sin duda, encontraría un entorno exterior más atractivo en el caso de que se decidiese a abandonar aquellos subterráneos.

La estación comenzaba a llenarse nuevamente de gente presurosa, malhumorada, empapada de lluvia. Muchos se acercaban peligrosamente al borde del andén, deseosos de asegurarse un puesto en el convoy que estaba a punto de aparecer, a juzgar por el temblor que Camilo empezó a sentir en el pavimento, bajo sus pies. "Si a un loco le diera por empujar a esa fila de gente, se produciría una catástrofe del copón", pensó. "¡Qué frágil es la vida! ¡Un hilo sutil, que cualquiera puede romper sin esfuerzo!"

En el andén del otro lado de las vías, justo enfrente de él, una sombra pareció surgir de la mismísima pared y se abalanzó sobre el gentío agolpado junto al foso. Era un individuo pequeño, vestido con harapos, de larga y alborotada cabellera negra, con un bigote afeitado en el centro, justo debajo de la nariz, a lo Cantinflas, y, lo que más llamó la atención a Camilo, marcado por una intensa y llamativa palidez, como la que había observado horas antes (¿o solo minutos antes?) en el rostro de su reencontrado vecino Felipe. La aparición comenzó a empujar al gentío, con el manifiesto propósito de arrojarlos a las vías, moviéndose convulsivamente de un lado para otro, sudando copiosamente, pero, ¡qué curioso!, nadie parecía sentir sus violentos empujones, nadie reparaba en su presencia. Solo el aterrado Camilo, que, sin poder contenerse, comenzó a gritar:

—¡Tío, ¿estás loco?! ¡Para, joder, cabrón, asesino! ¿Qué coños haces?

A pesar del intenso alboroto reinante, el otro captó los gritos de Camilo. Se detuvo en seco, sorprendido, lo buscó con la mirada y, cuando lo localizó, levantó hacia él las dos manos, dirigiéndole una doble higa, efectuó después un acrobático salto, golpeándose los dos talones en el aire, y, con la misma rapidez con que había surgido, desapareció, aparentemente engullido por el muro del fondo.

Todavía impresionado por la escena que acababa de presenciar, Camilo apoyó su espalda en las baldosas de la pared, que sintió gratamente frías, y dejó deslizar su cuerpo hasta quedar sentado en el suelo. Desde esa posición, observó la abigarrada fauna humana que se agitaba a su alrededor: hombres trajeados con maletines de mano, mujeres con carritos de compra y maletas de ruedas, jóvenes de ambos sexos cuidadosamente desaliñados, todos con auriculares, todos absortos en sus móviles, casi todos con mochilas medio vacías a la espalda; ancianos agobiados por el peso de enormes bolsas de plástico. Muy pocos rostros expresaban alguna emoción, muy pocas personas hablaban entre sí, y, sin embargo, reinaba en el ambiente un clamor desagradable, un alboroto molesto y penetrante, como el zumbido de un millón de moscardones enfurecidos.

Algo llamó poderosamente la atención de Camilo; dispersos entre aquella muchedumbre bullente, aparecían aquí y allá dos o tres decenas de individuos marcados todos ellos por una misma característica: una lividez extrema, marmórea, fría y repulsiva, idéntica a la que ya había observado en su antiguo vecino y en el sujeto del bigote a lo Cantinflas. Todos se agitaban angustiosamente y, sin embargo, nadie les prestaba la menor atención; era como si para los demás no existieran.

Jamás había visto aquella palidez cadavérica en un ser vivo, y mucho menos tantos individuos aquejados por ese síndrome agrupados en un mismo espacio. "¿Será una enfermedad, algo así como una epidemia?", pensó. "Pero el resto de la gente parece no darle importancia; ni siquiera se fijan en esos zombis tan repulsivos". Se incorporó con cierta dificultad; había comenzado a sentir un cansancio extremo, tenía adormecidas las dos piernas y sus pasos eran inseguros, como cuando has tomado demasiadas cervezas y no estás borracho, pero has perdido el estricto control de tus movimientos.

Pasó ante el panel publicitario de una cadena de supermercados, protegido por un cristal que reflejó su imagen. Se detuvo, espantado: aquella figura reflejada era él mismo, no cabía la menor duda, pero su piel había adquirido una cérea lividez que no podía ser compatible con la vida. Se despojó de los guantes: sus manos tenían la misma cadavérica palidez. "Esos cabrones me han pegado su enfermedad; ¿pero cómo ha podido ser, si ni siquiera me he acercado a ninguno de ellos? ¿Sus miasmas están en el aire? ¿Será grave?"

A juzgar por el comportamiento de aquellos cirios andantes, no parecía una dolencia muy grave. Y la gente normal que se entrecruzaba con ellos no mostraba ninguna actitud de preocupación o repulsa. Es más: habría que destacar, si acaso, su total indiferencia hacia esos tipos raros; pasaban a su lado como si no les viesen.

Fuera como fuese, Camilo comenzó a sentirse invadido por el pánico. Tenía que acudir a un médico inmediatamente, pero ¿cómo? No conocía aquella ciudad, no recordaba con qué objeto había venido a ella, ni siquiera podía precisar cuándo y dónde había descendido a aquella red de ferrocarril metropolitano. Comenzó a preguntar a la gente que se cruzaba con él:

—¡Oiga, por favor, ¿sabe si hay cerca de aquí algún hospital o dispensario médico?

—Señor, ¿puede ayudarme, por favor?

—¡Oiga, amigo, atienda, hágame el favor!

Nadie se detuvo a escucharlo; nadie le prestó la menor atención. No lo veían, no existía para los otros, era como si aquella multitud estuviera en otro plano de la realidad.

Decidió salir a la calle y preguntar al primer policía que encontrase; un agente de la autoridad no podría negarse a atenderle. Ascendió apresuradamente los escalones, de tres en tres, pero al llegar a la salida, una fuerza invisible lo detuvo de golpe. Era como si un cristal irrompible de enormes dimensiones se interpusiera en su camino. Lo intentó varias veces, con energía, con rabia, pero todo fue inútil. Entre tanto, la gente subía y bajaba, atravesando sin dificultad aquella barrera invisible; solo otro individuo bajito, macrocéfalo, de piel tan lívida como la suya, tropezó con el mismo obstáculo inmaterial y, violentamente rebotado, a causa del vigor de su embestida, cayó rodando escaleras abajo.

Desalentado, Camilo emprendió el descenso, muy lentamente. Las paredes de aquella boca de metro estaban totalmente ocupadas por numerosos grafitis de los más diversos estilos y calidades, sobreponiéndose unos a otros. En uno de ellos, muy borroso, muy pequeño, a medias oculto por otros dibujos y textos más llamativos, Camilo acertó a leer: "*Abandonad toda esperanza.*" "¿Quién será el idiota que se dedica a escribir estas chorradas?", se dijo para sus adentros, aunque no pudo evitar un vuelco de su corazón.

Se sentó en un poyo y dejó que el frío de la piedra traspasase todo su cuerpo. No podía precisar cuántas horas llevaba en aquellos subterráneos. Bastantes, desde luego, pero, curiosamente, no sentía hambre, ni sed, ni deseos de orinar o de defecar. Dejó que aquella suave sensación de frío avanzase, conquistando su cuerpo molécula a molécula. Contempló sus manos, ahora sin guantes: eran dos zarpas de yeso crispadas y gélidas, de aspecto tan frágil que pensó que podrían romperse en añicos si las golpeaba contra algo. Su alma se le iba vaciando de todo sentimiento que no fuese una sorda desesperación, una infinita sensación de soledad, de desamparo. Rodeado por multitud de personas que se cruzaban con él sin dirigirle una sola mirada, sintió el horror del bloqueo, del aislamiento infinito, de la imposibilidad de relacionarse con los demás. Solo los talasémicos, como él, parecían notar su presencia, pero en su interior había crecido un odio incontenible hacia aquellos albinos, el mismo que, a juzgar por sus actitudes, los otros sentían contra él; un rencor que le llegaba a provocar una insoportable y dolorosísima angustia.

Una fuerte sacudida, un dolor lacerante que se le antojó en todo semejante a la descarga de un rayo, le devolvió a la realidad. Una mano huesuda e inmensa se había posado sobre su hombro. Alzó los ojos y pudo contemplar ante él a un hombre altísimo y malencarado, vestido con gorra militar sin distintivos, cazadora muy ajada y cuarteada, con cuello de piel y ceñida por un ancho cinturón, pantalones a rayas verticales blancas y grises, muy sucios, y gruesas botas de campaña. Enarbolaba un gigantesco palo cilíndrico en su mano izquierda, parecido a un bate de béisbol, pero sin forma, que esgrimía, amenazador, muy cerca del rostro de Camilo. Era la viva imagen de un *kapo* de los *Konzentrationslager* nazis, que alguna vez había contemplado en antiguas fotografías. Sorprendía aún más la cara de aquel sujeto: un albugíneo retrato del mismísimo Hitler.

El diabólico engendro acercó su boca al oído de Camilo, que a punto estuvo de perder el sentido, a causa del hedor que lo poseyó como una marea, y susurró:

—Has sido juzgado.

Tuvo la sensación de que su alma se licuaba, se deshacía, se hundía en un profundo despeñadero gélido y oscuro, sin límites, sin fondo: sintió una pavorosa soledad, un inmenso temor, un odio creciente y envolvente, como un tsunami. El abismo horrísono de la nada. El monstruo prosiguió:

—Has sido pesado, y te ha faltado peso.

¿Qué era todo aquello? ¿Qué estaba pasando? ¿Todo aquello era real, o era solo un sueño? El otro penetró su mente. Acercó aún más su odioso rostro al de Camilo, riendo escandalosamente, con una carcajada que helaba la sangre, y le gritó:

—¡No estás soñando, imbécil! ¡Estás muerto! ¡Han cortado el hilo de tu vida!

"¿Estoy muerto?", se preguntó desconcertado. "¿Pero dónde y cuándo ocurrió, y cómo pudo suceder?"

—¿Y qué soy ahora? ¿Soy un zombi? Y todos estos seres pálidos que andan por ahí, ¿son zombis?

Las risotadas del monstruo cobraron más vigor, cayendo como puñales sobre el cerebro de Camilo:

—¡Hay que joderse! —vociferó—. ¡Eres el cabrón más estúpido que he conocido! ¡Los zombis no existen, los muertos vivientes no existen más que en las películas! ¡Tú eres un muerto—muerto! ¡Y todos esos son muertos—muertos! ¡Y este es tu infierno, tu báratro! ¡El eterno, tedioso, fatigoso y desesperanzado infierno de los mediocres, de los que no han sido ni fríos ni calientes, de los indecisos, de los cobardes, de los comodones, de los que nunca se decidieron a emplear el talento que se les confió!

Por la boca del túnel asomó el morro de una locomotora que se acercaba, emitiendo un sonido como el de un gigantesco enjambre, como el de las mareas, como el del agua cayendo desde una gran altura, como el de la chicharra de un despertador...

DE CÓMO LOS TIGRES DE BENGALA PUEDEN PROVOCAR ACROFOBIA

No sé si a todo el mundo le pasa lo mismo. No creo, pero a mí me sucede que toda la memoria que guardo de mi vida pasada es un montón de peripecias triviales, de hechos sin importancia. Tal vez sea porque nunca he vivido nada que de verdad merezca la pena ser rememorado. Así que todos los recuerdos que tengo de mi infancia son cosas tan intrascendentes como, por ejemplo, el de mi hermano mayor sacudiendo un calcetín antes de ponérselo, sentado sobre la cama de nuestro dormitorio común, que no compartido, porque el dueño absoluto de aquel espacio era él y yo era tan solo un apéndice inevitable, y el alboroto que aquel movimiento de vaivén provocaba en el polvo flotante en un halo de luz que entraba por la ventana; o el tortazo que mi padre me soltó un día que llegué tarde a comer porque me entretuve demasiado, jugando con otros amigos, y se me ocurrió mentirle, diciendo que unos gitanos me habían raptado y conducido a los tiovivos, atado a la cola de un burro. Por absurda que parezca, esta anécdota es real; tendría yo cinco o seis años. En aquel tiempo, los chavales íbamos solos a la escuela.

Recuerdo también que, por aquel entonces, mis contactos con el mundo animal salvaje eran muy limitados, diría más bien inexistentes, si exceptuamos las ranas de las charcas de La Candamia, los pájaros de las choperas del río, las escurridizas lagartijas del "Prao Petardo", el zorro y el águila disecados en el laboratorio de ciencias naturales del colegio y otros bichos exóticos, mansos o feroces, conocidos gracias al cine o la fotografía.

Cerca del final de mi primer decenio de existencia, vino a paliar, en parte, este desconocimiento mío un circo, entonces famoso, que llegó a la ciudad cargado de animales. Ahora están prohibidas las fieras en el circo, pero en aquella época eran la atracción principal, de la que no prescindía ninguna *troupe*, por modesta que fuese.

Mi pandilla decidió ir a verlas, y hacerlo gratis a ser posible, por la aplastante razón de que, sumando el capital disponible de cada uno de nosotros, probablemente no llegaríamos a reunir el suficiente monto para abonar el importe de una sola entrada al espectáculo.

No sé cómo lo conseguimos, supongo que porque le caímos bien a alguien, pero lo cierto es que una mañana nos encontramos toda la panda dentro del recinto cerrado formado por las caravanas y los carromatos circenses, dispuestos en un amplio círculo tras la enorme carpa multicolor, y acogidos con total indiferencia por la abigarrada fauna, incluida la humana, que lo poblaba: Mujeres gordas y desgreñadas que aparecían en las puertas de las caravanas, como en ese juego de golpear muñecos con una maza, y arrojaban baldes de agua sucia sin mirar dónde; adolescentes larguiruchos y flacos aireando montones de heno con unas horcas; niños cochinos, bulliciosos y semidesnudos, persiguiéndose unos a otros; ingentes montones de excrementos de elefante, humeantes como los volcanes que habíamos visto en un documental, más grandes que la cagada de cinco vacas juntas, y que impregnaban de pestilente y pegajoso olor todo el aire de la mañana; gigantescos perros de ojos somnolientos, acostados a la sombra; perruchos pequeños y ladradores, corriendo excitados por entre las piernas de los niños; viejos acostados en hamacas, con sombreros de paja sobre la cara, en beatífica postura de muerto con los brazos cruzados sobre el pecho; hombres sin afeitar, acodados a cualquier objeto vertical de más de un metro y medio de altura, guiñando un ojo al sol y fumando, o con los índices metidos en los bolsos del chaleco; un pacífico elefante tomando agua con su trompa de un bidón oxidado. Y las jaulas.

Cerrando un lado del espacioso recinto estaban las jaulas, unos grandes remolques de camión con rejas en uno de sus costados, el que daba al interior del perímetro, de los que llegaban hasta nosotros, de vez en cuando, terroríficos rugidos que ponían los pelos de punta, como los que se oían en las películas de Tarzán, pero más profundos, más espantosos y amenazadores. Nadie, en aquella abigarrada tribu humana, parecía oír aquellos pavorosos bramidos, excepto mis amigos y yo. Fascinados, no sin cierto temblor, nos acercamos a las jaulas. Alguien, a nuestras espaldas, nos dijo:

—No os aproximéis a menos de dos metros de los barrotes.

Había en aquellos furgones un par de gorilas, que nos miraron con cara de imbéciles sin dejar de despiojarse mutuamente, dos o tres leones perezosos, una pequeña multitud de monos chillones y desvergonzados, de risa tonta; algunos bichejos más, que ya no recuerdo, y el tigre de Bengala. ¡Dios mío, qué enorme! ¡En mi vida habría podido imaginar que existiera un gato tan grande! Porque era como un gato, con rayas y cara de mala leche, pero un gato. Quedé absolutamente fascinado; no podía apartar los ojos de aquella mole rugiente. Su bufido, con todo, no era estentóreo, sino plácido y prolongado, casi lastimero. De improviso, se me quedó mirando fijamente, como yo a él. Pero, a mi mirada fascinada y admirativa, correspondió él con una ojeada displicente y burlona, la que una fastuosa majestad dirigía a un ser flacucho y miserable, de apenas treinta kilos de peso.

Aquella indolente mirada me molestó; estaba un poco asustado, claro, pero al mismo tiempo me sentí como despreciado y humillado, y en aquel mismo momento decidí que se iba a enterar, que sería cazador de tigres de bengala, para castigar y, si fuera posible, exterminar de la faz de la tierra a especie tan insolente. Haría, además, un bien a la Humanidad, y muy especialmente a la humanidad de los indios de la India, puesto que, según nos estaba contando en aquel momento el hombre que nos aconsejó no acercarnos demasiado a las jaulas, aquel bicho y todos sus hermanos tenían predilección por la carne humana y se habían comido ya más indios que habitantes pueblan actualmente su país.

No tenía entonces ni la más mínima idea de cómo se cazan los tigres de bengala, aunque me imaginaba que sería con cerbatana, con arco y flechas o con fusil, las armas más apropiadas para ser usadas en la selva, de acuerdo con lo aprendido en las películas americanas de aventuras. Me decidí por el arco y las flechas, por varias razones. La primera, que no tenía cerbatana ni sabía dónde pueden obtenerse. Intenté fabricar una con la caña de bambú de una escoba vieja, pero los proyectiles que logré lanzar con ella caían demasiado cerca de mí; juzgaba que no sería prudente acercarse mucho a un gigantesco tigrazo en libertad.

Deseché también el fusil, porque la única arma de este tipo que podría tener a mano era la escopeta de perdigones de mi hermano mayor, en el improbable caso de que pudiera birlársela, y no me parecía suficientemente potente como para matar tigres. Una vez vi cómo mi hermano asesinaba a un pardal, después de nueve mil o diez mil intentos infructuosos contra toda clase de seres voladores, pero yo había comprobado de primera mano que aquel artefacto era totalmente inútil cuando se empleaba contra piezas de mayor tamaño, como perros o gatos. Acertaba más veces que contra los pájaros, eso sí, pero lo único que conseguía era asustar al blanco y hacerle huir despavorido a la velocidad del rayo. Tenía entonces un amigo que se ofreció a robar la escopeta de caza de su padre si le dejaba participar en mi aventura, pero rechacé su ofrecimiento, porque no deseaba compañía y porque las escopetas grandes hacen mucho ruido y sólo podría cazar un tigre, ya que los demás desaparecerían de la selva al oír el primer estampido.

En consecuencia, concluí que el arco y las flechas serían la opción más idónea.

Estaba muy cercana la fiesta de Reyes, así que les envié una carta solicitando como regalo un arco y flechas de buena calidad. Mi padre se encargó de ponerle sello y echarla al buzón.

Y fui complacido, aunque con un inconveniente. La mañana de Reyes comprobé, satisfecho, que junto a mi calcetín lucía, espléndido, un arco "Ojo de Halcón", plegable con solo pulsar un botón, un carcaj con correa para llevar al hombro o a la cintura, una diana multicolor con trípode, y seis flechas... ¡con punta de ventosa! Aparte de ser escasa la munición, las puntas de ventosa no sirven para matar nada. Me conformé, no obstante, pensando que para el adiestramiento valdrían igual, y que ya tendría ocasión, más adelante, de hacerme con muchas más flechas de afilada punta metálica.

Comencé mi entrenamiento apuntando a la diana, hasta que, en cosa de dos o tres semanas adquirí la fuerza de tiro y la puntería que consideraba imprescindibles para llevar a término mi hazaña. Ahora era cuestión de empezar a probar con objetivos móviles, y para ello nadie mejor que el asqueroso, gordo y antipático gato de mi abuela, con el que yo nunca había conseguido hacer buenas migas.

Zapirón, que así había sido bautizado por mi abuela, admiradora y pertinaz recitadora de Samaniego, bueno, no de todo Samaniego, sino exclusivamente del verso que habla de Micifuz y Zapirón se comieron un capón, tenía, además, otra característica que lo hacía muy adecuado a los fines perseguidos por mí, y era su pertenencia a la especie, familia, género, o como se diga, de los felinos. Es decir, que, salvadas las distancias de tamaño, peso y belleza (porque tenía que reconocer que el tigre de bengala era un bicho precioso, propiedad que, se mire como se mire, no poseía ni de lejos el repugnante Zapirón), el gato de mi abuela tenía bastantes semejanzas de comportamiento con los tigres, como, por ejemplo, la forma de caminar, de saltar, de agazaparse, de trepar y de amenazar enseñando los colmillos y lanzando peligrosos zarpazos al aire.

La casa de mi abuela Natalia era un caserón de tres pisos, lóbrego y sombrío, situado, por contraste, en el centro de un ameno huerto poblado de naranjos, granados y aligustres. Las ventanas, todas con contraventanas exteriores de madera verde, estaban casi siempre cerradas, en invierno a causa del frío, y en verano para prevenir la invasión del calor y de las molestas moscas blancas de los agrios, que pegan unos picotazos del demonio. De forma que en la casa predominaba la oscuridad, probable motivo del matiz amarillento en la rugosa piel de mi abuela y de mis dos hécticas tías solteras, Veneranda y Divina Gracia. Las tres mujeres vestían siempre de oscuro. No obstante, una vez que me adentré en la habitación de mis tías, para curiosear en sus cajones, descubrí que su ropa interior era toda de los colores más vivos y excitantes, con predominio de los rojos y del amarillo limón, y profusión de encajes, bordados y cintas.

Las grandes puertas de la casa, guarnecidas de herrajes, ostentaban una preciosa placa del Corazón de Jesús en un batiente, y una primorosa y artística aldaba de bronce en el otro, del todo innecesaria, porque nunca nadie llamaba a aquella puerta. Entre otras razones, porque para acceder a ella era preciso atravesar antes el huerto, lo que suponía que previamente alguien de la casa había facilitado el acceso. Excepto en la fachada principal, todas las ventanas de la planta baja estaban protegidas por anchos toldos de lona verde, siempre desplegados, para que el sol no recalentase las paredes.

La buhardilla, retranqueada en la fachada delantera, dejaba espacio para una amplia terraza, protegida por un pretil de columnas de falsa piedra.

Mi abuela instaba muchas veces a mis padres para que me dejasen pasar una larga temporada en su compañía. Decía que yo era un buen muchacho, y que para llegar a ser hombre de provecho solo precisaba que se me sacasen del cuerpo dos o tres demonios menores, cosa que ella sabría hacer sin ocasionarme la más mínima molestia. Yo siempre me había opuesto a aquel secuestro, pero ahora las circunstancias habían cambiado: necesitaba estar cerca de Zapirón, para mis entrenamientos. Pedí, pues, a mis padres que me dejasen pasar en casa de la abuela las vacaciones de Semana Santa, y ellos, gratamente sorprendidos, accedieron sin tardanza, lo que no dejó de mosquearme; me dio la impresión de que estaban deseando deshacerse de mí por algún tiempo.

En conclusión, en la mañana del Viernes de Dolores me instalé con armas (mi arco y mis flechas, naturalmente) y bagajes en una amplia habitación en el tercer piso del caserón de mi abuela, amueblada con cama con baldaquino colgante en forma de cono, colchón de plumas y pretenciosos muebles antiguos de nogal oscuro.

Mi abuela, (moderna Penélope la llamaba el cursi de mi padre, yo no sabía por qué) se pasaba horas y horas sentada ante la chimenea del salón principal, bordando una casulla interminable que pensaba regalar a la parroquia, y mis consumidas tías solían encerrarse en el sótano tenebroso, en torno a un hornillo de atanor siempre encendido, donde, según ellas, elaboraban frisuelos asturianos y rosquillas tontas para la fiesta de Pascua. Yo sospechaba que hacían algo más que dulces, porque una vez que estuve enfermo me curaron ellas con un bebedizo que, a título de broma, me dijeron que habían preparado con carúncula de gallo, fárfara de huevo de lechuza cazada con cimbel, una guedeja del gato Zapirón de un jeme de largo, cortada con el recazo de un cuchillo cebollero, el telson de varios cangrejos de río, y no sé cuántas cosas más. Ante mi gesto de estupor, se pasaron ellas toda una tarde riéndose a carcajada tendida, pero algo debía de haber de verdad, porque desde aquel día el gallo del gallinero apareció sin cresta.

Con las mujeres de la casa tan ocupadas, yo tenía la casa a mi disposición casi todas las horas del día, salvo las dedicadas al desayuno, a la comida, al rezo vespertino del rosario y a la cena. Gocé, pues, de la más completa libertad para organizar a mis anchas la caza de Zapirón.

Como un Tartarín reencarnado, con la diferencia de que yo sí tenía caza en los pasillos de mi casa, comencé la persecución del asqueroso felino por todos los numerosos, intrincados y oscuros corredores de aquella mansión, por dormitorios vacíos, repletas despensas, salones umbrosos y soleadas terrazas, sin tregua ni cuartel al enemigo.

Al principio, el repugnante gato se dejó cazar varias veces, pero pronto aprendió a obrar con más sigilo y a escurrir el bulto por los resquicios más inverosímiles, cuando intuía mi proximidad. Hasta que se espabiló, logré asestarle varios flechazos y, aunque las ventosas nunca se fijaron en su peluda anatomía, estoy seguro de que algunos de aquellos impactos hubieran sido mortales de haber podido disponer de flechas de verdad, con punta metálica, porque dos o tres veces le acerté en la cabeza y otras dos o tres veces más en pleno lomo. Me sentía orgulloso de mi magnífica puntería.

A los dos días de mi estancia en la casa, el bicho había aprendido a esconderse tan eficazmente que yo podía pasarme horas transitando sigilosamente por los pasillos, abriendo y cerrando puertas en el más absoluto silencio, o calladamente apostado al acecho tras algún mueble próximo a su comedero, sin que él diera el más mínimo indicio de presencia. Cuando, cansado de tan infructuosa persecución, yo me iba a reposar un rato en el salón donde mi abuela bordaba infatigablemente, tras abandonar las armas en mi dormitorio, el maligno animal surgía con aire apacible de no sé qué ignoto rincón, se acercaba ronroneando al sillón de la anciana, frotaba su arqueado lomo contra las pantorrillas de ella, y se enroscaba a sus pies con la expresión más beatífica, no sin antes haberme dirigido una insolente mirada de desafío.

Yo no podía permitir tamaña desfachatez. Cuando la farsa anterior se repitió por tercera vez, me levanté tranquilamente de mi sillón, me acerqué mimosamente a mi abuela, en actitud de darle un inocente beso y, cuando estuve a la altura del gato recostado, le aplasté la cola con un pisotón tal, que el hasta entonces confiado animal pegó un salto gigantesco y salió bufando lastimeramente del salón, como alma llevada por todos los diablos.

Yo compuse la más compungida e inocente expresión de que fui capaz.

—¡Oh, cuánto lo siento, abuela! No vi al pobre Zapirón.

—Bueno, bueno. Pero tienes que poner más cuidado, hijo mío —dijo mi abuela— No puedes ir por ahí pateando como un elefante en una cacharrería.

Y ahí quedó todo, por lo que respecta a mi abuela. Pero el miserable felino concibió un odio tan intenso contra mí, que lo impulsó a pasar a la acción. Desde entonces, me esperaba en los recodos de los pasillos, o agazapado encima de los muebles de la casa, y se abalanzaba sobre mi cabeza cuando yo, desprevenido, me ponía a su alcance.

Aunque pronto aprendí a librarme de él con un manotazo en pleno morro que lo dejaba algo grogui, asiéndolo acto seguido por la cola y lanzándolo lejos, me llenó la cara y los brazos de profundos arañazos, difíciles de explicar a las mujeres de la casa. Tuve que inventar una absurda mentira: que me había caído sobre un zarzal cuando intentaba cazar caracoles entre los setos. Los dos contendientes éramos tremendamente engreídos y llevábamos nuestro enfrentamiento con la más rigurosa reserva. No había por qué dar tres cuartos al pregonero.

Pero, de un modo u otro, era preciso acabar rápidamente con aquella insostenible situación. Le pedí a mi abuela que dejase que yo me ocupara en exclusiva de la alimentación y cuidado de Zapirón y ella aceptó encantada, contenta al comprobar que yo estaba decidido a asumir espontáneamente tareas de responsabilidad. Trasladó a mis tías su decisión, que ellas consintieron a regañadientes, no por amor al bicho, sino porque ellas solían comer a escondidas las galletitas de pienso del minino, para distraer el apetito y mantener su delgadez, y emplear guedejas de su pelo para la elaboración de los frisuelos asturianos, de las rosquillas tontas o de lo que fuese que cocinaban en su atanor del sótano.

Comencé mi nueva misión requisando todos los comederos, bebederos y paquetes de comida del minino que había por la casa y encerrándolos bajo llave en el armario de mi dormitorio. También su cama—cueva, que coloqué en la terraza, junto con un comedero repleto de alimento y un bebedero con agua fresquita. La excusa que di a mi abuela, para ello, es que, como hacía tan buen tiempo, quería que Zapirón saliese a disfrutar del sol y del aire libre, porque se estaba quedando ciego, huraño y tonto de tanto estar encerrado día y noche en una casa tan oscura.

Mi abuela, con un leve sentimiento de culpa, se ofreció a abrir algunas contraventanas de la casa, para que entrase el sol, pero yo le objeté que no deseaba romper la rutina establecida y que era mejor, para Zapirón y para mí, la terraza alta, donde podríamos jugar a nuestras anchas, sin temor a romper un jarrón o a destrozar un mueble, que ya bastante preocupada estaba ella con nuestras alocadas correrías.

Mi abuela, ufana por el buen sentido y la madurez que yo mostraba, cuyo mérito atribuía a su benéfica influencia sobre mí, accedió sin rechistar.

Delimitado ya el futuro campo de batalla, aislado de miradas indiscretas, y dispuesto a demostrar al minino, de una vez por todas, quién cortaba el bacalao en aquella casa, abrí de par en par la puerta de la terraza, me senté en una hamaca tras el batiente, con el arco y las flechas en el regazo, y esperé. Para protegerme de los temidos arañazos, me fabriqué una careta de esgrimidor con un colador de cocina atado con cintas que, hasta el momento de ser utilizado, mantenía sobre la cabeza, a modo de casco. También me envolví cuello y orejas con una especie de pareo que saqué de un armario.

A pesar del reclamo de la comida, Zapirón no apareció. Esperé horas y horas, aburrido hasta la médula, con riesgo de sufrir dislocación de la mandíbula, de tanto bostezar, hasta que oí las voces de mis tías, llamándome para el rosario. Me despojé de las armas y de las protecciones, cerré con llave la terraza y bajé al salón. Ni rastro del animal en toda la noche, aunque nadie, excepto yo, parecía echarlo en falta.

Al día siguiente, muy temprano, acudí a mi apostadero y allí permanecí todo el tiempo que me fue posible, pero la recelosa bestia continuó sin aparecer. Mi única ocupación en todo el día consistió en espantar las palomas y los pájaros que acudían en bandadas a comerse el pienso y a beber el agua del abrevadero.

—Este capullo, por no enfrentarse conmigo, es capaz de morirse de hambre.

Mi tía Veneranda también notó un extraño comportamiento de la mascota. Sentados todos a la cena, dijo:

—¿Sabéis qué me ha hecho Zapi hace un rato? Estaba yo friendo bacaladillas y se tiró a cogerme la que tenía en la mano. Como se lo impedí, comenzó a gruñir y a enseñarme los dientes. ¡Tuve que echarle a escobazos de la cocina!

Y ahora dirigiéndose a mí– Tú, que te encargas ahora de cuidarlo, ¿le das bastante de comer?

—Mujer, tía, —respondí con la expresión más inocente— ¿cómo lo dudas? Le lleno el comedero cuando lo veo vacío, y el bebedero, siempre que se le acaba el agua. ¡Pues no tengo yo cuidado!

—Hija, qué cosas piensas del pobre niño –terció Divina Gracia–. Lo que pasa es que se acerca la Pasión y Muerte de Nuestro Señor Jesucristo, y los animales, que tienen un sexto sentido del que nosotras carecemos, lo presienten y se comportan de un modo muy raro. El otro día vi a las palomas picotear las gerberas del jardín, cosa que no habían hecho jamás.

—Habrá que llevarlo al veterinario.

—¿Al veterinario, por qué? Que yo sepa, no tiene ninguna enfermedad física, pero hay psicólogos de animales, lo he visto en la tele. A lo mejor, tenemos que llevarlo al psicólogo, antes de que se vuelva majara.

Intervino la abuela:

—Pamplinas. Podría ser que no le guste mucho el pienso que le compramos últimamente. —Y dirigiéndose a mí:

—Hijo, obsérvalo, a ver qué tal lo come. De todos modos, si lo hace, no le llenes el comedero muchas veces. Con una vez al día, bien repleto, basta. No me gustaría que se pusiera fofo.

Yo opté por levantarme de la mesa tan pronto como me fue posible sin levantar recelos, para impedir que continuase el interrogatorio. Sabía por las películas que hasta el criminal más inteligente acaba por caer en contradicciones, si la sesión de preguntas se prolonga demasiado.

Al tercer día de acecho, apenas había acabado de instalarme en mi hamaca, con un "Mortadelo" en las manos para entretener la espera, que imaginaba larga, cuando vi aparecer en el umbral el cuerpo de Zapirón, que se arrastraba sigiloso hacia el comedero, con las orejas enhiestas, mirando continuamente a un lado y a otro, olfateando el aire. Tan pronto me vio, dio un gran salto y se encaramó al antepecho de la terraza, maullando amenazador, con las fauces fruncidas, enseñando sus grandes colmillos y dispuesto a conseguir a cualquier precio el botín yacente en el comedero.

Me levanté parsimoniosamente, me ajusté la careta, tomé el arco por su empuñadura con la mano izquierda, saqué con la derecha una flecha del carcaj, encajé su extremo emplumado en el centro de la cuerda, apoyé el astil en el reposaflechas y muy, muy lentamente, con una sarcástica mirada fija en el careto de mi enemigo, apunté a su entrecejo y comencé a tensar la cuerda.

El gato, bufando, retrocedió por la baranda sin darme la espalda ni perderme de vista, hasta que quedó arrinconado contra el muro de la casa, al final del antepecho. Su mirada pretendía ser amenazadora, pero se le traslucía la angustia. Para aumentar su pánico, di un brusco salto hacia adelante, sin dejar de apuntarle y gritando con todas mis fuerzas. Despavorido, Zapirón brincó hacia atrás y se precipitó en el vacío.

¡Juro por Dios que yo no pretendía despeñarlo! Súbitamente compadecido, salté hacia el animal, que por un brevísimo instante pareció suspendido en el aire, e intenté asirlo. Era ya demasiado tarde: el gato caía de cabeza desde la azotea del tercer piso. Pero, en cuestión de décimas de segundo, giró la testa y, tras ella, la espina dorsal, consiguiendo que sus cuatro patas apuntasen hacia el suelo; estiró las cuatro extremidades y redondeó la espalda, formando con su cuerpo una especie de paracaídas, y de esta forma llegó al suelo sin despachurrase contra él. Sin haber sufrido daño aparente y maullando sin cesar, emprendió una loca carrera hasta refugiarse entre la maleza del jardín.

Tal era el impulso que yo había tomado en mi intento de salvar al minino, que no pude frenarme a tiempo y yo también me precipité en el vacío.

Es increíble la cantidad de pensamientos que pueden pasar por la mente en poquísimo tiempo. Mientras descendía por el aire, pensé en las historias que el Padre Amaranto nos enseñaba en la catequesis, y más concretamente en aquel pasaje del Evangelio en el que el diablo tienta a Jesús, incitándole a tirarse desde una torre para que los ángeles lo recojan y su pie no tropiece contra las piedras. Que yo siempre pensé: "Porque Jesús es como es, pero yo, en su lugar, me hubiera tirado, para que los ángeles me cogiesen y poder decir al diablo: ¿Te enteras de una vez de quién es aquí Dios? Y lo hubiera dejado avergonzado para siempre e incapaz de seguir haciendo canalladas por todo el mundo". Y como un pensamiento lleva a otro, recordé que el Padre Amaranto también nos decía que todos tenemos un Ángel de la Guarda que nos está ayudando constantemente, y me dije: "¡Pues a ver qué hace ahora mi Ángel de la Guarda!".

Sentí un tremendo topetazo y cerré los ojos.

Cuando desperté, después de un sueño placentero que no me pareció muy largo, me encontré, con gran sorpresa, en la habitación de un hospital, tendido en una cama y con casi todo mi cuerpo vendado o escayolado. No sentía ningún dolor. A mi alrededor se apiñaban mis padres, mi abuela Natalia, mis tías Veneranda y Divina Gracia y el imbécil de mi hermano mayor. Todos, con una sonrisa de oreja a oreja. Mi abuela, la más cercana, se inclinó hacia mí, me besó en la frente y exclamó:

—¡Qué susto nos diste, tesoro mío! ¡No te mataste de milagro! ¡Menos mal que los toldos de la planta baja te frenaron el golpe! No hay duda, los niños tenéis un ángel especial.

Sané en poco tiempo y volví a mi vida normal. De aquel episodio, tan solo me quedó una secuela: Soy, desde entonces, incapaz de subir a cualquier altura o de asomarme a cualquier ventana situada a más de tres o cuatro metros de distancia del suelo. Hasta subir escaleras me incomoda y me produce vértigo y sudores fríos. Los médicos dicen:

—Es normal. Es muy frecuente que después de un accidente como el que ha sufrido este niño, se padezca de acrofobia, tal vez para toda la vida. Pero no se preocupen; no es nada grave ni va a condicionar seriamente su vida.

LA AMADA IMPASIBLE

Allí estaba.

Había dado un gran rodeo para evitar el camino directo a las graveras, en el que se asientan las chabolas de los gitanos, una gente que siempre me inspiró un recelo supersticioso. Conocía a muchos de ellos, de verlos por mi barrio y en la puerta de la iglesia parroquial, pidiendo limosna. Los de la iglesia, en la que yo entraba con frecuencia, me saludaban muy amistosamente cada vez que pasaba ante ellos, pero supongo que hacen eso mismo con todo el mundo y su gesto afectuoso no era, por consiguiente, una garantía suficiente para disipar mi temor, tal vez irracional, de acercarme demasiado a aquellos barracones que les servían de viviendas.

Bordeando las tapias del manicomio, había llegado al inquietante lugar donde, aguas abajo de la ciudad, se unen los dos ríos que la atraviesan: una rala chopera solitaria, amarilla de otoño, profanada por las ruinas de varias graveras ya abandonadas, lienzos de paredes de hormigón que alguna vez sirvieron de apoyo o de contención de máquinas desaparecidas, de tolvas herrumbrosas y rotas que allí habían quedado por inservibles, y restos de suelos azulejados de estancias que pudieron ser oficinas, o almacenes, o comedores de obreros muertos hace ya muchos años.

Entre los troncos enhiestos de los chopos, ya casi despojados de hojas, se deslizaba una franja de niebla, a uno o dos metros del suelo y no más ancha de unos decímetros, como columna de humo que hubiera perdido el instinto de la verticalidad y se entretuviese pasando y repasando entre los tristes árboles, en húmeda caricia que salía del agua para ir a perderse en algún lugar que mi mirada no alcanzaba.

En la soledad de aquellas ruinas, con cuidado de no herirme con los hierros que asomaban cubiertos de óxido en los muñones de hormigón armado de lo que habían sido pilares o vigas, asentando cuidadosamente los pies para no caer o quedar atrapado en alguna de las numerosas grietas de los desolados escombros poblados de ortigas, intentaba yo introducirme en el mismo centro de un edificio derribado, un espacio un poco más despejado que alguna vez había sido una amplia sala, y que aún conservaba, escasas y rotas, algunas baldosas de su antiguo enlosado.

Cuando llegué a la parte alta del montículo de escombros y me disponía a descender con mucho tiento por la parte opuesta, eché una ojeada al espacio que se abría ante mí y la vi. En el centro de aquella antigua sala había tres o cuatro cascotes de considerable tamaño, dispuestos de tal modo que formaban una especie de silla con respaldo y escabel, y en ese improvisado asiento estaba ella.

Calva, desnuda, hierática, con los ojos abiertos, con un brazo en ele levantado hacia adelante, a la altura de los ojos, y el otro brazo, el izquierdo, reposando sobre su brillante muslo. No movía la boca, no pestañeaba, miraba fijamente al frente con gesto inexpresivo. Sus senos, erguidos y breves, eran hermosísimos, pero no tenían pezones. Cuando me acerqué silenciosamente, con sumo cuidado para no asustarla, observé que su pubis, limpio de vello, dibujaba un perfecto monte de Venus, pero cerrado, sin vagina.

Tenía las piernas estiradas y rígidas, de forma que los pies no tocaban el suelo, en una postura inverosímil e incómoda. Eran unas piernas bien torneadas, con los pies arqueados, adoptando el perfil

90

que deben tener cuando se anda de puntillas o cuando están calzados con zapatos de tacón desmesuradamente alto. Solo que no tenía zapatos. Las uñas de pies y manos estaban pintadas con un esmalte granate, muy chillón, que contrastaba con la rosada palidez de toda su tersa piel, lisa, sin una sola arruga, sin un solo lunar.

Los labios, pintados del mismo color que las uñas, estaban ligeramente entreabiertos, y por su rendija, que no era sonrisa, entraba y salía una despreocupada mosca, caminaba en pequeños círculos, frotaba cabeza y alas con sus patitas, volvía a entrar, volvía a salir, volvía a entrar, con una reiterada y ceremonial tozudez que tenía algo de litúrgico.

Le dije que su piel era tersa, y es cierto, aunque no en toda su superficie. En muchos puntos de su cuerpo presentaba pequeñas abolladuras, como si hubiera sido sometida a una prolongada y sañuda lapidación, algo que, por otra parte, parecían corroborar los numerosos guijarros de todos los tamaños esparcidos alrededor de su pétreo trono. Sin embargo, ninguno de aquellos hundimientos se había amoratado o presentaba huellas de sangrado. Además, tenía adheridas bastantes pellas de barro seco, sobre todo en la cara y en las tetas.

Comprobé con asombro que, por alguna razón que no me detuve a considerar, no era consciente de mi presencia. Me acerque a examinarla más detenidamente. Alguien, con un rotulador rojo, había dibujado una breve raya en su entrepierna, como para suplir su carencia de vulva, y había estampado la palabra "puta" en uno de sus costados.

Vencido todo temor, llegué a tocarla. Tenía un tacto duro, frío, mineral. No me miró, no me sonrió ni se mostró enojada, pero creí percibir un ligero temblor en su lustrosa piel y un leve brillo en sus tercos ojos azules, siempre fijos en un mismo punto lejano.

Me atreví a hablarle:

—¿Quién te ha desnudado, te ha lapidado y te ha abandonado aquí? ¿Y por qué no te has ido? ¿Acaso aguardas a tu torturador? ¿Estás muy lastimada y no puedes moverte? ¿Tienes miedo de presentarte desnuda a los ojos de los demás? ¿No tienes dónde ir? ¿Cómo te llamas?

Esperé un rato.

—¿Por qué no me contestas?

La mujer no respondió a ninguna de mis preguntas. Tal vez se sentía avergonzada, o profundamente herida en su orgullo, o se encontraba en estado catatónico, lo que resultaba muy posible, a juzgar por su extremada rigidez muscular.

—Vale. Ya me contestarás, cuando te encuentres mejor. Yo sólo quiero ayudarte, ¿sabes? Te voy a limpiar un poco, si me lo permites.

No se movió, pero en sus ojos, secos a causa del sol que los laceraba, creí observar un destello de agradecido asentimiento. Miré alrededor. Había muchos desperdicios en aquel lugar: un barreño sucio y oxidado, un mugriento caldero de plástico verde, una mopa con muy pocas tiras ennegrecidas por la porquería, trozos de tela no mucho más limpios, latas de conserva vacías, hojas de periódico amarillentas que el viento arremolinaba, numerosos excrementos humanos, casi todos resecos, escombros de todos los tamaños y una profusa variedad de objetos que no voy a entretenerme en describir.

Tomé el caldero de plástico y me dirigí al próximo río, saliendo del recinto por una parte libre de cascotes, que yo no había visto antes. Justo en el lugar en que accedí a la orilla de la corriente desembocaba un fétido colector de aguas residuales, que emponzoñaba todo el cauce, pero algunos metros más allá, corriente arriba, las aguas aparecían aceptablemente limpias. Allí llené el caldero, volví donde me aguardaba mi desdichada nueva amiga y, con ayuda de los trapos menos pringosos que pude encontrar, pasé lo que restaba de la tarde limpiando y adecentando aquel hermoso cuerpo, hasta que no quedó rastro visible de suciedad ni del degradante mensaje de su costado. Para realizar mi tarea, estaba obligado a tocar y retocar todas las partes de su rígida anatomía, pero en ningún momento sentí excitación ni experimenté vergüenza o retraimiento por ello. Hice, simplemente, una cuidadosa labor de samaritano.

Se acercaba la hora del atardecer y yo tenía que irme de aquel lugar, porque la oscuridad en parajes tan solitarios me aterroriza. Busqué mi bicicleta y me fui, no sin antes asegurar a mi enigmática amiga que volvería al día siguiente, con algo de ropa.

No me paré a pensar en que la dejaba sola allí, a pasar la noche. No sé, ni siquiera pensé en la posibilidad de llevarla conmigo. Supongo que fue por cobardía, por escurrir el bulto del problema. Está claro que no se me ocurrió invitarla a que me acompañase porque no habría sabido qué hacer con ella. Estaba desnuda; yo no conocía su domicilio, si es que lo tenía; es obvio que no podía llevármela a casa y no me parecía oportuno ni tenía dinero para pagarle una pensión. Además, ella no parecía estar muy dispuesta a abandonar el lugar donde la encontré. Ya sé que no está bien desentenderse de los problemas de los demás, pero, ¿qué hubiera hecho usted en aquellas circunstancias? Perdone, doctor, pero no venga ahora a tocarme las narices, a crearme mala conciencia y hacer que me sienta culpable. Lo hecho, hecho está y ya no tiene remedio. ¿Continuo?

Al día siguiente, rebusqué en el armario de mi hermana, en el rincón donde amontona la ropa que ya no usa y que no se decide a tirar, y escogí unas bragas, un sujetador, una blusa, una falda y una rebeca. Elegí, además, unos zapatos de tacón de mi madre que, aunque nuevos, yo sabía que hacía años que ella no calzaba, por culpa de los juanetes. Hice con todo un hatillo, que saqué ocultamente de casa, sujeto al portabultos de mi bici, y, aprovechando la hora de la siesta, me encaminé hacia el soto de las graveras.

Mi indiferente amiga no se había movido o, si lo había hecho, había vuelto a sentarse en la misma posición en que yo la dejé. Seguía con la mirada perdida en algún punto lejano, no hizo el menor gesto de saludo, y con la misma apatía permaneció mientras yo la vestía, trabajosamente, porque ella no movió un solo músculo para ayudarme en mi tarea.

Quedó muy bien. Pero ahora, que estaba tan elegante, tan guapa, se hacía más patente su calvicie. Indudablemente, aquella extraña mujer había padecido alopecia areata, porque no era posible encontrar ni un solo pelo en toda la superficie de su cuerpo.

Así que al otro día compré una peluca barata en una tienda de disfraces, y se la llevé. Se veía a la legua que aquella peluca era de pelo artificial, muy negro y muy brillante; pese a esto, el aspecto de mi chica mejoró notablemente.

Todos los días de aquella semana, después del trabajo, yo montaba en mi bici, me iba al soto de las antiguas graveras y allí pasaba las horas hasta el atardecer, en compañía de mi catatónica compañera, en un soliloquio que yo imaginaba diálogo cada vez más íntimo, cada vez más apasionado. No reparé en ello entonces, pero me doy cuenta ahora de que ella no se decidió nunca a pronunciar una sola palabra. Tal vez era muda, tal vez no comprendía nuestro idioma; a lo mejor, era extraterrestre. ¿Cómo se explica, si no, su completa alopecia, que en ella parecía natural, su carencia de vulva y de pezones, la ausencia de orificios corporales, excepto el de la boca?

¿Sabe usted que nunca pensé entonces en cómo se alimentaba? Yo jamás le llevé comida y nunca la vi comer o beber. No obstante, este hecho, ahora que pienso en él, puede parecer raro, pero en modo alguno es imposible. Buscando razones de aquella inapetencia, me enteré de que en las cuevas de Eslovenia habita el olm, o proteo, un bebé dragón que vive más de un siglo y que bien a gusto puede pasar diez años sin comer. No es broma; diez años sin tomar alimento alguno pueden resistir estas crías de dragón, a las que los eslovenos llaman también peces humanos, porque tienen piel de apariencia humana, aunque algo más brillante, exactamente como la de mi chica. ¿Y si entre el proteo y mi chica existiera un misterioso parentesco? Después de todo, el adjetivo "proteico" se aplica al animal o cosa que tiene la propiedad de cambiar de formas sin modificar su esencia.

Un jueves, exactamente una semana después de nuestro primer encuentro, cuando me acercaba al lugar donde ella me aguardaba, oí voces. Escondí la bici entre la maleza y me aproximé silenciosamente, ocultándome tras los escombros. Busqué una posición segura para observar sin ser visto. En torno a mi amada divisé varias personas. Uno, sentado a la turca sobre el suelo, movía su tronco arriba y abajo, obsesivamente, con los ojos en blanco. Otro, de pie, con cara de imbécil, musitaba sin cesar una monótona cantilena, algo así como "paco, paco, paco, paco". Otro más, con una bata blanca y gruesos lentes de hipermétrope, sentado sobre un cascote, leía un enorme periódico. Por último, otros tres individuos más, de aspecto estrafalario, rodeaban el asiento de ella, tan orgullosamente ajena a todo como siempre, examinándola con visible curiosidad. Habló uno de ellos:

—¿Quién habrá sido el gilipollas que ha vestido así a la muñeca?

¡Muñeca! ¡La llamaban muñeca! ¡Como los gánsteres en las películas americanas, que se pasan el día llamando "muñeca" a sus barraganas! La sangre se me subió a la cabeza.

Entre tanto, uno de los tres se acercó a ella y, de un violento tirón, le arrancó la falda.

—¡A tomar por culo!

Como si se tratara de una orden irrebatible, los otros dos se abalanzaron entonces sobre ella, gritando como poseídos y riendo como locos, y le arrancaron violentamente el resto de la ropa; después, atrapando los guijarros más pesados del suelo, se pusieron a apedrearla con rabia inusitada. En mi escondrijo, comencé a llorar de cólera, aunque tan silenciosamente como me fue posible, para no ser descubierto. ¿Qué podría hacer yo contra todos aquellos tipos, tan violentamente enardecidos? No soy ningún héroe. Soy un alfeñique y siento un rechazo pavoroso ante el dolor físico. Aquellos tipos podrían matarme de una paliza. Cerré los ojos, me tapé los oídos y me encogí cuanto pude en mi seguro escondrijo.

El furor de aquellos tíos crecía por momentos, hasta que el tipo de la bata blanca se levantó de su asiento y comenzó a increparles:

—¡Basta ya, so cabrones, si no queréis que os calme yo con unos buenos manguerazos de agua helada cuando volvamos al sanatorio! ¡Joder, con los chiflados! ¡Si estos son los locos pacíficos, a los que los médicos dejan salir los jueves a pasear por fuera del manicomio, ya me dirán lo que pueden hacer los que se quedan dentro! ¡Gog, Magog, Calibán, venid aquí ahora mismo!

Los tres locos, súbitamente calmados, se acercaron, sumisos, al celador, y éste comenzó a repartir entre ellos una lluvia de sonoras bofetadas, que los agredidos recibían con evidente resignación, casi sin tratar de protegerse. Cuando se cansó de golpear, el celador llamó a los otros dos, que habían asistido a la zurra con total indiferencia, uno sin cesar de balancearse, el otro sin dejar de murmurar: "paco, paco, paco".

—¡Eh, vosotros, venga para acá! ¡Vámonos a casita, hijos de la gran puta!

Y los seis extravagantes personajes se alejaron lentamente, camino del vecino manicomio.

Cuando estuve bien seguro de que nadie más había quedado por las inmediaciones, salí de mi escondite y, llorando todavía, me aproximé a mi amada, la abracé, recogí la desgarrada ropa dispersa y se la vestí nuevamente, lo mejor que pude.

—No te inquietes, querida, te juro que esto no volverá a ocurrir.

Aquella misma noche, cuando volví a casa, saqué de su retiro la ballesta de fibra de vidrio y mira telescópica y un centenar de saetas que mis amigos me habían regalado en uno de mis aniversarios, hacía algunos años, cuando me dio por inscribirme en el club local de tiro con arco, en el que, dicho sea sin falsa modestia, llegué a destacar por mi puntería y destreza en el manejo del arma.

No tenía la intención de herir a nadie, por supuesto, pero sí de darles un buen susto, si aquella pandilla de orates, o cualquier otro profanador desalmado, asomaban sus jetas por los dominios de mi novia.

Todas las tardes siguientes me aposté en lo alto de uno de los lienzos del muro de hormigón armado que aún continuaba en pie, donde tenía un dominio ocular perfecto de todo el contorno, con pocas posibilidades de ser descubierto desde abajo. Allí consumía las dos o tres horas de mi visita diaria, hasta que comenzaba a oscurecer. No ocurría nada. El paisaje era tan desolado y reinaba en el tanta suciedad y abandono, que no resultaba atractivo ni siquiera para las parejas de fogosos amantes que, aguas arriba, más cerca de la población, ocupaban todo el día y todas las noches hasta el último rincón de la alameda existente entre las últimas casas y las primeras chabolas de los gitanos.

Dejé de ir algunas tardes al trabajo, dejé de salir con los amigos, pasaba todas mis horas libres en mi improvisada atalaya. Bueno, solo las horas de luz, porque, ya lo he dicho, la oscuridad en lugares solitarios me inspira un pavor irreprimible, por mucho que piense en que los peligros sospechados están solo en mi cabeza. De chico, cuando mi madre me mandaba ir a buscar algo desde la cocina a una de las habitaciones de la casa, siempre iba silbando y cantando por el oscuro pasillo, como para avisar a los fantasmas de la penumbra que allí estaba yo y que no me asustaban, porque una persona asustada no canta.

Tomé la costumbre, para desagraviar a mi impasible amada, de recoger muchas de las flores silvestres que encontraba en mi camino de casa a la gravera, y depositarlas en su regazo. Ni una sola vez se dignó conceder la más mínima atención a mi homenaje, pero ello no me importaba, convencido, como estaba, de que algún día mi devota tozudez vencería su altivo desapego.

Pasaron días sin que nada alterase la monótona soledad de aquel paraje. Solo algún perro vagabundo en búsqueda de comida, o alguna rata del desaguadero cercano, algo más atrevida que las otras, pusieron algún vestigio de vida en el degradado entorno sometido a mi vigilancia.

Hasta que llegó el jueves. Apenas acababa de instalarme en mi elevado puesto de guardia, con la ballesta y algunas saetas a mi lado y un enorme bocadillo de anchoas, que me serviría de merienda, en la mochila, cuando comencé a oír el alboroto de un grupo de personas que se acercaba. Entre risas, ruido de bofetadas, quejidos, blasfemias y voces, irrumpió en el arruinado recinto en que permanecía mi chica el mismo grupo de orates de la semana anterior, conducido a empellones y patadas por el mismo loquero hipermétrope, este enfundado en idéntica bata blanca y con un voluminoso periódico bajo el brazo.

Observé su estricto ritual. Apenas llegados a la proximidad del trono de mi pareja, que, como era de esperar, los contempló con flemática e inexpresiva indiferencia, el hipermétrope se sentó en el mismo cascote de la semana anterior, caló unos gruesos lentes de cristales increíblemente sucios, abrió su periódico, tan enorme que su sujeción le obligaba a mantener los brazos en cruz, y se enfrascó en una azarosa lectura, asistida por un movimiento rápido y silencioso de los labios.

El tonto del balanceo se sentó en el desigual pavimento e inició su inquietante vaivén. El de la cara de imbécil siguió con su martilleante monserga: "pato, pato, pato, pato". "¡Hombre, hoy ha cambiado el discurso", pensé, en un acceso de humor negro. Los otros tres se aproximaron a mi hembra. Durante más o menos un minuto, la contemplaron en silencio. Entretanto, yo comencé a preparar mi ballesta:

—Si la ofenden en lo más mínimo, les agujereo el culo, o una pierna. No los mato, Dios me libre, pero les dejo un recuerdo para toda su vida.

Uno de los chalados rompió su silencio:

—¿Qué habéis notado?

—Que el gilipollas que la vistió ha vuelto.

—¡Pues que le jodan!

Como un resorte, los tres se abalanzaron sobre mi impasible novia y, con una brutalidad inaudita, comenzaron a despojarla de sus ropas. Tal vez a causa de los tirones, tal vez porque por primera vez se había decidido a abandonar su desdeñosa pasividad e intentar un movimiento de huida, la muchacha se despegó de su asiento y rodó aparatosamente por los suelos. Los tres energúmenos la levantaron con saña y, ya desnuda, volvieron a sentarla. Yo estaba apuntando al trasero de uno de ellos y solo esperaba un segundo de quietud, para no fallar el blanco.

—¡Coño, qué limpia está! ¡Si hasta le han borrado el chocho!

—Espera, que se lo pinto — dijo el más bruto de los tres. Se abrió la bragueta y comenzó a orinar sobre la entrepierna de mi amada.

Aquello me enardeció hasta el paroxismo. No podía consentir aquel brutal ultraje. Aprovechando la momentánea quietud del objetivo, apunté cuidadosamente, contuve la respiración, apreté el gatillo y lo emasculé de un solo saetazo.

Durante una fracción de segundo, el herido contempló, incrédulo, el manantial de sangre que se escapaba entre sus dedos. Después, comenzó a proferir un atroz alarido irracional, de oscura y salvaje ferocidad, inconcebible en garganta humana, con tal intensidad que estoy seguro de que llegó a oírse en varios centenares de metros a la redonda, y se desplomó con violentos espasmos, tales que, de no haber acudido sus dos compañeros y el loquero cegato a sujetarle la cabeza, hubieran ocasionado la rotura de su cráneo en una de aquellas convulsiones.

Todos comenzaron a mirar en derredor sin conseguir descubrirme, mientras yo, preso de terror, intentaba aplastarme en mi escondite hasta fundirme con la piedra. La excitación con la que había actuado se disipó en un instante, y ahora solo me dominaba el deseo de hacerme invisible o de escapar volando. Sin embargo, uno de aquella panda de idiotas había observado la trayectoria de la saeta o había adivinado mi posición por el silbido del proyectil: el imbécil, sin abandonar su machacona salmodia, había alzado su mano derecha y con su índice acusador señalaba mi posición en lo alto del muro de hormigón.

Todos, menos mi delator y el chiflado del bamboleo, se refugiaron con presteza tras el trono de mi amiga, arrastrando con ellos al herido, acopiaron los numerosos cantos esparcidos por el suelo y comenzaron a apedrear mi posición.

—¡Hijoputa!, ¿quién eres?, ¿por qué lo has hecho? — me gritaba el hipermétrope, sin dejar de dispararme sus piedras.

—¡Porque sois unos canallas, cabrones! ¿Quién os mandó meteros con mi chica? —le respondí, mientras intentaba zafarme de las pedradas con los brazos cruzados sobre la nuca. En ningún momento se me ocurrió repeler el ataque con mi ballesta, aunque tal vez no hubiera podido hacerlo, tal era la lluvia de pedruscos que estaba cayendo sobre mí.

—¡Coño! ¡Este tío está peor que mis pendejos! —El cegato había comprendido, de sopetón.

—¿Esta es tu chica, maricón? ¡Pues mira lo que hago con ella!

Con alto riesgo de recibir la pedrada definitiva, asomé un poco el morro, solo lo suficiente para comprobar lo que estaba sucediendo allá abajo, y vi cómo el hipermétrope recogía las ropas de mi amada, las colocaba repartidas por toda la superficie de su hermoso cuerpo desnudo y las prendía fuego con un encendedor. El cuerpo de la mujer comenzó a reblandecerse y a retorcerse en horrendos e inverosímiles espasmos, el fuego llegó a su cabeza y todas las líneas de su semblante se rizaron, se licuaron, se confundieron en una masa irreconocible, mientras de los lacrimales de sus ojos deformados, móviles por la primera vez, y que miraban suplicantes hacia mí, se desprendían dos grandes lágrimas carbonizadas que, lentamente, resbalaron hasta el suelo.

Nuevamente oí la voz alterada del hipermétrope:

—¿Policía? ¡Han herido de gravedad a un hombre, en el soto de las antiguas graveras, cerca del sanatorio psiquiátrico! ¡Sí, coño, por detrás del manicomio, para que lo entiendan mejor, justamente donde se unen los dos ríos! ¡Tenemos cercado al agresor! ¡Que sí, joder, que de momento no puede escapar, pero vengan pronto, por sus muertos!

Cuando llegó la policía, me entregué sin resistencia, me llevaron preso, me juzgaron, me encerraron en la cárcel no sé cuánto tiempo, me examinaron unos doctores y, al final, no comprendo muy bien por qué, he venido a parar aquí.

—

El psiquiatra cerró la carpeta en la que había estado tomando continuas notas mientras yo hablaba, dio unas instrucciones a la enfermera, que no entendí, y, dirigiéndose de nuevo a mí, me palmeó el hombro y me dijo:

—Ya está bien por hoy. Descansa. Mañana seguiremos.

—

Ahora estoy en el sanatorio psiquiátrico de mi ciudad, cerca de las antiguas graveras, y el hipermétrope es mi celador. El hipermétrope es una buena persona; de vez en cuando me propina algún castañazo, pero lo hace por diversión, no por mala voluntad, y yo no se lo tengo en cuenta.

Me han integrado en el grupo del tonto bamboleante, del imbécil de las salmodias y de los llamados Gog, Magog y Calibán. Calibán es el que yo convertí en eunuco. Durante algún tiempo, después del incidente, se debatió entre la vida y la muerte, pero al final se recuperó, de lo que yo me alegro muy sinceramente. Se le ha afinado un poco la voz, nada más.

Los jueves por la tarde, todos los del grupo, dirigidos por el hipermétrope, salimos unas horas, a pasear por las antiguas graveras. Yo sé que al hipermétrope le dan dinero para que nos lleve a tomar chocolate a un mesón que está a unos quinientos metros de aquí, pero el hipermétrope prefiere guardarse el dinero, para una emergencia, dice, y llevarnos a pasear por las antiguas graveras, porque es mejor para nosotros respirar aire sano. Yo no sé si es muy sano el aire maloliente de las graveras, tan cercanas a las cloacas de la ciudad y tan colmadas de basuras, pero supongo que él sabe lo que dice.

En el centro de las ruinas de las graveras aún permanecen las piedras dispuestas en forma de asiento con escabel, en los que un día ya lejano conocí a mi impasible amada. Ahora, sobre la piedra que le sirvió de asiento sólo queda un amasijo de plástico fundido, renegrido e informe.

El hipermétrope se ha inventado un juego: cuando llegamos ante el asiento, yo tengo que colocarme junto a él, muy quieto, y el hipermétrope me propina dos bofetadas. A continuación pasan todos, excepto el tonto bamboleante y el imbécil de las salmodias, y me atizan dos bofetadas cada uno. "Para que nunca te olvides de tu hazaña", dice el hipermétrope. Todos lo pasan muy bien y se ríen mucho. La verdad es que me sacuden con bastante suavidad, excepto el eunuco, que me golpea con todas sus fuerzas y que ya me ha provocado numerosos hematomas y me ha saltado algunas muelas. Todavía me guarda algún rencor, el pobre. Yo lo comprendo y le perdono.

Con este juego, la cara se me ha deformado algo y ya casi no parezco el que era antes de entrar aquí. Mi madre murió poco después de ingresar yo en la cárcel, de pena, supongo. Me consuela pensar que no pueda verme ahora: no me reconocería.

UNA FRUSTRADA BUENA TARDE DE HOMBRES

El cartel prometía muchas emociones. Anunciaba la lidia de seis hermosos toreros, de 25 años de edad, la edad óptima para la lidia, todos ellos con más de 75 kilos de peso, procedentes de la acreditada humanidad de los Señores Toros de Miura. Es verdad que corrían voces de que a casi todos ellos se les había recortado la muleta y despuntado la espada, e incluso se rumoreaba que recibían una generosa ración de alcohol en todas las comidas. Este brebaje, al que tan aficionados son los hombres, está expresamente prohibido por el vigente Reglamento de Espectáculos Humanos, ya que, si bien, en un primer momento, parece aumentar la bravura de los toreros, disminuye a la larga sus reflejos y su capacidad de concentración, con lo que resultan mucho menos peligrosos para los toros que han de enfrentarse a ellos.

Estas prácticas fraudulentas, cada vez más frecuentes en el mundo de la humanomaquia, deben ser categóricamente rechazadas por los verdaderos aficionados, puesto que no hacen sino perjudicar el bello espectáculo de la lucha de toros y hombres en condiciones de igualdad. Hay quien dice que si estas malas prácticas no se erradican sin tardanza, pronto asistiremos a la desaparición de las corridas de hombres, una de las más significativas señas de identidad de nuestra vieja cultura.

Desde algunas horas antes de la señalada para el comienzo del espectáculo, se fueron concentrando ante las puertas de la Plaza de Toreros un gran número de manifestantes antihumaninos, casi todos ellos, jóvenes novillos mugientes y desinhibidas terneras con las ubres teñidas de rojo, gritando consignas contra la Fiesta y portando entre sus cuernos pancartas con frases como: "¡Acabemos con el maltrato humano!", "La tortura no es arte", "¿Cómo puede ser divertida la muerte, aunque sea la de un hombre?", y otras por el estilo.

De un tiempo a esta parte ha adquirido una inusitada virulencia la ya vieja controversia acerca de la continuidad o supresión de la Fiesta Nacional, tildada por unos de extremadamente cruel y atentatoria contra los pretendidos derechos de los hombres, defendida por otros a causa de su plasticidad y belleza. No faltan argumentos de peso en defensa de una u otra postura. Sin ánimo de tomar parte en ningún sentido, pienso yo que una de las argumentaciones más sólidas en defensa de la Fiesta es, sin duda, que sin ella la raza humana se extinguiría. En efecto, la pervivencia del ser humano, débil e inepto para cualquier otro uso, solo se justifica en razón de su utilización en las Plazas de Hombres. Por otra parte, conviene no olvidar que, hasta su sacrificio en el ruedo, esta especie goza de una vida regalada y placentera, como ninguna otra especie en la faz de la Tierra.

A pesar de la oposición de los mencionados grupos antihumaninos, las gradas de la Plaza de Hombres fueron llenándose con rapidez de un público mugiente y enfervorizado. En las mejores localidades de los tendidos se dejaban ver algunos de los más notorios criadores de hombres, como los Galache, los Majadales, los Tabernero, los Vistahermosa, los Miura, los Ramalho, los Pereira Palha y otros muchos famosos a los que no era fácil distinguir entre la multitud de cuernos asistentes, todos ellos acompañados por las más bellas vacas.

Tras los paseíllos de rigor, y a una señal del señor Toro Presidente, comenzó la corrida.

El primer torero en saltar a la arena, que respondía al nombre de Niño de la Puebla, un hermoso ejemplar de pelo moreno rizado, algo resabiado, iba a ser lidiado por Cuchareto, un toro mandón azabache, lucero, astifino, con una planta tan majestuosa que provocó un suspiro de admiración en los belfos de todas las vaquitas presentes.

Tras una serie completa y variada de lances, en los que el astado entró con rara perfección a la muleta, y ya perfilado el torero con su estoque, Cuchareto entró a matar, con tanta fortuna y limpieza que, a la primera embestida, consiguió una cornada profunda en la parte anterior del muslo del hombre que desgarró su arteria femoral.

Un potente manantial de sangre brotó a borbotones de la pierna del torero, provocando su muerte casi instantánea, en medio de entusiastas mugidos y bramidos de olé, escapados de todas las gargantas, mientras aquella impetuosa fuente roja se transformaba gradualmente en manso reguero humeante, pronto absorbido por la arena. Ni siquiera fue preciso aplicar el verduguillo a la nuca del hombre exánime. Una vez más quedaba confirmada la grandeza de este sublime arte de la humanomaquia, que ojalá se extienda y propague hasta el final de los tiempos, para gloria de la Tauronidad.

Ante la insistente petición del respetable, el Señor Toro Presidente concedió a Cuchareto las dos orejas y el pene del hombre.

Lástima que el tiempo viniera a deslucir tan brillante festejo. Una fuerte tormenta con pavoroso aparato eléctrico se desató súbitamente sobre la Plaza de Hombres, obligando a suspender la tan prometedora corrida. A trompicones, el numeroso público abandonó rápidamente el coso humanino, en busca del confort de sus calientes establos, donde no faltaría un pesebre bien repleto para rematar el día de fiesta.

Para terminar esta crónica, nos es grato recordar a todos los buenos aficionados al mundo del hombre que el próximo martes se celebrará el tradicional torneo del Hombre de la Vega, en el que decenas de jóvenes y vigorosos toros intentarán cornear hasta la muerte a un lancero humano a caballo, que será soltado cerca de la plaza del pueblo y conducido por los animosos astados hasta la vega del río Duero.

Es bueno recordar a los que acusan de crueldad a esta fiesta de raíces medievales que, si el lancero sobrepasa el límite fijado para el acoso o los toros no logran matarlo, es indultado.

Aun así, mucho nos tememos que no faltarán las airadas protestas de quienes denuncian el sufrimiento a que es sometido el hombre, sin tener en cuenta que esta especie tiene muy disminuida su sensibilidad ante el dolor, no solo por la menor complejidad de su sistema nervioso, sino, sobre todo, por el invariable estado de embriaguez que, desde siempre, ha podido ser observado en cuantos lanceros han intervenido en esta brava fiesta.

EL SUICIDA

I UNA LLUVIA INESPERADA

Aquel año me había decidido a recorrer toda la región, con mis lienzos, mi caballete y mis pinturas, en busca de las aldeas y de los paisajes rurales más hermosos o más inexplorados, un proyecto que llevaba planeando desde hacía mucho tiempo. Hasta entonces me había caracterizado como pintor de estudio, y mi pintura había ido derivando, sin apenas darme cuenta, hacia el tenebrismo, con predominio de los colores apagados y exceso de contrastes violentos entre luces y sombras. Necesitaba oxigenar mi estilo, sacarlo al aire libre, hacer que recuperase la alegría y el color que poseyó en los ya lejanos años en que me formaba en la Escuela de Bellas Artes.

Y, por otra parte, precisaba también reencontrarme con la naturaleza y con las gentes, pues me estaba convirtiendo en un viejo huraño y solitario, perseguidor de quimeras y destructor de realidades, que, con los años, sólo había conseguido perder todos mis amores y casi todos mis amigos.

Aquella región me deparó grandes satisfacciones. En cada rincón de sus valles y de sus montes descubrí paisajes insólitos, en cada aldea y en cada caserío localicé edificios sorprendentes, calles y plazas fascinantes y gentes interesantes y amistosas. Todo era motivo de inspiración para mi paleta. Descubrí matices de color que no hubiera podido imaginar, llegué a sentir, por decirlo de algún modo, el olor, la temperatura y el tacto de los colores. A veces pasaba horas y horas contemplando una humilde mancha de musgo en la corteza de un árbol, o la serena majestad de una olorosa boca de dragón florecida entre rocas.

Pero quedé aún mucho más deslumbrado por los edificios vetustos y semirruinosos, las callejuelas estrechas y húmedas, las fuentes rumorosas y solitarias, las sorprendentemente espléndidas iglesias de las humildes aldeas que visité, todas ellas escasamente pobladas por fantasmales ancianos silenciosos, casi sin vida, tendidos al sol ante las puertas de sus rústicas casuchas.

Llegué a sentir una especial fascinación por las iglesias. Soberbios templos románicos, no muy grandes, pero de bellísima factura, exhibiendo su cuidada fábrica de piedra dorada en el centro de aquellas modestas aldehuelas de no más de veinte o treinta viejas casas de adobe apiñadas en torno al templo, como tímidos animalillos domésticos bajo la custodia de su pétreo pastor. Me asombraba la enorme fe que en el pasado debió de mover a las gentes de aquellas tierras, secularmente miserables, a levantar aquellos magníficos albergues para Dios.

El centro comercial y de servicios de aquella comarca era una población bastante más grande y más cuidada que las demás, ya con categoría de pequeña ciudad, con calles empedradas, algunos jardines, varias fondas y casas de comidas, cuatro o cinco agencias bancarias, muchas tabernas y algunos pequeños comercios.

Su iglesia era la más grande y hermosa de la región. Me decidí a pintarla. Procuré alojamiento en una de las fondas, más confortable, por cierto, de lo que yo había imaginado, me instalé en ella una tarde, con la primavera recién estrenada, y aquella misma noche dispuse todos los avíos necesarios para, a la mañana siguiente, iniciar mi trabajo.

Me levanté muy temprano. Deseaba aprovechar el primer sol de la amanecida, que siempre ofrece diamantinas tonalidades y sutiles matices de color y de luz, muy difíciles de captar en cualquier otra hora del día. Contagiado por la alegría de la luz recién nacida, me dirigí a la plaza de la iglesia, cercana a mi posada.

El templo era un edificio exento de planta de cruz latina, con tres naves, la central más elevada, rematadas en su cabecera por un ábside y dos absidiolos semicirculares, con cornisas de canecillos, columnas adosadas y ventanas abocinadas de medio punto. En el extremo opuesto del edificio se situaba la portada principal, con ocho arquivoltas y tímpano con solemne pantocrátor rodeado por las figuras del tetramorfos. Otro pórtico algo más modesto, con menos arquivoltas, pero no menos bello, se situaba en el centro del lateral que daba a la plaza donde yo me encontraba. A diferencia de lo acostumbrado en el románico español, la torre de las campanas estaba separada del resto del edificio, a la manera de los *campanili* lombardos del siglo XII, época en que se fechaba también esta iglesia, según me había informado previamente.

La torre, de planta cuadrada, alta y esbelta, constaba de cuatro pisos sobre un zócalo ciego bastante alto. En cada una de las cuatro caras de cada piso se abrían dos ventanas separadas por columnillas con capiteles esculpidos con escenas sagradas que, aunque no apreciables en detalle desde el suelo, se adivinaban de hermosa hechura. Asomadas a las ventanas del cuarto piso, se alineaban varias campanas de distintos tamaños.

Desde el pie de esta torre, rodeada por fragantes rosales, se obtenía una magnífica vista de los ábsides y de la puerta lateral, así que decidí instalar a su sombra mi caballete y mi silla plegable, y me dispuse a preparar los pinceles y los colores que usaría para los primeros bocetos.

Apenas había comenzado a trazar las primeras líneas, cuando sentí caer sobre mi cabeza una lluvia caliente y ambarina, que solo afectaba al lugar donde yo me encontraba, pues el resto del paisaje permanecía seco y soleado.

Sorprendido, levanté la vista hacia lo alto de la torre y pude contemplar, boquiabierto, a un hombre sentado en el antepecho de una de las ventanas del tercer piso, con las piernas completamente desnudas suspendidas hacia el vacío, y que, con aire beatífico y satisfecho y con la mirada perdida en el horizonte, estaba orinando sobre mi cabeza.

—¡Pero, hombre de Dios, ¿qué hace usted?! —grité con todas mis fuerzas.

Del sobresalto, el hombre pegó un brinco y a punto estuvo de despeñarse desde aquella altura. Cesó de inmediato su desahogo fisiológico y miró hacia abajo, pálido de estupor.

—¡Oh, perdóneme usted, señor, se lo suplico! ¡Estoy realmente avergonzado! —exclamó desde arriba, haciendo bocina con sus dos manos— ¡No reparé en el señor! ¡A estas horas, nadie en el pueblo se ha levantado, y yo aprovecho tal circunstancia para aligerar mi vejiga sin perjuicio ni daño para nadie! ¡Insisto, señor, perdóneme, por el amor de Dios!

El afligido individuo me pareció un hombre de mediana edad, de largo y enmarañado cabello oscuro y poblada barba extendida hasta casi la cintura, extremadamente delgado y de movimientos violentos, tal vez a causa de la excitación del momento. Salían y entraban en su barba unos diminutos insectos voladores, parecían abejas, que, curiosamente, no me inspiraron repulsa, y a su alrededor revoloteaba una pequeña y bulliciosa bandada de pájaros. Vestía una desgarrada camisa de manga larga, que alguna vez fue blanca, y, como ya indiqué antes, se hallaba completamente desnudo de cintura para abajo.

—¿Pero qué hace usted ahí arriba? ¿Quién es usted?— voceé.

La estrambótica figura guardó unos segundos de silencio. Después gritó:

—¿Cómo es eso? ¿El señor no ha venido a conocerme, atraído por mi fama? ¡Yo soy el Suicida!

Me pareció no haber oído bien.

—¿Quién ha dicho que es usted? —inquirí nuevamente

—¡El Suicida, señor! ¡Digamos que soy el suicida oficial del pueblo! ¡Soy famoso, tengo un renombre! Mucha gente viene a verme, desde la capital y aún de otras provincias, y me toma fotos. Hasta los de la televisión han venido un par de veces. Y ahora, discúlpeme, señor, he de tocar las campanas para la misa de siete. Quedo a su entera disposición.

Desapareció, y un instante después comenzaron a sonar las campanas con alegre repiqueteo. Entre tanto, la población había comenzado a despertarse y aparecían gentes en la calle: hombres apresurados, a pie y en bicicleta; algunos automóviles; paseantes tranquilos y sosegados; ancianos cachazudos, arrastrando sus andadores; mujeres solas o en grupos reidores y parlanchines, dirigiéndose hacia la iglesia, cuyas puertas alguien había abierto con resonar de goznes; tenderos en delantal, subiendo las persianas de sus establecimientos y sacando cajas a la calle, para exhibir sus mercancías; limpiadoras, lanzando a la calzada, desde los portales, baldes de agua sucia jabonosa; recaderos, repartidores, pillastres, muchachas en flor, barrenderos. Toda una fauna humana, ansiosa por comenzar un nuevo día, aún no mancillado por el cansancio y las inevitables congojas que a todos nos aguardan a diario, con el paso de las horas.

II DON FIORIANO

Se me acercó un caballero bien trajeado y de modales exquisitos.

—Perdone, señor. —me dijo— No he podido evitar oír su conversación a voces con el suicida. ¿Usted no es de por aquí?

—Pues no. Soy del otro extremo del país y he vivido muchos años en el extranjero, hasta hace muy poco tiempo —le contesté.

—Eso explica que no haya oído usted hablar de nuestro famoso suicida. Nadie sabe cómo se llama ni de dónde vino. Lleva muchos años en la torre, amenazando con tirarse al vacío todos los días 1 y 15 de mes, salvo que estos días caigan en domingo o en fiestas solemnes de la Santísima Virgen. En esas fechas, se juntan muchas gentes en la plaza, venidas de todas partes, en tren, en autocar o en vehículos particulares. Hasta de fuera del país vienen a veces. Japoneses, sobre todo. El suicida no se tira, pero se aprovecha la afluencia de gentío para celebrar mercados de productos de la tierra y ferias de maquinaria agrícola.

Yo le escuchaba con asombro.

—Pobre —acerté a decir—. Se advierte a las claras que este hombre está loco. ¿Y por qué no le obligan a bajar?

—Imposible. Un tramo de la escalera interior, de piedra, se desplomó hace tiempo; por ahí no hay nada que hacer. La escalera de los bomberos locales no llega a la altura de las ventanas de la torre. Me dirá usted que podrían venir los bomberos de la capital, claro está, pero no se atreven, porque el suicida tiene una pértiga de hierro muy larga y amenaza con derribar con ella a cualquiera que ose aproximarse a las ventanas.

—Pero ese hombre tendrá sus necesidades. ¿Cómo se las apaña?

—En lo que respecta a las necesidades alimentarias, están bien aseguradas por el Ayuntamiento y por la caridad de los vecinos, aunque esta última sobraría, porque el Ayuntamiento no escatima gastos para mantenerlo en plena forma. Tenga usted en cuenta que él es una de las principales fuentes de ingresos para la Corporación y para todos los vecinos.

—¿Ah, sí? ¿Por qué?

—Ya le dije que viene muchísima gente a verlo, lo que asegura la prosperidad de hosteleros, restauradores y toda clase de comerciantes. Y en cuanto al Ayuntamiento, excuso decirle que gana un pastón, solamente con la venta de entradas al Centro de Interpretación del Suicidio.

—¿Han creado ustedes un Centro de Interpretación del Suicidio? No me lo puedo creer.

—Pues créalo usted. Y está haciendo mucho bien. ¡Cuántos presuntos suicidas han desistido de su intención cuando han conocido nuestro Centro y seguido alguna de las terapias que nosotros promovemos! Y puedo hablar de ello con fundamento, pues soy el médico psiquiatra director de dicho Centro. Tiene usted que visitarnos.

—Lo haré. Encantado de conocerle. Y en volviendo al suicida de la torre, ¿cómo se arreglan ustedes para hacerle llegar la comida, si ustedes no pueden subir, ni él quiere ni puede bajar?

—¡Oh, eso es muy sencillo! El suicida desenganchó la cuerda de las campanas, y con ella baja hasta el suelo una cesta de mimbre, que nosotros llenamos oportunamente de comidas y bebidas. El corte de la cuerda lo llevó a efecto con el consentimiento del alcalde y del señor cura párroco, previo compromiso, por su parte, de tañer a mano las campanas en las horas litúrgicas que el señor párroco tuviese a bien señalar, lo que hasta la fecha está cumpliendo a entera satisfacción.

—Ya, pero, ¿cómo satisface otras necesidades, digamos... más escatológicas?

—Por lo que respecta a la evacuación de aguas menores, ya usted mismo ha experimentado el procedimiento. Se sitúa en una de las ventanas y expele la orina hacia el exterior. Obvio es decir que siempre con sumo escrúpulo y delicadeza, en horas matutinas, postprandiales o nocturnas, en las que la plaza se encuentra desierta. Naturalmente, usted estará pensando que este acto es atentatorio contra la higiene y salubridad pública, pero no es así; cuando concluye sus micciones, el suicida emite un penetrante silbido, que, recibido por el empleado municipal de jardines que se encuentre de guardia, es la señal para que este efectúe una manguerada, con una triple misión: además de la mencionada, la de refrescar la plaza en los días de calor, que en esta región son prácticamente todos los días del año, y la de regar los rosales que rodean la torre.

Ciertamente, un momento antes de que la plaza comenzase a llenarse de gente, un empleado municipal de mono amarillo había estado regando los rosales y la vía pública, con un cuidado exquisito para arrastrar el pequeño charco de orina cercano a nosotros sin salpicarnos ni mojar mi caballete o mis avíos de pintura.

—Piensan ustedes en todo; están perfectamente organizados —dije—. Pero ¿qué procedimiento tienen establecido cuando se trata de deyecciones más sólidas?

—¡Oh, esas! Nuestro amigo las evacúa por el hueco de la escalera de caracol, que, como está rota, realmente inexistente desde el piso bajo hasta el piso tercero, no ofrece impedimento alguno para que los residuos orgánicos caigan hasta el fondo. Cada mes, enviamos al suicida un saquito de cal viva, para que lo arroje por el hueco de la escalera y destruya los sedimentos. Solo que no queremos abusar de este procedimiento, porque no tenemos la evidencia de que la cal no ataque la piedra arenisca del edificio. El tufo, que puede llegar a ser muy molesto para el suicida y para nosotros, lo combatimos con la plantación de los rosales que usted ve a pie de torre, todos ellos de variedades muy aromáticas. Hay, no obstante, un serio inconveniente que no hemos podido erradicar, a pesar de los numerosos estudios científicos que hemos encargado y de las tormentas de ideas que hemos apadrinado entre los vecinos, incentivadas con substanciales premios en metálico.

El locuaz director del Centro de Interpretación del Suicidio enmudeció de repente e inició un mudo gesto de despedida, llevándose la mano al ala de su sombrero. Estaba claro que pretendía provocar en mí un estado de ansiedad por desentrañar el significado de sus últimas palabras. Halagué su vanidad, componiendo una cara de profunda atención y preguntando:

—¿Un serio inconveniente? No me puedo imaginar qué quiere usted decir.

—Pues, amigo mío, resulta que el suicida es un glotón insaciable y, por ende, sus deposiciones son muy abundantes y compactas. Cuando estas caen a plomo desde el tercer piso hasta el suelo, el hueco interior de la torre actúa como caja de resonancia y el choque de la plasta contra el suelo produce un estruendo muy desagradable, audible en toda la población, con el agravante de varias réplicas seguidas, casi tan molestas como el sonido original, por efecto de la reflexión de las ondas en las fachadas de los edificios de la plaza. Los días 1 y 15, cuando se mueve una gran aglomeración humana en este lugar, tenemos contratado un grupo de rock, que ameniza el mercado y las ferias de maquinaria agrícola, con la consigna para el batería, estipulada en contrato, de atacar un enérgico solo de percusión, venga o no venga a cuento, en tanto duren los ruidos indeseados. Esta medida mitiga y encubre algo el enojoso fenómeno acústico, pero no evita que algunas personas, mujeres sobre todo, experimenten náuseas e impulsos de vomitar, y hasta algún que otro síncope inducido por el asco.

—Pues sí que es un conflicto —dije yo, por decir algo. En realidad, solo estaba deseando que el director del Centro de Interpretación continuase su divertido, por lo absurdo, pseudomonólogo. Pero mi breve interrupción fue aprovechada por mi interlocutor para echar una ojeada a un voluminoso reloj de bolsillo, sujeto a su chaleco por una leontina. Una urgencia lo invadió.

—Discúlpeme usted, mi buen amigo —exclamó, suspirando con fuerza—, pero he de atender asuntos urgentes. Le ruego que no deje de ir a visitar el Centro de Interpretación. Comprobará que merece la pena. He aquí mi tarjeta —y me alargó una primorosa cartulina, impresa en relieve, a lo que correspondí entregándole, yo también, una de mis tarjetas, y se alejó apresuradamente. Examiné su billete. Decía:

Dr. FIORIANO CORNEJO Y LAÍNEZ
Médico Psiquiatra
Filatélico, Numismático y Placomusofílico
Director del único Centro de Interpretación del Suicidio
existente en el país

Y seguía el número de teléfono, la dirección y el código postal. Me propuse visitarlo aquella misma tarde. Pero ahora me interesaba mucho más localizar al suicida y tratar de sonsacarle algún dato sobre él mismo. Me situé al pie de la torre y grité:

—¡Eh, señor! ¡El habitante de la torre! ¿Puedo hablar con usted, por favor?

A la tercera o cuarta llamada, el suicida asomó su jeta desde una de las ventanas del cuarto piso, haciendo pantalla con la mano detrás de la oreja derecha. Era un hombre realmente muy delgado, lo que contrastaba con la información del Dr. Cornejo, que lo había calificado de glotón insaciable. O la revelación del doctor era falsa, o aquel hombre padecía de cisticercosis en grado muy avanzado o de alguna otra enfermedad causante de su delgadez extrema.

—¿Puedo hablar con usted, por favor? — repetí.

—Imposible hacerlo ahora, con este barullo —me gritó desde lo alto—. Vuelva usted a la hora de la siesta, cuando la plaza esté vacía, y lo atenderé con sumo gusto.

Recogí mis bártulos y me dirigí a la fonda. A aquellas alturas, en lo que menos pensaba era en seguir pintando; la figura del suicida había acaparado toda mi atención y únicamente me preocupaba el modo de saber algo más de él y de los motivos que le habían conducido a tan extraña situación.

III EL SUICIDA

Corroído por la impaciencia, almorcé frugalmente, y apenas todo el mundo comenzó a retirarse para la siesta, corrí a mi habitación, tomé un bolígrafo, un bloc de notas y una visera para protegerme del sol, y salí disparado hacia la plaza de la iglesia, que, en efecto, encontré totalmente desierta.

Llamé:

—¡Señor suicida!

El interpelado se asomó a una de las ventanas del tercer piso y dijo:

—Vamos hacia aquel lado de la torre (señalaba el lado de la sombra). Estaremos más frescos, no cogeremos una insolación y podremos hablar más cómodamente, porque allí no hay reverberación del sonido y no es preciso gritar para entendernos.

Nos fuimos a la sombra, y nos sentamos, yo en el suelo, con el cuello forzadamente vuelto hacia arriba, para ver a mi interlocutor, y él sobre el barandal de una ventana, con las piernas hacia afuera, como cuando me roció con la caliente secreción de sus riñones.

—Muy bien. Usted dirá.

Habló sin gritar, con una intensidad del sonido propia de una conversación vis a vis y, sin embargo, yo lo oí perfectamente.

—En primer lugar, yo me llamo Beppone Doré —inicié—. ¿Puede usted decirme su nombre?

—Pues realmente no lo sé. Lo jugué a las cartas, durante la Primera Guerra Carlista, contra un húsar austríaco; lo perdí, y desde entonces no he conseguido recordarlo jamás. Aparte de que no sería lícito usarlo contra la voluntad de su actual legítimo dueño.

—Al menos, sabrá usted dónde nació.

—Pues tampoco lo sé. Nací en altamar, a bordo de un paquebote que navegaba sin bandera, por temor, tanto a los submarinos alemanes como a los acorazados ingleses. Podrían mis padres haber adoptado para mí la nacionalidad del primer puerto en que fueran a hacer escala, pero tampoco esto fue posible, porque el navío naufragó en aguas internacionales, a causa de la colisión con un iceberg desplazado más de cuatro mil kilómetros al norte de sus orígenes antárticos. Creo que fui salvado por unos pescadores que accidentalmente faenaban por aquella zona, y que me desembarcaron en algún lugar de América al que aún no habían llegado los conquistadores españoles, pero mis padres, desgraciadamente, debieron de morir ahogados.

—¡Caray, cuánto lo siento!

—Gracias, pero no se inquiete por ello, fue hace ya mucho tiempo. De mi infancia, no conservo ningún recuerdo. No sé quién me acogió ni dónde me crié.

—¿Cuál es su idioma materno?

—Lo ignoro. Como no conocí a mis padres, no sé qué nacionalidad tenían, y yo hablo doce idiomas con fluidez, sin tener conciencia de cuándo, cómo y en qué orden los aprendí.

—¿Cómo se le ocurrió la idea de suicidarse?

—Por aburrimiento. O por la decepción y hastío que me inspira la condición humana. Un día subí a esta torre, cuando aún se conservaba la escalera. Me dio mucha pereza bajar y, por otra parte, nada de lo que había dejado ahí abajo me atraía. Pensé entonces que la forma más decorosa y digna de descender sería arrojándome de cabeza contra el suelo el día en que lograse vencer el miedo, no a la muerte, que no me asusta, sino al sufrimiento. Me aterra la posibilidad de sentir dolor físico, por mínimo que este sea.

—Y en el caso de llegar a vencer su miedo al dolor, ¿por qué escogería un día 1 o 15 para suicidarse?

—Por mi amor a la cultura clásica. Las calendas romanas coincidían con los días 1 de cada mes, y los idus de marzo, mayo, julio y octubre, mis meses preferidos, eran el día 15. No hay otra razón. Ahora, eso sí, el día escogido no caerá en domingo ni en una festividad de la Santísima Virgen María.

—¿Por qué? ¿Es usted cristiano?

—Naturalmente. Una religión tan extraña como es el cristianismo no puede ser invención humana; necesariamente ha de tener un origen divino. Solo a Dios, un Dios aventurero, se le ocurriría permitir la rebelión de los ángeles malos y su decisiva influencia posterior en la marcha de la Historia, o su propia muerte ignominiosa en una cruz, para demostrar su amor por nosotros, o la misma transustanciación. Solo a un Dios locamente enamorado de una criatura suya tan insignificante como es el ser humano. Usted, ¿qué profesión tiene?

—Soy pintor.

—Pues es, salvando las distancias, como si usted quisiera ser pincel, porque se ha enamorado del vil instrumento que utiliza para ejecutar su excelso arte y sabe que, si humaniza al pincel, si lo eleva a la categoría de humano, habrá salvado a todos los pinceles del inevitable fin que, de otro modo, les esperaría, es decir, ser arrojados a la basura cuando ya no sirvan. ¡Bah!, estoy divagando. No acaba de gustarme la comparación que he hecho, aunque espero que usted haya captado lo que, de manera tan imperfecta, he querido expresar. Dios es, por definición, inabarcable por la mente humana.

—Pero el cristianismo condena el suicidio.

—Lo sé. Por eso he escrito varias cartas al Papa, solicitando su dispensa. Y en el hipotético caso de que llegue a suicidarme, no lo haré antes de recibir la exención implorada.

—Algo que resulta imposible de conseguir. ¿De verdad tiene usted, o ha tenido en alguna ocasión, la intención de suicidarse?

—Pues claro, señor. No soy ningún farsante. Además, no desespero de obtener la excepción papal, porque la Iglesia me debe muchos favores: yo apoyé al Papa Gregorio VII en su conflicto con el emperador Enrique IV, que acabó, como usted sabe, con la completa humillación del emperador en Canossa. Y más recientemente, ayudé personalmente al recordado Papa León XIII a formular su doctrina sobre las relaciones entre Iglesia y Estado, que, en lo esencial, aún sigue vigente. No deseo vanagloriarme, pero en las altas esferas eclesiásticas estoy considerado como uno de los más conspicuos estudiosos e intérpretes de la escuelas filosóficas y teológicas de Santo Tomás de Aquino y del beato Duns Scoto.

—¿Cuánto tiempo lleva usted encerrado en esta torre?

—No lo puedo precisar con exactitud. Recuerdo que mi participación, como corresponsal de prensa, en la guerra de Crimea, tan cruel, aunque algunos todavía la consideren como la última guerra romántica que ha librado la Humanidad, había generado en mí un rechazo irreprimible de este mundo, tan percudido por la ferocidad y la estupidez de la condición humana. Vagué por todas las partes del mundo, fui testigo de muchos acontecimientos históricos, apoyé muchas luchas contra la opresión y contra los totalitarismos de cualquier signo, pero no conseguía superar mi aversión hacia el género humano. Hasta que un día llegué a este pueblo, formando parte de una embajada de amistad guatemalteca, durante la II República, o cuando gobernaba Aznar, no estoy seguro, y en la contemplación del mundo desde esta torre concebí la idea de suicidarme, con la venia de la Santa Sede y como gesto de protesta contra la insensatez.

A estas alturas de nuestra conversación, yo estaba ya absolutamente convencido de la insania de mi interlocutor, pero su plática me fascinaba y su modo de entremezclar su imaginada vida con los más disímiles acontecimientos históricos no hacía sino despertar en mí una irreprimible simpatía, muy cercana a la admiración.

—Es usted asombroso—confesé—. Me gustaría, por último, formularle una pregunta un tanto indiscreta.

—Dispare usted —me dijo—. Yo juzgaré la conveniencia de contestarle o no.

—Bien. Tiene usted fama de glotón. ¿Cómo se compagina esto con su extrema delgadez?

—Bueno, eso es una leyenda urbana. No crea usted todo lo que se dice de mí. En realidad, con esta vida que llevo, tan sedentaria, necesito poco alimento para mantenerme en plena forma. Pero tengo muchas bocas que abastecer.

—¿Cómo es eso? ¿No vive usted solo?

—Claro que no, mi querido amigo. Tengo miles de convecinos, y todos dependen de mí para subsistir. Por eso, acepto todos los alimentos que esta comunidad me ofrece tan generosamente. Habrá usted notado que hay muchísimos pájaros en la comarca.

En efecto, ya me había llamado la atención la cantidad anormal de pájaros, visibles en el aire y en todos los árboles y aleros de la ciudad.

—Y habrá observado también —continuó— que todos los cultivos de la región se mantienen prósperos y sanos. Pues bien. Hace unos años, la agricultura de este país estuvo a punto de arruinarse por completo, debido a las plagas de insectos dañinos que proliferaron, a causa de una anormal y prolongada ola de calor. Yo tengo una deuda de gratitud con estas gentes, que tan bien me han acogido. Así que, para paliar el tremendo problema que padecían, me dediqué a la cría de pájaros insectívoros, técnica que aprendí durante mi estancia entre los indígenas del Amazonas. Elegí dos especies muy voraces: el gorrión molinero y el escribano hortelano. Con tanta dedicación, que las hembras no cesaban de poner huevos, y en poco tiempo la población avícola se había multiplicado por diez mil. Tantos individuos dedicados a su caza, acabaron muy pronto con todos los insectos. Tan solo les ordené respetar unas pocas clases de mariposas, por su belleza, y a las abejas, por su utilidad.

Sí. Por todos los campos abundaban las colmenas, ocupadas por abejas tan pacíficas que todos los vecinos habían olvidado ya la capacidad de estos insectos de producir picaduras, facultad que también habían olvidado las propias abejas de la comarca. Observé la desenvoltura con que estas revoloteaban en torno al suicida y se posaban en sus ropas y en su barba. El suicida prosiguió su plática:

—Estos miles de pájaros, privados ahora de su pitanza habitual, tienen que vivir de algo. Así que les he educado para cambiar su dieta alimentaria y ahora ingieren comida humana, que yo les facilito, contando con la generosidad de mis vecinos. Al principio, incluía en su dieta una pequeña dosis de vino rebajado con agua, porque observé que mejoraban mucho, tanto el timbre como la frecuencia de su canto, pero tuve que suprimirla, porque se dieron varios casos de alcoholismo entre los gorriones. Con las abejas, no hay cuidado; ellas saben muy bien elaborar su sustento.

Así, hablando y hablando de las cosas más diversas, se nos fueron sin sentir las horas de la siesta, y la plaza comenzó, de nuevo, a llenarse de gente.

—Lo siento, amigo mío, con este bullicio, ya no podremos seguir hablando —me espetó el suicida, con gesto de contrariedad, al tiempo que introducía sus piernas en el interior de la torre—. He tenido sumo placer en conversar con usted. Si lo desea, podríamos vernos mañana, Dios mediante, a la misma hora.

Y, silbando una música que me pareció el Kyrie de la Misa Luba, desapareció de mi vista. Consulté mi reloj; eran las cinco de la tarde. Recordé mi propósito de visitar el Centro de Interpretación del Suicidio aquella misma tarde y, dando por definitivamente perdido el día para la pintura, me encaminé a la dirección indicada en la tarjeta del doctor Fioriano.

IV EL MUSEO DEL SUICIDIO

Distinguí de lejos la sede del Centro; era una casona de indiano de estilo modernista, probablemente de finales del siglo

XIX o principios del XX, rodeada por un amplio jardín con dos o tres palmeras altísimas, algunos cedros y abundante vegetación de menor porte. De planta cuadrangular, constaba de tres pisos, bajo una cubierta de teja a cuatro aguas, con labrado alero de madera de amplio vuelo. En el centro de la fachada principal sobresalía una torre porticada de planta cuadrada sobre una base circular que albergaba la entrada, a la que se accedía por una hermosa escalinata de granito con balaustrada de mármol blanco.

A un lado de la puerta enrejada de acceso al jardín, un rótulo metálico con letras en relieve advertía:

CENTRO DE INTERPRETACIÓN DEL SUICIDIO

Director: DR. FIORIANO CORNEJO Y LAÍNEZ

Planta baja: EXPOSICIONES Y MUSEO

Horario: De 9.00 a 19.00 h., Lunes cerrado

Acceso prohibido a menores de 14 años

Precios: 3 €. Estudiantes y jubilados: 1,50 €

Visitas guiadas y de grupo

Plantas superiores: CLÍNICA DE PREVENCIÓN

Y TRATAMIENTO DE LA CONDUCTA SUICIDA

Tratamientos ambulatorio y hospitalario

Traspasada la entrada del edificio, me encontré con un espacioso vestíbulo, con puertas acristaladas en todos sus lados. De una de aquellas puertas, surgió inmediatamente la sonriente figura del doctor Fioriano, que me estrechó la mano con gran efusión y con la otra mano me palmeó repetidamente la espalda. Un gesto tan familiar que me sorprendió, por lo inesperado. Se diría que el buen doctor no estaba muy acostumbrado a recibir visitas, al menos a aquellas horas de la tarde.

—Querido amigo —me dijo—, me satisface mucho que haya aceptado mi invitación. Venga usted, le enseñaré el museo.

Y, dirigiéndose al ujier u ordenanza con gorra de plato, que, a un gesto suyo, se acercaba a nosotros, añadió:

—Este señor no paga; es mi invitado.

El ujier, obsequioso, con una sonrisa de oreja a oreja excesivamente fija y tantas reverencias que yo llegué a pensar que tenía espasmos, nos abrió una puerta y penetramos en una espaciosa sala escasamente alumbrada, repleta de paneles fijados a las paredes y sobre caballetes, cada uno con un foco de luz iluminando su contenido y formando un auténtico laberinto de pasillos.

En la sala no se oía ni el más mínimo ruido y no se advertía ni un solo visitante, al menos en el reducido espacio que dejaban ver tantos paneles agrupados. El doctor pareció adivinar mi pensamiento:

—Es por la hora, ¿sabe? Y por el día. Los días 1 y 15 y algunos fines de semana esto está a rebosar.

Todos los tableros contenían alguna fotografía y mucho texto, tanto que dudo que exista alguien que pueda presumir de haberlos leído todos al completo. Calculo, a ojo de buen cubero, que tal labor requeriría de dieciocho a veinte horas ininterrumpidas, y eso utilizando una técnica de lectura rápida.

Todos los paneles abordaban el mismo tema del suicidio, bajo los más diversos aspectos. El primero, por ejemplo, llevaba por título "Perfil del suicida", y exponía los distintos factores y aspectos del comportamiento de las personas en riesgo de atentar contra su propia vida.

Otro panel nos interpelaba: "¿Puede heredarse la tendencia al suicidio?". Unos pasos más allá, otro nos informaba acerca de la influencia de las drogas y del alcohol en el aumento del riesgo de suicidio. Un par de ellos más hablaban del "Suicidio por contagio" y del "Suicidio por imitación", y no faltaban varios con consejos sobre "Prevención de la conducta suicida" y "Tratamiento de la conducta suicida". Otro tablero nos invitaba a su lectura con un título sugerente: "¿Es posible predecir el suicidio?". Había consejos para "Los medios de comunicación: Cómo informar de los casos de suicidio".

Después había paneles que ilustraban sobre "El suicidio en la Prehistoria", "El suicidio en la Edad Antigua", "El suicidio en la Edad Media", y así hasta llegar a nuestros días.

Un panel algo más interesante, en el que me detuve algunos minutos, hablaba de las "Creencias erróneas y leyendas urbanas sobre el suicidio". He aquí algunas, que aún recuerdo: "El que se mata no lo dice"; "Todo el que se mata es un enfermo mental"; "El suicidio se hereda", "El suicida es un cobarde"; "El suicida es un valiente", y muchos más.

He de reconocer que aquel recorrido me aburría mortalmente, y a punto estaba de idear cualquier excusa, una urgencia inesperada o un súbito malestar, y poner pies en polvorosa, cuando mi acompañante, con una amplia sonrisa, me soltó:

—Y ahora, la joya de la corona.

Y me hizo pasar a una sala contigua, que ostentaba a la puerta un letrero:

"Sala—Exposición de artificios empleados por suicidas famosos".

Era una sala algo más reducida y mejor iluminada que la anterior, equipada con numerosas vitrinas, todas repletas de los objetos más diversos, estimo que la mayoría de ellos, si no todos, falsos.

Una vitrina contenía "Escopetas", y en ella se exponían la escopeta con que se mató Kurt Cobain, el líder de los "Nirvana", la que acabó con la vida de Ernest Hemingway, y otras, cada una acompañada por una pequeña leyenda explicativa.

Otro armario exhibía "Pistolas y revólveres", y allí estaban la empleada por Hitler, el revólver con el que Van Gogh puso fin a su existencia; la pistola del moralista francés Nicolás de Chamfort, esta, por excepción, acompañada por el abrecartas con que pretendió rematarse; la pistola de Larra o la Browning con que se suicidó Mateo Morral, tras asesinar al guardia que lo llevaba detenido.

En la sección de "Armas blancas", me llamaron la atención las espléndidas catanas con que se practicaron el *seppuku* el gran escritor japonés Yukio Mishima y su compañero de armas Masakatsu Morita.

Otro expositor, titulado "Ahorcamientos", contenía las cuerdas con que se colgaron el escritor Eugene Izzi, el cantautor y poeta Ian Curtis, o la desventurada Cheyenne, hija de Marlon

Brando, y el cinturón de cuero del que se colgó Michael Hutchence, el compositor y vocalista de la agrupación australiana INXS.

En la vitrina dedicada a las "Drogas" había muestras de los barbitúricos empleados por Elvis Presley, Antonio Flores, Jimi Hendrix y Marilyn Monroe, entre otros; de la marca de tranquilizantes que acabaron con la vida de Érika Ortiz, o de la heroína utilizada por Jim Morrison y Janis Joplin.

Con todo, la vitrina más interesante fue, en mi opinión, la que el doctor Fioriano me mostró en último lugar, y que estaba dedicada a los "Venenos". Aun consciente de que todo aquello tenía que ser falso, sentí cierta emoción al contemplar el áspid disecado que mató a Cleopatra, o los pequeños frasquitos con restos de la cicuta que bebieron Sócrates y Séneca, aunque en este último no hiciera efecto y acabara cortándose las venas.

Me impresionó la breve biografía del uruguayo Horacio Quiroga, colocada al pie de la ampolla que había contenido el cianuro con que este escritor se suicidó. Fue un hombre marcado por la fatalidad, que contagiaba el prurito del suicidio a cuantos lo rodearon. Entre padres, esposas, amantes, amigos e hijos, nueve personas de su entorno más íntimo acabaron suicidándose.

Y si no fuera por su carácter macabro, casi hubiera podido encontrar cierta gracia esperpéntica en el método que dos escritores, Vachel Lindsay y Charlotte Mew, compartieron, con tres años de diferencia, para abandonar este valle de lágrimas: ambos escogieron beberse una botella de Lysol, un desinfectante que en su época se empleaba para la higiene íntima femenina.

Terminada la visita de la planta baja, yo esperaba que continuaríamos con la clínica situada en las dos plantas superiores; tenía cierto interés en escuchar los testimonios de algunos suicidas arrepentidos. Pero el doctor Fioriano me explicó:

—Dispense, querido amigo, si no le enseño la clínica, pero está patas arriba. Habida cuenta de que en esta época no esperamos ingreso alguno, hemos aprovechado la oportunidad, difícil de encontrar en otra coyuntura, créame, para emprender trabajos de ampliación y mejora. Le invito, en cambio, a un café en mi despacho, si le apetece. Afortunadamente, hoy no nos han molestado los ruidos de las obras, porque es viernes, y como casi todos los operarios son emigrantes musulmanes, acogidos por caridad y porque, excusado es decirlo, son mucho más baratos que los nativos, hemos decidido que este sea su día semanal de descanso.

V UN CAFÉ DELICIOSO

Entramos en su despacho, por la misma puerta de la que había salido el doctor para recibirme, cuando llegué. Era una estancia sencilla, con pocos muebles, pero decorada con gusto, con una gran librería repleta de libros ocupando todo el lienzo de pared enfrentado a las ventanas. Nos sentamos en unos sofás muy coquetones y, a una indicación de mi anfitrión, el ujier de las reverencias espasmódicas nos trajo dos tazas de humeante café y una bandeja con pastas.

—¿Le gusta este café? —me preguntó el doctor Fioriano, tras unos segundos de silencio, que ambos habíamos dedicado a paladear un sorprendentemente exquisito brebaje, muy suave y aromático, sin el menor rastro de amargor, sin duda el mejor café que yo había probado en toda mi vida.

Sin esperar respuesta, Fioriano prosiguió:

—Es una variedad híbrida del Black Ivory, que nosotros mismos cultivamos en la solana de un monte cercano. Fue el suicida quien trajo los primeros granos, como regalo de buena voluntad cuando nos visitó como miembro de una delegación guatemalteca. A él se los había regalado un *mahout* tailandés, en agradecimiento por haberle salvado la vida durante la guerra de Corea. Nosotros lo plantamos y elaboramos siguiendo escrupulosamente las indicaciones del suicida. Sabe usted cómo se obtiene el Black Ivory, ¿verdad?

Asentí en silencio, aunque no tenía la menor idea.

—Pues bien, como nosotros no tenemos elefantes, utilizamos una recua de asnos, que criamos con mimo, únicamente para este

126

menester, porque, como comprenderá, en estos tiempos ya no sirven para bestias de carga.

Cada vez entendía menos. El médico continuó:

—Todos los miembros de una familia de esta localidad viven con desahogo, dedicados exclusivamente al cuidado de estos animales, a la recogida de sus excrementos y al desgrane manual de los cagajones, uno por uno y extrayendo grano por grano, seleccionando únicamente los granos excretados enteros y solo parcialmente digeridos. Las enzimas presentes en el estómago de nuestros burros añaden un peculiar sabor al café y eliminan su amargor. Después, en un pequeño tostadero, que solo produce para nosotros, los granos son muy ligeramente lavados y tostados, para no estropear los complejos sabores que han adquirido durante el proceso. Aunque nuestra producción es tan limitada que solo aquí se conoce y se consume, estoy por asegurar que hemos conseguido una calidad aún superior a la del Black Ivory tailandés. ¿Qué opina usted?

Acababa de comprender cómo obtenía esta gente su exquisito café. Hice un ímprobo esfuerzo para contener los vómitos que me subían a la boca, aunque, afortunadamente, el doctor Fioriano no aparentó haber notado nada, inclinado, como estaba, para asir la cafetera y acercarla a mi taza.

—¿Otro café?

—No, muchas gracias. La cafeína, ¿sabe? —acerté a responder, esforzándome por aparentar total tranquilidad. Aunque comprenda que haya gente que flipa con estas porquerías tan refinadas, excuso decir que yo jamás he vuelto a tomar café.

Solo para desviar la conversación, se me ocurrió decir:

—Y usted, don Fioriano, como experto en el tema, ¿qué opina del suicidio?

El doctor se repantigó en su sillón, cruzó sus piernas parsimoniosamente, dejándome ver la desgastada suela del zapato levantado y acercado peligrosamente a la mesita de servicio, tomó un sorbo más de su aromático café, lo que sirvió para que mis reprimidas náuseas pugnaran por reverdecer en mi faringe, engoló la voz y, con el aire solemne con que cabe suponer que un Rector Magnífico inicie su *lectio magistralis* ante el claustro de discentes y docentes congregados para empaparse dócilmente de su sapiencia, comenzó a decir:

— Bien, señor. Imagino que desea usted conocer mi opinión acerca de la índole moral, ética o, si lo prefiere, filosófica, del suicidio. Temo que una descripción técnica de este fenómeno me obligaría a emplear términos de la jerigonza psiquiátrica, poco inteligibles para los no iniciados en esta disciplina, no le aclararía gran cosa y terminaría por aburrirle mortalmente. Pues bien, desde un punto de vista filosófico, suscribo plenamente lo que el gran ensayista francés Albert Camus expone en su obra *El mito de Sísifo*. Encabeza su ensayo con una aserción tajante: *"No hay sino un problema filosófico realmente serio: el suicidio"*. Ocurre que, en el mundo tan paradójico en que vivimos, hay un divorcio entre el hombre y su vida que produce el sentimiento de lo absurdo, y que lleva a considerar si no será el suicidio la única salida de esta situación.

Y el buen doctor continuó su plúmbeo e indigerible discurso durante horas, apenas interrumpido por las cuñas que yo introducía en su larga perorata, en forma de "síes", de "noes" y de "ya veo", con el doble propósito de mantenerme despierto y de aparentar, educadamente, sumo interés por lo que estaba oyendo. Yo alucinaba ante aquella maratoniana demostración de cultura, tan inesperada en un oscuro médico de una pequeña y casi desconocida ciudad de provincias.

Mientras hablaba, se bebió, sorbo a sorbo, todo el contenido del primer recipiente de café de caca de asno, y aun una segunda cafetera completa, que, junto con una botella de bourbon, nos aportó el ujier espasmódico. Yo, por mi parte, di buena cuenta de aproximadamente las tres cuartas partes de la botella, sumiéndome en un estado de lasitud beatífica.

De vez en cuando el psiquiatra se levantaba de su asiento, acudía a la librería que tenía tras de sí, tomaba y hojeaba un libro e ilustraba su erudita disección con alguna cita. Yo creo que mencionó todos los filósofos que en algún momento de la Historia se ocuparon de los problemas morales o religiosos que plantea el suicido, sin dejar ni uno solo. Para combatir el efecto sedante del alcohol, saqué del bolsillo un bolígrafo y mi bloc de notas e iba escribiendo nombres, clasificándolos en una casilla de "a favor" o en otra de "en contra", según los iba mencionando.

Apunté que a favor, con más o menos reservas, estaban Epicuro y sus discípulos, Epicteto y los estoicos, Séneca, John Donne, Montesquieu, Saint—Cyran, Voltaire, Hume, Schopenhauer, Nietzsche, y tal vez alguno más que se me escapó.

En contra del suicidio, también, en algunos, con excepciones puntuales, inscribí a Sócrates, Platón, Aristóteles, Plotino, San Agustín, Santo Tomás, Kant, Landsberg, y Rousseau.

Mencionó, además, los estudios etiológicos, más o menos imparciales, de Durkheim, Halbwachs y Gibbs y Martin.

Bajo el peso de tan maciza sabiduría, no tuve más remedio que sucumbir a la llamada de Morfeo, y a eso de las cuatro o las cinco de la madrugada, abandonando todo vestigio de urbanidad y de buenas formas, lo admito con vergüenza, me quedé profundamente dormido, sin haber llegado a averiguar, huelga decirlo, la opinión personal del doctor Fioriano acerca del suicidio.

VI LAS CARTAS AL PAPA

Desperté en mi cama de la fonda, muy avanzada la mañana. Supe por mi hospedera que me había traído el doctor Cornejo en su automóvil, cuando ya amanecía y en estado poco decoroso. No lo dijo, pero en la mirada de mi posadera leí un reproche: "Parece mentira, dos caballeros como ustedes, irse toda una noche de picos pardos".

Tras la *grosse matinée* y un desayuno al que hube de añadir, por imposición de mi anfitriona, tres o cuatro cucharadas de miel, como eficaz remedio para el tratamiento de la resaca, me aseé, almorcé sin ganas y, a la hora de la siesta, tomé mis bártulos de pintura y corrí a encontrarme nuevamente con mi admirado suicida.

Lo hallé cabizbajo, mucho más abatido que en la tarde anterior. Estaba sentado en la baranda de la ventana, con las piernas para afuera, como era su costumbre, pero no advirtió mi presencia, absorto como estaba en mirar sin ver el ir y venir de las doradas abejas en su barba y sin hacer el menor caso a la bulliciosa bandada de pájaros que revoloteaba a su alrededor, intentando animarlo. Grité:

—¡Señor suicida!

Levantó sus ojos tristes y me saludó con desgana.

—¿Qué ocurre, amigo mío? —le pregunté.

—Perdóneme, señor, me alegro de verle, de veras. Pero hoy me encuentro bastante desanimado.

—¿Y eso?

—Justamente hoy hace dos meses que escribí mi última súplica al Vaticano, y más de diez años que escribí la primera, y sigo sin respuesta. Me temo que no tienen ninguna intención de contestarme.

—Pero, hombre de Dios, ¿no dice que tiene allá tanta influencia? ¡Acuda a sus amigos!

—Todos han muerto. No sé si me quedará algún camarlengo en algún Pontificio Consejo; no creo.

—Pues acuda usted a alguno de sus amigos difuntos. Lo bueno que tenemos los católicos es que, en virtud de la comunión de los santos, podemos pedir cosas a los bienaventurados, y estos intercederán para que se nos concedan, siempre que sean cosas santas y nos convengan.

—¡Coño, tiene razón!

Saltó de su asiento tan de súbito que los pájaros se alejaron, asustados.

—Pero, ¿a quién podría acudir?

Quedó pensativo un largo rato. De pronto, su cara se iluminó y, chasqueando los dedos, me dijo, radiante:

—¡Ya sé! Tuve un íntimo amigo, Michel de Montaigne, de la nobleza francesa, que no sé si estará en el cielo, como le deseo, porque era un poco escéptico, pero por medio de él conocí a una sobrina suya, Santa Juana de Lestonnac, canonizada por Pío XII, con la que llegué a trabar una buena amistad. Voy a pedirle a ella que interceda ante el Papa, para que me conceda la licencia solicitada. Gracias, amigo.

Seguimos charlando un buen rato, mientras yo comenzaba a trabajar mi lienzo, preparando esbozos y procurando hacer caso omiso de los continuos consejos del suicida: "No es ésta una buena hora, yo esperaría a que las sombras se alargasen un poco más", "si quiere, puedo enseñarle una técnica que Leonardo ya experimentó con éxito", "use un trazo más fino", "para ese detalle, yo usaría un pincel de pelo de cerda, no de marta", y así continuamente.

Me admiraba el conocimiento técnico que parecía tener. "Este hombre sabe de todo", pensaba. "¿De dónde habrá salido? ¿Quién será, en realidad?"

Cuando, pasadas unas horas, le gente comenzó a afluir a la plaza, el suicida se excusó, no sin antes hacerme prometer que volvería al día siguiente, y desapareció. Tenía prisa por comenzar su petición a Santa Juana. Yo seguí pintando, aunque sin ganas, porque, la razón asistía a mi flamante amigo, aquella no era la hora más adecuada para captar los mejores tonos de luz.

Habían pasado escasos minutos, cuando el suicida volvió a asomarse a una ventana, me llamó y me consultó:

—A Santa Juana, mejor hacerle rogativas, ¿no? Porque, por escrito, ¿a qué dirección se manda la carta?

Y volvió a desaparecer, sin esperar contestación. Quedé desconcertado ante la increíble ingenuidad de aquel hombre, poseedor de una imaginación desbordante y, aparentemente, de vastos conocimientos en muy variadas disciplinas y, sin embargo, capaz de formular una pregunta más propia de un niño de cuatro años en trance de exponer sus peticiones a los Reyes Magos.

VII POR QUÉ EL PAPA NO CONTESTA

A poco, recogí mis trebejos de pintar y, sin un plan mejor para pasar la tarde, me encaminé al Centro de Interpretación del Suicidio, al encuentro del doctor Fioriano. Como ya recelaba, encontré el edificio tan despoblado como en la tarde anterior. A excepción del psiquiatra y del ordenanza convulsivo, allí no había trazas de reciente presencia de otros seres inteligentes.

El doctor insistió en ofrecerme su delicioso y repugnante café y, ante mi tenaz negativa ("Tengo la tensión un poco alta, ¿sabe?"), terminó por presentarme la más que mediada botella de bourbon del día anterior (sin reparar en que el alcohol sube la tensión tanto o más que el café).

Una vez acomodados, el doctor hizo amagos de continuar su filosófica lección. Le corté con rapidez, cambiando de tercio.

—Esta tarde fui a ver al suicida —dije—. Lo encontré muy abatido, porque no ha recibido contestación del Papa a sus cartas.

—Ni la recibirá, pobre hombre.

—Bueno, es lógico que en el Vaticano no se ocupen de las alucinaciones de un pobre loco. Sin embargo, habida cuenta de que se trata de una persona que insiste tantas veces en querer matarse, alguien debería haber apremiado al obispo de esta diócesis, y este al párroco de aquí, para que intentase disuadirlo de su obsesión, para bien de su alma.

—No, si nuestro párroco habla con él muchas veces, pero cree, como todos nosotros, que es mejor seguirle la corriente. Mas la razón de que nunca haya recibido contestación de la Santa Sede es esta.

Y, levantándose de su sillón, se acercó a su escritorio, abrió una gaveta y extrajo de ella, con las dos manos, un montón de sobres sin abrir.

—Aquí están todas sus cartas. Ni una sola ha llegado a Roma. Él me las entrega, para que yo las ponga en el correo. Nunca las he enviado, aunque, naturalmente, él no lo sabe.

Me asaltó un impulsivo sentimiento de antipatía hacia el psiquiatra, que él, sin duda, captó, porque me dijo:

—No me aborrezca usted por mi acción. Créame, es lo mejor que se puede hacer para no agravar la esquizofrenia de nuestro amigo. Mientras mantenga la ilusión, tendrá un motivo para seguir viviendo. Aunque tampoco debe creer que alguna vez haya pensado seriamente en matarse.

—Pero, ¿por qué no hacen ustedes algo para acabar con esta situación? Usted es psiquiatra; sabrá cómo tratar su enfermedad, en lugar de dejarle languidecer en la torre.

—Ya le he explicado que este pueblo debe su prosperidad a la existencia del suicida. Si acabamos con el mito, adiós a nuestro bienestar.

—No lo creo. Al principio, puede ser que el suicida fuese el imán que atraía a la gente, pero ahora, por lo que he podido averiguar por mi patrona, sus mercados quincenales de productos del campo y sus ferias de maquinaria agrícola están muy consolidados, acude muchísima gente de fuera a comprar y a hacer negocio; mucha más que la que se reúne en la plaza a esperar que el suicida se tire: cuatro japoneses curiosos y cinco o seis sádicos franceses o alemanes, incitados, cada vez menos, por las agencias de viajes. Solo tiene que juzgarlo usted mismo por el público que acude a visitar su museo. Perdone usted que sea tan directo, pero ¿cuántos vecinos o turistas lo han visitado en el último año?

El psiquiatra me escuchaba perplejo, con ceño al principio de mi perorata, que fue luego distendiendo, hasta transformarse en una benévola sonrisa.

—Tiene usted un alma noble —dijo—. Y probablemente no le falte razón al pensar que nuestra economía podría funcionar sin el apoyo del suicida. No obstante, piénselo bien, no es tan fácil deshacer esta situación. Abrir ahora los ojos al suicida equivaldrá a matarlo; se sumiría en una profunda depresión que posiblemente lo llevaría, de verdad, al suicidio. Por otra parte, el largo *impasse* de su situación actual comienza a hacer mella en su ánimo y, tiene usted razón, comienza a mostrar claros síntomas de agravamiento de su trastorno esquizoide, que desembocará, igualmente, en una depresión muy severa.

—¿Qué podríamos hacer? Tenemos que encontrar una salida airosa para que el suicida recobre la razón o, al menos, para que abandone voluntariamente la torre y se someta a tratamiento.

El doctor Fioriano acentuó su sonrisa:

—Sería un estupendo reclamo para mi clínica si consiguiéramos que ingresase en ella para ser curado. Atraería a muchos pacientes, ya que su fama es grande, y la economía de nuestra ciudad no se resentiría.

Quedamos los dos callados durante un rato prolongado, pensando en una solución razonable. Un afanoso silencio, solamente interrumpido, de cuando en cuando, por los armoniosos ronquidos del ujier reverencioso, que, privado de toda labor y cuidado, se había quedado dormido en el vecino vestíbulo.

Al final, fui yo quien rompió el silencio:

—Se me ha ocurrido una solución que tal vez funcione. Haremos que reciba una carta del Papa, ordenándole que abandone su pecaminoso propósito y se reintegre a la vida normal o, mejor aún, que se ponga en manos de usted durante algún tiempo, para ser librado de sus obsesiones.

—Admitiría que es una brillante idea, si me explica usted cómo conseguiremos que el Papa le escriba —replicó, con sorna, el doctor.

—Le escribiremos nosotros —respondí.

—¿Cómo? ¡Eso sería suplantación de personalidad, falsificación documental, dolo manifiesto y no sé cuántas cosas más! ¿Cómo se le ocurre a usted que podríamos falsear una carta del Papa Francisco, que, dada la fama de nuestro suicida, seguramente trascenderá a los medios de comunicación social?

—No le escribiría el Papa Francisco. Esta mañana estuve consultando en Wikipedia quién fue la santa Juana de Lestonnac que mencionó el suicida, y me enteré de que fue una monja del siglo XVI, contemporánea del Papa Pablo V, quien aprobó la Orden que ella fundó. El Papa Pablo V fue, en general, un buen Papa, con la única pega de haber intentado silenciar a Galileo Galilei, algo, después de todo, disculpable si tenemos en cuenta el contexto de aquella época. A este Papa no le importará ser nuestro colaborador, puesto que es para una buena causa.

—No es una idea descabellada, pero ¿sabremos encontrar argumentos convincentes sin salirnos de la ortodoxia de la Iglesia? Habrá observado que el suicida es un hombre muy culto y podría sospechar si caemos en un renuncio.

La sugerencia me vino de repente:

—¿Y por qué no metemos en el ajo al señor cura párroco? Usted tiene buena amistad con él. Él nos ayudará a respetar la pureza canónica.

VIII PROHIBIDO SUICIDARSE

Así fue como, conseguida la colaboración de don Egmidio, que así se llamaba el buen párroco, nos reuníamos los tres todas las tardes en el despacho del doctor Fioriano, en torno a humeantes tazas de su asqueroso café, ellos, y de varias veces renovadas botellas de bourbon, yo (con alguna ayuda del señor cura).

Haciendo y deshaciendo numerosos escritos, tardamos ocho días en conseguir una redacción a gusto de los tres, ocho días que yo ocupé pintando por las mañanas, charlando con el suicida, cada vez con más intimidad, en las horas de la siesta, y reunido a la tarde con mis cómplices en el Centro de Interpretación del Suicidio, en ocasiones hasta muy altas horas de la noche, a costa de perder totalmente la estima inicial de mi hospedera.

Y, con la ayuda de don Egmidio y frecuentes consultas al catecismo, este fue nuestro parto de los montes:

"A nuestro queridísimo hijo, el Suicida de la torre campanario de la Iglesia parroquial de ..."

"Enterados por nuestra dilecta hija Santa Juana de Lestonnac, a la que vos habéis acudido en súplica constante, de vuestra intención de poner término deliberado a vuestra vida, aduciendo como única razón la decepción y hastío que os inspira la

condición humana, y estableciendo como condición sine qua non para la comisión de vuestro propósito la de contar con la dispensa de la Santa Sede, nos apresuramos a trasladaros nuestra más enérgica e irrevocable prohibición de llevar a término vuestro propósito, que, inspirados por la caridad que, como a buen hijo, sentimos por vos, no dudamos en calificar de execrable."

"Enérgicamente condenamos, pues, el suicidio que proyectáis, que sería considerado pecado mortal, puesto que tiene por objeto materia grave y sería cometido con pleno conocimiento y deliberado consentimiento."

"Considerad, hijo queridísimo, que cada uno es responsable de su vida ante Dios, que nos la ha dado, que no disponemos de ella y que estamos obligados a recibirla con gratitud y a conservarla para la salvación de nuestras almas."

"A mayor abundancia, si el suicida es persona notoria, como en vuestro caso, el suicidio adquiriría, además, la gravedad del escándalo."

"Os ordeno, pues, hijo mío, que, por amor al Dios vivo, a su Santa Iglesia y a Nos, renunciéis a todo propósito deliberado de quitaros la vida, y esperéis al próximo día 15 de mayo, en que, por boca de vuestro párroco, Reverendo Señor don Egmidio Matanzas González, se os manifestará solemnemente la solución divina a todas vuestras cuitas."

"Os bendice vuestro Padre: Paulo V, Papa."

El último párrafo lo incluimos porque don Egmidio, aprovechando que el ya próximo día 15 de mayo, uno de los días señalados para la aparición pública de nuestro suicida ante la muchedumbre congregada en la plaza, sería también festividad de San Isidro, y habría procesión con la imagen del santo labrador, remataría la procesión con un gran golpe de efecto, conminando al suicida, ante todos sus feligreses, a abandonar su encierro, por decisión divina, y a ponerse en manos del doctor Fioriano hasta su completa y segura reintegración en la comunidad humana.

El médico se encargó de llevar la carta al suicida al día siguiente, muy de mañana, como recién llegada de la Roma celestial.

Aquella misma tarde, cuando acudí a mi diaria cita con el suicida, lo encontré radiante de alegría.

—¡Por fin he recibido carta del Papa! —se apresuró a decirme. Fingí sorpresa:

—¡Caray, cuánto me alegro! ¿Y qué le dice?

—La carta no es del Papa actual, sino de Pablo V, del que yo tuve alguna referencia cuando el lío aquel de la "conspiración de la pólvora" de Guy Fawkes, en Inglaterra. No llegué a conocerlo personalmente, pero me hablaron muy bien de él.

—Bien, ¿y qué le dice?

—Me prohíbe tajantemente el suicidio, lo que, bien pensado, era de esperar, pero me promete solemnemente solucionar mi problema el próximo día 15 de mayo. Estoy ansioso.

—Me alegro mucho por usted, amigo mío. No me iré de aquí antes de ese día. Quiero presenciar el venturoso acontecimiento.

—Gracias. Quedaré muy honrado con su presencia.

Entre pinceladas matutinas, visitas postprandiales a la torre y tertulias aromatizadas con café de caca y regadas con bourbon las tardes y buena parte de las noches, fueron pasando los escasos días que faltaban para el 15 de mayo, festividad de San Isidro.

IX EL TORNADO

El día amaneció gris y caluroso, anunciando tormenta, lo que no impidió que, cumpliendo la tradición, los habitantes de la ciudad y numerosos turistas abarrotasen el templo y la plaza a la hora de comienzo de la misa solemne en honor del santo.

Todas las calles y plazas de la población estaban saturadas de autobuses y coches, muchos de matrícula foránea. No se podía dar un paso sin tropezar con alguien, resultaba casi imposible aproximarse a los puestos de fritangas, a los pulperos y vendedores de escabeche, a los mercachifles y buhoneros que voceaban sus mercancías, a los puestos de verduras y frutas de los adustos campesinos y de los pícaros revendedores gitanos. De los stands de exposición de maquinaria agrícola entraban y salían anchos regueros sudorosos de gente alegre y despreocupada, la banda de rock probaba al máximo la capacidad de sus amplificadores y reinaba tal barullo en el ambiente que resultaba empresa vana tratar de entenderse con el acompañante, ni aún a grito pelado.

Acabada la misa solemne, salió del templo la procesión con la efigie del santo portada en andas por cuatro mocetones, precedida por don Egmidio revestido con capa pluvial y acompañado por monaguillos con cruz alta, incensario y hachones. Seguían tras las andas varias "manolas" muy envaradas y al menos un centenar de mujeres con candelas encendidas. Apenas la comitiva asomó por la puerta del templo, la banda cesó su concierto de rock y atacó las briosas notas de la Marcha de Granaderos. La gente, apretándose unos contra otros, abrió un pasillo al cortejo, que bordeaba el perímetro de la plaza alejándose primero de la iglesia y volviendo luego hacia ella, hasta llegar al pie de la torre campanario, en donde don Egmidio había previsto detenerse y dirigir al suicida un bonito y sentido sermón, conminándolo a desistir de sus propósitos y a entregarse al cuidado del eximio doctor Cornejo, allí presente, por disposición papal.

Apenas asomó la procesión, asomó también, en las ventanas más altas de la torre, el suicida, vestido con un fastuoso e impecable uniforme de húsar, que nadie supo jamás de dónde pudo sacarlo. Cubría su cabeza con alto morrión con visera, de piel de oso negro, con pompón adornando la parte anterior y superior, que sujetaba una airosa pluma negra; placa de plata en el centro, enmarcada por un barboquejo de escamas metálicas sujeto al pompón. Vestía dolmán rojo con adorno de alamares y vueltas de piel, con charreteras y mangas bordadas en oro. Bajo las solapas del dolmán asomaba un pañuelo negro, elegantemente ceñido al cuello. Sobre el hombro izquierdo pendía una pelliza, también roja y con las mangas adornadas con bordados en oro idénticos a los del chacó. Cubría sus piernas con pantalón de montar azul recamado y botas altas con vueltas y espuelas de plata. Cinturón cruzado sobre el hombro derecho, con escudo en el centro, y cinto trenzado con hebilla de dragón, del que pendían un portapliegos y los tirantes de un enorme sable.

Puesto de pie sobre el antepecho de la ventana románica, esperando la llegada de la procesión, el suicida semejaba un héroe de leyenda. Al verlo, todos quedaron pasmados, y hasta los gritos y la música cesaron por un instante. Después, todas las gargantas prorrumpieron en vivas y todas las manos estallaron en aplausos.

Como conjurado por los aplausos, un relámpago cercano cruzó el cielo y las nubes se abrieron repentinamente con una violenta granizada, que tuvo la virtud de despejar la plaza en un santiamén. No hay sabiduría humana que pueda explicar dónde se pudo refugiar aquella muchedumbre en tan poco tiempo. Era cosa de ver a don Egmidio corriendo desalado hacia la iglesia, embarazado por su capa pluvial, a los monaguillos con las haldas levantadas, chapoteando a placer, a los buhoneros recogiendo su mercancía con riesgo de ser arrastrados, más por las gentes que por las aguas. Tres o cuatro minutos después, no quedaban en la plaza, sino los cuatro mocetones refugiados bajo las andas del santo, irreverentemente abandonado a los rigores de la tempestad, y el gallardo suicida, que continuaba impertérrito en la torre, encaramado a la baranda. Yo, refugiado bajo las arquivoltas del templo, no podía apartar los ojos de él; estaba como hipnotizado, paralizado por el asombro y enmudecido por la gallardía de aquel hombre extraordinario.

Comenzó a aparecer en el horizonte un estrecho embudo de polvo, que se extendía desde el suelo hasta las nubes, y que se rizaba y torcía en caprichosas formas a medida que avanzaba hacia la plaza, envolviendo y arrastrando ramas, tejas, pequeños animales y cuantos desechos encontraba a su paso. Iluminado por los relámpagos, el tornado adquirió el aspecto de una hermosa y terrible columna de fuego, que aumentaba progresivamente su diámetro y su velocidad de rotación, con un sonido de impetuosa cascada o como el zumbido de millones de abejas.

Llegado a la plaza, el torbellino envolvió la torre y levantó al suicida por los aires, alejándolo lentamente de la vista de todos, mientras en su rostro se dibujaba una sonrisa feliz y sus brazos se agitaban en un gesto de adiós, que yo interpreté como dirigido solo a mí, aunque no puedo entender cómo me distinguió, entre tanta gente. Iba rodeado de miles de pájaros cantores, que salieron de la torre cuando él se alzó en vuelo, y su barba se pobló de cientos de miles de abejas, que la volvieron de oro. Ascendió en el horizonte, iluminado por la vivísima luz de los relámpagos, mientras yo sentía nacer en mi corazón un sentimiento agridulce, como cuando uno intuye que no va a volver a ver al amigo que se despide, pero sabe que se traslada a un lugar mejor.

Aún conserva aquella pequeña ciudad provinciana el recuerdo del suicida, que para unos subió a los cielos en un torbellino, como Elías, y para otros, los más escépticos, fue arrastrado por un tornado hasta el lejano mar, donde desapareció sin dejar rastro.

En muchas ocasiones me desplazo hasta aquella ciudad y me reúno con el doctor Fioriano, que ha transformado su Centro de Interpretación del Suicidio en albergue para peregrinos y Centro de Interpretación de la Fauna Avícola, aún muy numerosa en la región, y nos pasamos las tardes, hasta bien entradas las noches, hablando de nuestro común amigo, el suicida, mientras él consume tazas y tazas de su café de caca de burro y yo reduzco, sin prisas, las reservas de bourbon de su bodega. En ocasiones nos acompaña don Egmidio. Ha envejecido bastante, el hombre.

EL VERDUGO INVOLUNTARIO

Escribo en un lugar cuyo nombre no voy a revelar, tan insignificante y tan apartado del mundo civilizado que ni siquiera figura en la mayoría de los mapas. Y no escribo con el propósito y la esperanza de ser posteriormente leído, lo hago solamente como desahogo íntimo o, si se prefiere, como un ejercicio de exorcismo para alejar mis demonios, para arrancarme esta angustia que me consume, este terror profundo a pensar, a formular cualquier opinión o deseo, por inocente que pueda parecer.

No quiero que ninguno de mis escasos amigos, si es que todavía me queda alguno, o, aún con mayor razón, cualquiera de mis numerosos enemigos, pueda llegar a conocer algún día este manuscrito, y por ese motivo lo destruiré apenas lo haya concluido. Insisto en que esto es únicamente una especie de autoconfesión, la confesión que no podría hacer ante ningún sacerdote, porque no sería comprendido y, sobre todo, porque no deseo establecer contacto con ningún ser humano. Estas páginas, todavía vacías, que ahora contemplan mi ojos cargados de lágrimas, espero que sean el lenitivo que atenúe el insoportable sufrimiento de mi alma y que me ayuden a aguardar con mayor serenidad el final, que llegará cuando Dios quiera, pero que imploro que no se demore demasiado tiempo.

Arrastro una terrible maldición, que hace de mí el ser más dañino y más infame del mundo: soy un verdugo implacable, despiadado y eficaz, en contra de mi voluntad y hasta de mi natural temperamento, que cuantos me conocen juzgan bondadoso y amable. Y, por más que lo he intentado, no puedo desprenderme de tan perniciosa característica, que me ha obligado a abandonar mi familia, mi profesión, mis amistades, mi patria y toda relación con cualquier ser humano, y a refugiarme en este territorio desolado e inhóspito, en el que nadie podrá encontrarme y del que yo ya no podría salir, aunque lo intentase. Aun así, debo esforzarme por dejar mi mente en blanco, en no pensar en nada ni nadie, en no desear mal alguno a nadie, por leve que sea, porque, si lo hago, ese deseo no rehusado se cumplirá inexorablemente.

No puedo dejar de evocar sin un estremecimiento la tarde desapacible y fría en que recibí su visita. Sentado en mi escritorio, podía ver y oír cómo la lluvia golpeaba con fuerza los cristales de mi ventana y cómo el cielo se inundaba de claridades repentinas, a causa de los incesantes relámpagos que habían empujado a mi buen perro a buscar medroso refugio a mis pies, bajo mi mesa. Aún faltaban varias horas para la llegada de la noche, pero ya hacía un buen rato que había tenido que encender la luz eléctrica para trabajar cómodamente.

Sonaron unos golpecitos a la puerta y mi perro, contra su costumbre, comenzó a gruñir con enojo o con desasosiego. La hoja de la puerta se entreabrió unos centímetros y asomó en el hueco un rostro repulsivo a primera vista, narigudo, hirsuto, surcado de profundas arrugas.

—¿Se puede? —preguntó la aparición y, sin esperar respuesta, se introdujo en mi despacho. Entre tanto, los gruñidos de mi perro se habían transformado en violentos y atemorizados ladridos.

—Calla, Curro —dije a mi mascota, dándole cariñosos golpecitos en el hocico, y, dirigiéndome al intruso, pregunté con displicencia, deseando vivamente transmitir un mensaje de frialdad y desagrado por su inesperada invasión de mi despacho:

—¿Qué se le ofrece?

El intruso avanzó hasta mi escritorio, se sentó sin solicitar permiso para ello en la silla de las visitas, al otro lado de la mesa, y comenzó a hablar con una voz hueca y desagradable, carente de armónicos:

—Perdone que me haya presentado sin cita previa. Me llamo Antonio Sánchez.

——¡Hombre, qué curioso! —Aunque se trata de un nombre y un apellido bastante comunes, la curiosa coincidencia me sorprendió y me hizo levantar la cabeza y fijar una mirada más atenta sobre el repugnante rostro de mi visitante—. ¡Ese es también mi nombre!

—Lo sé. No me llamo así por casualidad. A usted debo, no solo mi nombre, sino también mi existencia.

"¿Cómo puede deberme su existencia?", pensé, sorprendido. "Este hombre es mucho mayor que yo".

Mientras lo observaba, el repugnante sujeto comenzó a moverse de un modo extraño, como con pequeñas convulsiones producidas por un intenso malestar interno; sus deformes labios terrosos se abrían y cerraban en boqueadas angustiosas y su húmedo ojo izquierdo parpadeaba sin tregua, como electrizado, mientras el ojo derecho se mantenía obsesivamente abierto.

Empecé a sospechar que aquella conducta era fingida, que me hallaba ante un bromista o un loco, o tal vez ante un histrión pagado por mis estúpidos amigos, siempre empeñados en sustraerme de lo que ellos consideraban una vida gris y monótona, entregada por completo a mi trabajo y a mi familia. No sabía cómo reaccionar ante situación tan inesperada. Solo acerté a decir:

—¿Quiere usted explicarse, por favor?

La aparición se arrellanó en el asiento y, con su repelente voz sin matices, comenzó a exponer:

—Sé que no me va usted a creer, pero, por favor, escúcheme hasta el final sin interrupciones. Tiene usted justa fama de ecuánime, bondadoso y amable. Ni siquiera sus enemigos, que, créame, algunos tiene, han podido imputarle jamás una sola acción reprobable. Pero usted, amigo mío, no es perfecto. En muchas ocasiones ha sentido envidia ante los éxitos de algunos de sus colegas, o deseos de castigar las imperfecciones y los errores de los demás, o concupiscencias inconfesables, o anhelos por aplicar su propia justicia para vengar tantos crímenes como incesantemente se cometen en todas las partes del mundo.

Contuvo con un gesto autoritario mi amago de intervención. Prosiguió:

—A usted, querido amigo, le ha sido concedido el privilegio de aplicar el castigo que desee a cualquier gran criminal o pequeño infractor en cualquier parte del mundo. Bastará con que piense en la sanción concreta que desearía fuere impuesta y esta se llevará a efecto en el plazo máximo de un día. Cualquier correctivo que usted quiera imponer a otra persona se administrará casi de inmediato.

A estas alturas, ya estaba yo convencido de que se trataba de una broma algo pesada de mis amigos. Hacía unos días, habíamos estado hablando en el club acerca del mito germánico de Fausto y de su extraordinaria difusión por medio de la literatura, el arte, la música y el cine. Yo tenía fama de crédulo e impresionable, simplemente porque, en medio de aquella pandilla de agnósticos y ateos, había expresado siempre mi firme creencia en Dios, en el más allá y, muy concretamente, en la existencia y el poder del diablo. Aquellos descerebrados habían contratado al más bien mediocre actor que ahora tenía frente a mí, no sabía muy bien si con el objeto de asustarme o de comprobar hasta qué extremo de candidez podía llegar mi credulidad. Decidí seguirle la corriente.

—Y, claro —logré por fin meter baza—, todo eso se me concederá a base de firmar un contrato de cesión de mi alma al diablo.

Mi interlocutor rompió a reír estrepitosamente.

—¡No, por favor! ¿Pero qué dice? Según va el mundo, lo que le sobran al diablo son almas. ¿Y qué objeto tendría someter todo esto a la formalidad de un contrato escrito? El diablo no quiere para nada su alma. Sencillamente se trata de establecer una mayor justicia en el mundo. Con la lentitud de los tribunales, los escrúpulos de las democracias, la pasividad de las policías y la corrupción de los políticos son cada vez más numerosos los delitos de todo tipo que quedan sin castigo. Necesitamos de un hombre ecuánime y equilibrado, como usted, que se atreva a dictar la sentencia aplicable a cualquier acto humano punible. Nosotros tenemos el poder de aplicar sus veredictos, pero no nos ha sido dada la facultad de juzgar.

—¿Vosotros? ¿Quiénes sois vosotros? ¿Y por qué he sido yo el elegido para ejecutar vuestra justicia? —quise saber.

—Lo ignoro. Yo, su yo maligno, me limito a cumplir órdenes. Aunque he de advertirle que no está en sus manos aceptar o rechazar esta misión, y que su ejercicio no le reportará privilegios, ni riquezas, ni poder o superioridad alguna sobre sus semejantes. Más bien todo lo contrario; se sentirá usted atrapado en una caótica trama, capaz de conducirle a la más profunda desesperación.

—Pero vamos a ver: ¿cree usted que soy idiota? Tenga usted la decencia de irse antes de que llame a la policía o a los loqueros —vociferé, levantándome bruscamente de mi asiento—. Y dígale a los imbéciles que le han enviado que el pez no picó el anzuelo. Ya arreglaré yo cuentas con ellos, cuando me los eche a la cara.

Mi absurdo visitante se incorporó lentamente, sacudió las solapas de su oscura chaqueta, como para rechazar las salpicaduras de mi ira, y sin añadir una sola palabra se dirigió hacia la puerta. Ya en el umbral, se volvió hacia mí y dijo:

—Una última advertencia. El poder que ahora se te otorga —me sorprendió el repentino tuteo— no podrás ejercerlo contra ti mismo ni contra aquellos que, sin sombra alguna de duda, sean realmente inocentes de la infracción, del vicio o del crimen que les atribuyas.

Y desapareció. Permanecí un buen rato cavilando acerca del estrambótico encuentro que acababa de vivir. Al cabo de unos minutos, me levanté y salí a la antesala de mi despacho, la misma que había tenido que atravesar mi excéntrico visitante para entrar y para salir. En la estancia se encontraban mis dos secretarias y mi pasante, cada uno sentado frente a su ordenador, absortos en sus tareas. Pregunté:

—¿Quién hizo entrar en mi despacho al señor que acaba de irse?

Los tres fijaron en mí sus miradas, con aire de sorpresa. Contestó mi pasante:

—Desde hace por lo menos dos horas, nadie que nosotros hayamos visto ha entrado ni salido de su despacho. Solo usted.

"¿Por qué miente este imbécil? ¿También estos son cómplices de la broma? Este pasante mío es un bribón, no estoy nada contento con él. Solo le faltaba entrar a formar parte de la burla, reírse de su jefe. Mejor se quedaba en su casa y no volvía más por aquí".

Tomé mi gabán y mi paraguas y, a pesar de la persistente lluvia que caía con violencia, salí a la calle sin despedirme de mis empleados. Necesitaba serenarme.

Solo entonces caí en la cuenta de que aquel día era el de los Santos Inocentes. Aquello lo explicaba todo. Ya calmado, dirigí mis pasos hacia el club, en realidad el reservado de un bar de la Plaza Mayor en el que casi todas las noches me reunía con mis amigos, para practicar el sano deporte de arreglar el mundo ante unas buenas cañas de cerveza.

Lo desapacible del día había retraído a los habituales. Tan solo se encontraba allí Amadeo, que parecía recién llegado. Sin molestarme en saludar, le espeté:

—¡Menuda coña que os traéis entre manos! ¿Aún no os habéis enterado de que las inocentadas ya no se llevan? Además, hay bromas que merecen palos.

Amadeo, boquiabierto y callado, abría unos ojos redondos como platos.

—Chico, no sé de qué me hablas — dijo al fin.

—De vuestras bromitas, ya me entiendes. Mira, vamos a dejarlo. Mejor hablamos de fútbol o de política. Pero no me toméis por tonto.

Barruntando que no estaba el horno para bollos, Amadeo optó por la salida que yo mismo le ofrecía y comenzó a hablar de la última gilipollez que se le había ocurrido al concejal de Jardines.

Poco a poco, fueron llegando más contertulios, los ánimos se relajaron y la conversación se prolongó hasta bien rebasada la hora de la cena.

Al día siguiente por la mañana, al entrar en mi bufete, mis dos secretarias me estaban esperando con caras largas. Atropellándose una a la otra, me contaron que hacía unos instantes habían llamado de casa de mi pasante, para informar que este había sufrido durante la noche un grave derrame cerebral, del que nadie esperaba que pudiera recuperarse.

A media mañana, otra llamada telefónica me anunció que mi amigo Amadeo había sido asaltado por la noche, al volver a casa después de nuestra reunión, por una banda callejera, que le había despojado de todo cuanto llevaba encima y, además, le habían propinado una tremenda paliza, de la que estaba recuperándose en el hospital.

Confieso que por aquel entonces ni siquiera llegué a sospechar que estos dos incidentes tuvieran alguna relación con los deseos que, sin ninguna mala intención, había expresado yo el día anterior.

Tuve las primeras sospechas, aún poco firmes, la tarde en que, sentado con mis amigos ante el ventanal de nuestro club, vimos pasar por la calle un motorista a toda velocidad, atronando el ambiente con el horroroso estruendo de su máquina a todo gas. Comenté:

—Ese escandaloso hijoputa... ¡Tenía que dejar los sesos en la primera farola!

Y así fue: En ese preciso instante, el motorista perdió el control de su montura, tal vez por encontrarse con alguna mancha de grasa en la calzada, y fue a estrellarse contra la farola más próxima.

Mis amigos notaron, asombrados, la coincidencia.

—¡Macho, la has clavado! —comentó uno de ellos cínicamente, antes de salir corriendo hacia la calle, donde la gente había comenzado a agolparse alrededor del accidentado—. ¡Ten cuidado! ¡A ver si te estás convirtiendo en pájaro de mal agüero!

A partir de entonces, las concomitancias comenzaron a ser cada vez más frecuentes. Yo fui el responsable remoto de varios descalabros por caída de tiestos a la vía pública, de más de un desplome de edificios, de varias palizas entre bandas, de algunas ruinas económicas muy sonadas y, lo que es peor, de muchas muertes violentas.

Y no solo fui el verdugo involuntario de personas anónimas, de víctimas ignoradas. Nadie llegará a saber jamás mi alto grado de responsabilidad en la muerte del almirante Carrero Blanco, porque di en pensar que, si el almirante sobrevivía al general Franco, no lograríamos liberarnos de la dictadura en muchos años y solo tras un fuerte tributo de sangre. Participé también en el asesinato del dictador coreano Park Chung Hee, pues opiné que su muerte abriría el camino a una auténtica democracia en su país. En mi afán por conseguir un mundo más justo, no fui del todo ajeno a las muertes de Anuar el Sadat, de Indira Gandhi, de Isaac Rabin o de Muamar el Gadafi, por citar únicamente algunas de las personalidades más conocidas a las que inconscientemente deseé un final violento. A veces me guiaba el propósito de desvelar actuaciones más o menos hipócritas, como en el caso de mi participación en el accidente que costó la vida a Lady Di y a su amante secreto Dodi Al—Fayed; en otras ocasiones, simplemente la envidia o sentimientos aún más inconfesables, como en el caso del asesinato de Olof Palme.

El mundo también ignorará para siempre la decisiva participación de mi voluntad en la caída del comunismo, en los grandes conflictos de depuración étnica en Kosovo, en la "Tormenta del Desierto" contra el peligroso régimen iraquí, en las guerras de Afganistán y Chechenia y en tantos y tantos acontecimientos luctuosos que han convulsionado a la Humanidad en los últimos tiempos.

No negaré que aquella pavorosa facultad que se me había otorgado me ocasionó al principio cierta satisfacción, aunque no exenta desde siempre de fuertes remordimientos de conciencia, que irían en aumento a medida que yo adquiría una percepción más exacta de mi responsabilidad en tantos desastres.

Pero no tardé en darme cuenta de que no era dueño de controlar mi formidable poder, que me había convertido, más bien, en su esclavo. Cualquier juicio negativo o deseo perverso, por nimios que fueran, sobre cualquier persona, aun la más insignificante, se cumplían inexorablemente.

Sin desearlo realmente, perjudiqué a mi familia, a mis amigos, a mi esposa, a cuantos me rodeaban o, sencillamente, tenían un contacto ocasional conmigo.

Absolutamente horrorizado por tanta depravación, tantos sufrimientos y tanta muerte como iba sembrando en todos los lugares del mundo, por muy distantes que estuvieran de mí, pues mi poder penetraba hasta los rincones más ignotos, puse todo mi empeño en deshacerme de aquella diabólica facultad. Acudí a la confesión sacramental, practiqué las trece vías de la meditación Zen, gasté una fortuna en psiquiatras, profundicé en el estudio de las filosofías quietistas, procuré alcanzar el puro estado de extinción de todo deseo, mas todos mis esfuerzos resultaron vanos: un pensamiento más fugaz que un relámpago, un antojo apenas sentido, un mínimo gesto de rechazo, bastaban para provocar la desgracia de uno o de una multitud de mis semejantes.

Terminé por abandonar el trato con mis amigos, por dejar de leer los periódicos y de oír y ver la radio y la televisión. Incluso paseaba por la calle con tapones de cera en los oídos, para evitar enterarme de las conversaciones de otros transeúntes, que pudieran darme motivos para formar un juicio o una opinión desfavorable.

Adquirí fama de excéntrico o de completamente chiflado, sin paliativos. Fui perdiendo clientes y acabé por cerrar mi bufete y despedir a mis dos secretarias, a las que indemnicé espléndidamente.

Esperando encontrar la paz en el aislamiento y en la ignorancia de cualquier noticia procedente del mundo exterior, adquirí una casa de campo cercana a un pueblecito incomunicado y casi deshabitado. Sin embargo, no pude evitar el interés y la solicitud de los escasos campesinos del entorno, ni los breves y muy espaciados, pero inevitables contactos con los comerciantes más cercanos, que me proveían de lo estrictamente necesario para alimentarme, asearme y vestirme en aquel rincón del mundo.

Uno de esos contactos, precisamente, fue el que colmó el cáliz de mi desesperación. Una tarde me acerqué a uno de los caseríos cercanos, con la intención de comprar miel a su dueño. Ya con anterioridad le había adquirido algunos kilos de este producto y había tenido la ocasión de comprobar su excelente calidad.

Mi proveedor y su familia no estaban en casa. Me senté en un poyo, a la solana, y me dispuse a esperarlo pacientemente, gozando de la quietud de aquel hermoso día. Pero comenzó a oscurecer, y mi vecino aún no había regresado.

—¡Bah! Que le follen. Vuelvo mañana —pensé, inocentemente.

Me levanté con cierta pereza y, muy lentamente, regresé a mi granja. Creo que en aquel momento me sentía dichoso. Con las manos en los bolsillos, caminé todo el trayecto silbando una musiquilla pegadiza y estúpida.

Al día siguiente, cuando volví a por la miel, observé un automóvil policial estacionado ante la puerta de mi vecino. Me informaron de que, en la noche anterior, una banda de malhechores había asaltado el solitario caserío, habían sodomizado a su propietario y violado a su mujer y a su hija, y se había llevado toda la matanza y todo lo que de algún valor habían encontrado.

¡Dios mío! ¡El más mínimo descuido de mi pensamiento seguía acarreando la desgracia de algunos de mis semejantes!

Aquel mismo día reuní todo el dinero que me fue posible, introduje algunos enseres en una maleta y me fui de allí para siempre.

De este modo, llegué aquí, a este paraje recóndito e inhóspito en el que escribo estas líneas que ahora mismo voy a destruir.

Que este mar encrespado que ahora tengo ante mí y estos salvajes acantilados que nadie explora me protejan de todo contacto con el mundo y que el buen Dios, en su infinita misericordia, tenga piedad de mi alma, tan atormentada.

EPIDEMIA

Los ojos le escocían, del esfuerzo por penetrar en el estrecho túnel de luz que los faros abrían en la cerrada oscuridad de la noche. Recordaba aquellos otros ojos, exageradamente abiertos, con una mirada de estupor que la muerte se había encargado de fijar para siempre. Era estúpido pensar en ello; mejor, quitárselo de la cabeza. Pensar, por ejemplo, en las tetas de Raquel, la vecina de enfrente, colgantes en libertad bajo la escotada y amplia blusa cuando se asomaba al balcón para chismorrear con las otras vecinas.

Los setos, las casas, los árboles que tapizaban el angosto pasillo abierto en la noche se abalanzaban apresuradamente sobre el parabrisas y con idéntica rapidez desaparecían a sus espaldas, provocándole una sensación de inquietud creciente, algo así como si un terrible monstruo de grandes y oscuras fauces lo estuviese devorando, *ñam ñam ñam*, en permanente recidiva, *ñam ñam ñam*, sin principio ni fin.

Y aquellos hilillos de sangre, de agua y sangre, manando por la nariz, por la comisura de la boca, corriendo por el fofo cuello, goteando en la alfombra oriental de nudos, justamente sobre una enorme rosa blanca, amarillenta, anaranjada, rojiza, sucia.

Se imaginó nuevamente tras las cortinas, espiando las tetas de Raquel.

Pensó: "¡Qué curioso! Llevo un cadáver en el maletero, y me da por pensar más en mi vecina que en el problemazo que se me ha echado encima. ¿Cómo cojones me voy a deshacer de este imbécil?"

Se había presentado de madrugada, exigiendo el pago de una deuda de juego antigua, que dio por zanjada cuando cambió de residencia sin avisar a nadie y sin dejar a nadie su nueva dirección, fuera del país. Se vio obligado a actuar así por temor a que aquella auditoría externa acabase por descubrir el desfalco. No había desviado tantos fondos como en un principio había planeado, pero, de cualquier forma, lo que tenía depositado en cuentas secretas en el extranjero le daría para un buen pasar, si en adelante se administraba prudentemente. Tuvo que renunciar a su familia, a sus pertenencias, a sus amistades; no sacó del país más que una maleta con ropa, algunas joyas y un par de libros, pero cuando, después de recorrer varios lugares con la falsa identidad que había comprado a aquella poderosa organización mafiosa, a cambio de una auténtica fortuna, recaló en esa pequeña y fría ciudad del interior, compró una casa adosada, justo la última de la urbanización, y abrió su modesto negocio de compraventa de automóviles de segunda mano, solo entonces, se creyó enteramente a salvo.

Por supuesto, no había tenido la menor intención de dejar tras de sí deudas de juego, pero aquella última noche de participación en la partida restringida y selecta de póquer que se celebraba todos los viernes en los sótanos del casino, cuando ya había planeado su huida secreta, había experimentado un extraño placer al perder ante el tío más antipático de toda la timba una importante cantidad de dinero que solo él sabía que no sería pagada.

El angosto túnel excavado por los faros en la noche seguía abalanzándose amenazadoramente contra el parabrisas. Estaba en medio de la nada; ni una sola casa, ni una sola luz, ni un solo signo de vida, mirase hacia donde mirase. Nadie, salvo él, circulaba por aquella carretera de tercer orden, casi un camino, a aquellas horas de la madrugada. Decidió parar para estirar las piernas y fumar un cigarrillo que le ayudase a ordenar las ideas.

Se preguntaba una y otra vez cómo coños aquel tío pudo averiguar su paradero, después de tantos años. Y si él lo había hecho, también podría hacerlo la policía y reclamar su extradición. Una cosa era segura: aquel individuo tuvo que valerse de alguien más para dar con él. Pero ¿de quién o de quiénes? Ni antes ni después de su fuga había revelado a nadie sus intenciones y jamás había vuelto a establecer contacto con ningún familiar o amigo. La información tuvo que salir, necesariamente, de la organización criminal que había elaborado su nueva identidad y cuyo silencio había pagado tan generosamente. Ya no se sentía seguro.

No había querido matar, pero cuando el tipo comenzó a amenazarlo con una pistola y a sacudirle bofetadas con la otra mano, exigiéndole aquella fabulosa suma de dinero ("Con intereses, cabrón, te lo voy a sacar con intereses"), que, por supuesto, no tenía en casa, perdió la cabeza y le propinó en pleno cráneo un tremendo golpe con lo primero que pilló, aquel busto de un melenudo Beethoven en bronce que le servía de pisapapeles. No podría olvidar la expresión de estupor de su asaltante, mirándolo con ojos a punto de salirse de las órbitas, antes de desplomarse pesadamente sin pronunciar una palabra. Fue un acto de legítima defensa.

Había esperado un largo rato, en tensión, atento al menor indicio de vida en aquel cuerpo o de movimiento en el entorno. Había mirado por la ventana, separando la cortina con cautela. Nada. No oyó entonces un solo ruido; no se encendió ninguna luz en las ventanas de enfrente, al otro lado de los jardines. Aparentemente, nadie había oído nada.

Recordaba cómo se había inclinado sobre el yacente, buscado el pulso y comprobado que no respiraba. Estaba muerto. "¡Joder -había pensado-, en las películas, le das a un tío con una viga y se levanta tan campante y sigue peleando! Aunque mejor así; si no, menudo lío que se me prepara". Le había registrado los bolsillos: un paquete de pañuelos de papel, un monedero, una cartera con documentación y una buena cantidad de billetes del país, más algunos euros; un pasaporte a nombre de Petronilo Blanco (el mismo de la restante documentación), con la foto del muerto; un llavero, un bolígrafo, un móvil, la llave con mando remoto de un automóvil.

"O sea, que es muy probable que haya venido en coche". Después se había calzado y vestido un abrigo, tomado el mando y, abriendo la puerta con mucha precaución, había salido a la calle. Hacía un frío que traspasaba los huesos. Las escasas farolas encendidas dibujaban difusas islas de claridad bastante separadas entre sí. Nadie. Ninguna ventana iluminada. Pulsado el botón, vio parpadear unas luces, al final de la calle. Bien pegado a las verjas de los jardines exteriores, comenzó a caminar. No había avanzado mucho cuando unos gruñidos, tras una cancela, lo habían paralizado. Bajo el abrigo, comenzó a sudar, a pesar del frío reinante. El perro de un vecino, asomando su hocico entre las rejas, no ladró, porque había reconocido al caminante, pero había expresado con rezongos bastante sonoros su extrañeza ante aquella presencia en horas tan insólitas. Lo había acariciado entre las orejas hasta que el animal, ya tranquilizado, se alejó un poco de la valla, se acurrucó en el césped, ante su caseta, y reanudó su sueño.

Él había permanecido aún largo rato inmóvil, hasta que adquirió la certeza de que nadie había reaccionado a la alerta del chucho. Había caminado hasta el coche que el mando había abierto, un Citroën Mehari híbrido, de color rojo, con techo de lona. Había abierto la guantera y examinado la documentación: era un vehículo de alquiler sin conductor, contratado dos días antes en una población costera, a más de 200 km de distancia. "¡Qué gustos más raros tenía el amigo!", había pensado, contemplando el modelo de coche que el individuo había escogido.

Había examinado el nivel de combustible y comprobado que estaba muy bajo. "Lo que quiere decir, casi seguro, que este tío no paró en ninguna gasolinera del trayecto. Mejor. Cuanta menos gente lo haya visto, mejor". Había arrancado y conducido el auto hasta su cochera, muy despacio. Afortunadamente, el motor era totalmente silencioso y el único ruido que se pudo oír fue el roce de los neumáticos con la gravilla. Poca cosa, pero suficiente si algún vecino estaba desvelado. Había vuelto a esperar inmóvil un largo rato. Después, abierto con sigilo el portón de la amplia cochera, había introducido en ella el coche del muerto. Él mismo se sorprendía ahora de la serenidad con la que había actuado. "¡Concho, valdría para sicario!"

Tuvo que proceder con rapidez; era preciso deshacerse del cadáver antes de que amaneciese y el gilipollas de al lado saliese a correr, las marujas del barrio se reunieran a practicar *running*, tan de moda, y a despellejar a todo bicho viviente, y los numerosos habitantes de la urbanización comenzasen a asomar sus aburridas jetas por todos los rincones. Después de envolver el cadáver en la misma alfombra manchada de sangre en que yacía y asegurado el paquete con cinta americana, lo había cargado en el maletero del Mehari, nada amplio, por cierto. El tipo era tan alto que no fue capaz de ocultarlo totalmente bajo la alfombra. Una de dos: o dejaba fuera la cabeza, o dejaba los pies. Prefirió dejar a la vista los pies, calzados con unas zapatillas deportivas en blanco y negro, de caña alta, bastante usadas.

Valiéndose de una manguera, había trasvasado al auto del muerto la gasolina de su propio coche. Metió en la guantera del Mehari todas las pertenencias del muerto, incluida la pistola; se desharía de todo aquello en algún lugar seguro. Todavía no había decidido qué rumbo tomar, pero se alejaría de allí a la mayor distancia posible, aunque para ello tuviera que conducir toda la noche. Por suerte, el día que entonces comenzaba era domingo y nadie se extrañaría de no verlo y de que su establecimiento permaneciese cerrado. Ya pensaría sobre la marcha cómo hacer desaparecer el vehículo y el cadáver de aquel extranjero, que confiaba en que nadie podría relacionar con él, y de qué medio se valdría para regresar a casa.

Todo esto pensaba mientras apuraba el cigarrillo, en plena oscuridad. Volvió al vehículo, se sentó al volante, y se disponía a reanudar la marcha cuando divisó por el retrovisor, muy a lo lejos, el resplandor de unos faros que se acercaban a gran velocidad. "¡Vaya por Dios! ¡Justo ahora, en esta carretera casi abandonada, aparece otro coche!", murmuró en voz alta. "Y, claro, se extrañará un huevo de ver un auto parado en estos parajes y a estas horas. En fin, nada puede hacerse; esperaré a que pase y procuraré que no me vea". Y se encogió en el asiento cuanto pudo.

Tuvo la impresión de que el otro coche disminuía su velocidad a medida que se acercaba. En efecto, veinte o treinta metros antes de llegar a su altura, el otro se detuvo, con las luces largas encendidas. Extrañado, alzó su brazo derecho para mover el espejo retrovisor de forma que le permitiese contemplar lo que estaba ocurriendo a sus espaldas, sin abandonar su postura encogida. Se quedó de piedra: vio cómo se apeaba un individuo alto y corpulento con una enorme llave inglesa en la mano derecha, que emprendía una veloz carrera hacia él. A contraluz, no pudo verle la cara. Instintivamente, abrió con rapidez la guantera, asió la pistola, que a punto estuvo de caérsele a causa del nerviosismo, y apenas tuvo tiempo de apuntar cuando el otro casi arrancaba la portezuela con un violento tirón, y disparó una, dos, tres, cuatro veces, con los ojos cerrados.

Los abrió a tiempo de ver cómo su agresor lo miraba con los ojos muy abiertos y la misma expresión de asombro que horas antes había observado en el rostro del asaltante de su casa, ahora muerto en el maletero, y, tras unos segundos, se desplomaba lenta y silenciosamente sobre el asfalto.

—¡Este tío estaba loco! —gritó—. ¡Lo que me faltaba! ¡Un asaltante de carreteras! ¡Joder, lo nunca visto!

No acababa de recuperarse del asombro. ¿Por qué aquel completo desconocido habría intentado agredirle, en medio de la nada? ¿Había una explicación más o menos lógica para todo aquello?

Tardó un buen rato en recuperar la calma. Consultó el GPS de su móvil y pudo comprobar que se encontraba a unos mil quinientos o dos mil metros a la derecha de un pantano, al que seguramente se accedería por un camino de firme en pésimo estado que el GPS no señalaba, pero cuyo arranque él podía contemplar unos metros por delante de su posición, a la luz de una tímida luna recién aparecida entre las nubes. "Estoy de suerte, después de todo", pensó.

Con mucho esfuerzo, cargó el nuevo cadáver junto al otro, no sin antes verificar que no portaba ninguna identificación. Se acercó al otro vehículo, que continuaba con las luces y el motor encendidos, lo sacó de la carretera, escondiéndolo a la vista de posibles transeúntes. Se guardó la llave de contacto. Arrancó el Citroën y se adentró con su fúnebre carga por aquel fracturado camino, visiblemente abandonado desde hacía años.

Se trataba, en efecto, de una antigua carretera inutilizada por el pantano. A los pocos metros de recorrido, se encontró con una oxidada valla metálica que no le fue difícil derribar con el coche y, tras un accidentado trayecto que se le antojó larguísimo, dando tumbos y más tumbos que a punto estuvieron de romperle la espalda, llegó al fin a un lugar en el que la senda se hundía en un agua levemente rizada y oscura como tinta de calamar. Se detuvo.

Había visto en alguna película que, poniendo una piedra adecuadamente pesada sobre el acelerador con el coche en marcha, este se deslizaba suavemente sin conductor hasta desaparecer en el agua. Buscó una piedra; bastaría con una de tres o cuatro kilos de peso. Pero la cosa no resultó tan fácil: en punto muerto y con el freno de mano echado, colocó el pedrusco sobre el pedal del acelerador. Bramó el motor, pero cuando desde el exterior, sujetándose a la puerta abierta con el brazo izquierdo, intentó con el derecho quitar el freno de mano y meter una velocidad, la caja de cambios chirrió estruendosamente, la máquina pegó un salto que a punto estuvo de derribarlo bajo las ruedas y el motor se caló. Lo intentó un par de veces más, con idéntico resultado.

Finalmente, se le ocurrió: "¿Seré idiota? La carretera ¿no baja en pendiente hacia el agua? Pues dejo el coche en punto muerto, lo empujo un poco y él solo se irá al fondo del pantano". Así lo hizo; al principio, el auto se movió muy lentamente, tanto que tuvo que ayudarlo con un enérgico empujón, pero paulatinamente fue tomando más velocidad, entró en el agua y poco a poco fue desapareciendo, dejando un rastro de burbujas que también cesaron unos minutos después.

"Misión cumplida. ¡Joder, parece que toda mi vida he estado matando gente!" Se sentía extrañamente tranquilo. Suponía que, tras los insólitos acontecimientos de aquella noche, lo más normal hubiera sido sufrir un subidón de adrenalina, "No sé, taquicardias, sudores, palpitaciones, algo, pero no". Observó otra circunstancia curiosa: en ningún momento, tras disparar contra el desconocido asaltante de la carretera, había soltado la pistola. Consultó el móvil, introdujo el cadáver en el maletero, condujo hasta el pantano, empujó el automóvil hasta el agua, sin abandonar el arma, que parecía pegada a su mano derecha. Y la había mantenido empuñada inadvertidamente, sin ninguna intencionalidad.

Se oyó, a lo lejos, el canto de un gallo. Una raya de luz aparecida en el horizonte pugnaba por agrandarse con rapidez; estaba amaneciendo. Decidió: "Aquí no pinto nada; tengo que largarme cuanto antes, lo más lejos posible. Volveré a la carretera y cogeré el coche del loco de la llave inglesa. Espero que tenga combustible".

Oyó un crujido en la gravilla, a sus espaldas; se volvió con rapidez, justo a tiempo de ver a un hombre con atuendo de pescador de río que se abalanzaba sobre él blandiendo una gigantesca hacha. No lo pensó: un solo tiro al vientre bastó para dar con el energúmeno en el suelo, agitándose con tremendos alaridos e intentando contener con las manos el impetuoso chorro de sangre que se escapaba de su cuerpo. Le disparó una vez más, a la cabeza, esta vez por piedad.

El estampido de los disparos y los horribles gritos del agonizante hicieron levantarse de los árboles vecinos grandes bandadas de pájaros, que atronaron el aire con sus graznidos.

Echó un vistazo en torno: a unos cincuenta metros de distancia, muy cerca del agua, la incipiente luz de la mañana dejaba ver un todoterreno, que con toda probabilidad, pertenecería al hombre del hacha. Arrastró hasta allí el cadáver. No iba a dejarlo al aire libre, a la vista de todos; lo metería en el maletero y se largaría a toda pastilla. La puerta trasera no estaba cerrada con llave; la alzó de un tirón y la sorpresa lo paralizó. "¡Dios!". El compartimento estaba ocupado por una ensangrentada alfombra oriental de nudos enrollada y asegurada con cinta americana, de la que sobresalían dos pies de varón, calzados con unas zapatillas deportivas en blanco y negro, de caña alta. Horrorizado, arrojó el otro cuerpo sobre el ya yacente, cerró de golpe, lanzó la pistola al agua (por fin se deshacía de ella) y emprendió una precipitada huida a pie hacia la carretera.

Recorrió el trecho que le separaba del primer vehículo abandonado, unos dos kilómetros, dando traspiés, tropezando continuamente, cayendo de bruces varias veces, desgarrándose las manos y las rodillas. ¿Qué íncubo había entrado aquella noche en su vida, para destrozarla? ¿Por qué aquellos desconocidos lo atacaban, con intención de matarlo? ¿Quién era aquel muerto envuelto en una alfombra tan semejante a la que él mismo había utilizado para empaquetar su cadáver?

Cuando llegó al lugar donde había someramente escondido el auto del agresor de la llave inglesa era ya completamente de día. Hurgó en sus bolsillos, sacó la llave de contacto, se subió al coche, lo arrancó y lo condujo hasta la carretera. Reflexionó. "Tranquilízate, coge aire, conserva la calma. Si este tío venía de ese lado, no sería prudente volver hacia allá, porque probablemente procedía de un sitio en que lo conocen y también podrían reconocer su coche. Así que lo mejor será continuar en la dirección en que él viajaba" —no pensó en que el muerto podría estar regresando a su domicilio—. "Cuando llegue a una población grande, abandono en ella el auto y me vuelvo a casa en tren. Nadie me conocerá". No podía consultar el GPS porque la batería de su móvil se había agotado y el vehículo del que se había apropiado era un modelo antiguo, que no incorporaba ese equipamiento. Así que se guiaría por las señales de tráfico, no muy abundantes, por cierto, en aquella carretera de tercer orden, mal conservada. "Las carreteras de aquí no son como las de España, ni mucho menos", constató, para sus adentros.

Al cabo de un rato, divisó una señal que indicaba los kilómetros que faltaban para llegar a la capital de la provincia. "Allí abandono el coche y me vuelvo". Aunque no muy abundante, la circulación en uno y otro sentido iba en aumento: camiones desvencijados cargados de mercancías, pequeñas furgonetas de reparto, algunos autos, muchos ciclomotores y motos. Faltaban ya pocos kilómetros para la ciudad cuando, por encima del ruido de la circulación, oyó el fuerte chirrido de unos frenazos a sus espaldas. Miró por el retrovisor: dos motos que acababan de cruzarse con él habían parado bruscamente y se daban la vuelta. Ahora venían tras él.

A todo gas, uno de los motoristas le adelantó y se pegó a su morro; el otro se puso a su altura, le apuntó con un revólver y, por señas, le conminó a parar en el arcén. Obedeció. Ahora lamentaba no haber conservado el arma, que había arrojado al agua después de matar al pescador.

El motorista que lo apuntaba le gritó: "¡Sal de la carretera y mete el carro en aquel galpón!". Le señalaba un cobertizo abierto en una explanada cercana.

Lo hizo. Tras él entraron los dos motoristas y se apearon de sus máquinas. Eran dos individuos algo chaparretes, corpulentos, malencarados, cubiertos con cascos multicolores y vestidos con chupa y pantalón de cuero negro.

El del revólver, balanceando el arma amenazadoramente ante su nariz, le espetó:

—¿Dónde está el Seve?

—No lo sé. No sé quién es el Seve.

—El dueño de este carro, mamón. No te hagas el listo o te frío. ¿Qué has hecho con él?

—Nada. No lo conozco —se atrevió a decir, con un nudo en la garganta que apenas le permitía respirar.

—¿Y por qué tienes su carro, mamón? —preguntó el otro.

¿Qué podía decir? ¡Cómo se había enredado todo! Se le ocurrió largar la única mentira creíble:

—Lo robé.

El otro miró hacia el salpicadero:

—¿Lo robaste, y tienes las llaves? Inventa otra, cabrón; no te creo.

Quedó mudo. El otro prosiguió:

—Coge las llaves, baja y abre el maletero.

Extrajo las llaves del contacto y se apeó. No tenía la menor idea de lo que podría haber en aquel maletero que tanto interesaba a los otros. Siempre apuntado por el arma, fue a la parte posterior, introdujo la llave en la cerradura y tiró hacia arriba de la portezuela.

Se quedó petrificado. Palideció intensamente, las rodillas amagaron con fallarle y hacerle caer al suelo; un sudor frío cubrió todo su cuerpo. Rompió a llorar.

El maletero estaba ocupado por una ensangrentada alfombra oriental de nudos enrollada y asegurada con cinta americana, de la que sobresalían dos pies de varón calzados con zapatillas deportivas en blanco y negro, de caña alta.

El otro dijo al que sostenía el revólver:

—Mátalo. Y enciérralo en el maletero, con el otro.

Recordó las prácticas de piedad de su infancia y, puesto de rodillas, comenzó a rezar.

DESCONOCIDOS ÍNTIMOS

El frío te corta la cara. Es una desgracia tener que levantarse todas las mañanas a las seis, cuando todavía es de noche, afeitarse, ducharse y vestirse a toda prisa, mientras el agua borbotea en la cafetera, el pan de molde se chamusca siempre un poco de más en la tostadora y en la pequeña tele de la cocina una pareja de locutores refieren para nadie las noticias del día, en casi todo semejantes a las de ayer: aumentan las muertes causadas por la pandemia, una enfermedad hasta ahora desconocida por el gran público y subestimada por los científicos, un nuevo caso de corrupción de políticos, otro atentado de fundamentalistas islámicos contra un periódico, el sector hostelero asegura estar al borde de la quiebra, aumento del paro, otro crimen machista, para hoy se prevén descenso de las temperaturas y chubascos intermitentes, que serán de nieve en las zonas montañosas, por encima de los 1000 metros.

No hay quien pare de frío. La calefacción central está apagada desde las diez de la noche de ayer, y no volverán a encenderla hasta las once de la mañana, cuando maldita la falta que te hace, si vas a estar fuera de casa todo el santo día, hasta las nueve de la noche o más.

Se te está haciendo tarde, y el dichoso ascensor siempre está en el último piso. Vas a tener que aligerar el paso, si quieres coger el autobús. De lo contrario, tendrás que esperar casi media hora, con la que está cayendo, llegar tarde al curro y aguantar la bronca y las amenazas del puto jefe, que es un inepto que no sabe hacer la o con un canuto. Puesto ahí solo para joderte. Es decir, todo un largo día amargado por ocho o diez asquerosos minutos de retraso. No es tan exigente, el cabrón, para salir, cuando uno está ya deslomado y los minutos se te hacen eternos, hasta que el tío se decide a coger la gabardina. "Venga, vamos a cerrar. Hasta mañana", benditas palabras que te devuelven la libertad por unas pocas horas. Y, total, ¿para qué, si no tienes tiempo más que para cenar y dormirte un rato ante la tele, antes de irte a la cama?

En la parada, arrinconados bajo la marquesina, cuatro o cinco tíos como tú, vestidos de oscuro, como tú, calentándose la punta de los dedos con el aliento, como tú, encogidos como tú, aguardan el mismo autobús que esperas tú. Para aislarte de ellos, para combatir el frío, un frío metido por las orejas, por las sienes, que te llega hasta el alma, te subes la solapa y te enfundas la capucha de la parka. Si alguien de un país muy lejano os viera ahora, golpeando el suelo con un pie, luego con el otro, casi al unísono, encorvados, silenciosos, hieráticos, pensaría, sin duda, que pertenecéis a una primitiva raza de seres pánicos ejecutando una lenta danza ritual para calmar a un dios terrible.

En el túnel de oscuridad, al fondo de la calle, vislumbras dos ojos luminosos simétricos, que se aproximan a vuestro falso templo de títeres danzantes; es tu autobús, que, detenido un instante ante ti, abre sus puertas automáticas y os engulle con la premura de un monstruo glotón.

En la plataforma, con el vehículo ya en movimiento, pasas tu tarjeta por el lector óptico situado ante el conductor, y te adentras en el habitáculo, a tumbos, asiéndote a los agarraderos vacíos de la barra, para evitar caer de bruces sobre los pasajeros sentados. El autobús está lleno; como de costumbre, no hay un solo asiento vacío.

Ya instalado, de pie entre tres o cuatro pasajeros bamboleantes que huelen a humedad y sueño, te quitas la capucha, te relajas y comienzas a mirar a tu alrededor. Todos son extraños; nadie habla con nadie. Tú nunca has cruzado una sola palabra con ninguno de aquellos seres taciturnos. Sin embargo, nueve o diez de aquellos pasajeros son viejos conocidos. Tú los has calificado, hace ya tiempo, de desconocidos íntimos. Siempre viajan en este autobús y a esta hora; todos ellos van siempre sentados, lo que indica que han subido al autobús en alguna de las primeras paradas, y todos, curiosamente, van hasta el final del trayecto, porque cuando tú te apeas, en la penúltima parada, ni uno solo de ellos se ha movido de su asiento.

Para entretener el tedio del viaje, comienzas tu recuento. Allá, al fondo, ocupando ella sola dos asientos, la voluminosa señora de mediana edad a la que, a falta de mejor nombre, has bautizado como la Mesacamilla, hace punto con dos largas agujas de hueso y el ovillo de lana hundido en el interior de un gigantesco bolso de falso cuero.

Junto a ella, el Jubilado, un viejecito menudo, tembloroso, frágil, moviendo los labios sin descanso, como sumido en el rezo incesante de un eterno rosario. No te extrañaría que un día dejase de respirar allí mismo, en su asiento, porque, a decir verdad, ya parece un poco muerto.

Un asiento más adelante, pegado a la ventanilla sin separar los ojos del oscuro paisaje móvil, el Oficinista, pulcramente afeitado, con corbata de cuadros y gemelos en la camisa, parece soñar Libros Mayores y Albaranes rosas con sabor a tinta.

A su lado, el Obrero, tal vez albañil o carpintero, con la mirada idiota perdida en no se sabe dónde, apoya sus agrietadas manazas en sus muslos de mahón y estira sus botas hasta medio pasillo.

Al otro lado, totalmente absorto en la lectura, el Intelectual hunde sus gruesos lentes de carey en el libro que sostiene en su mano derecha, alumbrado por una pequeña linterna que sujeta con la otra mano. En estos meses, se ha leído una biblioteca entera. Ahora está entretenido con *El fin del "Homo sovieticus"*, de

Svetlana Aleksiévich. En el bolso izquierdo de su gabán asoma un ejemplar de los *Sonetos* de Florbela Espanca.

Frente a él, la Guapa, una preciosa joven excesivamente maquillada, hoy con un anorak verde y una minifalda de infarto, a pesar del invierno, wasapea constantemente con su móvil, con agilidad de prestidigitador. Adorna los mensajes que envía y recibe con graciosos mohines y risitas silenciosas. Parece feliz.

No le quita ojo el Rasta sentado enfrente de ella: un individuo mugriento con el pelo enredado en vete a saber cuántos *dreadlocks* y un insoportable olor a yerba, que esconde sus manos en los bolsos de una agrietada chupa roja con cuello de piel de falso mapache, con un chulesco gesto de desafío.

Junto a la puerta, justo al lado de los escalones de salida, va sentado el que has señalado como el Ladrón, no sabes muy bien por qué, porque nunca le has visto robar nada, por supuesto, pero que, es verdad, tiene cara de raterillo, tal vez por lo huidizo e inquieto de su mirada aviesa. Apostarías cualquier cosa a que no le son desconocidos los calabozos de la comisaría.

¿Y quién falta para completar tu fauna humana? ¡Ah, sí, el Conductor! Hace años que viajas en esta línea, y siempre ha sido el mismo: un individuo simiesco, con gorra de plato azul y chaqueta azul sin solapas, en cuyo bolsillo superior lleva prendida una chapa metálica con el nombre de la empresa. Sus espesas cejas oscuras y su poblado bigote negro le dan un aire a Groucho Marx, aunque le faltan las gafas y la mirada traviesa. Este no mira más que para el frente, no inspecciona a los pasajeros que suben a su vehículo, no contesta jamás a los buenos días que algunos le desean. Conduce con suavidad, sin frenazos bruscos, excepto cuando algún automovilista imprudente invade su calzada, pero ni siquiera en estos casos profiere una sola palabra o altera su rostro.

El autobús avanza en la noche mortecina, ya herida por la tímida franja de luz que asoma y se agranda al fondo del amarillo pasadizo de farolas con lámparas de sodio. En cada parada, vomita una parte de su silenciosa carga y engulle nuevas sombras, tan apáticas y esquivas como las desechadas. Van quedando asientos vacíos; te apresuras a ocupar uno de ellos, anticipándote a los nuevos aparecidos. Te relajas y dejas volar tus fantasías.

Solo para entretener la pesada monotonía del trayecto, hace tiempo que comenzaste a imaginar vidas disparatadas y cambiantes para tus desconocidos íntimos.

Hoy, la Mesacamilla será la nieta de un gran duque ruso, exiliado cuando la Revolución del 17, que sobrevivió como zapatero remendón en una garita instalada en el espacio robado a un portalón de un palacio renacentista del barrio antiguo.

Su padre, el Jubilado que viaja a su lado, será hijo del gran duque remendón. Miembro activo de la *Asamblea de los Nobles*, ha consumido toda su vida en el afán malogrado de reivindicar su título nobiliario y la devolución de las posesiones que los comunistas arrebataron a su familia. Ahora es un anciano decrépito, al que su hija ha de llevar todas las noches a Urgencias, para ser retornado todas las madrugadas a su casa, desahuciado por los médicos, a fin de que no muera en el hospital.

Moderna reencarnación de Penélope, la Mesacamilla dedica hoy el tiempo de su interminable retorno a tejer un sudario para el Jubilado, mientras el anciano desgrana insistentes letanías por el próximo descanso eterno de su propia alma.

También es posible que la Mesacamilla no sea más que una humilde costurera, que todas las mañanas lleva a su padre Jubilado a un centro de día para enfermos de Alzheimer, pero lo que importa es tu fantasía, en la que solo tú tienes la facultad de gobernar sus vidas.

En virtud de ese mismo poder que ejerces sobre ellos, el Oficinista se ha transformado hoy en un antiguo agente de la KGB, ahora miembro de la FSB, encargado por el gobierno de Putin de vigilar al Jubilado, por el potencial peligro que este representa para la actual plutocracia de su país. Confundido entre la muchedumbre, permanece siempre cerca del Jubilado. Más de una vez tú has creído adivinar el bulto de su arma reglamentaria bajo su americana de corte impecable.

El Oficinista, ajeno a tus imaginaciones, piensa en la mujer que ha dejado en el lecho caliente y en el arduo trabajo que hoy le espera. Un día más ha decidido presentarse ante su jefe, para pedir un justo aumento de sueldo, y un día más volverá a su casa sin haberse atrevido a dar el paso. Aún siente, en el bolsillo interior de su chaqueta, el calor del sándwich que se ha preparado para la media mañana.

Cada vez que se mueve, golpea con el codo, sin querer, al Obrero que viaja a su lado, y este lo fulmina con una mirada de pocos amigos. El Obrero es un *mujik* esclavizado por el agente de la FSB, que lo emplea para todos los menesteres, incluidos los más inconfesables. Odia a su amo, aunque le muestra una total sumisión, y nunca separa de él sus ojos de imbécil.

El Obrero, en la realidad, es muy probable que no conozca de nada al Oficinista; no obstante, ha adquirido la costumbre de sentarse a su lado en el autobús que lo lleva al tajo. Le agrada el buen olor del aftershave del Oficinista; el resto del día no tendrá ya otra ocasión de disfrutar de un aroma tan agradable.

No lo es, desde luego, el olor del Rasta, una repugnante mezcla de marihuana y roña, capaz de espantar a las pescaderas de la rula. Tú imaginas hoy que es un auténtico rastafari, fiel seguidor de la doctrina de Marcus Garvey, que espera la redención que vendrá de la mano de su mesías Haile Selassie, tercera reencarnación de *Jah*, y que hace un uso sacramental del *ganjah*, para aumentar el poder de la meditación y manifestar la presencia divina que vive dentro de todos y cada uno de los hombres. Lo que no aciertas a encajar del todo es la relación que este Rasta guarda con la historia de exiliados y espías que estás urdiendo.

El pobre Rasta, sumido en la semiinconsciencia del alcohol y la hierba, viaja en este autobús porque es el de más largo recorrido de toda la ciudad, y es más caliente que la calle y más barato que un bar. De vez en cuando, descabeza un sueño, y está algo enamorado de la Guapa, aun sin darse mucha cuenta de ello.

La Guapa será esta mañana parte de la trama rusa. Sicaria de la *Bratva,* vigilará también al Jubilado y a su hija, la Mesacamilla, no por la importancia que estos patéticos personajes puedan poseer para la mafia rusa, sino porque a través de ellos tiene la esperanza de llegar a localizar y aniquilar a los verdaderos dirigentes de la *Asamblea de los Nobles* en Europa y quizás también a los rectores de la *Russian Nobility Association in America,* eliminando así, de una vez para siempre, el creciente peligro que estas agrupaciones de aristócratas representan para los actuales gobernantes y los nuevos ricos rusos, con sus exigencias de restitución de las propiedades que los comunistas les arrebataron.

A medida que el autobús avanza, la Guapa acelera su wasapeo. Cuando llegue al modesto supermercado en el que trabaja, en un barrio del extrarradio, tendrá que dejar el móvil en su taquilla y no podrá seguir contando a sus amigas la maravillosa experiencia que vivió ayer, con su novio.

¿Qué papel podrías asignar, en tu trama, al Intelectual y al Ladrón? Por indicios imperceptibles para cualquier otro observador, has deducido que el Intelectual es un alto exoficial del ejército soviético, reconvertido ahora en traficante de las armas que él y sus cómplices sustrajeron de los desmantelados arsenales a su cargo. Vende actualmente al mejor postor, en el mercado negro internacional, y últimamente ha establecido contacto con el Dáesh, con uno de cuyos representantes plenipotenciarios se ha citado aquella mañana, al final del trayecto. Se identificará por el ejemplar de *Sonetos* de Florbela Espanca que lleva en el bolsillo; su interlocutor llevará un ejemplar igual.

El Ladrón es hoy, en tu imaginación, un exsuboficial soviético que sirvió a las órdenes del Intelectual. Continúa a su servicio, y ha recibido el encargo de proteger disimuladamente a su jefe, liándose a tiros con quien sea preciso, si algo se tuerce.

En una pausa de la lectura, piensa el Intelectual en la inútil monotonía de su vida de director de un miserable Instituto de las afueras, condenado de antemano al fracaso en su intento de desasnar chicos predestinados a la marginalidad. Un paradigma de esta inutilidad es el Ladrón, un exalumno de su Instituto, que ¿a qué se dedicará ahora? Todo lo más, si es medianamente honrado, a mendigo en la puerta de una iglesia.

Estás satisfecho de tu perspicacia. No obstante, mañana idearás otra fantasía, como vienes haciendo desde que utilizas esta línea, y asignarás unas nuevas vidas de ficción a tus desconocidos íntimos.

De súbito, se te ocurre hacer algo en lo que hasta ahora no habías pensado. Hoy faltarás al trabajo. Un poco más tarde llamarás a tu jefe y le largarás cualquier excusa. Hoy vas a ir hasta la última parada, descenderás del autobús con todos tus desconocidos íntimos y seguirás a uno de ellos, aleatoriamente escogido, tratando de averiguar algo real y concreto acerca de su vida.

El autobús ha llegado a tu parada. Descienden todos los pasajeros, excepto tú y tus desconocidos íntimos. Tú permaneces sentado; el autobús, con las puertas correderas abiertas, no arranca. Por primera vez en tu vida, oyes la voz del Conductor, que, levantado de su asiento, se ha dirigido a ti y, palmeándote suavemente el hombro, te dice:

—Señor, es su parada.

—No, perdone. Hoy no me bajo aquí. Hoy voy a ir hasta el final del trayecto.

—Pero allí no hay nada. Nada que pueda interesarle. Se trata de un barrio marginal, muy peligroso para los desconocidos — insiste el conductor.

—Eso es cosa mía, —le replicas, con impaciencia—¿no le parece?

—Muy bien. Allá usted.

Visiblemente contrariado, el Conductor vuelve a su sitio, cierra las puertas automáticas y arranca.

Ocho o nueve minutos más tarde, llegáis al final del viaje. Mientras los demás se levantan perezosamente, recogen sus cosas y se abrochan los abrigos, tú te diriges a la puerta de salida delantera, la única que se ha abierto.

Al pasar junto al Conductor, alcanzas a ver, muy fugazmente, algo brillante en su mano derecha. Te asesta una, dos, tres, cuatro, cinco puñaladas. Atónito, caes en el humeante charco de tu propia sangre, y antes de cerrar los ojos, con un cansancio infinito, aún tienes tiempo de ver los rostros impasibles de la Mesacamilla, del Jubilado, de la Guapa, del Oficinista, del Ladrón, del Intelectual, del Rasta, del Obrero, que han formado corro alrededor de ti, y oyes la tranquila voz del Conductor:

—Este ya sospechaba algo. Se acabó el problema.

EL GUARDIA

No siempre es agradable pasear. Hay días de invierno tan fríos, que la respiración casi se congela, y los pocos transeúntes con los que me cruzo parecen locomotoras antiguas, de aquellas de carbón, que iban echando un humo espeso a medida que avanzaban; treinta o cuarenta locomotoras de Buster Keaton cruzándose una y otra vez en la ruta del colesterol, a lo largo del río, entre el puente del hospital y el puente de la estación. Y dos o tres intrépidos piragüistas, que casi tienen que romper el hielo con sus palas, en el cauce. Quizás alguno de ellos no logre superar el invierno, se me ha ocurrido pensar, pero entre tanto se creen felices haciendo el gilipollas e imaginándose que torturándose de esta manera tan cruel están ganando en salud.

Yo no soy un paseante más, yo estoy aquí por obligación. Hace ahora algo más de tres años que saqué las oposiciones a policía local, a las que me presenté muy de mala gana y solo por complacer a la pesada de mi madre, pero que, mira por donde, aprobé con muy buena calificación. No quedé primero, ni segundo, ni tercero, porque esos puestos ya se sabe que están dados de antemano, pero me clasifiqué entre los quince mejores, y como ese año se había creado un nuevo cuerpo de vigilancia ciudadana y salían a concurso veintidós plazas, pues aquí estoy, vistiendo el uniforme azul oscuro, que, por cierto, me queda algo grande, porque desde que entré hasta ahora he adelgazado nueve quilos, y no es porque no coma.

Aún no tengo derecho a usar arma de fuego, pero la porra mola, y ya la he utilizado más de una vez, sobre todo contra esos niñatos medio imbéciles del barrio de las tabernas, que se creen con derecho a hacer el burro todos los fines de semana. Darles con la porra en el culo me pone, qué quieres que te diga, aunque, claro está, es algo que no puedo confesar a nadie; me jugaría el puesto.

Aquí se ven cosas muy raras. Por ejemplo, la titi del puesto de helados y chuches, que, cuando la cosa le apura y cree que no la ven, se acerca a la barandilla del puente, por detrás de su chiringuito, y se pone a mear de pie, con la falda remangada, las piernas muy abiertas y las rodillas un poco flexionadas. Una meada como la de las vacas: copiosa, ruidosa y humeante. Bueno, lo de ruidosa me lo imagino, porque nos separa un buen trecho; ella nunca lo hace si hay alguien cerca.

Podría denunciarla, ponerle una multa por satisfacer necesidades fisiológicas en la vía pública, pero me hace gracia y siempre finjo que estoy mirando para otra parte. Aunque supongo que no es tonta, y lo mismo que yo la veo a ella, aunque a distancia, ella me verá a mí. ¿Lo hará con intención? ¿Pero con qué intención, so bobo? ¡Como no sea para cabrearte, para desafiar tu autoridad, porque, puestos a imaginar situaciones poco excitantes, esta se lleva la palma!

Siempre que paso por delante de su quiosco, la saludo con un gesto y una sonrisa cómplice, y la meona me corresponde de igual modo, pero, mira tú, no sé por qué, nunca me he parado a hablar con ella. Es bastante fea, la pobre.

Ya digo que aquí pasan cosas muy raras. Por ejemplo, el de esa pareja de viejecitos, pero viejos viejos, que se sienta todas las tardes en el banco a la derecha del surtidor, siempre que esté vacío, a la sombra de la pérgola de los rosales, que ya son ganas, con el frío que hace, y, mientras charlan él apoya su mano sobre la pierna de ella, cubierta por una gruesa media negra. Cierto que no pasa más

176

allá de unos centímetros sobre la rodilla, pero es el detalle. Y ella hace como que no se entera. ¿Qué se dirán, con tanto parloteo? ¿Hablarán de amor? Ya me gustaría a mí llegar a su edad con las mismas ganas.

Después está el chaval de la bici roja. Tenemos dos pistas en el parque, una para bicicletas y otra para patines; la de patines es la que más se usa, pero en la de las bicis hay un chico con una gorra de béisbol roja puesta de lado y unos pantalones de seis u ocho tallas por encima de la suya, que tiene la puñetera manía de circular en el sentido contrario a casi todos los demás, y que se dedica a lanzar piropos a todas las chicas con las que se cruza. Ahora, que con esto de que pueden ser una ofensa a la dignidad de la mujer, están prohibidos. Bueno, digo yo que serán piropos, porque habla en una lengua muy rara, que nadie entiende; debe de ser rumano. Es algo subnormal, el pobre. ¿De qué vivirá esta gente?

Desde luego, de lo que no me puedo quejar es de la variedad de la fauna humana que acude a este parque: hay negros, morenos, sudacas, amarillos, aceitunados y la madre que los parió: la ONU al completo en los setecientos u ochocientos metros que median de puente a puente. Y es que ellos mismos dicen que aquí, pidiendo, viven mejor que en su país trabajando; pues sí que se tiene que vivir mal en esos sitios que yo no sé ni dónde están en el mapa.

Te dan ganas de darles una patada en el culo y mandarlos para su tierra, pero cuando piensas en cómo exponen su vida, y muchas veces la pierden, para llegar hasta aquí, te figuras que algo muy gordo tiene que estar ocurriendo allá, que tiene que haber mucha injusticia, mucha desesperación y mucha hambre para hacer lo que hacen.

Lo bueno es que cuando ya están acá se hacen los dueños de todo. A ver: si en este parque hay ahora cuarenta chavales en las canchas de baloncesto o usando las instalaciones de juego, treinta y cinco son extranjeros, negros, sobre todo. ¿Dónde coños están los chavales que venían antes con las mamás? Ahora se ven poquísimos.

Claro, es que yo estoy pensando en los tiempos de Maricastaña Ahora, las mamás trabajan igual que los papás y ya no tienen tiempo de tener niños; ahora, las que tienen hijos son las moras. Por eso hay tantos moritos en el parque.

En el paseo que me toca vigilar, entre puente y puente, se encuentra, aproximadamente hacia la mitad, un recinto vallado destinado a parque infantil de tráfico. Yo tengo una llave y, cuando me toca turno de tarde, debo cerrarlo a las diez en verano y a las nueve en invierno. El resto del paseo es libre, no está cercado. Dentro del parque infantil se alza un pequeño edificio que sirve un poco para todo, y que está rodeado por un porche muy amplio, un lugar ideal para que los sin techo puedan refugiarse de la lluvia y en buena medida del frío, por la noche. Claro que tienen que saltar la valla, pero eso no es ningún problema, porque mide poco más de metro y medio y no tiene pinchos ni nada. El problema es para mí, que tengo que deshacerme de ellos.

La gente sabe poco de mí; incluso mis familiares. Por ejemplo, nadie, salvo mi madre y un par de médicos, se ha enterado de que padecí una enfermedad muy rara, que ese par de memos dijeron que se llamaba síndrome de raifenstáin. Se escribe "Reifenstein", pero se pronuncia "raifenstáin" porque, según los médicos, es alemán, y ya se sabe que esos idiomas extranjeros nunca se pronuncian como se escriben. Dijeron que por eso, cuando nací, tenía una cosita que no se sabía muy bien si era un pene pequeñito o un clítoris muy desarrollado, y hubo dudas de si era chico o chica. Me cuenta mi madre que fue mi padre quien decidió que sería chico, porque no quería tener más mujeres en la familia. Y parece que acertó, pues a mí, hasta ahora, siempre me han gustado las chicas, excepto, quizás, la meona de los helados. Aunque la verdad, no soy muy ligón; nunca ha tenido novia. Me avergüenza mi pene, que sigue siendo pequeño. A veces envidio a los mendigos que entran a dormir bajo el porche del parque infantil de tráfico; no por la puta vida que llevan, por supuesto, sino porque algunos, cuando entro a darles matarile y los pillo dormidos, están empalmados como burros.

Mi método de actuación es bien sencillo: Cuando detecto que algún vagabundo ha entrado en el parque después del cierre, me presento sigilosamente, siempre después de que todo el mundo haya desaparecido del paseo. A veces tengo que esperar unas cuantas horas, sobre todo cuando hace buen tiempo. Si lo encuentro dormido, lo pasaporto con una sencilla y eficaz llave que aprendí cuando estuve en la Legión. Limpio, sin derramamiento de sangre; me horrorizan el sufrimiento y la sangre. Y si está despierto, me limito a echarle del parque, en el ejercicio de mi autoridad: "Venga, hombre, fuera de aquí. Este no es sitio de dormir; búsquese un albergue". Sin violencias; la violencia, solo para majar el culo de los chavales, cuando me toca servicio en el barrio de las tabernas. Mala suerte para ese pobre hombre, que probablemente tendrá que arrastrarse unos cuantos años más por la vida, hasta que la mugre y la miseria se lo coman.

Detrás del edificio, entre este y la baranda del muro de contención del río, hay una boca de alcantarilla que da a una cloaca de unos cincuenta metros de longitud que antiguamente servía para arrojar las aguas residuales al río, pero que se quedó sin uso porque, a causa del crecimiento de la población, hubo que llevar la salida de las aguas fecales unos cuantos kilómetros aguas abajo, al nuevo centro de tratamiento de residuos. A esa cloaca abandonada van a parar los despenados. Ya hay seis o siete. No hay riesgo de que alguien los descubra, porque la salida del conducto está cerrada con una sólida y tupida reja de hierro. En cuanto a los olores, aquí sopla fuerte el viento y, además, no en vano las ratas de esta zona, que algunas veces se ven a la orilla del río, son tan grandes como conejos.

Pronto va a anochecer. ¡Qué mala pinta tiene ese tío que anda merodeando por la pérgola de los rosales! Me temo que esta noche voy a tener trabajo.

¡Ya está otra vez la meona de las chuches haciendo de las suyas! No me comía yo un helado despachado por esas manos ni aunque me lo regalase.

¡Qué barbaridad, cómo está bajando la temperatura! Esta noche va a hacer un frío del carajo. A abrigarse tocan.

LA PARED

Es como una enorme mancha de humedad en la pared. Lo curioso es que no es permanente ni su aparición o desaparición depende de la mayor o menor humedad en la atmósfera; puede intensificarse y extenderse en plena canícula y desaparecer por completo en las temporadas en que las lluvias caen persistentemente sobre la ciudad, día tras día, semana tras semana, sin tregua.

He dicho que es como una mancha, aunque, la verdad, no sé muy bien cómo explicar el fenómeno que, por otra parte, he comprobado que muy pocas personas tienen la facultad de percibir. Por definirlo del modo que me parece menos impreciso, diría que es como un churrete de mugre, o como una sombra muy leve, que aumenta y disminuye por la acción de una especie de misterioso e incontrolable reóstato virtual. Esta mancha, no se me ocurre una palabra más definitoria, se localiza en la fachada del primer edificio que se alza una vez traspasado el puente de la Estación, en dirección al barrio de La Cañada.

El inmueble no es nada del otro mundo: una construcción sosa y anodina de la época franquista, en cuya fachada predomina el ladrillo visto. Sus bajos están ocupados por una farmacia, una pequeña cafetería, un asador de pollos y una carnicería, aunque hay dos locales más, desocupados, uno de ellos a la derecha de la entrada al portal, y es precisamente en la pared de este local donde se localiza la mancha misteriosa.

Severino, el practicante, vivía en el barrio de La Cañada. Rondaba ya los cincuenta años y aún no se le había conocido novia alguna. Aclaro inmediatamente que no era homosexual; simplemente, rehuía a las mujeres, probablemente a causa de una excesiva timidez o, tal vez, a consecuencia de algún trauma infantil no superado. Era mediano de estatura; flaco, aunque, curiosamente, barrigudo; de facciones arrugadas y grandes ojos redondos y saltones que miraban con una fijeza que llegaba a ser desconcertante, y hasta ofensiva, para quien desconociese que, en realidad era un hombre apacible y afectuoso.

Severino, el practicante, tenía una debilidad: su escasa resistencia al alcohol. Se emborrachaba perdidamente con solo dos o tres chatos. Sus amigos decíamos que se achispaba solo con el olor. Y cuando estaba trompa se convertía en la persona más tozuda y cabezota que he conocido en mi vida. Si alguien lo incitaba a escalar la estatua de Guzmán el Bueno o a ducharse en los chorros de la fuente de Santo Marcelino, no paraba hasta superar el reto, y esa obstinación le había costado algún que otro descalabro, alguna detención por la policía local, alguna noche pasada en los calabozos y varias multas de importes nada desdeñables. Este rasgo de su carácter había dado origen a su apodo; lo llamábamos "Mula". Mula por aquí, Mula por allá, tanto que muchos de la pandilla, estoy seguro, habían llegado a olvidar su verdadero nombre. Él, al principio, protestó tímidamente, pero al final terminó por asumir su apodo con cierto orgullo.

—¡Qué bruto eres, Mula!

—¡Y a mucha honra!

Nunca establecimos un programa de encuentros, o cosa parecida, pero todos los integrantes del grupo sabíamos que, si a partir de las ocho de la tarde nos acercábamos por el Barrio Marítimo, siempre nos toparíamos con algunos colegas en El Burro o en La Calesa, los dos puntos de encuentro inicial tácitamente acordados (El Burro, los días pares; La Calesa, los impares). En un cuarto de hora, terminábamos reuniéndonos cuatro o cinco amigos, como mínimo. Y los rezagados no tenían ningún problema en incorporarse a la ruidosa cuadrilla, a poco que ojeasen por las tabernas de la plaza de las Tiendas y alrededores. Uno de los que nunca faltaba era Severino, el practicante, el Mula.

Entre los más asiduos se contaban:

Mortera, jefe de la Tuna, un tío guapo y engreído, de 32 años de edad y trece o catorce de experiencia universitaria, que aquel año había jurado a su padre sacar todas las asignaturas que tenía pendientes del primer curso de Veterinaria y aprobar dos asignaturas, al menos, del segundo curso.

El Tizo, su segundo de a bordo en la Tuna, un moreno cachondo de aspecto cuadrado, también estudiante en teoría, que, sin embargo, se jactaba de no haber abierto un solo libro ni haber leído un solo renglón impreso en los últimos cuatro años. Decía que para terminar tras el mostrador de la carnicería de su padre, transmitida de generación en generación desde hacía más de un siglo, su inexorable destino, no se necesitaba ningún conocimiento veterinario, ni, por supuesto, ninguna cultura. Y había decidido dedicarse al *dolce far niente* hasta que su padre se hartase.

Victoriano, más feo que Picio, de profesión maestro de primaria, que mantenía cinco o seis noviazgos simultáneos, cada uno con una identidad distinta y todas falsas. Últimamente se le veía bastante preocupado porque una de sus novias aseguraba estar embarazada. Con la cara poblada de verrugas, el apodo de "Azaña" le cuadraba a la perfección.

Eloy, pintor de brocha gorda, aunque se presentaba a las chicas como artista pintor, que hacía unos años había repintado las paredes de la residencia del conde de Gastalia y, desde entonces, presumía de estrechas relaciones con la nobleza.

Agustín, un pelirrojo empleado de banca, propenso a ruborizarse a la menor oportunidad. Lo llamábamos "el rubicundo Apolo"; "Apolo", para abreviar.

Quique, "el Gordo", un cuarentón sin oficio definido, de casi dos metros de estatura y cerca de doscientos kilos de peso. En algunos bares, cuando la cosa se animaba y empezábamos a cantar, los dueños rogaban a Quique que no brincase, por miedo a que se resquebrajase la tarima.

Faustino, "el Aviones", un suboficial del Ejército del Aire, casi siempre de baja a causa de su irremediable y reconocida aerofobia. Inconcebiblemente tacaño, cuando tenía que pagar una ronda perdida a los chinos parecía sufrir como si le arrancasen los ojos. Fumaba tabacos rubios muy aromáticos y de marcas exóticas, que le proporcionaban sus contactos de la aviación comercial, pero cuando alguien le pedía un cigarrillo sacaba del bolsillo un paquete de Celtas Cortos.

Podría seguir citando algunos más, como "El Aspirino", farmacéutico; Fructuoso "el Matasanos", médico; "El Robaperas", frutero; Jaime "el Cuervo", oficinista, pero, sin duda el más peculiar, al menos para mí, era Severino, el practicante.

El Mula declaraba que era anarquista porque creía en Dios y quería imitarlo. Dios, decía, es su propio principio y no necesita un principio ajeno a sí mismo; ergo, Dios es anárquico.

—Anárquico, no anarquista.

—¿Y dónde cojones ves tú la diferencia?

Sostenía también que todo está animado y vivificado, que todas las cosas, sean seres naturales u objetos artificiales salidos de la mano del hombre, poseen un principio vital singular.

—Un alma, una mente, un espíritu, un ángel, llámalo como quieras —decía—, pero todo lo que existe y se diferencia de lo demás, aunque sea una piedra, tiene alma. Cierto es que solo el alma humana es subsistente por sí misma; todas las demás dejan de existir cuando su huésped muere, se transforma o desaparece. Y es una lástima, porque todas las almas son buenas, excepto la humana, que se ha pervertido vete a saber por qué designio divino. A Dios no hay quien lo entienda.

—Mula, eres todo un filósofo.

Ahora bien, la vena intelectual de Severino, el practicante, solo se manifestaba en el brevísimo estado de tiempo intermedio entre la serenidad —lapso muy corto, de apenas dos minutos una vez traspasado el umbral del primer bar— y la melopea, que, como ya antes he señalado, se adueñaba de Severino tras el segundo o tercer trasiego de tinto peleón.

Avanzada la noche, cuando llegaba la hora de largarse cada mochuelo a su olivo, echábamos a suertes quién de nosotros habría de acompañar a casa a Severino, el practicante, porque habría sido una tremenda crueldad dejarlo solo a aquellas horas, en aquel su invariable estado de juma profunda. A veces, cuando las noches no eran muy desapacibles, no hacíamos sorteo: yo me ofrecía voluntario para acompañarlo, porque nuestros itinerarios casi coincidían, con una desviación de menos de un kilómetro. Siempre hacíamos el camino a pie, porque a aquellas horas ya no circulaban los autobuses y un taxi nos hubiera costado un ojo de la cara.

Para llegar al domicilio de Severino, el practicante, se tenía que cruzar el sólido puente de la Estación. Hiciese viento o no, el comentario de mi acompañado era, indefectiblemente:

—¡Este puto puente, cada día tiembla más! ¡Cualquier día nos vamos todos al río!

El paso del puente significaba un esfuerzo enorme para el aterrorizado Severino, del que necesitaba recuperarse buscando inmediatamente un apoyo en el edificio más próximo, en la pared del local vacío a la derecha del portal, sobre la caprichosa mancha, no siempre visible, que he mencionado al inicio de esta confesión.

—Esta pared, ¡cómo se mueve, la cabrona! ¡Parece de goma! ¡O de chicle! ¡Mira cómo se aplasta cuando la presiono! ¡Mira la forma de mi mano!

Naturalmente, todo aquello eran fantasías de mamado.

—¡Anda, anda, Mula, que lo que se te mueve es el vino en la barriga! ¡Venga, espabila, que a este paso vamos a llegar a casa de día!

Una noche, en la que el paso del puente parecía haber exigido una fatiga mayor de la habitual al vacilante Mula, corrió este, como siempre, a buscar el apoyo de la manchada pared, pero apenas posó en ella la palma de su mano, lanzó un tremendo salto hacia atrás y quedó sentado en la acera con el rostro desencajado. Me asusté.

—¿Qué te ha pasado, Seve? —le pregunté, mientras le ayudaba a incorporarse, lo que no fue tarea fácil, pues a los efectos del alcohol se había sumado el evidente terror que atenazaba a mi amigo.

—¡La pared! —gritó, demudado—. ¡La pared ha tirado de mí, ha intentado agarrarme!

Pasaron meses desde aquel incidente, que yo, como es natural, comenté con la pandilla, presentándolo y siendo admitido como un delirio de borracho del pobre Severino, el practicante, cuya dipsomanía era ya, a juicio de todos, un hecho irreversible.

Alguna vez más se quejó el Mula de la pretendida agresividad de la pared, provocando con ello las risas y, a un tiempo, la conmiseración de sus amigos.

Llegó el invierno, que aquel año se presentó particularmente frío, lluvioso y ventoso. Una noche de enero especialmente gélida, me tocó en suerte acompañar a su domicilio a Severino, el practicante. Metidos en juerga, aquel día habíamos prolongado en exceso la velada, y serían las dos de la madrugada cuando, tras mucha insistencia, conseguí arrancar al Mula de la alegre reunión en el bar La Bicha y nos pusimos en camino.

Llovía con fuerza y el viento arrastraba las enormes gotas heladas, de forma que no caían en vertical, sino que circulaban en rachas casi horizontales que se introducían por todos los resquicios de nuestras ropas. Caminábamos en silencio, yo encogido, congelado hasta los huesos y con la mirada fija en el suelo, no más allá de mis zapatos, y el Mula trazando más eses que de costumbre, ayudado por el alcohol y el ventarrón. No divisamos un alma en todo el recorrido.

De cuando en cuando, el Mula se desgañitaba gritando:

—¡Puta calle!, ¡cómo se bambolea!

O bien:

—¡Putas casas, cómo se mueven, las cabronas!

Aquella noche, al Mula le costó más que nunca atravesar el puente de la Estación. Se aferraba a la barandilla y avanzaba a pasitos cortos, lloriqueando horrorizado, preso de oscuros presentimientos. Inspiraba lástima. Varias veces intenté ayudarle, asiéndolo de un brazo, pero él se libraba a manotazos, vociferando:

—¡Suelta, suelta! ¡Aléjate de mí, Leviatán!

Cuando por fin consiguió traspasar el puente, corrió a apoyarse en la pared de costumbre, sobre la impredecible mancha, que yo nunca había visto antes tan grande ni tan oscura.

Parecía irse sosegando poco a poco. Ya no sollozaba; había cerrado los ojos y la expresión de su rostro se relajaba visiblemente. De pronto, lanzó un alarido tan desgarrado que me secó el alma:

—¡Toño, ayúdame!

Sus ojos estaban clavados obsesivamente en la mano que tenía apoyada en el muro. Observé con espanto que aquella mano había adquirido una consistencia gelatinosa —no se me ocurre otra palabra para expresar lo que estaba viendo— y parecía disolverse, licuarse, integrarse en el enlucido. Volvió a gritar:

—¡Ayúdame, coño, tira de mí, haz algo!

Cuando quise reaccionar, ya su brazo izquierdo se había sumido en la pared hasta el codo, y su cadera, su muslo, su rodilla de aquel lado comenzaban a sumergirse.

—¡Agárrame, joder, tira fuerte de mí, haz algo, por el amor de Dios! —aullaba con desesperación, mientras su cuerpo iba desapareciendo entre rápidas contracciones de la pared, acompañadas de un leve borborigmo.

Tiré de él con todas mis fuerzas, pero la succión era tan vigorosa que nada pude hacer. Las manos me dolían; tenía la impresión de que mis uñas, clavadas en la ropa de mi amigo, se iban a separar de la carne de un momento a otro. En el forcejeo, sus gafas cayeron al suelo un instante antes de que todo su rostro se disolviese en el yeso, y la lluvia las fue arrastrando hasta que desaparecieron en un sumidero cercano. Ya solo quedaba visible su pantorrilla derecha; me aferré al pie y me quedé con el zapato en las manos, al tiempo que desaparecía en la mancha el último vestigio de aquel cuerpo y el sutilísimo ruido de tripas dejaba de oírse.

Jamás conté nada de aquello a nadie; me hubieran tomado por loco. Fingiéndome interesado por el local, al día siguiente me puse en contacto con la agencia encargada de su venta y conseguí visitarlo por dentro. La pared de la mancha era un sencillo tabique de ladrillo, enlucido de yeso en el exterior y desnudo de todo revestimiento por dentro. Nada de particular. El local, muy pequeño, estaba totalmente vacío.

La misteriosa desaparición de Severino, el practicante, fue durante algún tiempo la comidilla de la ciudad y del país. Policía, prensa, radio, y hasta la televisión nacional, se ocuparon del caso; todos sus amigos fuimos investigados. Pero, con el tiempo, el interés por el enigmático asunto fue decayendo y Severino, el practicante, que era soltero y no tenía familia conocida, acabó sumido —nunca un verbo resultó tan apropiado— en el olvido más absoluto.

Después de aquel siniestro suceso, el manchón de la pared adquirió una cierta transparencia, algo así como el brillo de unos ojos, aunque sin ninguna traza de ojos, ni nada semejante.

Yo, alguna vez, me acerco por el lugar, y susurro, muy bajito:
—Mula.

Y una voz interior me responde:
—Cabrón, vete a la mierda. Y devuélveme el zapato.

LAS LAGARETAS

Yo fui un niño de ciudad. Nací en una ciudad y viví siempre en una ciudad. Y envidiaba profundamente a todos mis amigos, compañeros de colegio o compinches del barrio que "tenían pueblo", en el que pasaban los meses de verano con otros niños, en un ambiente que se me antojaba edénico, de completa libertad y de continua diversión, en el que toda travesura tenía cabida y cualquier hazaña resultaba factible.

Mi madre sí había nacido y crecido en un pueblo, en el que conservaba un buen número de parientes, a los que visitábamos algunos fines de semana, tremendamente aburridos para mí porque, a pesar de mi fascinación por la vida rural, no conocía a ningún chaval de la localidad y era demasiado tímido para presentarme sin más ante el bullicioso grupo de críos que correteaba de sol a sol por la plaza del caño, a la que daba la casa de mis tíos, un matrimonio sin hijos. No me quedaba otra opción que sentarme durante horas y horas en el zaguán, invadido por el más absoluto desconsuelo, para contemplar en silencio el ruidoso ir y venir de aquellos zagalones, sus juegos desenfrenados, sus peleas ocasionales, sus burlescos requiebros a mozas zalameras y sus burradas de mozuelos en ciernes. De poco servía que mi tía, cuando pasaba por mi lado, me diera un cariñoso pescozón y me dijese: "Vete a jugar con esos críos.

No te van a comer". Yo seguiría anclado en aquel zaguán, más aburrido que un ciego sordomudo en una sesión de cine, casi al borde de las lágrimas y deseando con toda el alma que llegase la tarde del domingo, para volver al refugio salvador de mi cuarto en la ciudad.

Pasé unos cuantos años sometido a los crueles tormentos malayos de muchos fines de semana primaverales, estivales y otoñales en la aldea de mis tíos. Ni siquiera podía leer tranquilamente los tebeos de los que me proveía en cantidad antes de salir de casa, porque los mayores, cuando me veían enfrascado en la lectura de las travesuras de Zipi y Zape o de las colosales hambrunas del pobre Carpanta, me arrebataban el cómic de las manos y me exhortaban a salir a jugar con aquellas para mí inaccesibles pandillas de bulliciosos chavales desconocidos.

Todo cambió en el otoño en que yo había cumplido trece años de edad. Estábamos a comienzos de octubre. Aquel año, la cosecha de uva se presentó extraordinariamente abundante y mis tíos solicitaron ayuda a mis padres para la vendimia, ayuda que estos no dudaron en ofrecer. Como yo era ya un mozalbete y el curso lectivo aún no había comenzado, mi padre pensó que no estaría de más que yo también arrimase el hombro, así que un buen día, a pesar de mis protestas, me encontré embarcado en los asientos traseros del coche de los autores de mis días y, muy a mi pesar, conducido al pueblo de mis parientes.

Llegamos muy temprano, un día soleado de principios de octubre, y nos encontramos la casa de nuestros parientes casi vacía. Solo permanecía en ella mi tía, atareada en la cocina.

—Ya están todos en las viñas —dijo—. Estoy entrecallando[1] unos pimientos que voy a llevar para tomar las once. Si esperáis un poco, os acompaño y os enseño dónde están.

Media hora más tarde montamos de nuevo todos en el auto, incluida mi tía, que portaba una gran escusabaraja pesada como un muerto, que ocupó casi todo el espacio libre de la parte trasera del

---

[1] Entrecociendo. Es leonesismo.(No registrado por la RAE)

190

vehículo, en cuyos asientos nos encajamos como pudimos ella y yo. Llevaba en aquella cesta servilletas, vasos, cubiertos, un par de pucheros de barro con los pimientos y dos o tres hogazas de pan casero que inundaron el vehículo con un agradable aroma, capaz de despertar el apetito a un anoréxico. Tras un breve trayecto por un camino de gravilla, ancho y bien apisonado, mudado pronto en sendero carril de tierra con abundantes baches, rodeado de viñedos en los que se veía mucha gente afanada, llegamos a una poco profunda vaguada coronada por un árbol de copa frondosa, a cuya sombra estaba guarecido el carro de mi tío junto con sus bueyes.

—Aparca allí el coche —indicó mi tía a mi padre, que conducía—, que no le dé el sol.

Todo el entorno estaba poblado de viñas. En la suave ladera, un poco por debajo de nosotros, vi un nutrido grupo de personas, trabajando.

—Son ellos —dijo mi tía.

Descendimos hasta donde estaban mi tío Lucio; el padre de mi tío —mi tío abuelo—, Teófilo; mi primo Juanelo y otras personas que yo no conocía y que nos fue presentando mi tía. Eran un señor con unas manos enormes como palas, con los dedos deformados, y una boina acartonada por el sudor, del que no recuerdo el nombre; Quiliano, un amigo de Juanelo, y dos chicas muy morenas y reidoras, que respondían a los nombres de Asunta y Marcela. Mis tres tíos se cubrían con sombreros de paja de ancha ala; Juanelo y Quiliano, dos mocetones de unos veinte años, habían hecho unos nudos en los cuatro ángulos de sus pañuelos y se los habían encasquetado, y las dos chicas, que me parecieron más o menos de la edad de los chicos, se protegían del sol con pañoletas cargadas de color.

—¿No habéis traído algo para la cabeza? ¡Aquí pega el sol muy fuerte! —nos advirtió desde la distancia mi tío Teófilo. Rebuscando en el coche, mi padre encontró una visera para él y un pañolón para mi madre; solo yo quedaba a pelo. Alguien anudó un pañuelo de la guisa que ya he mencionado y me lo caló hasta las cejas.

—¡Listo! ¡A trabajar!

Me dieron una pequeña navaja de muelle en la que faltaba cacha y media y un cesto de mimbre, me aconsejaron que sujetara el racimo con la mano libre antes de cortar el pedículo y me señalaron una hilera de vides.

—Tú, por esa línea.

Las cepas estaban cargadas de grandes racimos, apetitosos, relucientes, Cerca de mí vendimiaban las dos chicas, que me iban indicando:

—Mira, esa cepa es de prieto picudo; esa tempranillo de Toro; esa blanca es airén, muy rara por aquí; aquella es moscatel; esa, verdejo; allí hay una cepa de mencía...

Y yo, al tiempo que llenaba mi cesta, iba probando de todas ellas hasta que, cuando mi tía nos ordenó parar y sentarnos a la sombra del árbol "a tomar las once", yo pensé que no podría entrar en mi estómago un grano más de alimento, tal era mi hartazgo. Impresión que duró hasta que vi, en un mantel extendido sobre el suelo, las ollas de pimientos entrecallados sazonados con aceite y ajo, la ristra de olorosos chorizos de cerdo, los tasajos de cecina de vaca y de chivo, los generosos trozos de pan casero, las botas de vino que parecían a punto de reventar, la damajuana con más vino y el botijo de agua fresca y mi empacho desapareció como por encanto y comencé a sufrir una sed abrasadora y un hambre feroz.

Los cuatro jóvenes se sentaron juntos y me llamaron a su lado. Comenzó el almuerzo, que yo encontré que en nada tendría que envidiar a las bodas de Camacho. Al mismo ritmo en que las viandas desaparecían y las botas adelgazaban, las bromas y risas aumentaban y subía el tono de las voces. Ya las cecinas y los embuchados habían sufrido una considerable merma en beneficio de nuestras andorgas cuando mi tía se acercó a nosotros, portando una cazuela de pimientos.

—Pican un poquitín —nos advirtió mientras se incorporaba al otro grupo.

Mi primo Juanelo fue el primero en tentar la cazuela. Todos los demás quedamos a la expectativa.

—¿Pican mucho?

—No.

Yo advertí cierta rubicundez en las mejillas de mi primo, que, bueno, pensé que se debían a la acción del sol y a la natural tendencia del sujeto a la rubefacción. Tras él, fueron probando todos de la cazuela y todos expresaron el mismo juicio:

—Pican muy poco.

—Están bastante sosos.

—¡Vaya! ¡Qué pena! Solo destaca el ajo. ¡Pero no están mal! ¡Prueba!

Yo, el más joven, el más tímido y el más ajeno al grupo, ya era el único que no había acercado su tenedor a la olla. Me decidí a hacerlo, no sin cierto recelo, porque en aquellas caras me parecía notar algo raro, algo semejante al gesto de quien siente muchas ganas de orinar y tiene que contenerlas. Apenas metí el pimiento en la boca sentí que el infierno se había apoderado de mi paladar, de mis labios, de mi lengua, de mis anginas y hasta de mis dientes. Aquello no era un picor, aquello era el propio Lucifer desatando toda su ira en mi boca. Me erguí de un salto y comencé a botar por todo el campo, mientras aullaba:

—¡Mecagüen la leche! ¡Agua, por favor, agua!

Mis saltos desesperados fueron el resorte para que mis cuatro comensales comenzasen a gritar, a sacar las lenguas más de un palmo, a airearlas con el frenético movimiento en abanico de sus dos manos, a enrojecerse como un tomate y a soltar más lágrimas que una Magdalena. Los cuatro farsantes habían sido capaces de mantener una desesperada calma hasta que yo, el último de la tanda, introdujera en mi boca un trozo de aquella invención del averno. A todo esto, las carcajadas del otro grupo, el de los mayores, eran tan desaforadas que estoy seguro de que se propagaron por aquel cielo claro hasta oírse en más de un kilómetro a la redonda.

Yo entonces era muy ingenuo (no he perdido la ingenuidad, a pesar de los años) y no se me ocurrió pensar hasta mucho tiempo después que el cerebro gris de aquella maliciosa broma había sido mi taimada tía, que reservó los pimientos más picantes para el grupo en que yo estaría, confabulada con mi primo, su amigo y las dos bulliciosas chicas.

La aventura de los pimientos tuvo la virtud de despejar mi encogimiento. Comencé a participar sin timidez en los continuos juegos y bromas de mis compañeros, aunque todavía sin clara conciencia de la carga erótica contenida en las chanzas que los chicos dirigían a las chicas y en la zumba con que ellas les replicaban.

Tras terminar un viñedo, íbamos a otro majuelo, a veces distante, entre cantos, bromas, carreras, cogidas y revolcones. Las chicas no tenían el menor reparo en dejar que las faldas se alzasen por encima de la cintura cuando corrían o saltaban, dejando al aire sus robustos muslos y sus amplias bragas, o en agacharse hasta el suelo, exhibiendo la redondez de sus asentaderas o dejando entrever, más allá de los amplios escotes, sus tetas libres de cualquier sujeción. Yo, que aquel año había comenzado a despertar a la sexualidad, me sentía transportado por aquellas visiones, aunque con un incómodo sentimiento de pecado, de culpa.

El trabajo era duro. Yo, nada acostumbrado a aquellos esfuerzos, pronto empecé a sentir dolor en los riñones, en las piernas y hasta en las manos, aunque las interrupciones para reponer fuerzas y regalar al estómago eran también frecuentes: A las dos se nos sirvió un cocido en el que no faltaron la sopa, las carnes, la col con requemo de ajo, los rellenos, los chorizos y los tocinos como sabio compango de los garbanzos bañezanos. Y a las seis de la tarde un nuevo refrigerio, en esta ocasión con un excelente chorizo ahumado y curado y unas lonchas de jamón con pan de hogaza, todo regado con algo de buen vino de la bota. Cuando a mi padre le preguntaron por la mañana si podían pasarme el pellejo alguna vez, él había contestado: "Que haga lo que quiera, ya es mayor".

Amén de estas holganzas, a la hora de la merienda yo había engullido no menos de quince o veinte racimos de las mejores cepas y había bebido dos o tres cuartillos de mosto, en las ocasiones en que había bajado con mi tío hasta la bodega, para ayudarle a descargar los rebosantes carriegos en el lagar. No es difícil deducir que cuando, hacia las siete de la tarde, mi tío Lucio anunció:

—Venga, terminamos este majuelo y nos vamos a casa.

—¡A ponerse guapos y todo el mundo al baile! —remató mi primo.

Me habían dicho que mientras durase la vendimia habría baile todos los días, que comenzaría al atardecer y terminaría con la retirada de las últimas parejas. Yo me encontraba eufórico y cansado, feliz y torpe, algo embotado de mente y con la vejiga a explotar por tercera o cuarta vez. Me alejé un poco del grupo, buscando una cepa frondosa tras la cual ocultarme para saciar mi urgencia vesical, y ya regresaba tan ufano a la vid que había dejado a medias vendimiada cuando observé que Asunta y Marcela se estaban aproximando a mí con mirada aviesa, una media sonrisa en los labios y un enorme racimo de uvas tintas en cada mano. No podía conjeturar qué pretendían, pero, a juzgar por su aspecto, presentí que no sería nada bueno para mí. Me detuve en seco y ellas también lo hicieron, pero solo un instante, porque enseguida emprendieron una viva carrera hacia mí, gritando:

—¡Para! ¡Las lagaretas! ¡Hay que darle las lagaretas!

Hui de ellas a toda la velocidad que me permitía aquel terreno seco, irregular, cascajoso y quebrantado. Tal vez hubiera podido librarme de ellas sin la inferencia de aquel garrancho de una cepa rota que me enganchó el pantalón y me hizo caer envuelto en una nube de polvo arcilloso. Las dos chicas se abalanzaron sobre mí y comenzaron a frotarme la cara, el pelo, el pecho con los racimos que portaban. Hubo allí un revuelo de rodillas, piernas, brazos desnudos, caras rientes, tetámenes, culos, carne mórbida que me entraba por los ojos velados de mosto, palpaban mis manos sucias de barro, golpeaban mis lastimadas rodillas, hurgaban ocasionalmente en mis muslos y en mi bajo vientre, hasta que las dos hembras se dieron por satisfechas, se levantaron y se alejaron de mí riendo y lazándose el pelo con sus manos sucias de mosto, sudor, tierra y saliva. Yo quedé un largo rato tendido, mirando al cielo que comenzaba a poblarse de pequeñas nubes alineadas como cabrillas, embadurnado de zumo de uva por toda mi cara, mis orejas, mi pelo, e invadido por un estado de satisfacción y deleite muy difícil de describir. No puedo asegurarlo, la memoria me falla, pero es posible que aquella fuese la primera erección de mi vida.

Después, en el baile, ocurrieron cosas que no he contado ni pienso contar ahora.

NOTA:

"Dar las lagaretas" fue una lúdica tradición muy arraigada en tierras leonesas, entre los jóvenes y adolescentes que participaban en la vendimia. Consistía en correr unos cuantos chicos, por entre las viñas, a otro joven hasta darle alcance y embadurnarle la cara con racimos de uva tinta, cuanto más tinta mejor. Normalmente, daban las lagaretas los chicos a las chicas y las chicas a los chicos, aunque no faltaban lances protagonizados por personas del mismo sexo. Los novatos no se libraban nunca de esta práctica, que podía repetirse diariamente durante toda la vendimia. Con esta acepción la palabra "lagareta" no figura en el diccionario de la RAE.

MI PRIMER MUERTO

—Dios te salve, María, llena eres de gracia, el Señor es contigo, bendita tú eres entre todas las mujeres y bendito es el fruto de tu vientre, Jesús.

—Santa María, Madre de Dios, ruega por nosotros, pecadores, ahora y en la hora de nuestra muerte. Amén.

—Dios te salve, María...

La vieja, en el rincón, desgrana avemarías con irritante monotonía, elevando ligeramente el tono de su cascada voz cada dos o tres sílabas, lo que da a su melopea un siniestro aire de conjuro. Una comparsa de ancianas, todas de negro, todas sentadas en pequeños taburetes, todas con las espaldas profundamente encorvadas, todas veladas en la penumbra del cuartucho, responden a la lúgubre plegaria.

Afuera, en el rellano de la escalera, un grupo de hombres charlan y fuman, echando de vez en cuando un vistazo a la sala mortuoria, a través de la puerta abierta. La escalera es exterior y da a un patio donde se ha aparejado una gran mesa corrida, vestida con mantel de cuadros blancos y rojos casi oculto por tinajas de escabeche, potes humeantes de garbanzos con callos, jarras y porrones de vino, botellas de aguardiente, platos y vasos. Aún no ha comenzado el ágape funerario, pero alguno más atrevido o más glotón ya ha introducido el teneddor en las tinajas de escabeche, para matar el gusanillo de la espera.

Apoyado en el quicio del portón que da a la calle, un borracho cabecea violentamente, con riesgo de desnucarse, mientras salmodia: "¡Pobrín, pobrín!". Su áspera voz provoca entre nosotros, la chiquillería, un efecto hilarante: nos reímos, señalándolo con el dedo y lanzándole pequeños guijarros, que él esquiva como puede, amenazándonos con el puño cerrado, pero sin el menor ánimo de perseguirnos.

Ha muerto Florentino, el bueno de Florentino, el panadero de mi barrio; el pequeño y menudo Florentino, que repartía chuscos o pescozones, según le diera, entre los chavales, cuando nos hacía levantar de la calzada que era nuestro asiento para dejar paso a su carro cargado de hogazas olorosas, arrastrado por aquel enorme mulo al que nosotros robábamos algarrobas del saco atado a sus orejas, cuando el dueño andaba descuidado. El mulo, que cuidaba celosamente su manduca, nos lanzaba peligrosos mordiscos, pero nosotros habíamos aprendido a meter la mano en el saco con tal habilidad que jamás ninguno de la panda sufrió el menor rasguño.

Florentino no era muy mayor, aunque, según aseguraban mi mamá y las mamás de mis amigos, ya se le había pasado la edad de buscar novia y vivía con su madre y una hermana muy fea en aquel piso encima de la panadería donde ahora reposaba su cuerpo, en un brillante y pomposo ataúd.

Yo nunca había conocido un trasiego tan monumental de gente entrando y saliendo por el portón de la panadería, mientras los dos empleados del horno de Florentino cargan en el carro hogazas calientes; el jefe ha muerto, es verdad, pero el negocio es el negocio, y la hermana del panadero, esa gorda y sudorosa pelirroja con las mangas remangadas y el mandil lleno de harina que vocifera instrucciones desde el pescante del carro, ha considerado que no hay motivo suficiente para dejar al barrio desabastecido de pan.

Nosotros, en la acera de enfrente, asistíamos boquiabiertos a aquel espectáculo nunca visto, a aquel alboroto tan poco acorde con la adustez en las caras de los que continuamente subían y bajaban por las escaleras exteriores con barandilla de hierro que conducían al piso donde estaba expuesto el difunto y se iban congregando en torno a la mesa del patio. Aquella mañana, a nadie de la panda se le ocurría proponer jugar a la pica o al manrochazo, o al esconderite inglés. Estábamos embelesados, conscientes de lo insólito de la situación.

—¿Tú has visto alguna vez un muerto?

Lo pregunta Arturo Comepanduro, como en un susurro, incapaz de apartar la vista del borracho de las salmodias, apostado en el portalón.

—¡Coño, claro! —le contesta Cadino, Laviejachocha—. ¡Pues no hay muertos ni nada en las películas de jichos!

Cadino era el más grosero de todos; cuando hablaba, siempre intercalaba alguna palabrota que ninguno de nosotros, ni siquiera el Cabezahueca, se atrevería a pronunciar.

—Yo digo un muerto de verdad, imbécil.

—No. Uno de verdad, no.

—Pues eso. Dicen que se quedan como de cartón piedra, rígidos y duros.

—¡Tú qué sabrás! —exclamé yo, cesando por un momento de lanzar chinas a la cabeza del borracho. A mí me llamaban el Cipote, no porque fuera más tonto que los demás, sino, creo yo, porque era muy torpe jugando al fútbol, un auténtico tarugo en eso, pero solo en eso— ¿Has tocado tú alguna vez un muerto?

—Pues, sí —Laviejachocha nunca daba su brazo a torcer—. Los conejos y los pollos, y las piezas de vaca, en la carnicería de mi padre.

—No eres más idiota porque no te entrenas. ¿Qué tendrá que ver una persona muerta con un conejo? —esta vez acerté al borracho en plena cocorota, pero bueno, sin hacerle mucho daño, porque mis guijarros eran como arenilla. Interrumpió un instante su salmodia, dirigió hacia nosotros su mirada vidriosa, nos lanzó un aguardentoso "¡Hijoputa!" y, sin más, reanudó su "¡Pobrín, pobrín!"

—A ese tío lo descalabro. A mí nadie me llama hijoputa —exclamó el Cabezahueca, enrojecido de cólera. Era, con mucho, el más bestia de todos nosotros.

—Déjalo, Cabezahueca, que no sabe lo que dice —tercié yo, sujetando el brazo de mi amigo, que ya se estaba armando con un pedrusco de considerables dimensiones—. Además, no te lo ha llamado a ti, sino a mí, y a mí no me importa.

—Porque tu madre es un poco puta —murmuró, muy bajito, el Dienteputo, aunque yo alcancé a oírlo, pero me hice el loco, porque no quiero líos.

El Dienteputo tiene los dientes tan acaballados que parece tener dos hileras en la parte de abajo; por eso, cuando ríe, o cuando habla, pone una mano por delante, para que no se le vean. Nosotros, para fastidiarle, le decimos siempre:

—Quita la mano, Dienteputo, que no se te entiende.

Pero ni por esas; aunque le des un manotazo.

Dienteputo y yo éramos muy amigos, sobre todo desde que una vez nos peleamos a la orilla del río, en medio de un corro que nos jaleaba, y quedamos los dos tan hartos de mamporros, tan descalabrados, que yo creo que era por eso por lo que nos hicimos tan amigos: porque nos respetábamos y, en el fondo, nos temíamos mutuamente.

—Y dicen que los muertos, a las veinticuatro horas de muertos, empiezan a oler muy mal —vuelve a comentar Arturo Comepanduro, siempre con la mirada fija en el portalón, como fascinado— Acordaos del gato que encontramos en el soto.

—Vete a la mierda, Arturo. Eres el tío más guay para alegrar el día a cualquiera —espeté yo, amagando una colleja, que se quedó en el aire—. Además, ¿tú qué sabes cuánto llevaba muerto el gato?

Y así comenzó una animada discusión acerca del olor, el color y aun la consistencia que cada uno de nosotros pensaba que debían de tener los muertos, hasta que el debate fue interrumpido bruscamente por la presencia de Mari Tere, la hermana mayor del Cabezahueca, que, puesta en jarras ante nosotros, nos soltó:

—¿Qué hacéis ahí, discutiendo a gritos y haciendo el imbécil? ¡Mejor haríais yendo a dar el pésame a la pobre señora Adelaida y a la Maruja, que están destrozadas, las pobres!

La señora Adelaida era la madre de Florentino, y la desconsolada Maruja, la hermana, la misma que ahora estaba dando instrucciones a gritos a sus empleados, desde el pescante del carro.

Enmudecimos. Cuando Mari Tere se fue, comenzamos a mirarnos unos a otros, a ver quién era el primero en decidirse a hablar; la sola idea de acercarnos a un muerto de verdad nos aterraba, no sabíamos muy bien por qué. ¿Y cómo se daba un pésame?

—Bueno, chavales, uno de nosotros tiene que ir a dar ese pésame, en nombre de todos —dijo, al fin, el Comepanduro, que era el mayor de todos.

—Pues no seré yo quien entre en la habitación de un muerto.

—¡Coño, ni yo!

—Pues conmigo no contéis.

—¡Gallinas, gallinas! ¿Qué puede hacer un muerto?

—Pues vete tú.

—No me da la gana.

El Cabezahueca impuso silencio:

—¡Ya está! Lo echamos a suertes.

Tomó una pequeña rama de las muchas que había por el suelo, desprendidas de la leña que usaban en la panadería, cortó tantos trozos como chicos presentes en la panda, todos de un tamaño muy parecido, salvo uno, sensiblemente más corto, los introdujo en una ranura entre sus dedos pulgar e índice, todos sobresalientes por igual, tapó con la otra mano los extremos inferiores, y nos ofreció a los demás:

—¡Hala!, ¡a coger cada uno un palillo! El que agarre el más corto, entra en la habitación del muerto.

Puestos en fila, fuimos sacando ramitas. Primero, el Feo; luego, Dienteputo, Caracartón, Cabezondelasal, el Pelines, Comepanduro... Ya quedábamos solo Laviejachocha y yo, y, claro, el Cabezahueca, que sostenía los palos. Tiré de uno de ellos:

—¡Mierda!

Me había tocado la ramita corta. Se oyó un suspiro unánime de alivio, de desahogo. La Viejachocha se puso a dar saltos, aliviado, y casi se estampa contra la pared.

—Cipote, ya sabes lo que tienes que hacer.

Una vez echada la suerte, ya no cabía dudar; de otro modo, quedaría como un cobarde para toda la vida. Así que me metí bien la camisa, me ajusté los pantalones, me atusé el pelo con un poco de saliva y, sin más, traspasé el portalón, esquivando la patada que me arrojó el borrachín, y subí a la carrera todos los peldaños de la escalera exterior. Al llegar arriba, me frenó en el rellano un tipo con boina y cigarrillo en la comisura de los labios, diciéndome:

—Ten "cuidao", chaval, que te vas a matar y nos vas a matar a todos.

Y entre comentarios de "estos chicos ya no respetan nada", "hoy día, la juventud está perdida", "no sé a qué entra aquí este rapaz", "la culpa la tienen sus padres" y otros por el estilo, traspasé el umbral, un poco tembloroso.

Adentro, entre penumbras, la señora Adelaida, u otra mujer idéntica a ella, con pañolón negro, mantón y falda negros, salmodiaba:

—Dios te salve, María...

Y otras doce o catorce mujeres, ataviadas como ella y sentadas en corro alrededor de un túmulo vestido de paño negro, sobre el que reposaba un ataúd, respondían al unísono. Flanqueaban la armazón cuatro gruesos cirios encendidos, que constituían la única luz de la estancia.

Nadie pareció fijarse en mí. Me acerqué al ataúd. A pesar de que yo era un chico alto, apenas llegaba al borde de la caja. Dentro estaba Florentino, muy serio, con los ojos cerrados y un pañuelo pasado por debajo de su barbilla y anudado en lo alto de su cabeza calva. Movía compulsivamente los párpados y la boca.

Casi me caigo del susto. "¡Está vivo! ¿Pero no ven que está vivo?", pensé. Pero, al fijarme un poco más, advertí que era la luz parpadeante de los cuatro cirios la que provocaba un juego de luces y sombras que parecían mover los ojos y labios del difunto.

Inundaba la sala un olor picante, pegajoso, como a rancio. Medité: "¿Es así como huelen los muertos?" Tenía que recordar aquel tufo, para contárselo a la peña.

Seguía mirando el rostro del cadáver. Tenía una expresión tan sosegada que me parecía imposible que estuviese muerto. "Este tío está dormido y los demás no se dan cuenta; y lo van a enterrar vivo".

Por si acaso, tenía que intentar despertar al Florentino. A pesar de que alguna vez nos arreaba con la tralla, otras veces nos daba chuscos o pedazos de torta: no era una mala persona. Me acerqué un poco más al ataúd, alcé la mano hasta el borde de la caja y, disimuladamente, le pegué un tremendo pellizco en la mejilla. Estaba fría como hielo. No se movió; no pareció sentir ningún dolor.

De pronto, noté que alguien me agarraba de una oreja y me la retorcía cruelmente. Era mi madre.

—¿Qué haces aquí, so idiota? ¿Quién te ha dicho que entres aquí? ¡Dios mío, qué vergüenza! ¡Perdónelo, señora Adelaida! ¡Este chico...! ¡Ya te ajustaré yo cuentas, en casa!

Todas estas cosas iba diciendo mi madre mientras me llevaba hasta la puerta, sin soltarme la oreja. Una vez fuera, me dio un tortazo que casi me hizo rodar escaleras abajo. Mientras corría, la oí:

—¡Ya verás tu padre! ¡A este chico no hay quien lo entienda! ¡Pero qué vergüenza!

Salí como una exhalación, atravesé el portón, esquivando otra patada del borrachín, y fui a reunirme con mi pandilla, que se partía de risa.

La oreja me ardía inmisericorde, mientras un frío gélido me subía desde los dedos del pellizco e inundaba el resto de mi cuerpo.

Tardé muchos meses en dejar de sentir aquel frío.

Florentino fue mi primer muerto.

LA POSESIÓN

Otra vuelta de tuerca...

Se ha dicho muchas veces que la personalidad del ser humano se construye en la infancia, que los primeros años de nuestra vida marcan nuestro carácter y definen nuestro inevitable destino. Por eso, porque tal vez el conocimiento de mis vivencias en esa fase temprana de la vida ayude a comprender mejor mi peripecia vital, me he decidido a dejar alguna constancia de mis inicios.

Quiero dejar claro desde un principio que fui un niño dócil y obediente. Me crié en un ambiente de fingida rigidez moral, de convencionalismos sociales, de buenas formas, de ocultación o represión de las pasiones, de religiosidad espuria. En una palabra, fui educado en la más auténtica hipocresía.

Mi padre, modelo de esposo fiel, tenía una amante; mi madre, paradigma de la felicidad, padecía violencia doméstica; mis hermanos, llamados a fortalecer los vínculos familiares, me odiaban y se odiaban entre sí; mis educadores, profesos de una orden religiosa que predicaba el amor, me maltrataban y maltrataban a todos sus educandos, física y anímicamente; los gobernantes de mi país, celosos guardianes de la ley, el orden y el bienestar de sus conciudadanos, se corrompían y robaban del presupuesto nacional; los jueces, garantes de la justicia igual para todos, cometían cohecho; la policía, consagrada a la lucha contra el crimen, se enriquecía mediante la extorsión, la trata de blancas, el tráfico de drogas y toda clase de corruptelas; las fuerzas armadas, defensoras de la unidad y de la dignidad de la patria, eran el refugio seguro de todos los vagos, maleantes, emigrantes indeseables e inadaptados de cualquier lugar del mundo; la universidad, alfaguara de las artes y de las ciencias, producía por millares analfabetos funcionales y profesionales mediocres; una buena parte de los hombres de iglesia, curas del alma y portadores de un mensaje de salvación, consumían sus fuerzas en luchas de camarillas y en la carrera por alcanzar dignidades y prebendas.

Y en este ambiente miserable, mi alma creció cándida y limpia: hasta avanzada la pubertad creí firmemente que todas las mujeres eran castas, que todos los hombres eran heterosexuales, que todos los profesores eran sabios, que todos los gobernantes eran honrados, que todos los militares eran valientes y que todos los curas eran piadosos. Y no perdí la fe ni la confianza en el ser humano cuando tuve la evidencia de algunas actuaciones contrarias; sencillamente, admití que en estas reglas, como en las gramaticales, cabían excepciones.

A causa de mi insólita candidez, fui objeto de las burlas más crueles, fracasé en mis primeras experiencias amorosas, perdí a mis mejores amigos y me gané fama imperecedera de imbécil.

A mi mejor amigo lo perdí porque alguien, nunca he sabido quién, levantó el bulo, llegado a sus oídos, de que yo quería follarme a su hermana, cosa que jamás se me había pasado por la imaginación. Además, la hermana de mi mejor amigo ni siquiera era guapa.

Aun no sé muy bien por qué perdí a mi novia más querida, después de varios años de relaciones, cuando ya habíamos iniciado proyectos de boda. Me dejó de un día para otro, sin ninguna explicación, posiblemente por causa de algún chisme propagado por algún conocido, aunque cabe la posibilidad de que me abandonase tras adquirir conciencia de mi poquedad. Nunca lo he sabido.

Y la fama de imbécil me la gané a pulso: prestaba a quien me pedía, aún a sabiendas de que nunca recuperaría lo prestado y de que, por otra parte, la generosidad actúa como eficaz repelente de la amistad. ¿Que no? En una ocasión, un buen amigo me pidió una importante cantidad de dinero para pagar la factura de la clínica en la que su esposa acababa de dar a luz. Por una combinación de factores adversos y circunstancias imprevistas, atravesaba un mal momento económico, me dijo, pero no tardaría en cobrar algunas deudas y me devolvería hasta el último céntimo. Pues bien; no solo no volví a ver mi dinero, sino que tampoco volví a ver a mi amigo ni a su familia. Ni siquiera llegué a saber qué nombre puso al niño.

Podría mencionar multitud de ejemplos acreditativos de que mi fama de imbécil no nació de forma gratuita. Hace algún tiempo puse en juego todos mis recursos y todas mis influencias para conseguir un buen puesto de trabajo para un familiar; una vez logrado el trabajo, este familiar dejó de frecuentar mi trato. He sabido, por mediación de terceras personas, que me odia cordialmente y que no pierde ocasión de hablar mal de mí.

Así, acumulando sin apenas darme cuenta dejadez tras dejadez, desengaño tras desengaño y chasco sobre chasco, me encontré, más pronto de lo que hubiera deseado, "nel mezzo del cammin della mia vita", ligero de equipaje y vacío de ilusiones, con más dudas que certezas y con más vicios que virtudes.

Decidí entonces dar un vuelco a mi vida. Si había fracasado con mis amistades de juventud, buscaría nuevos amigos, menos egoístas y aprovechados, a los que escogería cuidadosamente; si en mi entorno no había obtenido más que menosprecio a causa de mi candidez, cambiaría de ambiente e intentaría robustecer mi carácter. Olvidaba decir que estoy soltero, que fui hijo único y que había heredado de mis padres un negocio saneado de importación y exportación de frutas, que podía manejar sin excesivo agobio, así como varios inmuebles y locales que me proporcionaban unas rentas suficientes para vivir sin alardes de millonario, pero con cierto desahogo.

Como primera providencia, cambié de domicilio. Era más conveniente instalar la sede de mi negocio en un puerto de mar, y escogí una población costera, tan sórdida y tan ruinosa como la que hasta entonces me había cobijado, pero con la enorme ventaja de que llegaría a ella como un perfecto desconocido. Registré mi empresa con un nuevo nombre, que solo di a conocer a mis proveedores y clientes, indemnicé generosamente y despedí a mis pocos empleados, cambié mis números de teléfono, cancelé mis cuentas de correo y en redes sociales y abrí unas nuevas, trasladé mis enseres a un guardamuebles con el mayor sigilo y un buen día, tras dejar la gestión de mis casas en manos de un administrador discreto, monté en mi automóvil con aires de ir a dar un paseo y me fui para siempre de la ciudad en la que había transcurrido mi candorosa infancia y mi decepcionante primera juventud.

Mi plan no resultó tan fácil como esperaba; a causa de mi timidez innata, pasaron varias semanas sin que lograra establecer más contactos que con los clientes y suministradores ya conocidos y unos pocos nuevos, casi siempre por teléfono; con las tres personas que contraté para la gestión de mi nuevo negocio, que solo me veían como su jefe, y con la huraña patrona de la pensión en la que decidí alojarme provisionalmente, hasta que encontrara una vivienda de mi gusto.

No quería resignarme a aquel forzado ostracismo; en mis paseos por los parques de mi recién estrenada población de residencia, había observado que las personas que paseaban perritos se saludaban unas a otras muy afectuosamente, se detenían a charlar entre sí e incluso llegaban a formar alegres grupos en los que menudeaban las risas, las bromas y hasta, alguna que otra vez, los escarceos galantes. Decidí, por tanto, agenciarme un perro.

Pero eso no sería posible si continuaba de pensión, así que me puse a buscar piso afanosamente, y al cabo de quince días encontré un apartamento de mi gusto, no muy grande, orientado al sur, en un gran bloque de viviendas cercano a un jardín público. No bien firmada la hipoteca y someramente amueblado el piso, me desplacé hasta la Sociedad Protectora más cercana y allí adopté un simpático perrito tipo corgi galés, sin pedigrí, de pelo rojo oscuro y majestuosa cola, que por su rostro prognato me recordó la cara bobalicona del joven Carlos V pintado por van Orley, y que por esa razón bauticé con el nombre de Carlos Quinto, que reduje a Quinto, pues lo de Carlos podría ofender a alguien, y luego a Kin, con k, ya que parece letra más apropiada para nombrar a un perro. Dije que adopté a Kin, pero si no quiero faltar a la verdad debería decir que Kin me adoptó a mí, porque, desde el primer momento que entré en la perrera, él se pegó a mis pantalones agitando la cola vigorosamente y gruñendo a todo bicho humano o canino que intentase acercarse, en un claro arranque de posesión. No tuve más remedio que llevármelo a casa.

Paseando a Kin hice mis primeros conocidos, aunque casi todas las relaciones que adquirí por este procedimiento adolecían de un mismo defecto: llegué a saber los nombres de todos los perros del barrio, pero no los de sus dueños. Cuando me encontraba con alguno de ellos, me resultaba muy fácil preguntar, refiriéndome al chucho: "¿Cómo se llama?". Sin embargo, percibía en la siguiente pregunta lógica: "¿Y tú, cómo te llamas tú?" un cierto matiz de insolencia y nunca me atreví a formularla. Así que aquellas gentes no pasaron de ser "la chica de Gusy", "el señor de Zas", "ese matrimonio tan simpático que pasea a Layka", etcétera. Con estas premisas, es imposible establecer relaciones de verdadera amistad. Gané, en cambio, el fiel y profundo amor de Kin, al que no dudé en corresponder con igual intensidad.

Como mi negocio era mayorista, tampoco por esta vía resultaba fácil hacer amigos; trataba solamente con tenderos y con los encargados de compras de algunos supermercados, todos ellos zafios y ordinarios, sin ninguna inquietud intelectual, y, además, los contactos solían ser por e-mail o telefónicos.

No quería establecer relaciones de amistad en el vecindario, entre otros motivos, para evitar averiguaciones y sondeos acerca de mi profesión y de mi persona; ganaría fama de misántropo y de insociable y no me libraría de murmuraciones, pero en cualquier caso estas serían ineludibles, tomase la decisión que tomase, y prefería mantener la incógnita sobre mis orígenes y mi pasado y crear una aureola de misterio en torno a mi persona.

Esta misma reserva mantuve en la sociedad de recreo en la que me inscribí, una asociación integrada, al menos en teoría, por personas amantes de la naturaleza y de la cultura, en la que sí esperaba entablar amistades no condicionadas por mi pasado o por mi forma de ganarme la vida.

Recuerdo muy bien el día en que lo conocí, precisamente en aquel club recreativo. Era el primer día de lluvia después de una prolongada sequía y el dulce y suave petricor penetraba hasta el más apartado rincón de la estancia. Embriagado por aquel olor, yo me había instalado junto a una de las ventanas de la biblioteca y contemplaba, distraído y feliz, las juguetonas carreras de las gotas de agua en los cristales. Escogí una de las gotas y aposté conmigo mismo, como cuando era niño, a que sería la primera de todas las de su altura en llegar al borde inferior del vidrio. Me había olvidado por completo del libro abierto ante mí sobre la mesa. De pronto, las hojas del libro se alzaron y comenzaron a pasar en abanico rápidamente, como impulsadas por una repentina corriente de aire. Miré hacia la puerta, con intención de solicitar su cierre al descuidado infractor, y comprobé con cierto asombro que estaba perfectamente cerrada y que nadie se encontraba cerca de ella. Me disponía a continuar mi apasionante reto cuando percibí una presencia a mis espaldas. Era él, que se había acercado a mí tan sigilosamente que no lo sentí hasta que estuvo prácticamente pegado a mí, con la mirada obsesivamente clavada en mi cogote. No pude evitar un respingo de sorpresa. Compuso una extraña mueca que supuse que quería ser sonrisa y me alargó la mano, diciendo:

—Perdone si le he asustado. No era mi intención. Me llamo Adonis, Adonis García. ¿Es usted nuevo en el club? No creo haberle visto antes.

—Pues sí, soy nuevo —le contesté, estrechando la mano que me tendía— En realidad, hace muy poco tiempo que vivo en esta ciudad. Soy Alberto, mucho gusto (eludí intencionadamente mi apellido, y él no me lo preguntó).

—¿Me permite? —continuó, señalando con un gesto una silla próxima.

—Por favor —le indiqué, asintiendo levemente.

Tomó asiento frente a mí y comenzó a hablar atropelladamente, en voz muy baja (aunque solos, estábamos en una biblioteca). En la media hora que duró nuestro primer encuentro, me hizo saber la vida y milagros de los principales socios del club, me dio a conocer todos los chismes que circulaban por la ciudad y me informó acerca de las personas que imprescindiblemente debería conocer si pretendía integrarme con éxito en la sociedad citadina, ofreciéndose él mismo a presentármelas más adelante. No me preguntó, en cambio, nada de mí, y me dio la curiosa e inquietante impresión de que no necesitaba interrogarme, de que sabía todo acerca de mi persona. Ahora advierto que en aquel momento no me extrañó en absoluto la facundia de aquel hombre con un perfecto desconocido; lo acepté como la cosa más natural del mundo. Mientras él hablaba torrencialmente, me dediqué a observarlo.

Era desmesuradamente alto, tanto que a mí, que mido más de uno ochenta, me sacaba casi la cabeza. Tal vez para compensar esta divergencia, era cargado de espaldas, casi cheposo. Aunque no esquelético, estaba lo suficientemente flaco como para recordar la imagen de un personaje de El Greco, impresión que contribuía a acentuar su descuidada barbita de chivo. Sus cabellos rojizos, abundantes y alborotados, como una llamarada de fuego, enmarcaban un rostro oscuro y alargado en el que destacaban dos ojos rasgados y maliciosos, poblados de venillas rojas y animados por un permanente atisbo de sonrisa burlona. La nariz, aguileña, caía en pico sobre una boca sin labios, que dejaba ver unos dientes desiguales y amarillentos por efecto del tabaco y también, muy probablemente, de la inveterada ausencia de higiene. Padecía de halitosis, circunstancia que me obligaba a mantener una prudencial distancia, lo que en aquel primer encuentro me impidió apreciar las numerosas y diminutas marcas dejadas en su rostro por la viruela o, quizás, por un grave acné juvenil.

Poseía un vientre abultado, poco acorde con la delgadez del resto de su figura, deformidad que se apreciaba mejor cuando estaba sentado; en esa posición, los botones de su camisa parecían amenazar con salir disparados hacia el frente al menor esfuerzo de su dueño.

Cuando se incorporaba y comenzaba a caminar, se podía apreciar la cortedad de una de sus piernas con respecto a la otra, no lo bastante como para ser calificada de cojera, que, sin embargo, imprimía a todo su cuerpo un acusado balanceo, como de viejo lobo de mar en tierra firme.

Vestía con pulcritud prendas de tonos apagados y algo pasadas de moda, con un casi imperceptible olor a moho. Transmitía, en conjunto, una indefinible sensación de aversión y rechazo, que él procuraba compensar con su ya comentada locuacidad desbordante. Y, a pesar de todo, resultaba misteriosamente fascinante.

Comenzamos a vernos casi a diario y nos hicimos grandes amigos, aunque he de confesar que cada vez que nos encontrábamos yo no podía evitar la vaga sensación de estar incurriendo en falta, de estar sobrepasando algún límite, de estar cometiendo una infracción; una impresión indefinible y extrañísima. Desde el principio, nuestro punto de encuentro fue siempre la biblioteca del club; jamás me invitó a su casa ni yo lo invité a la mía, de modo que nunca supe dónde vivía y sería de suponer que él tampoco podía conocer mi dirección, aunque más adelante contaré un lance que evidencia lo equivocado de esta suposición.

A partir de entonces, ocurrieron hechos tan extraños que no creo ser capaz de expresarlos con coherencia. Recuerdo que un domingo triste de otoño, templado, pero sombrío, paseábamos mi nuevo amigo y yo por el parque situado sobre el acantilado cercano al puerto pesquero, rodeados de parejas de novios, mujeres con niños gritones y molestos, marineros en horas de descanso tumbados sobre la hierba, inmunes a la humedad, y un ejército de gaviotas atronando la tarde con sus penetrantes y desapacibles graznidos, cuando un ciclista que había invadido el paseo peatonal de gravilla me golpeó por detrás accidentalmente y a punto estuvo de derribarme. Enojado, me volví hacia él y grité:

—¡Desgraciado! ¡Ojalá te estrelles y te partas la cabeza!

El ciclista, que, tras el tropiezo, aún no había sido capaz de recuperar el dominio de su máquina y avanzaba describiendo peligrosas eses, acabó golpeándose con el pretil, perdió el equilibrio y salió proyectado por encima del murete, precipitándose acantilado abajo. Todos los que estábamos allí cerca corrimos hacia el vallado: el hombre había rodado más de veinte metros entre malezas y rocas; cuando, por fin, un arbolillo detuvo su caída, se incorporó un instante con la cabeza completamente cubierta de sangre, me miró con ojos desorbitados, me señaló con un movimiento agitado de su índice y se desplomó de nuevo. Había muerto.

Me volví hacia Adonis. Estaba mirándome fijamente, con expresión neutra. Musitó:

—¡Solo con desearlo!

Así permanecimos largo rato. Aquella mirada helada me atravesó el corazón.

Pasado algún tiempo, y ya casi completamente olvidado aquel infausto episodio, ocurrió un nuevo incidente que me indujo a pensar, por primera vez, en la existencia de un oculto lado maligno en la extraña personalidad de Adonis. Hacía unos días que la primavera había sobrevenido en esta ciudad habitualmente enferma de hastío, y por unas jornadas el aire se cargaba de luz y de olores de vida renacida. Paseaba yo con mi perro Kin por una pequeña y muy poco concurrida cala cercana a mi domicilio. Había amanecido un día espléndido, con sol radiante, pero a medida que avanzaba la mañana el cielo se fue encapotando y en el horizonte aparecieron oscuras nubes, que nada bueno presagiaban. Aun así, había decidido no renunciar a mi paseo con Kin; las nubes habían desalentado a los restantes habituales de la cala y estábamos completamente solos, Kin y yo. Despojado de su arnés, Kin corría alocadamente de un lado a otro de la ensenada, persiguiendo gaviotas, azuzando con la pata la carrera de algún cangrejo o deteniéndose por un instante para escarbar en los puntos en que la arena dejaba escapar una burbuja de aire. Era plenamente feliz.

Súbitamente, el cielo se oscureció aún más y un goterón frío me estalló en la frente. Entre las dos rocas que enmarcaban el paso a la ensenada apareció la figura gris e inquietante de Adonis, que, al parecer, había adivinado nuestra localización. En ese mismo instante, rasgó el cielo un gigantesco relámpago y, un segundo después, un horrísono trueno conmovió la tierra y la lluvia comenzó a caer con la impetuosidad de una catarata. Contemplando la figura impávida de Adonis, tuve un presagio de fatalidad. Kin se había detenido ante la imagen espectral del intruso; súbitamente comenzó a ladrar, con los ojos inyectados en sangre, se volvió y comenzó a correr hacia mí con una expresión de terror que nunca antes le había conocido. Alargué la mano para tranquilizarlo, pero él, al llegar a mi altura, la atrapó entre sus fauces y me mordió con increíble rabia. Solté un grito de dolor y con la otra mano propiné a mi mascota un tremendo puñetazo en la cabeza. Dios sabe que lo hice impulsivamente y solo para defenderme; en cualquier otra circunstancia, jamás hubiera golpeado a mi queridísima mascota. Aturdido, el perro me soltó, me contempló un segundo con expresión de odio, o de temor, no puedo estar seguro, y emprendió una veloz galopada hacia la impasible estatua de Adonis bajo el chaparrón, lo sobrepasó y siguió corriendo más allá del umbral rocoso de la cala, desapareciendo de mi vista para siempre. Dios quiera que alguien lo haya acogido, que se encuentre bien y que me haya perdonado, aunque me temo lo peor, porque Kin tenía chip y lo lógico sería, si alguna persona lo encontró, que mandase leer el chip, averiguase de ese modo que yo era el dueño del perro y me llamase, algo que jamás sucedió..

Adonis me vendó la mano con un pañuelo limpio, conteniendo la hemorragia de mi arteria ulnar dañada, y me llevó al hospital, pero no me explicó, ni yo le pregunté, el motivo de su extraña aparición en aquel lugar.

Pocos días después, un nuevo incidente vino a perturbar aún más mi cada vez menos tranquila existencia. Una mañana de domingo había yo hecho *la grasse matinée,* como de costumbre, y a eso de las once y media vagaba por mi casa todavía en pijama y medio dormido, intentando reunir fuerzas para desayunar y ducharme, cuando la chicharra de mi portero automático empezó a sonar con insistencia; descolgué el interfono y a través de la cámara pude ver el rostro urgido del ubicuo y ya cargante Adonis. "¿Cómo coños se habrá enterado este de mi dirección?", me pregunté, mientras en voz alta le espetaba con desabrimiento:

—¿Qué quieres ahora?

El timbre metálico del telefonillo prestó a la voz apremiante de Adonis un cierto matiz aciago:

—Ábreme, Alberto, por favor. Tengo algo que comunicarte.

Segundos después, la enorme figura de mi inoportuno amigo estaba plantada ante mi puerta. Abrí y él entró decididamente, pero yo me mantuve firme en el umbral, impidiéndole pasar más adelante.

—Perdona —le dije—, pero la casa está en completo desorden. ¿Qué pasa?

A Adonis pareció no afectarle mi evidente aspereza. Dijo:

—Quería advertirte que la Policía te está investigando. Probablemente vendrán a visitarte o te citarán para que comparezcas en Comisaría.

El corazón me dio un vuelco. Pregunté:

—¿Por qué? ¿Qué ha pasado? Y tú, ¿por qué sabes eso?

—Tengo mis contactos, ya me conoces. Tu antigua patrona ha denunciado la sustracción de un joyero con joyas muy valiosas. Lo tenía guardado en un rincón del desván, bajo unos muebles viejos, y lo ha detectado ahora, pero no puede precisar cuándo acaeció la desaparición.

Hizo una pausa, como para comprobar mi reacción. No me moví; ni siquiera pestañeé. Siguió:

—Entre los posibles sospechosos, ha citado tu nombre.

—¡Será cabrona! —exclamé—. ¿Por qué sospecha de mí?

—Bueno, de ti y de unos cuantos más. Todos seréis investigados. Ella tiene amistades influyentes y no van a parar hasta esclarecer los hechos.

Durante meses viví en ascuas. El juez emitió una orden de registro de mi casa y cuatro brutales policías me pusieron todo patas arriba, me destrozaron varios libros, me rompieron varias copas y unos cuantos marcos, me birlaron varias piezas de mi colección de relojes, me insultaron llamándome *chorizo* y un par de veces amenazaron con partirme la cara, en respuesta a mis débiles protestas. Tuve que acudir varias veces a la comisaría, la primera de ellas esposado y entre dos agentes, fui interrogado, sufrí esperas de horas, sentado en un incómodo banco de madera y estuve a punto de pillar una pulmonía, por el frío que chupé en la desolada sala de espera para los detenidos. Al final descubrieron que el ladrón había sido un sobrino de mi expatrona, acuciado por la necesidad de dinero para procurarse la droga, y yo fui despedido con una tibia excusa y, a mi petición, con un formulario de queja en blanco, que el mismo funcionario que me lo entregó me insinuó, en confidencia, que sería mejor para mí si no lo presentaba. He de añadir, en justicia, que Adonis me apoyó y no me abandonó en todo el proceso, y tan obsequioso se mostró que llegué a odiar su ayuda con toda el alma. Cuando todo había concluido, se me ocurrió comentar con Adonis, como desahogo:

—¡Esta tipeja! ¡Ojalá se vaya al garete todo su negocio!

Días después, un incendio destruyó su casa.

Comprobé, aterrado, que todos mis malos deseos se cumplían si eran formulados en presencia de Adonis. No importaba que fuesen meras exclamaciones de alivio, dichas sin ninguna intención de perjudicar realmente a nadie; se cumplían inexorablemente. Había algo de diabólico en aquel ser. Desde que lo conocía, mi vida se había complicado increíblemente, había caído en una terrible telaraña de hechos absurdos e inexplicables que amenazaban con hacerme perder la razón. Porque no solo habían tenido lugar los episodios que he relatado, el del ciclista muerto, el de la pérdida de Kin o el de mi amarga experiencia con la policía, sino otros muchos que ni siquiera me atrevo a contar, de tan disparatados e incomprensibles que resultan, incluso para mí. Bastaba la más mínima participación de Adonis para que cualquier asunto se malignizara y acabara causando un grave daño y hasta la muerte de alguien.

Por citar alguno de los malhadados episodios que amenazaban con arrojarme para siempre al abismo de la locura, recordaré el grave accidente de tráfico sufrido por mi mayor competidor en el sector mayorista de frutas. Su mujer falleció y él quedó tetrapléjico. Días antes me había quejado ante mi satánico amigo de las mañas ilegales y mafiosas de que aquel individuo se valía para intentar desbancarme del negocio.

O el caso de la muerte súbita de la vecina que, con el pretexto de pedirme un poco de sal, intentó seducirme en mi propia casa y ante mi resistencia amenazó con denunciarme por acoso sexual. Se me ocurrió comentar el lance en el club, entre chanzas, sin dar nombres y como ejemplo del insensato comportamiento de algunas personas.

O el del raterillo que intentó sustraer una pequeña cantidad de dinero de la caja registradora de mi almacén mientras su cómplice, otro infeliz, distraía a mi empleado, y perdió varios dedos de una mano cuando la caja registradora se cerró violentamente, sin que nadie pudiera encontrar una explicación razonable a su insólito funcionamiento. En esta ocasión, no puedo inferir cómo se produjo la intervención de mi maléfico valedor, aunque estoy completamente persuadido de que algo tuvo que ver en el incidente.

Decidí alejar a Adonis de mi vida para siempre, romper definitivamente cualquier tipo de contacto con él. Mi primera determinación fue darme de baja en el club en el que nos reuníamos, no sin antes dejar en manos de su presidente un sobre cerrado dirigido al causante de mis pesadillas, en el que le comunicaba mi firme decisión, sin más explicaciones, y le instaba a que abandonase cualquier propósito de acercamiento.

Después di de baja mi número de teléfono, dejé el negocio en manos de mi empleado de mayor confianza, confiriéndole ante notario la más amplia libertad de gestión y previniéndole que sería yo quien, de cuando en cuando, se pondría en contacto con él, cerré mi vivienda y emprendí el regreso a mi ciudad de origen, del mismo modo con que, curiosamente, la había abandonado unos cuantos años antes.

No me detuve mucho en aquella población; como ya dejé dicho, mi vida anterior en ella no había sido precisamente placentera. Así que pronto compré un pequeño apartamento en la otra punta del país y en él me instalé, decidido a vivir modestamente del producto de mis rentas, al menos de momento.

Pasaron unos años moderadamente felices, en los que hice algunos buenos amigos, tuve varios amores, leí mucho, trabajé poco y me deslicé sosegadamente hacia un estado de plena madurez. Aunque durante bastante tiempo soñé muchas veces con él, conseguí llegar finalmente a olvidarme por completo de Adonis y de su maléfica influencia.

Mi inveterada afición a la lectura, junto con la necesidad de vivir modestamente para aprovechar al máximo mis rentas, me incitaban a consumir horas y horas de mi vida en la biblioteca pública, de la que, con toda seguridad, era uno de sus mejores usuarios. Adquirí la costumbre de situarme siempre en un mismo lugar de la sala de lectura, junto a una de sus ventanas, sitio que, pasado un tiempo, todo el mundo respetaba ya como mío propio.

Un día gris y lluvioso, acogido con alegría porque había venido a romper un angustioso período de prolongada sequía, me encontraba yo en mi emplazamiento habitual en la biblioteca, olvidado en aquel instante de la lectura porque el suave y dulce petricor que entraba por la ventana provocaba en mí un delicioso estado que bien podría calificar de embriaguez. Toda mi atención se hallaba concentrada en la contemplación de las retozonas carreras que las gotas de lluvia trazaban en los cristales.

De pronto, las hojas del libro abierto ante mí se levantaron y comenzaron a pasar formando un vertiginoso abanico, como impulsadas por una brusca corriente de aire. Dirigí una mirada hacia la puerta, para comprobar si alguien, o el mismo viento, la había abierto. Estaba bien cerrada, y nadie más que yo se encontraba en la sala. Súbitamente, como en una aparición, sentí su presencia a mis espaldas. El aroma de la lluvia había sido desplazado por un aliento fétido y un más leve, aunque igualmente desapacible, olor a moho. Lo reconocí inmediatamente.

—Adonis —pronuncié. No como un grito; no como una exclamación; ni siquiera como una enunciación. Una neutra e imprecisa exhalación de voz, más parecida a un gemido.

Estaba allí, con su desmesurada estatura, su apenas insinuada chepita, su barbita de chivo, la llamarada de fuego de su cabellera. No había cambiado nada en tantos años; ni una sola arruga de más, ni una sola señal de mayor deterioro físico, nada. Solo sus ojos, inyectados en sangre, parecían más airados.

Fascinado por su presencia, no advertí el hacha que llevaba en las manos y que alzó con exaltada ira, descargando un tremendo golpe que partió en dos mi cabeza.

Fragmento de una nota de prensa del día...de ... de 2.... :

"... El cadáver aparecido en la sala de lectura de la Biblioteca Pública de esta localidad corresponde a un varón de una edad estimada entre los sesenta y setenta años, de raza caucásica, que en el momento del deceso no portaba documentación alguna, aunque, según el testimonio de la bibliotecaria, era bien conocido en esta institución y respondía al nombre de A.V.F. . Nuestra amable informante no ha podido aportar más datos acerca del domicilio, profesión o modo de vida del fallecido, por desconocerlos, pues, al parecer, se trataba de una persona extremadamente reservada. A falta de confirmación por la autopsia, se estima como causa de la muerte una arritmia cardíaca maligna por fibrilación ventricular. Lo más llamativo, según criterio de los investigadores, es la expresión de

intenso terror fijada en el rostro del difunto, la cual parece indicar que fue plenamente consciente del terrible trance sobrevenido.[2]"

---

[2] La verdad, si existe, está dentro de un pozo y no se puede alcanzar (Demócrito)

EL AMOR ESTÁ EN EL AIRE

Love is in the air, every where I look around.
Love is in the air, every sight and every sound.
(Canción de Jean Paul Young, del año 1978)

El otro día, por pura casualidad, volví a oír esta canción, que ya tenía casi olvidada, y me vino a la cabeza pensar que, en mi caso, es totalmente cierto que una vez, hace ya muchos años, mi amor estuvo en el aire.

Mi aspecto físico no es, precisamente, el de un galán cinematográfico, uno de esos tipos de los que, presuntamente, todas las mujeres están un poco enamoradas. Soy alto, muy alto, y de una delgadez extrema, hasta el punto de provocar un poco de rechazo, por lo anormal. Un amigo mío, aficionado a idear comparaciones absurdas, me dijo un día que yo tenía pinta de santo mártir ardiendo en la hoguera, pintado por el Greco. Yo no sé si el Greco pintó alguna vez un santo mártir en tan penosa situación, pero me parece adivinar por dónde iban los tiros de mi amigo: produzco angustia solo con mi presencia. Odio los días excesivamente soleados, me gustan los ambientes algo oscuros, como el interior de los teatros o de los clubes de alterne (hablo de oídas, nunca he estado en uno de ellos), suelo vestir enteramente de negro y no tengo ni un solo pelo

"

en la cabeza. En resumen, que, muy a mi pesar, presento un parecido bastante notable con Nosferatu, el siniestro personaje de Mornau. Lo repito: no soy un tipo capaz de enamorar a las mujeres.

Por eso, cuando me decidí a tomar pareja, tuve que soportar muchísimas calabazas hasta que, por fin, conocí a Nélida.

Nélida era bastante más baja que yo, característica nada extraña, que compartía con el noventa y nueve coma noventa y siete por ciento de la población mundial. Gorda; gorda sin paliativos, con unas enormes tetas que le llegaban a la cintura. Pecosa y tirando a rubia, aunque de un rubio sucio, poco vistoso. No era fea de cara, pero su estrabismo resultaba bastante desconcertante, porque nunca se podía saber con qué ojo miraba, y era, probablemente, la razón principal por la que jamás había conseguido atrapar a un hombre, a pesar de su espléndida situación económica. Porque el padre de Nélida era rico; rico hasta el punto de resultar ofensivo.

Hija única, su padre había hecho todo lo posible para emparejarla y, así, librarse de ella de una puñetera vez. Hasta la había obligado a vivir un par de años en Afganistán, donde las mujeres tienen que llevar obligatoriamente el burka, que tapa piadosamente los defectos, pero ni por esas. A través de la rejilla del burka, los posibles pretendientes alcanzaban a entrever la bizquera de la dama, y eso les repelía. Ya se sabe que, para los supersticiosos, los bizcos dan mala suerte, y, a juzgar por los indicios, los habitantes de aquel país deben de ser bastante supersticiosos.

La conocí en la terraza de un bar, una tarde de verano. Los dos estábamos solos, cada uno en una mesa. Yo me limitaba a observar, aburrido, una pequeña bandada de atrevidos gorriones que danzaban de mesa en mesa, concentradamente dedicados a devorar todos los restos comestibles dejados por los clientes, y ella leía un libro con un ojo, mientras que con el otro me pareció que me observaba atentamente. Haciendo caso omiso de aquel ostensible defecto visual, me armé de valor y me acerqué a ella. He de apuntar en mi descargo que por aquel entonces tenía yo una carencia horrible de hembraje. A pesar de mi ya avanzada edad para ciertas cosas —sobrepasaba ya los cuarenta—, aún me mantenía virgen, huelga decir que no por gusto.

Congeniamos enseguida. Aunque nuestro aspecto físico no podía ser más divergente, nuestras almas parecían ser gemelas: los mismos gustos en literatura y en arte, las mismas ideas en política, las mismas aficiones en deporte, solo como espectadores, claro; iguales creencias religiosas, idénticas afinidades en otras muchas cuestiones, y hasta muy semejantes apetencias culinarias. Tanto coincidíamos en todo, que yo ahora sospecho en ella un continuo afán por adivinar mis inclinaciones, para amoldarse inmediata e incondicionalmente a todas ellas.

Aquel encuentro fue el inicio de un placentero noviazgo, solo turbado por la frontal oposición de su padre, que, tan deseoso como estaba antes de deshacerse de su hija, se mostraba ahora tajantemente opuesto a nuestras relaciones, a causa, según no se recataba de pregonar a todos los vientos, de mi siniestro aspecto. No quería cargar con el horrible peso de conciencia, decía, de dejar a su hija en manos de un vampiro, porque, juzgando solo por las apariencias, estaba convencido de que yo era un auténtico vampiro, si no de los que beben la sangre, sí de los que se dedican afanosamente a buscar y chupar las riquezas ajenas.

Habían pasado ya algunos meses de tórrido noviazgo cuando, un día, ella, poniendo cara muy seria, lo que, dicho sea de paso, resaltaba aún más la comicidad de su bizquera, me dijo:

—Escucha, cariño; mi padre cada día está más violento y más en contra de nuestro amor. Amenaza con llevarme a otro país, con confinarme en algún lugar remoto, donde no existan medios de comunicación. Si lo llegase a hacer, yo sería capaz de matarme, y no quiero que tú quedes desamparado, si tal cosa ocurriera. Hoy es tu cumpleaños y quiero hacerte este regalo.

Y me ofreció la documentación de un seguro por el que yo, el beneficiario, recibiría una cantidad exorbitante en el caso de su fallecimiento por cualquier causa, incluyendo suicidio o cualquier otro tipo de muerte violenta.

—Y no te preocupes por el pago de las primas —añadió—. Eso está todo arreglado.

Le agradecí, muy emocionado, aquel inesperado regalo, asegurándola que nunca dejaría que la separaran de mí; antes, huiríamos juntos a un lugar lejos de su padre, aunque tuviésemos que vivir en la pobreza. Para corroborar mis buenas intenciones, accedí a su deseo de inscribirnos en el registro civil como pareja de hecho.

Pasaron unos cuantos meses más y la amenaza de su progenitor no se cumplía, pero su continua y airada presión amenazante sobre mi novia no cesaba. Esta insoportable obstrucción acabó por arruinar su hasta entonces apacible carácter. Se volvió esquiva, malhumorada, susceptible y celosa, aunque es verdad que alternaba esos malos momentos con encantadores delirios de amor que me hacían volar, eso sí, con los ojos bien cerrados.

Y, hablando de volar, un día, en uno de nuestros frecuentes viajes de fin de semana, paramos en una pequeña ciudad llena de encanto, en cuya oficina de turismo nos informaron de la posibilidad de efectuar un vuelo en globo sobre la población y sus alrededores. Mi novia quedó fascinada por aquella aventura y en aquel mismo instante me hizo adquirir los billetes.

A la mañana siguiente, en un descampado cercano, al que nos llevaron, junto con los demás pasajeros, en un microbús, y después de participar activamente en el montaje del globo, tarea que Nélida tomó con enorme entusiasmo, nos subimos todos a la barquilla y comenzó la ascensión.

Espectacular. Pasamos por encima de la Catedral, de una basílica consagrada a San Isidoro, de un antiguo convento dedicado a San Marcos, de un Santuario a la Virgen del Camino, de la depuradora de la ciudad, con gran entusiasmo de todos los viajeros, que no paraban de hacer fotos y selfis, entre grandes muestras de entusiasmo. Todos, menos Nélida, que, debido a su escasa estatura, apenas alcanzaba el borde de la barquilla y se estaba perdiendo todas las vistas. Y justo cuando estábamos sobrevolando la depuradora de aguas residuales, estalló su ira.

—¡Imbécil! —me gritó—, ¿no ves que no llego a ver nada? ¡Aúpame!

Dócil, la cogí por sus enormes nalgas y tiré hacia arriba, ya se pueden ustedes imaginar con qué esfuerzo, si piensan que probablemente sobrepasaba los cien kilos. Sudando por todos los poros, conseguí que sus voluminosas tetas rebasasen el borde de la barquilla. Y en ese momento, no sé si porque pensé en el multimillonario seguro de vida, si pensé en librarme de las continuas broncas y humillaciones a las que desde hacía algún tiempo me sometía, o en joder al hijoputa de mi suegro, o, simplemente, no pensé en nada, el caso es que, casi inconscientemente, imprimí a mis manos un ligero movimiento ascendente suplementario. Eso, y el desorbitado peso de sus glándulas mamarias, expuestas al exterior de la barquilla, fueron suficientes para desestabilizar a mi amada (yo, a pesar de todo, la quería), que se precipitó al vacío, lanzando un horrísono alarido, que solo se interrumpió cuando su cuerpo, con un siniestro chapoteo, se sumergió para siempre en el fétido estanque de la depuradora.

¿Comprenden ahora por qué les dije al principio que en mi caso es totalmente exacto que, una vez, mi amor estuvo en el aire?

Una aclaración: la investigación judicial concluyó que fue un accidente fortuito y cerró el caso condenando a la empresa aeronáutica, por carencia de las adecuadas medidas de seguridad, a una fuerte indemnización, de la que yo resulté beneficiario. También cobré el seguro por fallecimiento de mi novia, sin ningún problema.

FELIZ NAVIDAD

Mi familia es una familia grande, de las que ya no se estilan: entre abuelos, hermanos, tíos, sobrinos, nietos y demás parentescos, contando solo los de primer grado, sumamos bien a gusto unas treinta o treinta y cinco personas. Y todos los años, por Navidad, procuramos reunirnos para pasar juntos cuatro o cinco días, una semana los que puedan, incluyendo en esos días, indefectiblemente, la Nochebuena. Nunca hemos coincidido todos; por el motivo que sea, siempre falta alguien, pero yo creo que nunca hemos sido menos de veinte los reunidos, entre los que, como ya se pueden ustedes figurar, hay mucha chiquillería. Así que lo que solemos hacer es alquilar una casa rural grande, y este año alquilamos, no sé a quién le tocaba hacerlo, una en Perodoncillo de Barros que, en realidad, no es una sola casa, sino un conjunto de cuatro edificios dentro de un recinto cerrado, con toboganes, columpios, balancines y otras chorradas que no sé ni para qué sirven. Ideal para que se desfoguen los chavales. Lo malo es que está en pleno páramo, y allí, en invierno, perdón por la expresión, hace un frío del carajo.

El castizo refrán, completo, dice: "Cuando el grajo vuela bajo, hace un frío del carajo". Pues bien, para definir con una mayor precisión el clima invernal de Perodoncillo de Barros, sería preciso aclarar que en Perodoncillo de Barros, en invierno, el grajo no vuela bajo, vuela bajo tierra. ¿A quién se le ocurriría alquilar esta casa rural?

Bien, sigamos. Cada año, cuando la cena de Nochebuena está ya en los postres, uno de los mayores del grupo se escabulle, procurando que los críos no se enteren. En otra habitación, donde ya todo está dispuesto, se disfraza de Papá Noel, sale al exterior y, ante la imposibilidad de entrar por la chimenea, que es lo que mandaría la tradición, pero que, por razones obvias, resulta imposible en la realidad, se introduce, usando una escalera cuando es preciso, por una de las ventanas del comedor en el que la familia esté reunida, que de intento se ha dejado solo entornada. Cargado con un gran saco de regalos, se planta en medio de la sala, exclama con la estentórea voz de Papá Noel que todos conocemos: "¡Jo jo jo! ¿Habéis sido buenos?", o algo parecido, y comienza a repartir juguetes entre los chavales y regalos entre los adultos, y ya pueden ustedes imaginar con qué alboroto acogen todos al personaje.

—Ya veo. Y este año le tocó a usted hacer de Papá Noel.

—Pues sí, ya lo ven por las pintas que llevo, este año me tocó a mí hacer de Papá Noel y, a excepción de las botas, que me están matando, porque yo uso el 45 de horma ancha y estas deben de ser del 43 o del 44, como mucho, todo fue bien hasta que, cargado como una mula, coloqué bajo la ventana preparada al efecto una escalera de tijera de mala muerte, la única que pudimos encontrar en toda la casa, que no sé ni cómo pude abrirla y colocarla, porque tenía las manos congeladas, y trepé cinco o seis peldaños, poniendo en riesgo mi vida, hasta asentar un pie en el alféizar exterior de la ventana.

Iba a empujar el batiente, cuando por el lado interior de la ventana apareció el abuelo Teófilo, que está bastante chocho y más sordo que una tapia, murmurando:

—¡Joder, qué frío hace aquí! ¡Y la ventana abierta!

Chillé con todas mis fuerzas:

—¡Abuelo, abuelo! ¡No me cierre!

Pero, con el alboroto que tenían, era imposible que ni él ni ninguno de los de la sala me oyesen. ¿Por qué la gente tiene que gritar tanto para divertirse? Sin mirar hacia afuera, el abuelo empujó la hoja antes de que yo pudiese retirar mis manos del marco, y eso que anduve vivo. ¡Me pilló los dedos, el muy cabrón, y no se enteró! Sentí un dolor tan intenso que a punto estuve de perder el sentido. Lo que sí perdí fue el equilibrio; la escalera se bamboleó de un lado para otro, yo solté el saco de los regalos e intenté agarrarme al aire, pero el aire no es un punto seguro, así que, con gran estrépito, fui a dar con mis huesos, no en el duro suelo, por fortuna, sino sobre el saco de los regalos, aplastándolo. No fue lo que se dice un colchón muy blando, pero al menos sirvió para que yo saliese del trance con no más de dos o tres costillas rotas.

Había comenzado a nevar. Me incorporé como pude y dando saltitos, a causa de la estrechez de mi calzado, me dirigí maldiciendo al garaje. Esperaba que no estuviese cerrada con llave la puerta que desde él da acceso a la vivienda. Al garaje lo llaman así los dueños con la única finalidad de aumentar el precio del alquiler, pero es, en realidad, un tejadillo corrido, sostenido por sencillas columnas de ladrillo, todo a lo largo de una de las fachadas laterales del edificio grande, el del salón comedor. La noche estaba oscura como boca de lobo, y en aquel cobertizo no hay ni una sola luz, así que tuve que avanzar con mucho tiento, con las manos extendidas al frente, como hacen los ciegos, hacia el lugar donde suponía que se encontraría la dichosa puerta. Aquella tarde, los niños habían estado jugando en el garaje, al calor de la solana, con un gran tren eléctrico que sus padres habían montado en un espacio despejado de coches, y para que aquel tinglado funcionase, habían pasado un cable por la puerta de acceso a la vivienda. La noche se les echó encima y los padres consintieron en que el tren quedase montado para el día siguiente. Mi esperanza era que también hubieran dejado el cable enchufado, lo que habría impedido cerrar la puerta. Al fin logré dar a tientas con ella, para comprobar, con desaliento, que estaba cerrada y bien cerrada. Jurando en arameo, volvía sobre mis pasos cuando uno de mis pies fue a posarse sobre una de las jodidas locomotoras o de un vagón de aquel maldito juguete. Fui volando, que me caigo, que no me caigo, guardando un precario equilibrio a base de mover frenéticamente los brazos en molino, hasta que aquella loca carrera fue bruscamente detenida por uno de los pilares del tinglado, donde esta magullada nariz que ustedes ven quedó estampada. Creo que he perdido dos incisivos y otras tantas piezas del maxilar inferior. También perdí en el trance el gorro, la peluca, la barba y las gafas de Papá Noel, y no perdí la masculinidad porque Dios no quiso, porque fue esta parte de mi anatomía la primera que contactó con la pilastra, justo a la altura de una argolla de hierro instalada para sujetar el cordaje de un toldo. No se pueden imaginar lo que es ese dolor, si nunca han recibido una patada en ese sitio. Las mujeres se quejan de los dolores de parto; ¡cómo se ve que nunca les dieron un golpetazo en los cojones!

Con la cara cubierta de sangre, más encogido que el jorobado de Nôtre-Dame y pensando que ya no me podrían ocurrir más desgracias, bordeé como pude el edificio. En la parte de atrás hay una puerta de acceso a la cocina de la planta baja. Al doblar la última esquina comprobé con gran alivio que de las ventanas de aquella dependencia salía luz. Dando gracias al cielo por su infinita clemencia, corrí hacia aquella puerta, me agarré a su pomo con la misma ansia con la que un náufrago se aferraría a un madero flotante y empujé con todas mis fuerzas. Cerrada. Justo en ese mismo instante, la luz del interior se apagó. "Dios mío" pensé, "que no se marchen, que alguien me abra". Pero, ¿por qué no había llamado? Iba a hacerlo, y ya estaba mi mano casi tocando la aldaba, cuando la puerta se abrió bruscamente y solo pude ver, una milésima de segundo antes de que una enorme sartén de hierro se estrellase contra mi cara, el semblante de mi esposa, desfigurado por el terror, gritando:

—¡Llamad a ...!

Supongo que la frase acabaría con "la policía", pero no puedo asegurarlo, porque momentáneamente perdí el conocimiento y fui dando traspiés hasta que se me acabó el firme y me precipité de cabeza en las heladas aguas de la piscina, que a quién se le ocurre tenerla llena y sin tapar en invierno, con el peligro que eso entraña, además, en un lugar lleno de niños.

De allí me sacaron ustedes, pescándome con unas pértigas, y me trajeron a este cuartelillo, que les estoy muy agradecido, porque si no hubiera sido por ustedes, hubiera muerto congelado y ahogado, o ahogado y congelado, que para el caso es lo mismo. Lo que no me explicaba yo era cómo habían llegado ustedes tan pronto, aunque este cuartelillo de Malamiel esté a solo un par de kilómetros de Perondoncillo; no lo entendía hasta que ustedes me aclararon que me denunció un vecino del pueblo, que vio una sombra trepar por una escalera de mano, cuando mis desventuras aún no habían comenzado. Menos mal que todavía hay gente que anda por la calle a esas horas, en Nochebuena, que es lo bastante miope como para no distinguir a un tío disfrazado de Papá Noel, y lo bastante imbécil como para no pensar en que mal porvenir le esperaría a un ladrón que quisiera entrar por una ventana más iluminada que una caseta de la feria de Sevilla y por la que salía un ruido de juerga audible en cuarenta kilómetros a la redonda. Bendito sea ese malaleche.

¿Pero a ustedes no se les ocurrió llamar en la casa que presuntamente iba a ser asaltada? ¿Que llamaron y les abrió un tío más borracho que una cuba y que no me reconoció? No me cago en su puta madre porque lo más probable es que fuese el oligofrénico de mi hermano, que se olvida hasta de su nombre cuando se mama.

Bueno, pero déjenme hacer una llamada. No pueden estar ahí, cruzados de brazos, sin decidir nada hasta que llegue el Comandante de Puesto, que sabe Dios a qué horas vendrá, si es que viene, que estamos en Nochebuena. ¿Han oído ustedes hablar del *habeas corpus?*

O, ¡qué sé yo!, llamen ustedes a la Policía Nacional, que seguro que mi familia ha llamado a la Policía Nacional denunciando mi misteriosa desaparición. ¡Hagan algo, coño! Perdonen, por nada del mundo quisiera faltarles al respeto.

Ya, ya, si ya lo entiendo; están ustedes esperando órdenes, pero yo no soy un ladrón. ¡Que no, coño, que no tengo documentación!. ¿Cómo voy a llevar documentación encima, vestido de Papá Noel?

Vaya, muchas gracias por este trozo de turrón de Alicante que me ofrecen, pero no puedo comerlo; me duele la boca, no tengo dientes.

¿Podrían, al menos, dejarme otra manta?

¡Dios!, ¡estos picoletos son todavía más idiotas que mi hermano!

EL MAESTRO CANCHES

Si el lector se interesó alguna vez, siquiera mínimamente, por la alquimia, leyó, sin duda, mis escritos o, cuando menos, oyó hablar de mí y de mis asombrosos descubrimientos, pues soy, permítame que lo confiese sin falsa modestia, el más sublime, preclaro e insigne alquimista que hayan podido contemplar los siglos. Me llamo Nicolás Flamel[3]. Nací en Pontoise, una vieja villa situada en la Île de France, próxima a París, en el año 1330, es decir, exactamente mil años después de que Constantino I el Grande trasladase la capital del imperio a Bizancio, lo que significó el definitivo retorno a Oriente del centro del Universo. Según la ciencia que profeso, este fue el primer arcano que marcó mi sino.

Mi padre, antes de convertirse al cristianismo, lo que le costó la fortuna y le acarreó el desprecio de sus antiguos correligionarios, fue un notable *sofer*, versado en la *Torá* y en la escritura de los *Tefilin* y *Mezuzá*. Además, destacó entre los *soferim* de su tiempo como el más experto en caligrafía hebraica. Él supo conjugar y

---

[3] Nicolás Flamel es un personaje real que vivió en Francia en el siglo XIV y que tradicionalmente ha sido considerado uno de los más grandes alquimistas de toda la Historia.

transmitir a sus hijos el respeto a las tradiciones del pueblo judío junto con la más firme creencia en Nuestro Señor Jesucristo como Mesías y Salvador de todos los hombres. De él aprendí, igualmente, no solo latín y hebreo, lenguas que domino con soltura, sino también el poder hermético que encierran para los iniciados cada uno de los rasgos, incluso los más insignificantes, de las escrituras caldea, hebrea y egipcias jeroglífica y hierática, facultades que empezaron a perderse con el demótico y con el Lineal B micénico, y que han desaparecido casi por completo en los banales alfabetos griego y latino.

Hacia el año 1355, siendo yo librero en París, tuve un sueño en el que un ángel me mostraba un hermoso grimorio alquímico, muy antiguo. Sus hojas no eran de papel ni de pergamino, como los demás libros, sino de cortezas de tiernos arbustos, o así me lo pareció, y las cubiertas eran de brillante cobre finísimo, grabadas a buril con extrañas letras y figuras intrigantes. En el interior, las hojas de corteza contenían bellos grabados de dibujo perfecto y preciosas y claras letras miniadas latinas. Sin decir palabra, el ángel me ofrecía el mágico libro, pero yo no era capaz de cogerlo. Tiempo después de este inquietante sueño, cuando yo había comenzado a olvidarlo, se presentó en mi tienda un hombre de aspecto más bien anodino, con unos rasgos faciales tan proteicos que podía pasar por cualquiera de mis conocidos y era, al mismo tiempo, distinto de todos ellos.

Con irritante parsimonia, comenzó a deshacer un envoltorio de tela que sostenía en las manos y, luego de un par de minutos, los dos minutos más largos de toda mi vida, descubrió un reluciente libro, que, para mi sorpresa, era el mismo libro de cubiertas de cobre que el ángel me había mostrado en aquel casi olvidado sueño, y lo puso en mis manos. Traté de contener la emoción, ante el temor de que una excesiva manifestación de interés incrementase el precio de aquella joya, y ofrecí dos florines, que puse sobre la mesa, con el propósito de llegar hasta quinientas veces más, si fuere neceario, en el regateo que, pensaba, seguiría a continuación. El hombre recogió las dos monedas, insinuó un vago saludo y, sin abrir la boca, se fue.

Inmediatamente me lancé al estudio de aquel fascinante libro, tratando de descifrar el significado de sus enigmáticos grabados y textos, con tal pasión, que pasaba noches enteras sin dormir y días completos sin salir de mi gabinete.

El libro contenía tres veces siete folios; así tenía numeradas las hojas. En el primer folio se leía, en doradas letras capitales: Abrahán Judío, Príncipe, sacerdote, levita, astrólogo y filósofo. A la nación Judía dispersa por la ira de Dios. Salud. D.I. En el segundo folio animaba a su nación a abandonar los vicios y, sobre todo, la idolatría, y a esperar pacientemente la venida del Mesías, que reinaría sobre todos los pueblos de la tierra con gloria eterna. En el tercer folio enseñaba la transmutación metálica, con el propósito de ayudar a su dispersa nación a pagar los tributos impuestos por los emperadores romanos. El cuarto folio no tenía escrituras, pero contenía bellas figuras pintadas con gran artificio, que yo, poco versado entonces en la Cábala tradicional, no supe interpretar.

En la primera pintura, un joven que me pareció el dios pagano Mercurio, con alas en los talones y un caduceo en la mano, con el que golpeaba el casco que cubría su cabeza, era perseguido por un anciano alado que llevaba un reloj de arena sobre la cabeza y una guadaña en las manos, con la que quería cortar los pies del joven. Al otro lado de este mismo folio, una bella planta crecía en la cima de una montaña, agitada por el viento norte. Su tallo era azul, sus flores blancas y rojas y sus hojas como de oro fino; alrededor, tenían sus guaridas los dragones y grifos del dios Bóreas.

El quinto folio tampoco tenía escritura. Había un rosal florido sobre una encina hueca, en medio de un bonito jardín; a sus pies manaba una fuente de agua muy clara y pesada que se precipitaba en un barranco, después de pasar entre muchísima gente ciega. En la página opuesta de este quinto folio, había un rey con un gran alfanje, rodeado de soldados que degollaban a un buen número de criaturas, sin atender las desesperadas súplicas de sus madres, a sus pies. La sangre de los niños era recogida por otros soldados y colocada en un enorme vaso, en donde el Sol y la Luna venían a bañarse.

No puedo revelar lo que contenían los siguientes folios, en un elegante y claro latín, porque cometería una inconmensurable maldad, al difundir secretos que el Omnipotente confió solamente al pueblo elegido hasta la parusía de Nuestro Señor, y no escaparía a la tremenda ira de Dios, loado sea su santo nombre. Solo describiré sin temor al castigo los dibujos del séptimo folio. En el primer séptimo aparecía una especie de fusta en el suelo y, sobre ella, dos serpientes enfrentadas, mordiéndose. En el segundo séptimo se había representado una serpiente enroscada a una cruz. En el último séptimo, varias fuentes brotaban en las laderas de unos montes que rodeaban una planicie desierta, por la que reptaban numerosas serpientes.

Pronto creí entender que todo aquello aludía, de un modo velado, al procedimiento oculto para la fabricación de la Piedra Filosofal, utilizando como metal base el mercurio, el elemento al que, como el agua clara y pesada, no es posible fijar ni cortar los pies, es decir, impedir la volatilidad, si no es por medio de una larga cocción en pura sangre de niños. En esta sangre, el mercurio se uniría con el oro (el Sol) y la plata (la Luna) y se convertiría, primero en una hierba semejante al rosal pintado, y luego, por corrupción en polvo de serpientes desecadas y cocidas en fuego, en polvo de oro, o sea, en la Piedra Filosofal.

Estuve veintiún largos años haciendo mil mixturas, no siempre con sangre, porque comprendí que los filósofos llaman sangre al espíritu pétreo que reside en los metales, sobre todo en el oro, la plata y el mercurio, cuya conjunción intenté una y mil veces, siempre sin éxito.

Comencé a consumirme en la tristeza, a perder la salud. Mi mujer, Perennelle, a la que amo muchísimo, no comprendía nada, pero trataba de consolarme y se desvelaba por mí. No pude guardar el secreto por más tiempo y le mostré el bello y enigmático libro y mis experimentos. Se entusiasmó inmediatamente y, aunque no comprendiese más que yo, en adelante me sirvió de gran consuelo poder hablar con ella y compartir mis experimentos.

Finalmente, hice venir a mi casa a un hábil y discreto artista pintor, a quien encargué reproducir con la mayor fidelidad posible las figuras del cuarto y quinto folios, y se las enseñé a varios afamados sabios de París, diciéndoles que procedían de un libro antiguo que trataba de la Piedra Filosofal. Ninguno entendió mucho, y la mayoría se burló de mí. Solamente un licenciado en Medicina por la Universidad de la Sorbona, llamado Anselmo, muy versado en alquimia, se interesó vivamente. Quería poseer el libro a cualquier precio y me ofreció por él una fortuna.

Me costó lo indecible convencerlo de que yo no poseía el libro, tan solo los grabados que le había mostrado. Tuve que mentir, porque había visto en sus ojos tal expresión de locura que, cierto estoy, me hubiera matado si supiese que así podría conseguir la codiciada obra. Fui tan convincente que al final me creyó. Solo entonces me dijo que el primer grabado representaba el tiempo, que todo lo devora, y que se precisaban seis años de cocción de la poción de mercurio y sangre, según los seis folios escritos, para conseguir la Piedra. A punto estaba de perder la esperanza, cuando me acordé de que en algún lugar de la obra había leído: *"Operis processio multum naturae placet"*. Y en otro libro que trataba de los colores de la piedra, titulado *"El Iris"* y atribuido al rey Heracles, se podía leer, en francés: *"Beaucoup plaît à Dieu la procession, s'elle est faite en devotion"*. Me pareció entender en estas frases un mensaje. Tendría que hacer una procesión, una peregrinación, un camino, para conseguir la gracia de alcanzar los conocimientos que tanto anhelaba. Y, como el más famoso y venerado camino recorrido por místicos, iniciados, cabalistas, alquimistas y sabios para adquirir los secretos de las ciencias esotéricas es el Camino de Santiago, que acaba en el *Finis Terrae*, decidí hacer esta peregrinación, encomendándome al Buen Dios y a su milagroso Apóstol Santiago.

Corría el año 1378. Con el consentimiento y la bendición de mi amante esposa, tomé el hábito, el bordón y la concha de peregrino y, provisto con los dibujos del libro, emprendí el viaje a la tumba del patrono de los alquimistas, buscando la sabiduría de la Gran Tradición en cada templo, en cada sinagoga, en cada edificio templario, en cada crucero, en cada piedra esculpida de aquella larga y enigmática ruta. Hablé con rabinos de todas las aljamas que existen en el Camino, consulté a monjes y clérigos estudiosos de las artes herméticas, aprendí las técnicas curativas de muchos médicos, conocí brujas y magos que hacían llover a voluntad y ahuyentaban o atraían espíritus malignos, copié fórmulas para pegar el mal de ojo o para echarlo fuera, llegué a Compostela tras muchas penalidades y sufrimientos, abracé la imagen del Señor Santiago, toqué la cabeza del Apóstol con mi cabeza, con la esperanza de contagiarme de su sabiduría, acaricié su báculo de hechicero en forma de *tao*, pero todo fue inútil. Adquirí muchísimos conocimientos, gusté de ciencias reservadas a pocos, pero nadie supo decirme nada nuevo acerca de la Piedra Filosofal y de su poder.

Cansado, enfermo, desalentado, emprendí el camino de regreso. Por fortuna, en Santiago hice amistad con un mercader de Boulogne-sur-Mer, que regresaba, como yo, a Francia, y que, compadecido de mi deplorable estado y fascinado por mi, para él, deslumbrante conversación, me acogió en su cómodo carruaje. Así fue como, entretenidas las horas de andadura en la contemplación del bello y agreste paisaje y en la plácida conversación, satisfechas las exigencias del estómago en buenos fogones, cumplidas las horas de sueño en limpias y blandas camas, llegamos a una bellísima y monumental ciudad que fue, en otro tiempo, sede del reino más importante de España, con nombre de fiera, León.

Estando en la vieja ciudad real, mi estado de salud empeoró súbitamente. Comencé a tener terribles alucinaciones y fuertes convulsiones que me dejaban extenuado, los dedos de los pies adquirieron un feo color violáceo, sentía en ellos y en las manos un intenso frío repentino, que al cabo de pocos minutos se convertía en una aguda quemazón irresistible, y no podía contener las lágrimas de dolor. Mi acompañante, el mercader, preocupado, me alojó en una buena posada e hizo llamar a un amigo que tenía en aquella ciudad,

238

médico judío convertido al cristianismo, como yo, al que llamaba Rabino Canches[4] o, mejor aún, Maestro Canches, muy sabio, al decir de mi amigo. Tras confiarme a las expertas manos del maestro Canches, como buen samaritano, el mercader, urgido por la premura de sus negocios, continuó su camino, no sin antes formular grandes protestas de afecto y la solemne promesa de mantener una asidua relación epistolar conmigo.

El maestro Canches me pareció un hombre viejo reviejo, de estatura más que mediana y fuerte complexión, lo que, unido a su costumbre de vestir siempre ropas amplias, le daban un enfático aspecto de patriarca bíblico. A pesar de haber abrazado la verdadera creencia en Nuestro Señor Jesucristo, continuaba usando una llamativa *kipá*, que ocultaba en mínima parte sus cabellos, completamente blancos y largos, prolongados en caracoles en las sienes. La frente, despejada y rugosa, se apoyaba en unas espesas cejas blancas que daban sombra y casi ocultaban unos vivos y maliciosos ojos de negros iris, siempre inquietos. Completaba su fisonomía una característica nariz aquilina y una venerable barba que le cubría el pecho hasta más abajo del esternón.

Vestía con elegancia, pero sin ostentación, en colores discretos, que contribuían a resaltar una gran faltriquera granate, indefectiblemente pendiente de su cintura, y de la que el maestro Canches podía sacar los objetos más inverosímiles.

Tenía un carácter muy amable, apasionado en sus convicciones, ingenioso en sus apreciaciones, vehemente en sus creencias, prudente en sus juicios, generoso para dar, agradecido para recibir, sensato para opinar y siempre atinado para aconsejar. Poseía profundos conocimientos cabalísticos, herméticos y alquímicos, como más adelante tuve ocasión de comprobar.

La primera vez que el maestro Canches acudió junto a mi lecho, me observó pausadamente, puso su mano sobre mi frente un largo rato, luego la trasladó a mi estómago, después a los dedos de

---

[4] El rabino Canches es, como Flamel, un personaje real, sabio rabino de León, maestro de la *Torá,* convertido al cristianismo.

los pies; lavó sus manos en una bacía, se las secó concienzudamente, con la mirada perdida; se colocó unos gruesos binóculos y, acercándose a mi cara hasta casi tocarme con su afilada nariz, escrutó atentamente mis ojos. Se incorporó, se quitó los binóculos, humedeció los cristales con su aliento, los introdujo en un estuche y dejó caer este en el fondo de su faltriquera. Por fin habló, y dijo:

—¿Qué tipo de pan suele comer vuestra merced?

Sorprendido por la peregrina pregunta, respondí:

—Me gusta mucho el pan de centeno, a veces con un poquito de cebada. Es muy sabroso.

—Bueno. El señor tiene el Fuego de San Antonio. De ahora en adelante, no volverá a comer pan de centeno. Solamente pan de trigo candeal.

No me recetó nada más. Al principio, creí que estaba tomándome el pelo, pero, tal vez porque estaba demasiado débil para oponerme, seguí su consejo. A los dos o tres días comencé a sentirme mejor, y en muy pocas jornadas me restablecí por completo.

El maestro Canches venía a verme todos los días, a la hora de sexta, y se quedaba conmigo hasta la noche. Unidos, como estábamos, por nuestra pasión por la alquimia, hablábamos incansablemente de fórmulas, aleaciones, propiedades de los metales, el poder purificador del fuego, el espíritu de las piedras, el alma de los árboles y plantas, el misterio de las catedrales y templos románicos y ojivales, las facultades del agua, el valor del número áureo, el Bien, el Mal, Dios, los ángeles, los demonios, pero, no sé por qué, nunca me decidía a mostrarle los dibujos copiados de mi grimorio que llevaba conmigo y que había mostrado a tanta gente durante mi peregrinación a Santiago. Hasta que un día, en un repentino ataque de decisión, me levanté de mi asiento, fui hacia la escribanía donde guardaba los dibujos, los cogí y se los entregué al maestro, diciendo:

—¿Conocéis estos dibujos? ¿Sabéis cómo deben ser interpretados?

Ante su vista, el maestro Canches permaneció paralizado largo tiempo, sin pestañear, casi sin respirar. Temí un ataque de catalepsia.

—¿Dónde habéis conseguido estos grabados? —dijo al fin.

Le expliqué que eran copias de un libro que guardaba en mi casa de París, referí la forma extraña en que lo conseguí, le hablé de los muchos años que consumí haciendo experimentos infructuosos, le dije que el deseo de descifrar sus misterios había sido el verdadero motivo de mi peregrinación a Santiago, y cité la dedicatoria de su primera hoja, que recordaba textualmente: *Abrahán Judío, Príncipe, sacerdote, levita, astrólogo y filósofo. A la nación Judía dispersa por la ira de Dios. Salud. D.I.*

Con vos trémula de emoción, el maestro dijo:

—Naturalmente, oí hablar de este libro. Es, sin duda, el *"Aesch Mezareph"*, del rabino Abrahán.

Contó que Abrahán fue un Maestro del pueblo errante, un venerable sabio que había estudiado las complejidades de la Cábala y fue el más alto iniciado en su oculta sabiduría. Siguió diciendo que el libro había desaparecido hacía un montón de siglos, pero que la Tradición afirmaba que nunca había sido destruido y que pasaba de mano en mano ocultamente, siempre buscando al hombre cuyo destino era recibirlo. Nicolás (yo) era ese hombre en aquella concreta etapa de la Historia, dijo, y él, por designio de Dios, era el encargado de prepararlo (de prepararme) para la excelsa misión de desvelar los secretos de la Cábala y de la Filosofía Hermética, como siglos atrás, en el inicio del cristianismo, Ananías lo había sido con relación a San Pablo, en el apostolado de los gentiles.

—Ahora comprendo por qué el buen Dios dispuso que yo dedicara toda mi vida al estudio de la Cábala, de la mística *Merkabah*, de la *Torá* y del *Bereshit* —añadió-. Pero vuestra iniciación precisará meses, tal vez años, de trabajo intenso. Recoged vuestras pertenencias (eran pocas) y venid conmigo. En adelante, viviréis en mi casa.

Así fue cómo, al día siguiente, en una bella mañana soleada del mes de septiembre, olorosa a lluvia reciente y a otoño nuevo, yo, transpirando alegría por todos los poros de mi cuerpo, me fui a vivir a la casa del maestro Canches, un edifico de modesta fachada, como todos los de su calle, pero suntuoso en el interior, con un precioso jardín trasero, en una tortuosa rúa cuyo nombre no recuerdo, por detrás de la iglesia de San Martín de Tours, cerca de la calle de Matasiete, de la Plaza Mayor y del Barrio Judío, en el centro neurálgico de la ciudad.

Desde el primer momento comenzó a tutearme y me exigió que yo también lo tuease. No quería tener conmigo una relación de maestro a discípulo, ni de padre a hijo, sino de colegas y amigos que perseguían un mismo fin. La primera enseñanza, cuya importancia recalcó con muchas veras, fue que tenía que abandonar cualquier ambición, cualquier sentimiento de codicia, en la búsqueda de la Piedra Filosofal y de las ciencias ocultas, como premisa esencial para alcanzar un éxito reservado para muy pocos a lo largo de la Historia.

—Solo cuando llegues a despreciar las riquezas, como hizo el profeta Eliseo ante los ofrecimientos del sirio Naamán, y comprendas de verdad que la posesión de la sabiduría es mejor que la de la plata, del oro o de la más preciosa de las perlas, estarás en disposición de penetrar en los secretos del *"Aesch Mezareph"*[5], el libro que guardas en tu casa de París —dijo -. Has de esforzarte mucho, hijo mío. No va a ser un mar de rosas.

Comenzamos a trabajar inmediatamente. Me levantaba muy temprano, cuando el sol aún no había iniciado su curso, pero oía ya el trajín del maestro Canches en su laboratorio, el entrechocar de matraces, el silbido de las llamas en los mecheros, el frenético

---

[5] El *"Aesch Mezareph"* (*Aesch*: fuego u ofrenda al fuego, y *Mezareph*: purificar, "Fuegos que purifican", en caldeo-arameo), es uno de los principales libros de la Alquimia y de la Cábala, el que enseña a los iniciados la fabricación de la Piedra Filosofal, el Elixir de la Larga Vida y la Panacea universal. Su sabiduría es solo accesible a los que antes hayan conseguido la exaltación y purificación de su alma.

borbollar de los líquidos, el gotear de los alambiques. Realmente, no sé si el maestro dormía alguna vez, porque cuando yo me iba a acostar, siendo ya noche cerrada, él aún permanecía, invariablemente, en su gabinete, abstraído en la lectura de voluminosos libros, a la luz de un par de candiles de aceite.

Siempre de la mano de Canches, profundicé en el estudio de los libros cabalísticos, *El libro de la Creación*, que enumera los treinta y dos caminos de la sabiduría por los cuales Dios produjo el Universo, y el *"Zohar"*, considerado con toda justeza la Biblia de los cabalistas, y que indujo a tantos prominentes sabios judíos, entre ellos a mi maestro, a abrazar la Fe Cristiana. Investigué las obras de Moshe´ben Sem Tob, conocido como Moisés de León, el más excelso cabalista de los últimos tiempos, muerto hacía más de setenta años, pero que mi maestro aseguraba haber conocido. Adquirí una comprensión nunca antes imaginada acerca de la naturaleza de la divinidad, de las emanaciones divinas, de la cosmogonía, de la creación de los ángeles y del hombre y de sus destinos eternos; comprendí el sentido de la verdadera Ley.

Estudiamos las fuentes de la alquimia en Alberto Magno, en Tomás de Aquino, en Roger Bacon. Llegamos a desentrañar, o así lo creía yo, todo el mensaje encerrado en el simbolismo de la "Tabla de Esmeralda", de Hermes Trimegisto. Mi maestro identificaba en una sola sustancia la piedra filosofal, la panacea universal y el elixir de la vida. Decía que, una vez descubierta, esa medicina eliminaría, no solamente las impurezas y corrupciones de los metales menores, sino que suprimiría también la corruptibilidad del cuerpo, tanto que la vida humana podría ser prolongada durante muchos siglos. No hablaba de inmortalidad, sino de longevidad; en la Tierra, decía, el hombre sólo puede prepararse para gozar de la inmortalidad en el mundo de Dios.

Pero de todas las enseñanzas recibidas del maestro Canches en aquellos años, la que más me gustó entonces y ahora rememoro con más añoranza fue lo que podríamos llamar trabajo alquímico de campo. Me explico. Por increíble que parezca, la casa del maestro Canches se comunicaba con la magnífica catedral gótica de León a través de un pasadizo subterráneo, que comenzaba en el sótano de la casa y, después de un recorrido de algunos centenares de pasos, no sabría calcular cuántos, tras ascender por una estrecha escalera de caracol, desembocaba en una pequeña puerta de arco en gola junto a la portada de la Muerte, anexa al pórtico del Sarmental, ya en el interior del templo.

El pasadizo transcurría por el trazado de las antiguas calles de una población sepultada, olvidadas mazmorras de palacios, bodegas medio derruidas, caldarios de viejas termas, todos enlazados por tramos más o menos largos de un túnel bajo con bóveda de medio cañón. Casi todas las noches de luna clara, ya tarde, cuando toda la ciudad dormía, mi maestro y yo, provistos de antorchas que ardían con fuego casi sin humo y de agradable olor, recorríamos silenciosamente el pasadizo. El mismo recorrido era ya una experiencia fascinante; cuando el túnel se ensanchaba en una de aquellas solitarias salas, yo creía ver traviesos trasgos saltando de sombra en sombra, demonios malignos ocultos tras cada piedra, bellísimas hadas sonrientes en las brillantes manchas de humedad del techo. Salvada la escalera de caracol, que el maestro ascendía con sorprendente ligereza, desembocábamos en el brazo derecho del transepto de la catedral, desde donde el maestro me conducía hasta las capillas, salas y cuartos más insospechados, distintos cada noche.

No sé si aquel hombre prodigioso tenía llaves de todas las puertas o si las abría en virtud de un poder que yo no conocía. La pálida luz de la luna filtrándose a través de las inmensas vidrieras, daba a las naves del templo, abrasadas de color durante el día, un aspecto espectral, onírico, ultramundano, que sobresaltaba mi corazón, me inundaba de belleza y me hacía sollozar de emoción. La catedral se eleva sobre una colina que domina la ciudad, en un lugar ocupado antes, sucesivamente, por un templo pagano, unas termas romanas, un palacio real y una catedral románica, todos ellos centros de poder. Además, en el enclave concurren varias corrientes freáticas y, por consiguiente, fuerzas electromagnéticas que otorgan al sitio el carácter de puente telúrico de excepcional valor.

Eso lo percibí perfectamente cuando deambulaba en la noche por sus solitarias naves alunadas. Busqué y encontré la piedra fundamental que, golpeada convenientemente, hacía vibrar toda la fábrica del edificio. El maestro me mostró, colgado sobre la puerta de San Juan, el gigantesco topo que, según la leyenda, destruía de noche lo que los maestros constructores levantaban durante el día, aunque él se reía de esta ingenua creencia y aseguraba que fue una treta de vandálicos ladrones para librarse del castigo por sus robos durante la construcción.

Me mostró también las numerosas marcas masónicas grabadas en la piedra y me explicó su significado. Descubrimos pasos secretos entre la catedral y la muralla romana, criptas no pisadas en muchos años, otras que los clérigos usaban, al parecer, como ocultas cámaras funerarias, pasadizos y túneles que constituían un intrincado laberinto, en el que un hombre podría perderse para siempre.

Pero las lecciones de, digamos, alquimia visual que el maestro pretendía darme al conducirme a aquel lugar en aquellas horas, estaban en las maravillosas vidrieras, en los capiteles y en las esculturas. Los vitrales están dispuestos en tres alturas, para representar el orden de la Creación. En la fila inferior, motivos vegetales de sorprendentes colores, sabia y bellamente entrelazados: el mundo vegetal, telúrico. La Naturaleza. En la fila intermedia, a lo largo del triforio, blasones y escudos nobiliarios, del alto clero, de villas y ciudades. El mundo del Hombre. En la fila superior, en el grandioso claristorio, ángeles, vírgenes, santos, bienaventurados. El mundo de la Gloria celestial.

Hay escenas del Antiguo Testamento: la Creación, Adán y Eva, el Diluvio universal, Moisés, Sansón; estampas de la vida cotidiana y de los más diversos oficios. Todos los ámbitos del quehacer humano. El maestro Canches me mostró imágenes de Simón el Mago, alusiones al dios Mitra y a Ra, el dios del sol, esculturas de Jano, el de la doble cara, del diablo Bafomet y de otros demonios y hombres pecadores. En un vitral de la fachada sur aparecía representado un alquimista con su matraz, que no dejó de maravillarme por su enorme parecido con mi maestro. En muchos lugares, no siempre visibles a simple vista, descubrí decenas de seres fantásticos y mitológicos, sirenas, tritones, dragones, centauros, aladas harpías y horrendos basiliscos.

Me enseñó Canches las técnicas alquímicas que se habían usado para conseguir los espléndidos colores de aquellos vidrios, como el amarillo de plata, que era el resultado de un fallido intento de convertir nitrato de plata en oro, y muchos otros procedimientos que no me es lícito revelar a los no iniciados. Me demostró también que ninguna proporción o distancia en el interior de este inimitable templo es producto de la casualidad. Todas guardan estricta relación con el número áureo.

Todo el interior de la catedral está pintado. Aparte de los murales con escenas diversas, los muros están cubiertos por un revoque en el que predomina el rojo, la tracería de las ventanas es amarilla, alternada con líneas blancas, y las junturas de los sillares son también blancas. Es decir, los colores de la Gran Obra alquímica, en los que solo falta el negro.

Aquellos felices meses, los más dichosos de mi vida, transcurrieron con asombrosa rapidez. Un hermoso día, el maestro Canches me dijo:

—Nicolás, estás ya preparado. Te he transmitido todos mis conocimientos. Llegó el momento de intentar la gran aventura, con la ayuda del "*Aesch Mezareph*" que guardas en tu hogar, en París.

—Pero yo, maestro, no podría hacer nada sin ti — protesté.

—Tampoco yo sin ti y sin consultar tu libro, que tiene que darnos los últimos datos, los últimos detalles que aún nos faltan para completar la gran obra. Ya lo he decidido. Voy contigo a París.

Aquella directa declaración de intenciones me alegró muchísimo. No dejé, sin embargo, de pensar en los riesgos que aquel animoso anciano estaba dispuesto a asumir en búsqueda de un ideal.

A los pocos días, partimos para Asturias, y allí embarcamos en una carraca que nos condujo hasta el puerto de La Rochelle. No fue un viaje muy accidentado, pero mi anciano acompañante sufrió molestias y mareos durante toda la travesía. No se sintió mejor en tierra firme. Aun así, insistió con mucho empeño en continuar viaje sin demora. Tal era su impaciencia por llegar a coronar el trabajo en el que había comprometido su vida entera y que ahora, después de tantos años, creía tener al alcance de la mano.

Sin embargo, cuando llegamos a Orleans, cerca ya de París, su estado de postración era tal que le hacía perder la conciencia casi de continuo. Poco pudieron hacer los físicos que llamé. Al cabo de dos días, el maestro Canches murió. Me consuela pensar que a la hora de la muerte recuperó su admirable lucidez, se confesó, recibió el viático y expiró santamente, encomendando su alma al buen Dios, y a mí, que no abandonase la misión para la cual me había preparado.

Llegué a mi casa traspasado de dolor, y allí encontré a mi fiel y amante esposa Perennelle, que fue un verdadero lenitivo para mi pena. Inmediatamente puse en práctica todas las enseñanzas de mi maestro, a cuya luz pude interpretar y comprender las hasta entonces enigmáticas e indescifrables palabras de mi libro, y, no sin algunos errores y retrocesos, pude por fin alcanzar la meta: la obtención de la Piedra Filosofal y la transmutación de mercurio en plata y oro, más finos que la plata y el oro naturales.

Obtuve plata por primera vez un lunes, 17 de enero de 1382, alrededor del mediodía y en presencia de Perennelle. El primer oro lo conseguí el día 25 de abril del mismo año, hacia las cinco de la tarde, también en presencia de mi mujer. Con las riquezas obtenidas, hicimos gran número de obras de caridad, construimos hospitales e iglesias y remediamos muchas miserias. Descubrí también el elixir de la larga vida, gracias al cual mi esposa y yo viviremos muchos siglos. Pero esta es otra historia. En la presente solo quise contarles mi amistad con el maestro Canches, el sabio leonés cuya influencia marcó y marcará toda mi vida, y gracias al cual yo soy quien soy. Adiós.

EL ZARA

Disfruta de la guerra; la paz será terrible.
*(Comentario sarcástico entre la población alemana, en los años
finales de la II Guerra Mundial)*

Un hombre aguarda dentro de un pozo sin remedio, tenso,
conmocionado, con la oreja aplicada. Porque un pueblo ha gritado,
¡libertad!, vuela el cielo. Y las cárceles vuelan.
Miguel Hernández: "Las Cárceles", en *El hombre acecha*

Camilo López Abad, *El Zara*[6].

---

[6] **NOTA DEL AUTOR.**

He querido relatar aquí uno de los acontecimientos más sonados
de la larga y terrible posguerra española, tras la guerra civil de 1936-1939:
El asesinato del por entonces muy conocido ingeniero Arriola, que en los

Calixto López Abad, (a) "El Zara", de 31 años, natural de Olleros de Sabero, hijo de Ramón y Natalia, soltero, minero y con residencia últimamente en el pueblo de Olleros. Su estatura es aproximada de 1,630, color moreno, ojos negros, boca pequeña, nariz chata, pelo negro, cejas al pelo y cargado de hombros, comparecerá en el término de quince días ante el Sr. Juez D. Baudilio Rojo Caminero, Comandante de Artillería, en la plaza de León, bajo apercibimiento de ser declarado rebelde.

León, a 12 de Agosto de 1946.- El Comandante Juez Instructor, Baudilio Rojo. 2671" (BOPL, 19/VIII/1946)

— ¡Alto! ¡Alto a la Guardia Civil!

¡Sí, hombre! ¡Aquí me voy a quedar yo, para que me peguéis un tiro por el camino, antes de llegar al cuartelillo! ¡Joder! ¡A pesar de ser noche cerrada, calculé exactamente dónde estaba la alcantarilla! Si me llego a confundir en un metro de más o de menos, estos cabrones me fríen a tiros.

---

años del hambre y de la cruel represión franquista conmovió a toda la sociedad leonesa.

Aunque los hechos que aquí se narran son rigurosamente históricos, y auténticos los nombres de las personas que se citan, el desarrollo argumental, los diálogos y las reflexiones de los actuantes son siempre novelados y no implican ningún juicio de valor sobre el comportamiento de estas personas, que me merecen mi más profundo respeto.

Por razón de matrimonio, estoy emparentado con el protagonista de este relato. Calixto López Abad, el con toda probabilidad autor material de la muerte de Arriola. Calixto, en efecto, fue hermano de Hortensia, la madre de mi fallecida esposa, Piedad Fernández López, y, por consiguiente tío político mío.

Así que caí justamente en la boca de la alcantarilla, me metí en ella y atravesé la carretera por debajo, para salir pitando por el lado contrario, hacia el monte, mientras esos idiotas empezaron a disparar hacia abajo, hacia el riachuelo, pensando, con su lógica de subnormales, que había echado a correr al frente, hacia La Herrera.

—Igual no saben que están encima de una alcantarilla que atraviesa la carretera.

Cuando ya había trotado más de un kilómetro, monte arriba, arañándome con todas las putas zarzas del puto campo, sin ver un carajo, no tuve más remedio que arrojarme al suelo, derrengado, para recuperar algo de fuelle. Mientras escupía el tapín de hierba que me tragué en la caída, tirado entre los cascajos con brazos y piernas en aspa, comencé a pensar en lo que había sucedido.

— Este hijoputa de Elcano no me va a dejar en paz jamás. Ha hecho de mi captura el ideal de su vida. Y eso que fuimos amigos y estudiamos juntos en los Agustinos... Me lo llevé por delante y caí sobre él. ¡No rebulló, el muy cabrón! ¡Ojalá se haya roto la crisma!

El sargento Elcano[7], amigo de infancia y compañero de seminario del Zara

"Con fecha de ayer, siendo las 21 horas, compareció ante esta Comandancia de Sabero el vecino de la localidad de Sotillos XXX, el cual denunció ante el guardia de puerta, y este trasladó al Sargento que suscribe, la presencia de los conocidos malhechores

---

[7] Solo he podido averiguar el apellido (o, menos probablemente, el mote: *El Cano*) del sargento de la Guardia Civil que fue íntimo amigo de la infancia y compañero de Seminario de Calixto, y que más tarde se convertiría, "por exigencias del deber", en su más encarnizado perseguidor. Alguien que de niño vivió aquellos años me habló de Marcial, pero no supo aclararme si este era el nombre de pila de Elcano o el de otro guardia civil de la Comandancia de Sabero en aquel entonces.

Calixto López Abad, apodado el Zara, Zaranda y Zarandona[8], e Inocencio Ferreras Díez, apodado el Gitano, en la cantina y establecimiento de ultramarinos propiedad de Nemesio Fernández de la Puente, cuñado del Calixto, sita en la localidad de Olleros de Sabero. Ante la importancia del hecho denunciado, ya que los citados Calixto e Inocencio están reclamados por la Justicia como autores de diversos delitos continuados de rebelión armada, asesinato, asalto a mano armada, atraco a establecimientos bancarios, secuestro, robo y extorsión, entre otros, el Sargento que suscribe organizó inmediatamente una patrulla, formada por el cabo segunda y los tres guardias de número que al margen se citan, y se encaminó con ellos hacia el establecimiento mencionado, al que accedió siendo, aproximadamente, las 22 horas de la noche. El referido establecimiento se encontraba en aquel momento lleno de clientes, todos ellos varones, entregados al consumo de bebidas alcohólicas, algunos de ellos a juegos de naipes y otros al juego de mesa conocido como dominó. Una vez rodeado convenientemente el inmueble, el Sargento que suscribe y uno de los guardias penetraron en el local, a la voz de "Alto a la autoridad" y procedieron a la detención del mencionado Calixto (a) El Zara, que se encontraba en mangas de camisa y desarmado y no opuso resistencia, y del cuñado de este, Nemesio Fernández, dueño del establecimiento, este último por los presuntos delitos de encubrimiento y cooperación necesaria. No se pudo proceder a la detención de Inocencio Ferreras, apodado El Gitano, bien porque el citado individuo no se encontraba en el establecimiento, o bien porque consiguió escabullirse, confundido entre los restantes asistentes, cuando estos fueron conminados a desalojar el local."

"Cuando los detenidos Calixto López Abad y Nemesio Fernández de la Puente eran conducidos, a pie por la CL-626 de

---

8 Nacido en 1914, en Olleros de Sabero (León). De ahora en adelante, reseñaré en nota a pie de página el lugar y fecha de nacimiento de cada uno de los maquis que aparecen en este relato, siempre que conozca tales datos.

Sabero a Boñar, a la Comandancia de Sabero, siendo ya noche cerrada y sin luna y apenas distanciados unos 600 metros del lugar de la detención, el Calixto se arrojó inesperadamente sobre el Sargento que suscribe, cayendo ambos fuera de la carretera, a un desnivel de cerca de dos metros de profundidad, el Calixto encima del Sargento que suscribe, resultando este último seriamente lesionado a la altura de la clavícula izquierda y precisando de posterior asistencia médica, según parte que se adjunta. Es de señalar que el otro detenido, el Nemesio, acudió prontamente en auxilio del Sargento que suscribe, ayudando a este a incorporarse y regresar a la carretera. A pesar de los disparos efectuados por los restantes agentes de la autoridad, a ciegas, dada la oscuridad reinante, el Calixto no se detuvo y consiguió escapar, como pudieron comprobar, en posterior inspección ocular sobre el terreno, el cabo segunda y uno de los números, que quedaron de retén en el lugar de autos hasta el amanecer del día siguiente."

"Los restantes agentes y el detenido no fugado continuaron camino, bajo mi mando, hasta el cuartel de la Comandancia de Sabero, donde llegamos sin más novedades, siendo las 23.45 horas del día de ayer."

"El Sargento que suscribe trasladó inmediatamente informe de los hechos, vía telefónica, a sus superiores de la Comandancia de León capital, solicitando refuerzos para organizar las oportunas batidas por los montes y poblaciones de los alrededores, las cuales comenzaron tan pronto como fue posible y continúan en el momento de redactar este informe, hasta ahora sin resultados positivos."

Nemesio Fernández de la Puente, el abacero y cantinero de Olleros

—¡Uf, claro que me acuerdo! ¡Con pelos y señales! Cuando Calixto se lanzó encima del sargento y los dos cayeron a la boca de la alcantarilla, yo pensé: "Ahora me matan. Dicen que intenté fugarme, y me fríen". No sabía qué hacer. Los guardias, entretenidos en pegar tiros, no me hacían ni caso. Pude huir, pero, ¿adónde? Yo no valgo para irme al monte. Me iban a pillar al día siguiente. Además, yo no soy ni de Franco ni de la República. Sin otra cosa mejor que hacer, y sin pensarlo mucho, me puse a ayudar al sargento a incorporarse y volver a la carretera. El tío estaba hecho un asco. Arrojaba espuma por la boca; solo le faltaba echarse a llorar. Me llevaron a la cárcel de Gijón y allí estuve más de un año, sin juicio ni nada. Como soy hombre tranquilo y tengo experiencia, me pusieron al frente del economato. No me faltó de nada, la verdad. Y no me trataron demasiado mal. También a Hortensia, mi mujer, la metieron en la cárcel, en León, cuando el juicio a Calixto *in absentia* y a su partida, pero ella no estuvo más que unos ocho meses. Me soltaron cuando llegó la noticia de que Calixto había conseguido huir a Francia. Durante el tiempo en que estuve en la cárcel, un grupo de mineros vascos, majísimos, ayudaron a Hortensia a sembrar el huerto, a recoger patatas y nueces, a dar pienso al mulo, a limpiar la bolera que tenemos delante de casa, etcétera. Hortensia, con la ayuda de Olvido, solo tenía que atender la tienda-cantina y cuidar de las niñas. ¿Hace un cigarro?

El sargento Elcano

—¿Será cabrón? ¿Cómo me he podido fiar de él, conociéndolo como le conozco? El par de años que estuvimos juntos en el Seminario agustino de Valencia de don Juan, fuimos los dos mejores amigos del mundo. Solo nos faltaba darnos por culo. Natalia, su madre, que era muy beata, quería tener un hijo cura, y a mí me mandaron allí para sacarme de la puta miseria. Congeniamos bien, pero cuando dejamos el Seminario, los dos el mismo año, él se metió a minero y le empezó a dar por eso de la CNT, el anarquismo y esas mandangas, mientras que yo me preparaba para entrar en la Benemérita. Dos destinos separados. Pero la próxima vez que me lo eche a la cara, le pego dos tiros, sin preguntar. Este tío no me jode la carrera, por muy amigos que hayamos sido.

Inocencio Ferreras Díez, *El Gitano*

—Hay que ser discretos cuando hay que serlo. Cuando vi a los dos picoletos con el fusil a la cara, pegando voces como demonios, me hice pequeño, me metí entre los asistentes que desalojaban el local a toda leche y, una vez traspasada la barrera de los guripas, empecé a correr como un galgo hacia Vozmediano. Así como estaba, en zapatillas y en mangas de camisa. ¡Y gracias!

—Estoy hasta los huevos de este país. Escondido en el monte, como una alimaña, peor que las alimañas, siempre con miedo de que te descubran, de que alguien te delate, de que te peguen un tiro por la espalda. Y pasando todas las miserias del monte: el frío, el calor, la humedad, el hambre, la sed, la mierda.

Y todo porque no pienso como Franco y me resisto a ser un lameculos. Claro que a estas alturas ya no puedo entregarme; con todo mi pasado, me dan garrote vil nada más verme. Tengo que pensar en un golpe de audacia, que me dé el dinero suficiente para largarme a Francia.

El narrador

Cuando Franco se sublevó contra la República, en julio de 1936, el Zara estaba en la cárcel, a causa de una gamberrada que fue muy sonada en todo el valle de Sabero. Una tarde, cuando estaba de cháchara con los amigos, en la calle, acertó a pasar por delante de la pandilla una pareja caminera de la Guardia Civil. Calixto los señaló con un movimiento de cabeza.

—¿Alguien quiere apostar una ronda a que a uno de esos picoletos le dejo sin tricornio de una pedrada?

—Calixto, no seas bruto. Todos sabemos que manejas muy bien la honda, pero una cosa es darle a un pardal y otra, muy distinta, pegar una pedrada a un guardia. No te compliques la vida.

—¡Bastante se van a enterar de quién les da! Tú apuesta, si quieres perder.

—Venga, vale. Va una ronda.

Lentamente, el Zara sacó del bolsillo unas tiras de cuero, echó un vistazo al suelo, en derredor, y se agachó para recoger un guijarro redondo, del tamaño de un huevo de codorniz. Cargó la honda, la tensó dos o tres veces con ambas manos, y en cuclillas, giró la tira a rodeabrazo y lanzó el pequeño canto, con tanto tino que vino a impactar en uno de los picos del tricornio de uno de los guardias. El charolado gorro salió dando giros en el aire, la sorpresa paralizó un breve instante a los dos agentes y el Zara se incorporó como una centella y, con la mirada perdida hacia el cielo, aplicó una intensa chupada al pitillo que sostenía en la otra mano y exhaló una espesa bocanada, guiñando un ojo para evitar el escozor del agrio humazo.

La pandilla de amigos no pudo evitar el estallido de una sonora carcajada, y eso les delató. Como no estaban solos en la plaza, no faltó el chivato, una persona sesuda y de orden, que señaló a Calixto como autor material del hecho, y así fue como nuestro personaje fue a dar con sus huesos en el calabozo, y allí estaba cuando una parte del ejército se alzó en armas contra el gobierno de la República.

El Zara.

—Oídme, hermanos. La anarquía tiene dos caras: una constructora y la otra destructora. La destructora derriba imperios y la constructora levanta un mundo mejor sobre los escombros. ¡Ni dios, ni amo!

Cuando Zarandona dio por prematuramente concluidos sus estudios en los Agustinos de Valencia de don Juan, con el consiguiente disgusto de su madre Natalia, comenzó a trabajar en la mina de Hulleras de Sabero, destino casi ineludible de todos los mozos de su pueblo, y no tardó en abrazar con entusiasmo las ideas anarquistas que por aquel entonces hacían furor entre los mineros de las cuencas asturiana y leonesa.

En 1933, a pesar de su juventud, tenía entonces 19 años, asumió el Secretariado del Sindicato Único de Mineros de la CNT de Olleros de Sabero. Colaboraban activamente con él su hermano Andrés, aún más joven que él, y su buen amigo Francisco Valladares, y el sindicato llegó a tener unos novecientos afiliados.

Aquel fue un año muy tenso; a la crecida presión obrera, la patronal respondía con el *lock-out* y la fuerza pública no dudaba en acudir, cada vez con más frecuencia, a las armas. El pico de violencia en toda la provincia leonesa se alcanzó en la insurrección anarquista de diciembre. El día 4, el gobernador civil de León, Santiago Etxebarría Brañas, decretó el estado de prevención, ante la intensa revuelta en toda la zona de su jurisdicción, especialmente en El Bierzo. Curiosamente, en el valle de Sabero y sus aledaños las cosas discurrieron con menos furia: cuatro inofensivos artefactos estallaron en Cistierna, la casa del empresario Esteban Corral se vio asaltada, una bandera roja ondeó en la torre de la iglesia de Olleros de Sabero, y poco más. La proclamación del comunismo libertario apenas traspasó los límites del pueblo.

—Hay que ser prácticos, tío. Aún no estamos en condiciones de ganar y, si exageramos las acciones, solo conseguiremos hacer mártires. ¿Viste la cara que puso el cura cuando vio la bandera en la torre?

—¡Pues fue mejor verle subiendo por las escaleras con la sotana remangada, rojo como un tomate, más rojo que la bandera que iba a quitar, y echando juramentos por la boca!

—¿Qué juramentos? ¡Eran latines! ¡Tío, eres más grande que el Domingo Ortega!

—¡Va por vosotros!

El narrador.

Casi un año más tarde, durante la Revolución de Octubre de 1934, cuando las tropas gubernamentales llegaron a Olleros, el joven Calixto se vio forzado a escapar para refugiarse en Bilbao. Una vez allí, decidió desplazarse a Segovia para presentarse en el cuartel de Artillería ligera, en el que debería cumplir su servicio militar.

Al cabo de cuatro meses fue transferido a León, donde no tardó en ser arrestado, no tanto por su ideario anarquista, como por la gamberrada que antes os he contado, fruto de su carácter rebelde y reacio a todo tipo de normas. Como entonces estaba bajo disciplina militar, no fue a parar a un establecimiento civil, sino que fue encerrado en los calabozos del Acuartelamiento Santocildes de Astorga. Fue más tarde trasladado, en calidad de preso, a un cuartel de Valladolid, en el que estaba el 18 de julio de 1936 y del que se escapó ese mismo día, para, aprovechando la confusión reinante en todas partes, regresar a Olleros.

De allí se desplazó a Asturias, a fin de incorporarse a las fuerzas armadas republicanas. En diciembre de 1936 lo encontraremos integrado en las Milicias Revolucionarias, con centro de operaciones en Cármenes (León), junto con otros sesenta y cinco militantes de la Federación Ibérica de las Juventudes Libertarias (FIJL), entre ellos su hermano Andrés.

En abril de 1937 fija su residencia en Geras (León), como responsable del Consejo Local de Cooperativas de Villamanín, un organismo montado por la CNT y la UGT para asegurar la distribución de bienes de consumo en la comarca. Por esas fechas es conocida su pertenencia al grupo "Los Hermanos" de la Federación Anarquista Ibérica (FAI).

—¡No dejes que nadie se moje, hermano, que hay mucha hambre!

—¡Descuida! Aquí, al que robe un solo garbanzo le pego un tiro.

Concepción Abad, *La Chon.*

Cuando el frente norte republicano se hunde bajo la presión del ejército franquista, con la caída de Asturias, el 21 de octubre de 1937, el *Zaranda* regresa al Valle de Sabero, con un grupo formado por su hermano Andrés, los hermanos Ovidio y Felipe García

Valladares[9], Jesús Monje González[10] y Francisco Suárez Salvador, *a) El Químico[11]*, todos ellos deseosos de esconderse y de esperar el desarrollo de los acontecimientos. Pero pronto comprenderán que no pueden contar con muchos apoyos, en una sociedad extremadamente conservadora y con una numerosa militancia falangista, surgida con fuerza y marcadamente beligerante.

Empiezan a menudear las detenciones y los "paseos". A Chon, una hermana de Natalia, le mataron un hijo por ese procedimiento. Una noche, a la hora de la cena, se presentaron en su casa cuatro o cinco falangistas, vestidos con camisa azul y armados con fusiles de cerrojo Mauser y enormes pistolones. Tomaron al joven, pálido como la cera e incapaz de cualquier tipo de reacción, y se lo llevaron al monte, junto con otros tres o cuatro detenidos. Una vez en descampado, arrojaron ante él una pala.

—Cava, mamón. Y cava bien hondo, para que tu cuerpo esté cómodo y no te puedan desenterrar los perros.

Los otros prisioneros, sentados en el calvero a la luz fantasmal de las linternas, contemplaban el espectáculo, silenciosos, vacíos y casi insensibles. Hasta que les tocase su turno, ellos serían los encargados de cubrir con tierra al "paseado".

Desde aquella noche, la tía Chon, que era muy creyente, no volvió a pisar una iglesia, hasta aquella mañana de domingo en que un falangista la vio en la calle solitaria, cerca de la parroquia, a la hora de misa, y la metió a patadas en el templo.

—¡A misa, Asunción, pendeja! ¡A rezar, como Dios manda!

Dando trompicones, la Chon llegó hasta el centro de la iglesia, ante el asombro de todos los asistentes. El buen cura, sorprendido, interrumpió la celebración.

¿Cómo puedes saber tú lo que Dios manda? Desde luego, no lo que tú has hecho. Dios es Amor, y por mucho que vuestros jerarcas, cargados de medallas, llenen los primeros bancos de las

---

9 Apodados los hermanos *Bercero.*
10 Olleros, 1901
11 Saelices de Sabero, (?)

iglesias, por mucho que vuestro Caudillo sea recibido bajo palio en las catedrales, Dios no está con vosotros. Por tu causa, es muy posible que esta feligresa mía jamás vuelva a pisar en mi parroquia. ¿Qué tiempos nos ha tocado vivir, Dios mío? Piensa el buen cura, pero no se atreve a abrir la boca y se limita a sonreír con una sonrisa indescifrable, bobalicona. Luego, sigue con la misa, mientras la pobre mujer, acurrucada en un rincón, ahoga en lágrimas su rabia.

Las hijas de Nemesio.

Calixto, junto con algún otro compañero, se encierra en el desván de su cuñado Nemesio cada vez que sospechan la cercanía de alguna pareja de la Guardia Civil, o de uno de los muchos "camisas azules", "falangistas de toda la vida" que se han revelado de pronto en todos los rincones del pueblo, y allí, en aquel lóbrego y oscuro recinto, pasa noches y días enteros.

—¡Mira quién asoma el hocico por ahí!

Apostado en el exterior de la ventana, un guardia civil, embozado hasta las orejas en su enorme capote y fusil al hombro, escudriñaba sin disimulo alguno el interior de la habitación.

—¡Corre, Calixto, sube, que anda por ahí el Sargento! ¡Y no hagas ruido! Luego te llevo un cacho pan y un poco de tocino.

Una noche, dos de las hijas de Nemesio, incapaces de conciliar el sueño, escuchan, inquietas, los incesantes crujidos de las maderas del techo de su habitación, ruidos ahogados, como de ratones desvelados, como el arrastre de enormes madejas de lana.

—¿Estás oyendo?

—Sí. Tengo miedo.

—Yo también. Acuéstate conmigo.

De súbito, un ruido estruendoso llena la casa. Un tablón de la techumbre acaba de romperse y por el boquete ha aparecido una pierna humana, enorme, velluda, enfundada en un sucio calcetín de lana parda. Las niñas, aterrorizadas, saltan de la cama, gritando, y corren por el oscuro pasillo hasta la habitación de sus padres. En las próximas noches, se negarán a dormir solas y a oscuras.

Las Químicas.

La represión de las derechas aumentaba por días, en su obsesión por localizar a los huidos. Familiares de estos eran llamados a diario a la Comandancia de la Guardia Civil, para ser "convenientemente interrogados", eufemismo que encubre las tremendas palizas a las que se les sometía. Las jóvenes hijas o hermanas de los fugados también eran convocadas en la Comandancia y sometidas a todo tipo de vejaciones; a las *Químicas,* las cuatro guapas hermanas del *Químico,* que siempre habían presumido de hermosas melenas, les rapaban el pelo al cero, mes tras mes. Y, de ordinario, a todos los convocados se les obligaba a ingerir elevadas dosis de aceite de ricino, que, además de su asqueroso, casi insufrible sabor, producía indefectiblemente fuertes náuseas, vómitos, cólicos e infamantes diarreas, incontrolables durante días.

—Bebe, zorra; verás qué delgadina te pones. ¡Para que veas que cuidamos de ti! Ahora, eso sí, vas a andar con las bragas en la mano durante una semana, preciosa. ¡Jo, jo, jo!

Los guerrilleros.

La situación se torna insoportable. Finalmente, Calixto decide convocar en una reunión secreta a todos los *topos* conocidos, los que habían estado con él en la milicia, y juntos resuelven iniciar la lucha armada en la guerrilla, como única salida digna.

Establecen contacto con otro incipiente grupo guerrillero, mandado por Ramiro de Cabo Arenas, *a) Ramirón*[12]*,* e integrado, entre otros, por Policarpo González Presa, *a) Pistolas,* los hermanos Manuel Díez Ferreras, a) *Madruga*[13], e Inocencio Díez Ferreras, a)

---

12 Vozmediano (León), 1903.
13 Llamas de Colle (León), 1916.

El Gitano[14]; Pedro Ardides Carrera, a) *El Francés*[15], y Cayo Cachán Pardo, a) *Jamonón*[16], todos ellos mineros y la gran mayoría miembros de la CNT.

Los dos maquis deciden unirse, y en 1940 son ya un solo grupo, al mando de *Ramirón* y con Calixto López Abad, *Zara*, como adjunto.

Las guerrillas del nordeste leonés.

Terminada la guerra civil, aparecieron en la provincia de León gran número de partidas maquis, todas ellas en el norte de la región, al amparo de las anfractuosidades de los Picos de Europa. Llegaron a tener una organización aceptable en las zonas de la Cabrera y del Bierzo, encuadradas en la denominada Federación Nacional de Guerrillas, Cuerpo de León-Galicia. Por el contrario, en la zona nordeste de la provincia, marco geográfico de nuestro relato, no existió nunca una organización guerrillera parecida, sea por la militancia anarquista de la mayoría de sus componentes, sea por el escaso apoyo de una población de estructura caciquil y de signo tradicionalmente conservador y reaccionario. De modo que nuestros guerrilleros acabaron por actuar movidos tan solo por la necesidad de sobrevivir, a la espera de una hipotética intervención en España de las potencias vencedoras en la II Guerra Mundial, y su ideal se redujo a la esperanza de huir del país y acabar con vida aquella absurda aventura. Eran lo que el historiador Secundino Serrano denominó "guerrilleros sin guerrilla"[17].

De los tres grupos actuantes en el nordeste leonés, uno de ellos fue el denominado grupo de Orzonaga, por tener en este pueblo su centro de operaciones, limitadas habitualmente a la zona

---

14 Llamas de Colle (León), 1919.
15 Llanes (Asturias), 1902.
16 Villacelama (León), 1912.
17 Secundino Serrano. *La guerrilla antifranquista en León (1936-1951)*. León, 1986.

262

comprendida entre los ríos Bernesga y Torío. Dirigidos por Fermín San Pedro Casado[18], minero, ugetista, lo formaban, entre otros, Aladino Oricheta Pascual[19], Benedicto Díez Berciano[20], Sixto Láiz Álvarez[21], Alfredo Álvarez Flórez, *Pistón*[22], Simón Rodríguez Barrio e Isaac Viñuela[23].

El segundo grupo, el de los Arias, comandado por los hermanos Casimiro[24], *a) Mellao,* y Amable Fernández Arias[25] *a) Joanín,* actuaba habitualmente en la zona comprendida entre los ríos Torío y Porma, y contaba con Higinio Nicolás Bayón[26], *el Italiano,* minero, Silverio Getino Bayón[27], *el Legionario,* labrador, Aureliano Suárez Robles[28], *Manzaneda,* labrador, y, unido algo más tarde, Julio Rodríguez[29], entre otros.

El tercer grupo, el más numeroso, operante entre los ríos Porma y Esla, fue el inicialmente dirigido por *Ramirón,* socialista, con *El Zara* como segundo, e integrado por los mineros apodados *El Francés, Madruga, El Gitano, El Jamonón, Pistolas, El Químico,* Jesús Monje, Andrés López Abad, Acendino Fraile Santos, *a) Peleas,* Felipe García Valladares, *a) Bercero,* Ovidio García Valladares, *Bercero,* como su hermano, Avelino Gutiérrez, Fidel Tejerina Ibañez[30], *El Marmoto, El Campesino* y algunos más, casi todos, o todos, cenetistas.

---

18 Garababuena (Zamora), 1916

19 Busdongo (León), 1909

20 Destriana (León), 1903.

21 Candanedo de Fenar (León), 1907.

22 Cistierna (León), 1912.

23 Los dos últimos, naturales de Robles de la Valcueva.

24 La Mata de la Bérbula (León), 1912.

25 La Mata de la Bérbula (León), 1914.

26 Valduvieco (León), 1911.

27 Pardesivil (León), 1916.

28 Manzaneda de Torío (León).

29 Otero (León).

30 La Uña (León)

Nunca tuvieron afanes de conquista; nunca pensaron seriamente en que podrían contribuir a la caída del régimen de Franco y a la instauración de una república democrática. Luchaban para sobrevivir y daban asaltos para conseguir un poco de dinero y, sobre todo, alimentos, robando alguna pieza de ganado o la matanza de algún vecino, y, más frecuentemente, limosneando la ayuda de familiares y amigos.

—¡Están cojonudos, los chorizos de tu futura suegra!

—Pues no digamos nada del cabrito que a este le dio su hermana!

—Menos mal que al jefe se le ocurrió la idea de llevarlo a asar al panadero. Si no, lo tendríamos que haber comido crudo. ¡Cualquiera hace lumbre en el monte, con la cantidad de picoletos que andan por la braña!

—Cabrito con hayucos asados y ensalada de hierbas del monte. ¡Menudo banquete! Mejor no comen en las casas de los ingenieros.

Pero a Calixto le llevaban los demonios. Su espíritu rebelde y su carácter de hombre de acción no podían tolerar aquella situación de casi completa inactividad y de temerosos y continuos desplazamientos de un lugar para otro de los montes. Además, las frecuentes batidas que organizaban falangistas y guardias civiles iban diezmando el grupo. Pronto cayeron *El Francés* y *Madruga*.

—¡Cagüenlá, *Ramirón*! Esto no hay quien lo aguante. ¡Tenemos que ser más combativos! Tenemos que dar más golpes de mano y cargarnos a unos cuantos guardias y falangistas. Para que nos respeten, que nos están comiendo la merienda.

—Calixto, nosotros no vamos a conquistar España. Limitémonos a sobrevivir, y cuantos menos problemas les demos, menos se ocuparán de nosotros. Ten en cuenta que, por cada golpe que demos, aumentan las represalias, y no solo contra nosotros, que sabemos escondernos y nos importarían tres huevos, sino contra nuestras familias.

—¡Pero estamos hundidos en la miseria! Esto no es vida: sin una peseta, sin poder bajar al pueblo, sin poder dormir una noche tranquilos, y encerrados entre estas cuatro putas montañas.

—Ya.

—Estamos en 1942, y muchos de nosotros andamos en el monte desde el año 37, más "pringaos" que las ratas. ¡Que no, cojones, que yo no me resigno!

Siguió un acalorado debate. Al final, triunfó la postura del *Zara*, favorable a una mayor combatividad. *Ramirón* cedió su jefatura a Calixto y se retiró del monte, escondiéndose a buen recaudo. Poco después moriría de muerte natural.

—Adiós, Ramiro, buena suerte. ¡Venga, un abrazo![31]

Los atracos.

—¡Joder, Paco, mira que eres bestia! ¿A quién se le ocurre abrir la caja fuerte con dinamita? ¡Mira cómo vuelan los billetes, ardiendo!

De entonces en adelante, la facción del *Zara*, a veces unido a los Arias y a los de Orzonaga, comenzó a dar golpes frecuentes por la zona de Sabero, Boñar, Cistierna, Guardo y Saldaña, llegando incluso hasta Santander y, por el sur, hasta Sahagún de Campos. En Barrio de Nuestra Señora, Palazuelo, Lois, Pesquera y otros pueblos no era raro verlos a plena luz del día, tomando vinos en las tabernas y exhibiendo con chulería sus armas y correajes.

Sus acciones estaban casi siempre encaminadas a obtener recursos económicos, aunque también menudearon las de tinte político, de represalia contra los más significados falangistas de la comarca.

---

31 Ese mismo año de 1942 el grupo sufriría una segunda escisión, esta de menor importancia: Fidel Tejerina Ibáñez y los hermanos *Bercero* se separaron de la partida y comenzaron a actuar por su cuenta, en postulados cercanos al bandolerismo puro, sin ninguna connotación política.

En una ocasión, se apoderaron de la caja fuerte de la Sucursal en Boñar del Banco Español de Crédito y, como no encontraron otro modo de abrirla, la dinamitaron en pleno campo. Sabían que en León había dos buenos especialistas en abrir limpiamente cajas acorazadas, Cecilio Vallejo y un tal Fraile, pero no se atrevieron a bajar en su búsqueda. Casi todos los billetes se calcinaron; no obstante, durante una temporada no fue raro encontrar billetes en circulación por la comarca con alguna punta ligeramente chamuscada.

Más productivos fueron los audaces asaltos a algunos falangistas bien acomodados y, sobre todo, al pagador de Hulleras de Sabero, pero ni aun así consiguieron el dinero necesario para huir todos ellos de España, objetivo último, no siempre confesado, de todos los maquis.

Secundino Rodríguez, *El Practicante.*

—Zara, dentro de nada vamos a entrar en el otoño, hace más de cuatro meses que se acabó la guerra mundial en Europa, y aquí no hay dios que mueva ficha. ¿Sabes lo que pienso? Franco es eterno, y a nosotros no nos queda ya más remedio que dejarnos comer por las liendres.

Este tío es idiota. ¿Se creerá que estoy aquí por gusto?

—Ya lo sé, Secundino, pero para salir de aquí necesitamos un pastón. Somos muchos, y no es cosa de dejar a alguno en la estacada.

—Exacto. Tenemos que dar el golpe definitivo, el golpe del siglo, montarnos en el dólar y ¡pies para qué os quiero!

Este cabronazo tiene cara de querer soltar algo. Le voy a dar cuerda, para ver por dónde sale.

—Joder, Secun, acabas de descubrir las Américas. Eso que dices es de cajón, pero, ¿dónde y cuándo podemos dar el golpe definitivo? ¿Es que has pensado en algo?

Y *El Practicante* comenzó a largar acerca de unos contactos que él tiene, próximos a Arriola[32], el ingeniero ricacho que posee una finca en Santibáñez de Porma y es dueño de la vida y haciendas de casi todo el pueblo, de cómo se ha enterado de que el tío dispone de un montón de dinero fresco, con el que piensa comprar una finca enorme en Guardo, o en Saldaña, o por ahí. Se habla de la fabulosa cantidad de dos millones de pesetas. Con dos kilos nos podríamos comprar el mundo. Y no sería un atraco, sino un acto político de justicia, porque el Arriola y su familia mean y cagan azul. Vamos, que están a la ultraderecha de la ultraderecha. Y siguió rajando y rajando, que todo lo tenía planeado al detalle, que lo había estudiado sobre el terreno, que tenía cómplices en la casa, que nada podía fallar.

Este *Practicante* es un alucinado, pero de tonto no tiene un pelo. ¿Y si tuviera razón? Voy a dejar que suelte todo lo que lleva dentro. No parece un plan tan descabellado.

Y así, en aquel chozo de Vozmediano, al resguardo de un fresco atardecer del recién nacido otoño, entre pito y pito de apestoso tabaco de picadura, entre tiento y tiento a la vieja bota de vino, se fueron hilvanando las ideas, concretando las acciones, perfilando los detalles, designando a los actores de un secuestro que,

---

[32] Emilio Zapico Arriola, ingeniero agrónomo de la Diputación de León, miembro de una de las familias más pudientes de la provincia, Director de la Fundación Chicarro Canseco Bandiella, que tenía por objeto exclusivo el establecimiento de un centro cultural de aplicaciones agronómicas en León. Promovió el canal que lleva su nombre, para poner en regadío la parte alta de la ribera del Porma, que salía de la Central Hidroeléctrica de Sorribo, en Ambasaguas, pasaba por debajo del río Curueño y llevaba el agua hasta Santibáñez, donde él tenía en propiedad casi todo el terreno del pueblo, arrendado a particulares desde hacía decenios. Arrimaba, claro, el ascua a su sardina. Sobre este primitivo canal, de tierra en la mayor parte de su recorrido, la Confederación Hidrográfica del Duero proyectó y construyó el actual canal, ampliando su recorrido hasta Villarroañe, y conservando la denominación de Canal de Arriola.

a la postre, resultaría ser la acción con mayor repercusión popular de toda la historia del maquis leonés.

El secuestro.

Se solicitó la colaboración de algunos miembros del grupo de los Arias y, atados todos los cabos, nueve hombres dispuestos[33], al oscurecer del día 27 de septiembre de 1945, iniciaron la marcha a pie hacia Santibáñez de Porma. Pasaron el día 28 en tensa espera, ocultos en el caserío de Carrizal, y al anochecer reanudaron la cansada marcha que habría de concluir ante las puertas del caserío de los Arriola, en Santibáñez.

Seis de ellos se apostaron en torno a la finca, en tanto que Calixto López, *Zara*, Francisco Suárez, *Químico*, e Inocencio Ferreras, *Gitano,* se aproximan al portón. Van disfrazados de guardias civiles, con amplios capotes pardos, Calixto y Paco con gorros de campaña del Cuerpo, en tanto que Inocencio, a falta de pieza reglamentaria, luce una *ushanka* con las orejeras bajas.

—¡Coño, qué bien dan el pego el *Químico* y el *Gitano*! ¡Parecen guardias civiles de verdad! Estamos llenos de polvo y de mierda, pero en eso no se va a fijar nadie, porque no van mejor los guardias camineros.

Arriola.

En el historiado y antiguo reloj de pie del salón de los Zapico Arriola, en su enorme caserón de Santibáñez de Porma, acaban de sonar las campanadas de las once de la noche del día 28 de

---

[33] Los nueve guerrilleros que participaron en el secuestro de Zapico Arriola fueron: Calixto López Abad, Inocencio Ferreras Díez, Amable Fernández Arias, Benjamín Roza Argüelles, Francisco Suárez Salvador, Secundino Rodríguez Díez, Higinio Nicolás Bayón, Manuel Ferreras Díez y Senén Rodríguez Arias, *El Campesino,* que, sin embargo, no aparece como encausado en el sumario 415/45. En la declaración del primer capturado, Higinio Nicolás, no se cita a El Campesino.

septiembre de 1945. Hace apenas dos horas que el joven ingeniero agrónomo Emilio Zapico Arriola ha llegado de Valladolid, acompañado de un amigo, en su pequeño y coquetón Fiat Topolino. En la casa se encuentran, además de los dos citados, la madre de Emilio, doña Petronila Arriola S. Chicarro, viuda de Zapico, su hermana María de la Asunción, y once miembros de la servidumbre, algunos ya acostados y otros a punto de retirarse.

Unos fuertes golpes en la pesada puerta de madera de la entrada sobresaltan a todos.

—¿Quién puede ser a estas horas?

—A estas horas no se abre a nadie — dice doña Petronila, asustada.

—Tranquila, mamá — tercia Emilio, y, señalando a una criada, añade:

—Ve a ver quién es y pregunta qué quiere, pero no abras.

Al cabo de un momento, regresa la criada, agitada:

—Son tres guardias civiles. Dicen que traen un recado urgente para el señor.

Emilio, militante destacado de la Falange, teniente de Artillería durante la guerra, muy bien relacionado con todas las autoridades y amigo personal del gobernador civil de León, Carlos Arias Navarro[34], no es la primera vez que recibe instrucciones y mensajes por este procedimiento, aunque no, claro está, a tales horas de la noche.

¿Qué tripa se la habrá roto a Carlos? Tiene que ser algo muy gordo, piensa. O, a lo mejor, es que ha ocurrido algún incidente grave en las obras del canal, que requiere mi presencia inmediata. Veamos.

---

[34] El mismo que, muchos años después, llegaría a ser Presidente del último gobierno franquista. Su anuncio de la muerte del dictador ante las cámaras de TV, sin poder contener el llanto, resulta una imagen inolvidable para la mayoría de los españoles que en aquel entonces lo contemplamos.

Y dirigiéndose de nuevo a la criada, le ordena:

—Ábreles, por favor, y hazles pasar al recibidor. Enseguida estoy con ellos.

Apenas descorridos los cerrojos, los tres hombres penetran decididamente en la casa y, sin atender a los ruegos de la doncella de aguardar en el vestíbulo, se dirigen directamente al salón iluminado donde se encuentra reunida la familia.

—Buenas noches. Traemos un mensaje urgente para don Emilio.

—Ustedes dirán.

Intrigados por visita tan intempestiva, nadie se mueve.

—Antes de nada, hagan el favor de convocar aquí a toda la servidumbre.

Así lo hace doña Petronila, con un leve gesto a su doncella. La inquietud se respira. ¿Convocar a la servidumbre, para qué? ¡Qué raro es todo esto!, piensa la matrona. Poco a poco, los criados van llegando, a medio vestir, desaliñados, asustados.

—Bien, pues ya todos reunidos —inicia el joven Arriola, también altamente inquieto—, estamos impacientes por conocer el objeto de su visita.

Doña Petronila, mortalmente pálida, parece encontrarse al borde del desmayo. Su hijo lo advierte y se adelanta un paso hacia los visitantes.

—Se lo ruego, señores —dice—. Tengan la bondad de pasar a mi despacho. Hablaremos serenamente, sin necesidad de inquietar aún más a mi pobre madre.

Calixto, algo intimidado por la aparente serenidad del joven ingeniero, asiente, hace una seña al *Químico* para que lo acompañe, ordena al *Gitano* que permanezca vigilante en el salón, y sigue a Emilio hasta su despacho.

—¿Y bien?

Calixto, de pie, engola la voz. No les ha llevado allí ningún móvil político, pero hay que cubrir las apariencias:

—Somos soldados del Ejército Popular de Liberación, cumpliendo órdenes del Gobierno legítimo de la República.

Presa del asombro, Arriola se derrumba sobre un sofá. Calixto continúa:

—Ciudadano Emilio Zapico Arriola: Por los delitos de apropiación indebida, robo, usura, explotación de seres humanos, rebelión armada y pertenencia a organización criminal, entre otros, has sido condenado por un Tribunal popular a la pena de muerte por fusilamiento, pena que podrá ser conmutada por multa de dos millones de pesetas, que ha de ser abonada con carácter inmediato, y que será destinada a la adquisición de armamento para el Ejército Rojo.

¡Ostras, qué bien habla el *Zara*! ¡Parece un abogado! Tendríamos obispazo, si llega a seguir en el Seminario.

En el salón ha quedado el *Gitano,* visiblemente nervioso, sin saber muy bien cómo debe ejercer la vigilancia sobre los allí reunidos. Les ordena sentarse. Son tantos, que alguno de los criados debe hacerlo en el suelo.

¡Qué pinta más desastrosa tiene este individuo! ¿Y dónde se ha visto un guardia civil tocado con un gorro ruso? Me da que estos no son guardias. ¿Serán ladrones? Estos saben que en la casa hay objetos de valor y han venido a llevarse hasta las alfombras. Pero, a lo mejor, los estoy juzgando mal, pobrecitos. Este tiene cara de bruto, pero no de mala persona. Voy a sonsacarle.

—Así que guardias civiles. — Rompe el hielo la joven Asunción.

—Sí, señorita.

—Señora.

—Perdón; señora.

—¿Y a qué Comandancia pertenecen? Porque yo no recuerdo haberlos visto nunca por estos pueblos.

—No, señora. —El *Gitano* duda un instante.—Nosotros pertenecemos a una compañía ambulante que anda por Matallana y Pardesivil.

—¿Y quién es su jefe? Mi marido es comandante de Aviación y conoce a muchos de los oficiales de ustedes. De los actos en que participan juntos.

El *Gitano* empieza a sudar copiosamente. Viene a sacarlo del apuro la jeta del *Químico,* asomada a la puerta. Ha transcurrido media hora desde que los ausentes se encerraron en el estudio de Emilio.

—Señoras, ¿quieren pasar al despacho, por favor?

Las dos mujeres, madre e hija, acompañan al *Químico* a la otra habitación. Encuentran al *Zara* paseando nerviosamente de un lado a otro de la estancia y a Emilio sentado, pálido como la cera, como más delgado, pero aparentemente sereno.

—Estos señores piden dos millones de pesetas y llevarme con ellos, dice el joven Arriola.

Hay un silencio prolongado. Las mujeres, sorprendidas, ni siquiera pestañean. Ahora comprenden de qué va el asunto. Por fin, doña Petronila habla; no se le ocurre protestar, ni amenazar, ni increpar a los intrusos. Simplemente pregunta:

—¿Y de dónde vamos a sacar tanto dinero?

—Tienen ustedes eso y mucho más.

—Sí, pero no en efectivo.

—Vamos, mujer. Sabemos de buena tinta que están a punto de comprar ustedes una finca en Palencia por ese importe, y que piensan pagarla en efectivo.

¿Quién les habrá informado a estos de ese detalle? Tenemos un soplón en la casa, seguro.

Se inicia entonces un regateo, como si se tratase de ajustar el precio de una mercancía en la Plaza del Mercado. Doña Petronila porfía:

—Imposible reunir esa cantidad. Podríamos disponer, como mucho, de un millón o millón y poco más, pero, en todo caso, pagaríamos esa cantidad si ustedes no se llevan a mi hijo.

El tira y afloja se prolonga tiempo y tiempo, hasta que el Calixto descarga un culatazo sobre la mesa.

—¡Se acabó, señores! Nosotros no somos los jefes. Este hombre ha sido condenado por un Tribunal popular a la multa de dos millones, y nosotros no podemos hacer nada. Como mucho, vamos a dejar la cosa en un millón novecientas mil pesetas, renunciando nosotros a las cien mil pesetas que tenemos asignadas como gastos de la operación. Ahí les quedan cien mil pesetas, para que se compren un buen coche. Y a este nos lo llevamos. ¡He dicho que sin rechistar!

¡Seré imbécil...! ¿De dónde habré sacado que tenemos comisión por esto, y que somos tan buenos que se la perdonamos? Esta tía me saca de quicio. ¡Con qué ganas la pegaba un culatazo en toda la sien!

Quedó convenido que el día 1 de octubre[35] la madre y la hermana de Emilio se dirigirían a Lugán, en coche, con el dinero del rescate, y que en un punto intermedio del trayecto se les haría parar para efectuar el canje.

Era ya la una de la madrugada del día 29 de septiembre cuando Emilio y sus tres captores abandonaron la casa. Antes, al pasar por delante del cuarto donde todos los demás estaban confinados, Calixto se dirige a la servidumbre:

—Compañeros trabajadores. Tenéis ahora la ocasión de libraros de vuestras cadenas. Uníos a nuestro ejército, romped los hierros de la esclavitud y venid a luchar por una sociedad comunista y libertaria, seguros del triunfo final.

La servidumbre, de pie, agrupada como una piña al fondo de la sala, agachó aún más la cabeza. Naturalmente, nadie se movió.

¡Coño!, este tío alucina. ¿A qué viene ahora esa arenga política? ¿No habrán venido a hacer proselitismo?

Por exigencia expresa de los raptores, las dos mujeres no salieron hacia su domicilio, en la calle Ordoño II de León, hasta las tres de la madrugada, pero en el tiempo intermedio Asunción había telefoneado a su marido, el comandante de Aviación José Antonio

---

[35] El día 1 de octubre era ya de antemano para doña Petronila un día doloroso, ya que en esa misma fecha del año 1936, en Puerto Ventana, los rojos le habían matado otro hijo, Antonio Manuel, un joven falangista de 19 años, brillante alumno de la Escuela de Ingenieros de Caminos.

Rodríguez Pascual, y, muy alterada, le había relatado toda la increíble aventura y él no había dudado en despertar a su amigo, el gobernador civil, para informarle del suceso con todo detalle.

Mucho dinero.

Aquel mismo día, 29 de septiembre, muy de mañana, apenas abrió sus puertas la Caja de Ahorros y Monte de Piedad de León, doña Petronila, ojerosa y agitada, acudió al director de la entidad.

—Necesito retirar inmediatamente y con toda discreción un millón novecientas mil pesetas.

—Pero, señora, eso es mucho dinero.

—Por eso acudo a usted directamente. Le agradecería que no me pida explicaciones ni me haga esperar más tiempo.

—Bien, señora. Siempre a sus órdenes.

Pero apenas la señora abandona su despacho, el empleado telefonea al Gobierno Civil, para exponer su impresión de que algo grave e ilegal estaba ocurriendo, dada la equívoca y sospechosa actitud de la señora viuda de Zapico. Un gesto muy patriótico, muy de aquellos tiempos entre las gentes de orden, mas innecesario, puesto que ya para entonces se había puesto en marcha un dispositivo policial para atrapar a los secuestradores.

Reunidos el Gobernador Civil, el General de la Guardia Civil y el Comisario Jefe de Policía, en presencia de la madre y hermana del secuestrado, trazaron un plan, al que, por cierto, doña Petronila se opuso con toda su alma, temerosa por la vida de su hijo.

—Déjenme entregar el dinero. Ya intervendrán ustedes cuando mi hijo haya sido liberado. Si ahora meten ustedes las narices, esos bandidos van a matar a mi Emilio.

¡Dios mío, no me hacen ni caso! Ellos, en sus trece. Quieren colgarse más medallas. Pero si intervienen estos desmañados, que nunca han sabido ni dónde tienen la mano derecha, me temo que no volveré a ver a mi hijo.

El plan de rescate.

El plan trazado no podría ser más elemental ni más absurdo. Consistió en que un capitán de la Guardia Civil destinado en Boñar, Francisco Martínez Gallo, físicamente muy menudo, que se había presentado voluntario para este servicio, se disfrazase de mujer y acudiese a la cita con los secuestradores haciéndose pasar por la madre de Emilio. Se supuso que los guerrilleros eran idiotas, y que iban a salir todos a cara descubierta, con el secuestrado, delante del automóvil, para dejarse capturar o matar. Se supuso que, en el caso de producirse un tiroteo, los ocupantes del automóvil podrían matar a todos los partisanos, dejando indemne al rehén. Así pues, se aplicó, según parece, una estrategia basada, no en el arte de dirigir operaciones policiales, sino, más bien, en los métodos aprendidos en las películas de *cowboys* de la época, tipo "Murieron con las botas puestas".

El día 1 de octubre, a las 8 de la tarde, sale de la finca de los Arriola, en Santibáñez, un automóvil propiedad de la familia, en dirección a Lugán. Va ocupado por el capitán Martínez Gallo, disfrazado de mujer, y cinco guardias más, un brigada, un sargento, un cabo primero y dos guardias segundos, dos de ellos también disfrazados de mujer, otro de chófer y los dos restantes agazapados en el suelo del coche, con las armas dispuestas.

En el punto kilométrico 25 de la carretera de Puente Villarente a Boñar, a la altura de la finca El Carrizal, les sale al paso un individuo con uniforme de la Guardia Civil. En un principio, el capitán piensa que forma parte del dispositivo policial, otro indicio de la falta de rigor con que toda aquella operación se había montado. El sujeto, con un subfusil oculto bajo el capote, se acerca a una ventanilla del auto e inmediatamente advierte el engaño y hace amago de levantar su arma, pero Martínez Gallo tiene en su mano su pistola reglamentaria del nueve largo y se anticipa al guerrillero, asestándole un disparo en la cabeza que acaba con su vida.

¡Hijos de puta! ¡Han matado al *Químico*! ¡Vamos, cojones, disparad a mansalva! ¡Que no quede uno vivo! ¡Esto nuestro es un carajo! ¡Qué ganas tengo de mandarlo todo a tomar por culo!

Una andanada de disparos de fusil y armas automáticas desde la parte izquierda de la carretera acribilla el coche de los guardias, obligándoles a bajar por el lado contrario y buscar apresurado refugio en la cuneta. Desde allí, responden a los atacantes, entablándose un infernal tiroteo, que parece interminable. Los relámpagos de los tiros iluminan la noche, pero nadie acierta a ver algo más que el coche agujereado, con los neumáticos reventados, en medio de la calzada y, junto a él, un cadáver en posición grotesca con los ojos y la boca desmesuradamente abiertos.

—No desperdiciéis munición. Disparad a donde veáis que sale el fogonazo.

Confundiéndose con el traqueteo de las armas, comienza a oírse el ronroneo de un motor de explosión. De una curva cercana surge un camión cargado de odres de vino. Los maquis confunden las siluetas de los pellejos con cuerpos de guardias civiles y emprenden la huida monte arriba. Ello salva a los pocos guardias que continúan apostados en la cuneta opuesta, porque algunos, ya antes, se habían ido escurriendo sigilosamente, alejándose campo a través del escenario del combate.

Han participado en el encuentro, además del *Químico*, Amable Fernández Arias, a) *Joanín*, Inocencio Ferreras, a) *Gitano*, e Higinio Nicolás, *el Italiano*.

El Zara, Benjamín Roza Argüelles, Manuel Ferreras, a) *Madruga*, Secundino Rodríguez, a) *El Practicante*, y Senén Rodríguez, a) *El Campesino*, se quedaron con Arriola en un monte próximo, en la otra ribera del río.

Se ha apagado todo estruendo. Reina, de repente, un espeso silencio, acentuado por los rumores de la noche. Inesperadamente, suena un disparo. Después, nuevamente la calma. Al otro lado del río Porma, al pie de las casas de Valderrodezno, próximas al caserío del Carrizal, el cadáver del joven Arriola, con un orificio apenas sangrante en la frente, cae en una acequia, mientras Calixto, como ausente, vuelve a su funda una pistola aún humeante, ante la muda mirada del *Practicante.*

A ver quién lo conoce.

Nadie sabe quién es el muerto en la refriega. Sólo saben, por la declaración de Asunción Zapico Arriola, que es uno de los secuestradores que entró en la casa de Santibáñez de Porma.

El cadáver se expone el día 2 en Ambasaguas, para su reconocimiento, y ese mismo día se traslada a León. Los forenses del Cuerpo de Sanidad Militar que le practican la autopsia certifican que se trata de un hombre de identidad desconocida, de entre 28 y 30 años, 1,60 m de estatura, bien constituido y vestido con un capote y prendas reglamentarias de la Guardia Civil, que lleva anudado al cuello un pañuelo de crespón de color verde con lunares blancos y presenta una herida de bala con entrada por la garganta y salida por la espalda, que le segó la aorta.

Tras el examen forense, el cadáver es mostrado en plena calle de Ordoño II, delante del edificio que entonces era del Banco de España y ahora ocupa la Gerencia Territorial del Catastro. Mucha gente desfila ante el macabro despojo, unos por gusto, otros por incitación de la policía. Aun así, nadie lo identifica.

Las autoridades deciden convocar a Benito Ferreras Díez, hermano de los conocidos partisanos Inocencio y Manuel. Tampoco él reconoce al muerto.

—Señor Ferreras, ¿reconoce usted a este individuo?

A una indicación del juez, el empleado del depósito levanta el lienzo que cubre la cara del cuerpo tendido en la camilla. Ante los ojos de Benito aparece el rostro tumefacto del *Químico,* al que nadie se ha ocupado de cerrar la boca ni los ojos. A duras penas, Benito contiene las lágrimas.

—No, señor. No he visto a este hombre en mi vida.

El juez ha notado la turbación de Benito.

—¿Qué le ocurre?

—Nada.

Tardarían año y medio en identificar el cadáver.

El hallazgo.

Dos días después del fracasado enfrentamiento, un labrador que iba de mañana a echar el agua a un prado descubre, en el fondo de la acequia, el cuerpo sin vida de un hombre de unos 25 o 30 años, con un disparo en la frente y señales de haber caminado mucho y de haber estado atado por la muñeca izquierda. De inmediato, reconoce al finado.

—Claro que lo reconocí. El señorito Arriola andaba mucho por estos pueblos. Era muy majo. Le gustaba mucho participar en los aluches. Si los rojos querían matar a alguien, podían haber matado a otro, ¡qué sé yo!, más no sé cómo, más... abusador.

Al levantamiento del cadáver, acompañan al juez municipal de Vegaquemada el gobernador civil, Carlos Arias Navarro, y un familiar del fallecido[36].

El secuestro y asesinato de Emilio Zapico Arriola, conmocionó a la sociedad leonesa. La prensa de la época, amordazada por la censura, se hizo eco de la muerte, pero no de sus causas. Sin embargo, los que estaban más o menos al corriente de lo ocurrido comenzaron a difundir lo que sabían entre sus familiares y amigos y, de este modo, la rumorología fue creciendo y se fue incrementando un estado de opinión poco favorable a los huidos del monte. Mucha gente, manipulada por la propaganda del Régimen, deseaba de buena fe una mayor dureza en la represión de la

---

[36] El auto del juez municipal de Vegaquemada y las diligencias de los forenses militares de León forman parte de la causa sumarísima 415/45. Como todas las de la provincia leonesa, se encuentra depositada en el archivo del Tribunal Militar de El Ferrol. El sumario «por el presunto delito de secuestro y asesinato del vecino de esta capital don Emilio Zapico Arriola» contiene más de 500 folios y fue abierto el 1 de octubre de 1945.

guerrilla, sentir que favorecía el aumento de las acciones, no siempre lícitas, de la policía fascista.

Las capturas.

—Se acabó la buena vida. Hay que salir de aquí echando mixtos. Esos cabronazos no van a parar hasta que nos frían a todos.

Calixto López Abad, Inocencio Ferreras Díez, *el Gitano*, Acendino Fraile Santos, *Peleas*, Secundino Rodríguez, *el Practicante*, y Manuel Ferreras, *Vozmediano*, acuerdan poner tierra de por medio y se refugian en los montes de la provincia de Palencia. Allí, en un intento desesperado por conseguir fondos, asaltan la Sucursal de Banco Español de Crédito en Saldaña, el 28 de octubre de 1946. No obtienen, sin embargo, el dinero suficiente para pagarse su fuga del país.

Las cosas se ponen cada vez más feas para los huidos. En el mes de enero de 1947 son detenidos en Manzaneda de Torío Higinio Nicolás Bayón, *el Italiano*, y Aureliano Suárez Robles.

"Convenientemente interrogados", eufemismo que, como ya hemos aclarado, significaba la aplicación de pavorosas torturas inhumanas, los presos cantaron todo lo que sabían y mucho de lo que no sabían. Entre otras incógnitas, queda despejado ahora el enigma de la identidad de aquel cadáver tiempo atrás ignominiosamente expuesto en la calle de Ordoño II.

Pocos días después son apresados en Saldaña Manuel Ferreras Díez, *Vozmediano,* y Secundino Rodríguez, *el Practicante.* Pasaba una pareja de la Guardia Civil por delante de la casa en que estaban escondidos y una muchacha, desde el interior, asustadísima, cerró con violencia las ventanas de la cocina. Los guardias sospecharon que algo raro ocurría allí; pidieron refuerzos, rodearon la casa y conminaron a salir a sus habitantes. Al poco rato, surgieron en la puerta los dos partisanos, desarmados, con los brazos en alto y sin oponer resistencia alguna.

También son aprehendidos Silverio Getino Bayón, *El Legionario,* el hermano de Miguel Robles, Tomás, propietario de una cafetería en Puente Villarente. Este último no se había echado al monte, pero fue acusado de complicidad en el secuestro de Arriola.

El Consejo de Guerra.

"Esta mañana en el Cuartel del Cid, se celebró Consejo Sumarísimo contra tres atracadores, a quienes se acusa, entre otros muchos delitos, del secuestro y posterior asesinato de Don Emilio Zapico Arriola, hecho que tuvo lugar el día 2 de octubre de 1.945. Se llamaban los procesados Secundino Rodríguez el Practicante, Higinio Nicolás Bayón el Gitano y Manuel Diez Ferreras, de Vozmediano, quienes en unión de otros seis más cometieron el execrable crimen. La sentencia ha sido enviada al Capitán General de la Región, sin que hasta el momento se conozca el fallo".
(Diario de León, 27 de febrero de 1947)

Un rápido Consejo de Guerra, protagonizado por la verborrea bravucona y tendenciosa del capitán auditor Navas, y celebrado sin ninguna garantía legal para los procesados, condena a muerte, por secuestro y asesinato, a Higinio Nicolás, a Manuel Díez Ferreras, a Secundino Rodríguez y a Aureliano Suárez. Los tres primeros son condenados, además, a indemnizar solidariamente a los Arriola con 30.000 pesetas. Por la confesión de los otros acusados y la suya propia, *El Practicante* es señalado como el principal instigador del secuestro y muerte del ingeniero. Tomás Robles y Silverio Getino reciben fuertes penas de cárcel.

A causa del brutal interrogatorio a que fue sometido, Secundino Rodríguez no pudo asistir a la vista y el tribunal tuvo que desplazarse al botiquín de la cárcel para preguntarle si tenía algo que añadir. «Este, desde su lecho, donde yace por no poder ponerse en pie, dado su estado de gravedad, dice que no», se lee en el acta del juicio. Previamente, se ha justificado el motivo de la dolencia que padece *El Practicante*: «Una pérdida de sangre que tuvo en la madrugada de hoy, al intentar suicidarse con las esposas». (¿Con las esposas? ¿Cómo se puede suicidar uno con unas esposas?)

Las ejecuciones.

El Gobierno Militar de León, en documento fechado el 6 de marzo de 1947 y encabezado por las palabras «reservado y urgente», señala las 5,30 horas del día siguiente para proceder a los agarrotamientos.

Los sentenciados a muerte son ejecutados públicamente a garrote vil el día 7 de marzo, en la vieja cárcel instalada en el Castillo de León que forma parte del lienzo septentrional de la vieja muralla romana. Se da la circunstancia de que Secundino, *el Practicante*, había residido durante unos cuantos años en la contigua plaza de la Veterinaria, hoy de Santo Martino.

—Murió en casa —ironizó con macabro sentido del humor uno de sus ejecutores.

Días antes, el 2 de marzo, el grupo maquis de Sabero, en una audaz operación, tiroteó al capitán auditor Navas a las puertas de su casa, en pleno centro de León. Solo resultó herido.

—Vamos a acabar con ese cabrón, que quiere llevarse por delante a nuestros compañeros. A lo mejor, si le damos matarile a él, los demás se lo piensan y no ejecutan las sentencias. Ya lo sé, ya sé que va a servir de poco, pero ¿qué otra cosa podemos hacer?

El Diario de León de fecha 24 de marzo de 1947 insertaba una lista de fusilados, colocando al final de cada nombre la coletilla, tranquilizadora de las conciencias de la buena gente: "El reo antes de morir mostró arrepentimiento y recibió los auxilios espirituales".

El exilio.

Comienza la desbandada general. Los tiempos han cambiado y ya nadie apoya a los maquis. Guerrilleros de todos los grupos acuden a las redes organizadas de evasión que, utilizando trenes, autobuses o cualquier otro medio de desplazamiento, llevan a sus usuarios hasta la frontera, y desde allí, generalmente en barca, los trasladan a suelo francés. Los precios no son baratos. Por ejemplo, el grupo de los Arias pagará 1.500 pesetas de la época por cada uno de sus hombres.

El grupo de Calixto utilizará una red de evasión organizada por la CNT, que consigue pasar felizmente a Francia a Andrés López Abad, Jesús Monje González, Senén Rodríguez Barrio, *El Campesino*, Sixto Láiz Álvarez y Aladino Oricheta Pascual, entre otros.

El *Zara* e Inocencio Ferreras, el *Gitano,* aguardan su turno en Olleros de Sabero, escondidos, por lo regular, en su chozo ignorado de Vozmediano, y ocasionalmente en el desván de la casa de Nemesio, el cuñado de Calixto. Allí, ya muy avanzado el año 1947, va a buscarlos la Guardia Civil. Inocencio huye al monte, mientras que Calixto y su cuñado son arrestados y conducidos a la Comandancia de Sabero.

Los guardias están tan confiados en sí mismos que ni siquiera los maniatan.

En un lugar del trayecto, Calixto arremete contra el sargento que manda la fuerza y cae con él fuera de la carretera. Amparado en la oscuridad de la noche, huye al monte.

Tras una carrera desenfrenada, arrojado en el suelo, piensa:

—Estoy hasta los huevos de este país. Escondido en el monte, como una alimaña, peor que las alimañas, siempre con miedo de que te descubran, de que alguien te delate, de que te peguen un tiro por la espalda. Y pasando todas las miserias del monte: el frío, el calor, la humedad, el hambre, la sed, la mierda. ¡Me largo de aquí de una puta vez!

Reunido de nuevo con *El Gitano,* ambos deciden no retrasar más su huida a Francia. A finales de 1947, con la ayuda de Delfino Robles González, uno de los responsables de la red de evasión de la CNT encargado de proporcionar falsos papeles y salvoconductos, los dos se encaminan desde Vozmediano a Sahagún, donde descansan en casa de un compañero. Después, en taxi, se desplazan a Bilbao y, desde allí, a San Sebastián. Siempre en taxi, con el contrabandista José María Artola, alcanzan Oyarzun, en

Guipúzcoa, donde franquean el puesto de control militar, cuyo responsable ha sido comprado.

—A estos militares, franquistas de toda la vida, se les compra muy fácilmente con dinero. Y hay que tener amigos hasta en el infierno.

Después, en barca, cruzan el Bidasoa. Ya están en Francia. Atrás han dejado dolorosos jirones de su vida, que ahora se les antoja tan inútil.

Poco después del pasaje de Calixto y de Inocencio, y como resultas de una imprudencia, la red de evasión será desmantelada por la policía.

Por poco tiempo más, aún permanecerán en León románticos y arriesgados guerrilleros de leyenda, como el famoso Ramos, del que quizás os cuente algo otro día.

Tras muchos años de exilio en Francia, Argentina y Bolivia, Calixto López Abad volvió a su pueblo, Olleros de Sabero, en 1998. Aunque declaró entonces al periódico *Diario de León* que, a pesar de todo, había valido la pena luchar, le dolía en su interior la inutilidad de su vida. Su gesta a favor de la libertad y de la dignidad humana había sido olvidada por casi todos y seguía siendo repudiada por los de su misma familia[37]. Murió en Madrid, con la

---

[37] Olvidada por casi todos menos por los periodistas, que le asediaron durante su corta estancia en Olleros. A este respecto, Soles, su única sobrina aún residente en el pueblo, le repetía constantemente: "No vaya a buscarnos un lío". Es curioso cómo, después de tantos años de muerto Usted, tío, cállese y no hable tanto con todo el mundo. el dictador y desaparecidas casi todas las huellas (que no las secuelas) del franquismo, aún perdure en la conciencia del pueblo un vivo temor a las represalias, a ser tachados de "rojos" y al qué dirán de los vecinos. En la nota de autor que abre este relato revelo que mi fallecida esposa fue sobrina carnal de Calixto; pues bien, ella misma participaba aún de ese temor, de tal forma que, a pesar de la natural confianza entre esposos, siempre fue muy reticente a hablar conmigo de este tema y no pude conseguir de ella mucha información.

única asistencia de su compañera, venida con él desde América, en
el año 1999.

EL HOMBRE QUE SE CONVIRTIÓ EN PIEDRA

Notó la boca llena de barro. La tierra tiene un sabor ácido, mohoso, metálico, vegetal, algo que no se puede definir con palabras pero muy característico; nada sabe como la tierra. Cuando los disparos impactaron en su espalda, cayó hacia adelante, tal vez gritando, no se acordaba. Le hubiera gustado morir exclamando "Viva España", "Viva Cristo Rey" o una frase de esas que ennoblecen la muerte, pero en ese momento solo se le ocurrió pensar, o murmurar, o tal vez vocear:

—¡Hijos de puta!

Una bota lo había empujado hacia el hoyo; cayó sobre un cuerpo blando, caliente y húmedo, e inmediatamente sintió la aplastante presión de otro cuerpo que se desplomaba sobre él. Alcanzaba a oír, muy lejanas, las voces de hombres y mujeres que reían o sollozaban, que pronunciaban súplicas o insultos, que lanzaban juramentos. Una voz muy enojada hizo callar a las demás:

—¡Idiotas! ¡Los habéis tirado a la fosa sin el tiro de gracia! ¿Estáis seguros de que todos estaban muertos?

Oyó una detonación, otra, otra más; perdió la cuenta. Algo le quemó en una pantorrilla.

—¡Ahora están muertos, jefe! ¿Tengo que bajar a comprobarlo?

—¡No me toques los cojones! ¡Y no malgastes munición!

Estaba muy mareado. La cabeza la daba vueltas y comenzaba a sentir sueño, pero tenía miedo de dormirse. Sintió mojada la entrepierna: todos los esfínteres se le habían aflojado. Rompió a llorar en silencio.

El primer minuto, tras despertar, experimentó una agradable sensación de beatitud, pero solo un instante después se le avivó un fortísimo dolor en el hombro izquierdo y una casi insoportable impresión de escozor en la pierna derecha. La oscuridad era total: una espesa capa de negrura que dañaba los ojos por el esfuerzo de penetrarla. Al intentar moverse, una lluvia de tierra y cascotes se desplomó sobre él. Adquirió con horror la certeza: ¡Estaba enterrado! Los dos cuerpos entre los que había caído habían aislado una bolsa de aire que le permitía respirar. ¡Tenía que intentar salir de aquella fosa! Con gran esfuerzo, liberó los brazos de la opresión de los otros cuerpos, movió todo lo que pudo el cadáver que le aplastaba por encima y comenzó a escarbar hacia arriba. Solo el brazo derecho le respondía bien. Empezó a sentir cómo se le desgarraban las uñas, cómo le sangraban los dedos y los nudillos, cómo las muñecas se le partían de dolor y, cuando estaba a punto de rendirse, totalmente agotado, una última capa de tierra cayó sobre él y, con gran alivio, apareció ante sus ojos un cielo negro cuajado de estrellas. Afortunadamente, sus verdugos no se habían molestado en cavar una hoya muy profunda, ni en apisonar la tierra. Hubiera estallado en carcajadas, pero ya no le quedaban fuerzas. Pensó en Dios, agradecido. Con más de medio cuerpo aún enterrado, cerró los ojos y se durmió otra vez.

Cuando despertó de nuevo, estaba amaneciendo. Yacía en un foso cavado ante la tapia exterior del cementerio de su pueblo. No le costó mucho separar los cadáveres y la tierra que aún cubrían la parte inferior de su cuerpo y arrastrarse fuera del agujero.

Salvo que hubiera otros fusilamientos, lo que no era probable, porque no vio más fosas abiertas, no parecía razonable esperar que alguien se acercara por aquel siniestro paraje: los familiares de las víctimas estarían vigilados; los demás, salvo que sucediera alguna muerte natural, aguardarían a que los ánimos exaltados se calmasen. Además, ¿cómo saber, si buscaba ayuda, que la primera persona que le viese le ayudaría? ¿Y si topaba con uno de sus verdugos, dándole la oportunidad de rematar la faena que habían dejado a medias? Lo más prudente, de momento, sería procurar que no lo vieran, ni de lejos. Se acercó cojeando a las puertas del camposanto, que encontró abiertas. Entró y, no sin esfuerzo, se sentó en el suelo, de espaldas a la tapia. Comenzó a examinarse: tenía una herida fea, llena de barro, en la pantorrilla derecha, visible a través de un desgarro del pantalón. Palpándose en las zonas más doloridas de su cuerpo, encontró dos llagas taponadas con sangre seca en su hombro izquierdo, muy próximas entre sí. Como pudo, examinó la espalda con su mano y palpó dos orificios en la carne desgarrada y tumefacta que, con toda seguridad, corresponderían a dos balas que habían atravesado su tórax, horadando el omoplato, y salido por las heridas de la espalda. Gracias al cielo, ninguna había rozado el corazón.

"Tengo que organizarme" —pensó—. "Lo primero, limpiar y vendar con algo estas heridas". Aunque apenas tenía fuerzas para arrastrarse, disponía de todo el tiempo del mundo. Comprobó que salía agua del grifo de la pequeña fuente adosada a la tapia, cerca de la entrada; reunió todos los trozos de tela que pudo encontrar en las bandas de viejas coronas y en los restos de ramos secos; además, arrancó una de las mangas de su camisa y la rasgó en largas tiras, a modo de vendas; lavó todo concienzudamente en la pila de la fuente, hasta que le pareció que aquel amasijo de trapos ya presentaba una limpieza aceptable.

Se despojó después de toda la ropa, sucia de barro, de sangre y de sus propios excrementos. Arrojó lejos los calzoncillos; estaban tan impregnados de su misma mierda que su sola visión le provocaba violentas arcadas. Lavó en la fuente el resto de sus ropas. Después lavó sus heridas, aguantando el intenso dolor y la continua inducción al desvanecimiento, las cubrió con flores de manzanilla, porque había oído que tenían poder antiséptico, y las vendó todo lo cuidadosamente que pudo.

Le dolía la mano derecha, la que había llevado el mayor esfuerzo en la remoción de tierra para librarse de su tumba, pero no la había vendado porque tuvo que utilizarla para todos los lavados y curas. Tenía las uñas desgarradas, algunas casi arrancadas, y los nudillos en carne viva, aunque ya no sangraban. Estaba bien limpia. La examinó con atención: había adquirido un color terroso, como si ya no hubiera sangre circulando por sus venas, y la muñeca hinchada tenía ahora un aspecto realmente monstruoso.

Necesitaba encontrar un lugar donde descansar, recuperar fuerzas y poner algo de orden en su mente.

Se alzaba en el centro del cementerio un gran mausoleo con capilla, perteneciente a una familia rica afincada en el pueblo y que durante siglos había detentado el poder de señores de horca y cuchillo en toda la región. Desnudo, con su ropa mojada bajo el brazo y arrastrándose penosamente, se dirigió hacia aquel edificio. El monumento, como era de esperar, estaba cerrado, pero su vieja puerta, afortunadamente para él, era de madera, tan carcomida que no le fue difícil forzarla de varias patadas con su pierna buena, aun a costa de tener que sufrir un lacerante dolor al apoyarse solo en su pierna herida. Entró. A la luz que se colaba a través de las vidrieras de colores, examinó la capilla: Los laterales de su planta basilical estaban ocupados por nichos cerrados hasta una altura de dos metros, muchos de ellos con inscripciones que informaban del nombre y fechas de los difuntos que albergaban. En el frente, un altar con el sagrario abierto y vacío, seis candeleros con velas, y hasta un acetre de cobre cubierto de cardenillo y una enorme caja de cerillas en una pequeña credencia al lado del altar. "Mira qué bien: tendré luz, si me quedo aquí", pensó. Dispersos por la pequeña nave, media docena de reclinatorios tapizados y algunos cojines de tela morada con el escudo de la familia. "Y cama", sonrió, satisfecho. Casi se sintió feliz. Colocó en el suelo todos los cojines y, tumbándose sobre ellos, hizo almohada con su brazo derecho, el menos dolorido, y se quedó dormido al instante.

Atardecía cuando abrió los ojos. Había tenido un sueño profundo, pesado; sin imágenes que recordar. Se levantó temblando de frío, se vistió, aunque la ropa aún no estaba del todo seca, y, arrastrando la pierna herida, se asomó al exterior: en el cielo, el arrebol ofrecía un espectáculo sublime. No sabía si había dormido solo unas horas o más de un día, y tampoco podía saber qué hora era, porque sus verdugos, antes de fusilarlo junto al párroco, al alcalde, al carnicero y algunos vecinos más, le habían arrebatado el reloj, la cadena de oro y la cartera.

Sintió un hambre feroz. Salió del cementerio. Los desiertos campos de cultivo de los alrededores le ofrecieron, además de algunas frutas de árbol, una gran variedad de productos: pimientos, tomates, lechugas, zanahorias, repollos, de todo; no iba a tener problemas de abastecimiento. Hizo acopio de algunas piezas, procurando alternar en distintos campos, para que su rapiña no fuera muy visible, y regresó a su mausoleo. Tampoco tendría problemas de sed, porque la fuente del cementerio daba un agua excelente. En el pueblo siempre se dijo que los muertos bebían mejor agua que los vivos, aunque estos no solían cogerla por pura superstición.

Repasó los últimos acontecimientos vividos. Difundida por la radio, había llegado al pueblo la noticia de una rebelión de militares contra el gobierno, apoyada, se decía, por la Iglesia, por los ricos y por algunos partidos de la derecha, rebelión que, al parecer, se había impuesto en muchas partes del país, aunque en la capital la situación era muy inestable y se luchaba por las calles. La fracción más violenta de la población civil también se había alzado en armas, obtenidas nadie sabía muy bien cómo, y había tomado partido en uno u otro bando.

Aquí, habían salido a la calle los borrachines, los maltratadores y toda la escoria conocida, liderados por Rogelio, el barbero, y un par de tipos venidos de la ciudad, y armados con escopetas de caza, pistolas y viejos fusiles traídos por los forasteros, hoces y palos, voceando a pleno pulmón que defendían la República y la democracia. Ese espíritu democrático les llevó a asaltar y desvalijar cuantos comercios y casas privadas se encontraron al paso, sin distinguir entre amigos y enemigos, a detener y apalear al cura, al sacristán, al carnicero, porque tenía un crucifijo colgado en un rincón de su tienda, que probablemente llevaba fijado allí varias generaciones; a cuatro o cinco infelices más, y a él, uno de los maestros, que había dedicado más de dieciséis años a desasnar chiquillos, sin que jamás le hubiese oído nadie expresar una opinión banderiza en política, ni de derechas, ni de izquierdas.

—¡Tú, a la fila! —le había ordenado un miliciano, casi un niño, armado con una carabina Mauser 98, entresacándolo del grupo de vecinos reunidos a la fuerza en la plaza de la iglesia.

—¿Y a ese, por qué? —preguntó otro miliciano al niño de la carabina.

—Porque me da la gana. Se va a acordar del cachete que me dio, cuando estaba en la escuela.

En ejercicio de tan alto impulso democrático, aquella turba había decidido fusilar a todos los detenidos, sin juicio ni otras monsergas, porque ¿no era suficiente prueba de delito merecedor de muerte el hecho de no pertenecer a la clase obrera y campesina, a la de los menestrales y desfavorecidos?

Él jamás había cruzado con Rogelio, el barbero, más palabras de las necesarias cuando acudía a su peluquería para cortarse el pelo, pero no había tenido, hasta ahora, un mal concepto de él; le había parecido un hombre serio, algo taciturno, y eficiente en su oficio. Sin embargo, fue este tipo el que había dirigido el pelotón de fusilamiento que a punto había estado de acabar con su vida. Juró vengarse.

Amparado en las sombras de la noche, volvería a su casa, se refugiaría en ella, si le era posible, y allí pensaría su plan de venganza. Se sentó a esperar una hora avanzada que le permitiese regresar al pueblo sin riesgo de ser visto. Notó de pronto que el lacerante dolor del brazo derecho, desde el codo hasta la punta de los dedos, había cesado. Intentó mover los dedos, pero estos no le respondían muy bien. En la casi total oscuridad reinante en el mausoleo, se levantó, buscó a tientas la caja de cerillas sobre la credencia, extrajo un fósforo con la mano derecha, lo prendió con alguna dificultad, después de varios frotamientos, pues estaba algo humedecido, y con él encendió un candelero. Aproximó la luz al brazo derecho, desnudo, ya que fue la manga de este brazo la que había usado para fabricarse vendas. Le pareció que la piel había perdido el color sonrosado de la carne. Acercó aún más la vela: horrorizado, pudo comprobar que, desde el codo hasta la mano, aquel miembro había perdido por completo la apariencia de carne; tenía el aspecto y la coloración de una pieza de mármol pulido, con los dedos separados, inmóviles y completamente rígidos, semejando una garra. Al inclinar la vela, unas gotas de cera ardiente cayeron sobre la mano; no sintió ningún dolor. ¡Dios! ¿Cómo era posible? ¡Su brazo parecía convertido en piedra! Soltó el candelabro, que se estrelló ruidosamente contra el suelo, y de su garganta salió un prolongado alarido de desesperación. Todos los pájaros de los alrededores se despertaron, sobresaltados, y comenzaron a volar en desconcertados círculos; el graznido de los cuervos se prolongó durante largos minutos. Hasta las ramas de los árboles parecieron estremecerse.

La excitación del momento derivó pronto en un estado de postración, casi de catatonia, con la mente totalmente vaciada de toda sensación. Tardó horas en superar el estupor y cuando, por fin, volvió a tomar contacto con el mundo exterior, con la triste y desesperante realidad, su propósito de venganza había crecido hasta el punto de causarle una dolorosa presión en el pecho.

La noche era muy cerrada. No podía saber si eran las primeras horas de oscuridad o si estaba a punto de amanecer, pero, una vez que las alborotadas aves habían vuelto a refugiarse en sus dormideros, el silencio en la Naturaleza era total. Se despojó de la camisa, atando cabos hizo con ella una especie de saco e introdujo en aquel precario talego las velas de la capilla, la caja de cerillas y todos los alimentos que había recolectado, se lo echó al hombro y salió del mausoleo.

Orientándose por la exigua luz de la luna y por un vacilante resplandor en el horizonte, del lado en que se situaba el pueblo, emprendió penosamente el camino de regreso a su casa. Aunque aquello significara exponerse a ser descubierto, no se le ocurría otro rincón en el que refugiarse; por supuesto, resultaba impensable permanecer en aquel siniestro mausoleo. Arrastraba la pierna derecha y le dolían atrozmente las heridas de la espalda y el pecho, pero apretaba la marcha cuanto podía, ansioso por llegar a lugar seguro. La gravilla del camino resonaba bajo sus alpargatas, pero no le preocupaba el ruido, que nadie podría escuchar en aquella soledad.

Sin embargo, cuando estaba a punto de alcanzar el pequeño puente que cruzaba el arroyuelo que discurría entre la población y el cementerio, algo llamó su atención y le paralizó al instante. Al otro lado del arroyo, dos tenues y oscilantes lucecillas rompían la oscuridad de boca de lobo ante sus ojos. Sigilosamente abandonó el camino de tierra y gravilla y, pisando muy despacio sobre la húmeda hierba que bordeaba la senda, se acercó al puente hasta que, tras unas salgueras, pudo oír claramente la conversación de dos aldeanos que, sin ninguna precaución, charlaban y fumaban distendidamente. Enseguida reconoció las voces: eran dos campesinos, el Bragas y el Pelines, que siempre le habían mostrado una respetuosa amistad.

—Este Rogelio es un gilí —decía uno de ellos—. Porque, ¡mira que mandarnos a hacer guardia en este puente, mientras él y los otros se divierten en el bar!

—Nosotros, que le obedecemos —replicó el otro, tras una profunda calada a su cigarro—. Porque, ¿quién le ha dado el mando a ese?

—Bueno, siempre fue un mandamás en el Partido. Ya ves cómo le respetan esos dos que vinieron de la ciudad. Pero yo lo digo porque ¿quién se cree que la guerra va a llegar a este pueblo? ¡Si en la capital no saben ni que existimos!

—Pero hay que montar el paripé. Si no, ¿a ver de qué? —y los dos puntitos incandescentes se avivaron a la vez, mientras se producía una pausa, interrumpida un poco después por uno de ellos:

—¿Y no será que nos quiere joder, por no habernos presentado voluntarios para el pelotón de fusilamiento?

—Será. Pues prepárate a pasar la noche aquí, porque me da a mí que no nos va a mandar relevo.

Nueva pausa y nueva activación de los dos movedizos puntitos de luz.

—Hay que joderse el frío que hace, y eso que estamos en julio. ¿Viste la que armó el Perales cuando pasó por aquí? Yo, cuando le oí correr, casi le pego un tiro.

—Es que estás *acojonao* y todo te asusta. ¡Que no va a pasar nada, tío! Y lo del Perales, menuda historia: ¡Que había visto luces fantasmales y oído terribles quejidos que salían del cementerio, de los *fusilaos* de *antier*!

—Sí, claro; sabía él que era de los *fusilaos*. La Santa Compaña, ¡no te jode! ¿Y qué cojones hacía el Perales, de noche en el monte?

—Coño, ¿qué iba a hacer? Pues a conejos. Ya sabes que es cazador furtivo.

El otro soltó una carcajada.

—¡Pues menos mal que no encontró ninguno, porque, tal como está el patio, si pega un tiro en el campo, nos lanzamos toda la milicia a buscarlo y lo dejamos hecho un colador!

—¡Joder!, ¡tienes razón! —Y los dos rompieron a reír hasta sofocarse.

"Menuda vigilancia están haciendo estos", pensó el maestro, y, aprovechando el alboroto, se desplazó unos cincuenta metros aguas abajo por la orilla del arroyo, cruzó la corriente a pie y continuó su camino hacia el pueblo campo a través, con sumo cuidado de pisar con firmeza, evitando una caída que, dado su estado, podría resultar fatal.

Alcanzó las primeras casas y, pegado a los muros pero evitando las ventanas, siguió caminando hacia su casa, al otro lado del pueblo silencioso. Todo estaba sumido en tinieblas: la luz eléctrica aún no había llegado a las calles, sí a algunas casas, pero todas ellas estaban apagadas, probablemente más por lo avanzado de la noche que por el estado de guerra, que, a juzgar por lo que había podido inferir de la conversación oída a los dos centinelas dejados atrás, se vivía en este lugar muy relajadamente. Llegó a la Plaza de la Iglesia: El templo había ardido por los cuatro costados, su techumbre se había venido abajo y aún salían de sus ruinas una espesa humareda y rojizos resplandores oscilantes en numerosos rescoldos aún activos.

En la cercanía del edifico incendiado, no todo era negrura: En la misma plaza, al otro extremo de la iglesia, la luz de un par de bombillas de poca intensidad salía por la puerta abierta del único bar de la zona y dibujaba un leve sendero de claridad en el empedrado. Dentro, se oía la conversación de varios hombres aparentemente ebrios que entrechocaban vasos, golpeaban botellas, hablaban a voces, proferían juramentos, cantaban y reían desaforadamente. El maestro quedó paralizado en un rincón, escuchando.

Al cabo de un rato, una figura asomó en el umbral del bar, proyectando su alargada sombra en el haz de luz, hasta casi alcanzar los pies del maestro. La figura habló, con lengua trapajosa:

—¡Venga, me voy *pa* la cama! ¡Y vosotros, pronto *pa* casa también, que mañana tenéis cada uno el servicio que os he *marcao*!

—¡Vale, Rogelio, jefe! ¡Tomamos la espuela y nos vamos todos, lo juro por mi madre! —contestó alguien, desde dentro.

—¡Más os vale! —concluyó el barbero, y emprendió una vacilante marcha hacia el lugar donde el maestro fusilado permanecía escondido.

Estaba solo a tres o cuatro pasos del otro cuando algo le advirtió de una presencia extraña. Sobresaltado, alzó la linterna con que alumbraba su camino y se topó, horrorizado, con una figura delgada, huesuda, desnuda de cintura para arriba y con un pantalón empapado de agua hasta la rodilla y hecho harapos; unos toscos vendajes, sanguinolentos y sucios, en el hombro izquierdo y, lo más terrorífico, un rostro hirsuto, desencajado, con la boca y los ojos muy abiertos y una mirada enloquecida, febril, rebosante de odio, capaz de paralizar el corazón del más templado.

—¡Hijoputa! —le increpó la aparición, alzando un brazo sobre su cabeza.

—¡El diablo! —gritó Rogelio. Y cayó fulminado, con el cráneo partido en dos bajo el golpe de un pesado brazo de piedra que se hundió hasta su entrecejo, esparciendo por todo el pavimento blanquecinos y sonrosados trozos de sus sesos y pequeñas astillas de hueso.

Con su único brazo de carne, el espectro sacó una pistola de una funda en la cintura del caído y se dirigió trabajosamente hacia las ruinas humeantes de la iglesia, desde donde dominaría a placer la puerta del bar y su única ventana, protegida por una reja. Había dejado de sentir dolor en su pierna derecha, que ya no obedecía a su voluntad y se arrastraba sobre el pavimento con un retumbo siniestro. Golpeó su muslo con la culata del arma, a través de uno de los jirones del pantalón: sonó a roca golpeada por un cincel o por un martillo. La angustia le subió a la garganta: "¡También mi pierna herida se ha transformado en piedra! ¿Qué me está ocurriendo?"

No tuvo mucho tiempo para pensar: la alegre parroquia de la taberna comenzaba a abandonar el establecimiento. Varios de ellos cayeron a sus puertas, alcanzados por las balas del maestro; los demás regresaron precipitadamente a la cantina, cerraron su puerta y desde la ventana comenzaron a disparar locamente. Hasta que uno de ellos localizó el fogonazo de un disparo procedente de la calcinada iglesia y todos concentraron hacia allá sus tiros.

Una bala alcanzó el hombro izquierdo del maestro; el impacto levantó una nube de esquirlas de roca y el proyectil salió rechazado, con un siniestro silbido, hasta estrellarse en una pared próxima. En ese mismo instante, fuese porque un disparo impactase contra el montón de explosivos que los milicianos habían almacenado aquella tarde en el bar, fuese porque alguno de ellos, borracho perdido, intentase lanzar un cartucho de dinamita con tan mala fortuna que este chocó con la reja de la ventana, cayó dentro y explotó, todo el edificio del bar saltó por los aires, con un espantoso estruendo que hizo saltar de la cama a todos los habitantes de la comarca en un radio de varios kilómetros.

Al amanecer, los espantados vecinos salieron a contemplar, curiosos e impresionados, la destrucción total del edificio de la taberna, entre cuyos humeantes restos los más piadosos fueron recogiendo y depositando en baldes vísceras sanguinolentas y abrasados trozos de carne humana. Ni uno solo de los numerosos pedazos de cráneo recogidos pudo ser identificado. Únicamente hallaron entero el cadáver de Rogelio, el barbero, a una cierta distancia del inmueble volado, con la cabeza partida en dos y una indescriptible expresión de horror en sus ojos inyectados en sangre. Todos los hombres que, días atrás, habían tomado las armas en defensa de la República y habían formado el pelotón de ejecución del cura, del sacristán, del maestro, del carnicero y de alguno más, habían muerto, a excepción del Bragas y del Pelines, a los que la explosión les sorprendió haciendo centinela junto al puente del arroyo, camino del cementerio.

Durante la noche, se había escuchado un tiroteo inmediatamente antes del tremendo estallido que destruyó el bar. No obstante, nadie encontró vestigio alguno del paso de alguna fuerza militar que se hubiera opuesto a los milicianos muertos y los hubiera destruido. ¿Qué explicación racional habría para este misterioso suceso?

Algo que tampoco ningún vecino pudo explicar fue el hallazgo, en las ruinas de la iglesia, de una horripilante estatua de piedra, con las manos contraídas como garfios y la expresión más malvada y aterradora que jamás pudo esculpir escultor alguno. Probablemente era una inspirada representación de Satán, tan horrible y espeluznante que los sucesivos párrocos del pueblo habrían decidido, con muy buen criterio, ocultar a la vista de sus feligreses, y que ahora habría aflorado de su escondite a causa del incendio. Hubo un gracioso que, con un turbador sentido del humor, tan macabro como inoportuno, comentó el parecido de aquel horrible rostro con el del maestro bonachón fusilado días antes. Otro dato curioso e inexplicable: al lado de esta escalofriante estatua aparecieron una pistola recientemente disparada, los restos de una sucia camisa enredada en varios nudos, seis velas, una enorme caja de cerillas humedecidas y varios pimientos, calabacines, tomates y otras hortalizas. ¿Quién habría abandonado allí aquella arma y todo lo demás, y había desaparecido después sin dejar rastro?

No acabarían ahí las sorpresas de aquel terrible día. Cuando a la tarde algunos vecinos acudieron al cementerio, a dar sepultura a los trozos humanos recogidos en las ruinas de la taberna, encontraron removida la tierra en la fosa de los fusilados, de forma que algunos cadáveres eran perfectamente visibles. Al principio, muchos pensaron que habían sido las alimañas; la fosa había sido excavada precipitadamente y era poco profunda. Sin embargo, cuando examinaron con más detenimiento los cuerpos, comprobaron que ninguno de ellos presentaba mordeduras de animales.

Entre los allí inhumados, llamó poderosamente la atención el cadáver del maestro, en decúbito supino, medio enterrado de cintura para abajo, con la boca abierta llena de barro y los ojos también inmensamente abiertos. Tenía en su rostro, térreo como todo su cuerpo, una terrorífica expresión de maldad y de odio, una mueca que hizo pensar a muchos en que su comparación con la de la satánica estatua aparecida en las ruinas de la iglesia no era tan descabellada. Nadie pudo explicar el desgarro de sus uñas y el tremendo destrozo de los nudillos de su mano derecha: daba la impresión de que hubiera intentado excavar la tierra desesperadamente para zafarse de la tumba, pero tal hipótesis implicaba que aún estaría vivo cuando fue enterrado, lo que era del todo imposible, porque, como cualquiera podría comprobar a simple vista por la altura de los orificios de entrada y salida de las balas, las dos que había recibido en el pecho habían atravesado de pleno su corazón, antes de salir por la espalda.

DON AVITO

Sucedió el mismo día del entierro de Refugio, la curandera del pueblo. Por la mañana, don Avito había oficiado un funeral al que asistió todo el mundo en diez kilómetros a la redonda, excepto el marido de la Refugio, declaradamente ateo y más cabezón que una mula, que, aunque a hurtadillas había ido a encargar y pagar las exequias al cura, se negó terminantemente a asistir a ellas.

—¡Pero, coño, Romuldo, entra en la iglesia! Aunque te quedes a la puerta, pero era tu mujer —le decían los amigos— y ella siempre quiso tener un entierro como Dios manda. Y, vamos, no creo que le siente muy bien si en el otro mundo se entera de que tú no asistes.

—Pues no me da la gana —había replicado Romuldo—. Que se jodan el cura y el sacristán, y el obispo y la madre que les parió, pero yo en una iglesia no entro. Por respeto a mis principios, coño, que yo tengo principios. Y mira que querer, la quise, pero mientras la entierran yo me voy a tomar una caña.

Deseo, por cierto, que el bueno de Romuldo no pudo cumplir, porque también Mundo, el tabernero, asistió a las honras fúnebres de Refugio, con lo que el recién enviudado no tuvo otro remedio que sentarse en los escalones del crucero de piedra con un Cristo enano y comido por la humedad, en medio de la plaza, a esperar el fin de la ceremonia, cantando entre dientes:

Si los curas y frailes supieran
la paliza que les van a dar
subirían al coro cantando:
¡Libertad, libertad, libertad!

Don Avito, como todos los vecinos de la comarca, había sido buen cliente de la curandera, a la que solo había reprochado que recitase extrañas oraciones mientras hacía su trabajo de enderezar tobillos, de reventar flemones o de recomponer virgos desflorados.

—¡Caramba, Refugio, no reces mientras curas —le había dicho— que a mí me da que tu ciencia no toda viene de Dios!

—¿Y quién le ha dicho a usted esas injurias? —replicaba siempre la curandera— También usted reza mientras trabaja. Y si lo mío no viene de Dios, ¿qué hace usted viniendo a verme?

Aquella mañana de funeral, don Avito, que no las tenía todas consigo en lo que respecta a la salvación eterna de Refugio, ofició con más devoción y ofreció el sacrificio extraordinario de privarse del chocolate con porras de después de la misa.

Ya avanzada la mañana, cuando paseaba leyendo su breviario por las afueras del pueblo, se cruzó con un vecino asomado a las bardas de un huerto, que le contó la comidilla del momento: toda la vecindad había visto o creído ver cuatro extraños individuos encapuchados que, apoyados en la pared del oscuro fondo de la iglesia, siempre de pie y absolutamente inmóviles, habían asistido al funeral, los cuatro vestidos con hábito monjil blanco o, según otros, con sudarios completamente negros, no hubo forma de ponerse de acuerdo en el color, y que habían desaparecido durante la consagración, cuando todo el mundo estaba absorto en tan sagrado momento. Algunos habían preguntado a Romuldo, la única persona del pueblo que en aquel momento estaba fuera del templo, si los había visto salir, y este había respondido que solo le había parecido ver un pequeño grupo de milanos en el cielo, volando hacia el monte ("Sí, cuatro, ahora que tú lo dices creo que eran cuatro"), uno de ellos con una rata en el pico.

—¡Eran diablos, don Avito, que se llevaban el alma de la Tía Refugio!

—Pamplinas, Argimiro; uno de vosotros inventa una historia y los demás os la creéis a pie juntillas. Quítate esa majadería de la cabeza, y no olvides contármelo cuando vayas a confesarte, que esas sandeces son pecados contra el primer mandamiento. ¡Jesús, mira que es supersticiosa esta gente!

Aunque don Avito quería restar toda importancia a aquellas habladurías, cierta inquietud se le quedó clavada en el corazón; eran ya muchos años de convivencia con aquella feligresía tan supersticiosa. Redobló sus oraciones por el alma de la Refugio.

Y fue ese mismo día, por la tarde, después de la prolongada siesta, cuando aquel desconocido llamó a la puerta de la casa parroquial, solicitando una cama para pasar la noche en el albergue de peregrinos.

—Pero no tengo dinero —aclaró a Teresa, el ama de llaves y prima hermana del cura, que le había abierto la puerta—. Si le parece bien, pagaré arreglándoles un poco el jardín, que veo que ya va necesitando una mano.

Don Avito, que lo oyó desde dentro, alzó la voz sin moverse del sillón:

—¡El albergue es gratuito, pero arregle un poco el jardín, que ni Teresa ni yo estamos ya para eso, y le daré algunos euros!

Al cabo de unas horas, el jardín que rodeaba la iglesia y la casa parroquial estaba perfectamente segado, los setos sabiamente recortados, los rosales limpios de flores y ramas secas y toda la hojarasca quemada en una hoguera tras la casa. Tan satisfactorio fue el resultado, que don Avito, complacido, dijo a Teresa:

—Invítalo a cenar y prepara una buena cena, que me da que este ha pasado más hambre que un maestro de escuela. ¡Ah!, y dale un pantalón, una camisa y un suéter que abrigue, y dile que en el albergue hay duchas.

Cuando el peregrino, completamente transformado, hizo su entrada en el comedor, pasadas las nueve y media de la tarde, ya con la oscurecida, don Avito le estrechó la mano, traspasándole discretamente un billete de cincuenta euros, y lo invitó a sentarse entre él y Teresa.

No respondió a la bendición de la mesa, aunque durante el rezo mantuvo una actitud respetuosa, y tampoco habló en toda la cena más que lo imprescindible para contestar a algunas preguntas del cura o para alabar la calidad de los platos. Pero a don Avito le picaba la curiosidad: ¿quién era aquel desconocido que mostraba tanta habilidad en la jardinería y tanta discreción en la mesa?

Después de los postres, acomodados en los sillones de la sala de estar con la tele apagada, don Avito comenzó el interrogatorio:

—¿Fumas, hijo? —preguntó, ofreciendo a su invitado un paquete de tabaco americano, que el otro rechazó—. Dime, ¿de dónde vienes?

—Vengo del sur; vengo haciendo el camino mozárabe de Santiago, desde Málaga —contestó el otro, aceptando, ahora sí, una generosa copa de coñac.

—¿Sin equipaje?

—No lo necesito. En todos los sitios encuentro ayuda y me gusta caminar sin pesos; ligero de equipaje, como quería Machado.

A don Avito le sorprendió gratamente la cita literaria, pero nada dijo. Continuó:

—¿Eres andaluz?

—No. No lo sé. No sé dónde he nacido, pero yo creo que soy aragonés.

—¿Y cómo es eso?

—Me crié en la Inclusa de Tarazona. Tampoco sé quiénes fueron mis padres.

Teresa, casi desaparecida en su sillón, con una labor de punto entre las manos, asistía silenciosa a la conversación de los dos hombres. Don Avito se removió en su asiento:

—Perdona, hijo, mi falta de cortesía: llevamos horas conociéndonos y no nos hemos presentado; yo soy Avito Campano

Robles, el cura de un montón de pueblos de por aquí, y esta mujer es Teresa Robles, mi prima y ama de llaves. Buena cocinera, como has podido comprobar.

—Pues yo me llamo Marciano Blanco Blanco, para servirles.

"¿Para servirnos?", pensó don Avito. "¡Qué antiguo suena eso!"

—¿Eres católico? —preguntó.

—Creo en Dios. Y cuando puedo voy a misa.

Don Avito dio una profunda calada a su cigarrillo, retuvo el humo en sus pulmones mientras se sacudía la ceniza caída sobre su prominente panza y, tras un tiempo que a Marciano le comenzaba a parecer angustiosamente largo, soltó una fina e inacabable bocanada con los labios fruncidos y los ojillos semicerrados, deleitándose en la contemplación de la nube ascendente. De nada sirvieron las débiles protestas de Marciano, en forma de disimuladas tosecillas y carraspeos. Teresa proseguía su labor de punto, imperturbable ante el oloroso y cada vez más denso celaje que se extendía por la habitación.

El cura parecía darse por satisfecho con su breve indagación; se repantigó un poco más en su asiento, entornó los hinchados párpados e inició una prolongada inspiración, rota poco después por el ruidito del aire agolpándose para salir de sus fosas nasales.

Para romper el silencio, más que nada, Marciano preguntó:

—¿Qué es lo que ha pasado hoy en este pueblo, que he notado a la gente tan alborotada?

—Pues que hemos enterrado a Refugio, la curandera más famosa de la provincia —repuso el cura, entreabriendo los ojos con cierta pereza—. Créeme, a este pueblo se le ha ido, con esta muerta, la fuente de ingresos más importante que ha tenido en toda su historia.

—¿Tan famosa era?

—Más. Venían a verla hasta gentes del extranjero. No estoy muy seguro de que no hubiera en su ciencia algo maléfico, pero era única para arreglar luxaciones y fracturas de huesos. A mí me curó un reuma que tenía en los dedos. También es verdad —prosiguió don Avito, tras una ligera pausa, que empleó para chupar golosamente el filtro de un nuevo cigarrillo— que no todo lo que la fama de Refugio ha traído al pueblo es bueno. A la afluencia de forasteros se debe la existencia del club de carreteras que hay a las afueras. Hay por allí más prostitutas y drogatas por metro cuadrado que en Madrid —concluyó el clérigo, con un desenfado que no dejó de asombrar a su interlocutor.

—Avito, por favor —musitó Teresa, sofocada, con voz casi imperceptible.

El eclesiástico se encogió de hombros y alzó las cejas, en un gesto como de disculpa hacia su ama. Luego, con estudiada lentitud, encendió el nuevo cigarrillo que mantenía en sus manos.

Así, charlando de Refugio y de otros temas, fue transcurriendo la velada hasta que, ya cercana la medianoche, Marciano declaró que estaba muerto de sueño y que respetuosamente solicitaba permiso del cura para retirarse.

—Pues, nada, nada, hijo, a dormir. Y que descanses —concedió don Avito—. Por cierto, ¿cuántos días vas a quedarte en el pueblo?

—No lo sé, padre, aún no lo he pensado —respondió Marciano, reprimiendo un bostezo intencionado —. Mañana, Dios mediante, lo decidiré.

Lo de "Dios mediante" lo dijo para complacer al cura; se sentía en la necesidad de caerle bien.

—Vale. Yo digo misa a las ocho. Si te apetece y a esas horas te has levantado, podías ayudarme, como monaguillo.

—¿Como monaguillo? ¿No tiene usted sacristán?

Don Avito sonrió.

—No, hijo, no. Eso de los sacristanes desapareció hace tiempo. Y ya me gustaría. El puesto, por cierto, está a disposición de todo buen cristiano que lo pida, así que ya sabes: poco sueldo, pero casa y manutención aseguradas.

—Gracias, repuso escuetamente Marciano, evitando recoger el trapo que el otro lanzaba, mientras abandonaba la habitación apresuradamente. "Este quiere sujetarme, pero va dado", pensó.

Durante la noche, Marciano soñó con Refugio. La bruja se le apareció entre una muchedumbre de demonios aulladores, que le incitaban a descender a una especie de isla entre un mar de lava, con risas destempladas y frases obscenas. Marciano no había visto jamás a Refugio en vida, ni siquiera había sabido de su existencia hasta hacía algunas horas, pero algo le aseguraba que aquella aparición era la curandera enterrada en el pueblo el día anterior.

—¿Por qué me visitas a mí, si cuando vivías no nos conocimos de nada? —preguntó en el sueño Marciano a la aparición.

—¡Cállate, gilipollas, cabrón, hijo de puta, y escucha lo que voy a decirte! ¡El Jefe ha dispuesto que tú heredes mis poderes!

—¿De qué poderes hablas? ¿Quién es el Jefe? —preguntó Marciano angustiosamente, porque el espectro comenzaba a desdibujarse en la oscuridad.

—¡Vete a la mierda, mamón! —fue toda la respuesta que recibió del espectro, antes de que este desapareciese totalmente.

A la mañana siguiente, Marciano se despertó bañado en sudor. Se levantó con rapidez, se vistió sin demora y salió a toda prisa del albergue, en dirección a la iglesia. Faltaban unos veinte minutos para las ocho, y ya don Avito estaba en la sacristía, revistiéndose para la misa. Se alteró al contemplar el semblante demudado de Marciano:

—¿Qué te pasa, hijo? ¡Pareces un fantasma!

Marciano apenas acertó a responder:

—Necesito que me oiga en confesión, padre.

Y le contó todo el sueño. Cuando terminó su relato, el sacerdote lo tranquilizó con una amplia sonrisa, mientras le palmeaba la espalda, un poco conmovido:

—No te inquietes, hijo. A veces, una muerte, aunque sea la de un desconocido, nos afecta o nos impresiona hasta el punto de provocar en nosotros esos sueños tan desagradables. Pero no pasa nada. Si no tienes otra cosa que decirme, rezas un credo de penitencia, te doy la absolución y luego me ayudas a terminar de revestirme.

La Calleja de las Huertas era un estrecho pasaje sin asfaltar y sin luz, abierto para el acceso a unos cuantos huertos cercados con tapial a uno y otro lado del callejón. Había sido el cauce de una antigua presa, ahora seca, y por la noche era muy peligrosa de transitar, no por el riesgo de ser asaltado, que en el pueblo, a Dios gracias, el único tipo de delincuencia que existía, si es que a eso se le podía llamar delincuencia, que ya es un poco rizar el rizo, eran algunos rencores ancestrales entre familias, que ya nadie sabía por qué habían surgido, y algunas peleas nocturnas en las afueras, en los alrededores del club de alterne, que no llegaban a afectar seriamente la vida de los vecinos. La Calleja de las Huertas era muy peligrosa de noche a causa de la absoluta ausencia de alumbrado y por las profundas roderas que los carros habían impreso en su suelo tras años y años de pasar, muchas veces cargados hasta los topes, sobre la tierra mojada. A ningún gobierno municipal se le había ocurrido allanar de vez en cuando la calleja, y mucho menos asfaltarla.

Aquella noche no había luna; era esa la circunstancia más propicia para que la pandilla de chavales que integraba a casi todos los mozuelos del pueblo intentase el asalto a las tapias de una de aquellas huertas, con sus árboles tentadoramente cargados de manzanas y peras a un paso de madurar. Era esa una de sus diversiones favoritas en las noches de verano, cuando los adultos se reunían por grupos en la Calle Mayor y en la Plaza de la Iglesia, al fresco de las primeras horas de oscuridad, y los críos campaban a sus anchas, sin que nadie se ocupase de ellos. Muchos eran hijos de algunos dueños de huertos abiertos a la calleja y tenían libre e ilimitado acceso a sus frutos, pero la aventura era la aventura. Y es que no sabe igual una manzana servida en la mesa que una manzana robada, aunque sea a tu propio padre y aunque aún esté bastante verde.

—¡Cógeme la mochila, Nico, que voy a bajar! ¡Ten "cuidao", que pesa!

El chaval, a horcajadas en lo alto de la tapia, ofrecía una mochila repleta de manzanas a otro de los chicos, que esperaba abajo, en la calleja. Este alzó los brazos y atrapó al vuelo la pesada mochila.

—¡Venga, baja, que nos piramos! —gritó Nico al de arriba.

—¡Espera, que me descuelgo!

—¡Pero no te tires de ahí todavía, que te vas a matar! ¡Aguarda, que llamo a otros dos o tres y te sujetamos un poco!

—Ni hablar. ¡Allá voy!

Agarrado con las dos manos al borde de la tapia, al chaval no le separaba del suelo más de un metro y medio. Ya había hecho aquello muchas veces, pero en esta ocasión la espesa oscuridad de la noche no le permitió ver el lugar de contacto con el suelo, y cayó con tan mala fortuna que uno de sus pies quedó encajado en una profunda rodera. Sintió un agudísimo dolor y cayó de bruces, gritando como un poseído por el más feroz de los diablos. Corriendo, todos los chicos se agruparon alrededor de él.

—¡Joder! ¡Mira! —chilló uno—. ¡El pie casi se le ha vuelto del revés!

Los angustiosos berridos del lesionado se oyeron lejos. Nadie pudo saber de dónde surgió aquella enorme sombra que se inclinó sobre él, provocando la inmediata huida a varios metros de distancia de todos los demás.

—A ver, chico, déjame ver —dijo Marciano, acariciando el cogote del caído.

—Ten "cuidao", tío, que duele mazo —gimió el chiquillo.

Se sentía asustado por aquella repentina presencia, pero, al mismo tiempo, algo le decía que tenía que confiar. Los otros chicos volvieron a aproximarse tímidamente. Uno de ellos encendió un mechero. Marciano retiró la alpargata del pie dañado, completamente amoratado y que se estaba hinchando a ojos vistas, lo observó un instante, acercó las dos manos suavemente, como para una caricia, y súbitamente sujetó con fuerza y movió violentamente la extremidad. El alarido que profirió el rapaz estremeció el aire en cientos de metros a la redonda.

El chico se había paralizado; todos se habían paralizado. De pronto, se levantó en un salto, apoyó el pie en el suelo y echó a correr, esta vez con mucho cuidado de no pisar alguna de las zanjas que levemente alumbraba el mechero.

—¡Coño, estoy "curao", ya no me duele nada! —iba gritando.

Pronto se corrió la voz por todo el pueblo y se extendió por la comarca entera.

—El tipo que duerme en el albergue parroquial, el que arregla el jardín de don Avito, ha curado a un hijo del tío Morros de la rotura de un pie, con solo tocarlo.

—Bueno, dicen que no tenía rotura.

—Pues de una torcedura, qué más da. El caso es que lo hizo solo con las manos y en un instante.

—Es brujo, como la Tía Refugio, que en paz descanse.

—Pues a ver si tenemos la suerte de que la Tía Refugio tenga sucesor, porque la vida de este pueblo siempre ha dependido de su curandero.

—Bien lo sabes tú, so cabronazo, que en tu fonda clavas a la gente como si fueras un restaurante de los de la capital.

—Mira quién fue a hablar. Tú, que vivías de vender roscas de anís, vasos de leche y estampas de San Celedonio y de San Emeterio en las colas que se formaban los fines de semana ante la casa del tío Romuldo.

—Mira, hijo. No puedes seguir viviendo en el albergue de la parroquia si te empeñas en seguir curando a la gente que viene a verte. No creo que sea apropiado. Es que yo no estoy nada seguro de que esa ciencia, o arte, o habilidad, llámalo como quieras, que dicen que has heredado de la Refugio, no sea cosa del diablo.

—¡Qué cosas dice, don Avito! Yo no he hecho nada. Simplemente, la gente que viene a verme se cura, o dice que se cura, por pura sugestión. Yo, repito, no hago nada; charlo con ellos y nada más. Y si eso me sirve para ganarme la estima de todo el pueblo y unos cuantos euros de paso, que yo, lo juro por la madre que no conocí, jamás les he pedido, pues bendita sea la cuestión. ¿Dónde coños, perdón por el taco, ve usted la mano del diablo?

—Bueno, Marciano, que lo sé de buena tinta, que no solo charlas con ellos, sino que musitas oraciones o exorcismos, o yo qué diantres sé, y les impones las manos, y les das golpecitos en la cabeza con una rama de laurel, y no sé cuántas cosas más.

—Pero eso, don Avito, es puro teatro. Para hacerme más creíble, para que confíen más en mí, y por su bien, como hacía la Refugio. Que así se curan mejor.

—Romuldo dice que se quiere ir del pueblo —intervino Teresa, que, sentada en la ventana, al sol, con su labor de punto, asistía a la conversación entre el cura y el flamante jardinero—. Cómprale o alquílale la casa, que seguro que no sabe qué hacer con ella.

—Buena idea —sentenció don Avito—. Pero Marciano, aunque te vayas del albergue, no dejes de venir a cenar con nosotros todas las noches que quieras. Y a ver cómo van los rosales.

—Descuide, don Avito.

—¡Ah!, y de paso, cuando tengas un rato échale un ojo a esta espalda, que me está matando.

Así fue cómo aquel desconocido, llegado hacía algunos días de donde nunca nadie supo, se afincó en el pueblo, y en la casa y oficio de la difunta Refugio, la bruja.

—¡Menudo lo guapa que se ha puesto la Teresa de un tiempo a esta parte!

—Es que se ha enamorado del curandero, que no sale de su casa.

—Ya, pero siempre con el cura delante. No seáis mal pensados.

—Eso no quita para que se enamoren.

—No están en la edad.

—Tampoco estás tú en la edad de joder, y bien que presumes en el bar de que te has tirado a todas las de la capital, los días que vas a vender en la plaza.

—¡Tú qué sabrás!

—Pues saber, no sé nada, solo que eres un bocazas.

—¡Que te den, imbécil!

—¿Qué me dé quién? ¿Tú? Tú qué vas a dar? ¡A ver!

—¡Callaos los dos, que ya se os ha subido el vino a la cabeza! Y hablando de amores, ¿sabéis la última del brujo?

—No. Cuenta.

—Pues, igual que la Refugio, no solo cura enfermedades del cuerpo, sino también las del alma. Dicen.

—Sí, bueno, igual que la Refugio. ¿No os habéis fijado que hasta en la forma de hablar se parece cada vez más a ella?

—Se estará volviendo maricón.

—Mira que eres idiota. Bueno, ¿qué? ¿Os lo cuento o no os lo cuento?

—Seguro que ya lo sabemos, pero venga, cuenta.

—¿Todos conocéis al Chicho, el cabrero, el que vivía en la collada, al otro lado de ese monte? Pues esta misma tarde ha aparecido ahorcado en su cabaña.

—¡Contra! ¿Qué pasó?

—Parece ser que andaba tras Rosalía, la hija del sargento de la Guardia Civil, y que fue, dicen, al curandero para que le diera un bebedizo, o algo así, para conquistarla.

—¿Pero qué dices? ¡Pero si la Rosalía tiene novio formal!

—Por eso. Y parece ser que la consiguió, porque la chica, ya lo sabéis, apareció ayer en el descampado que hay tras el cementerio, sin bragas, con un moratón bien gordo en un ojo y completamente desorientada. El examen médico, me dijo mi primo, el practicante, confirmó que había sido violada y que había consumido algún tipo de estupefaciente.

—Bueno, que la encontrasen en el cagadero ese de detrás del cementerio no es nada raro. Más de una vez se la ha visto por allí, con el novio.

—Sí. Pero el novio, en esta ocasión, estaba en Madrid, en una oposición para entrar en Correos. Y la chica, cuando la encontraron, no hacía más que repetir: "El chico, el chico, o el Chicho, el Chicho...", que muy bien no se la entendía.

310

—Jo, qué evidente parece eso; tan evidente, que suena a falso. A culebrón turco, vamos.

—Lo que tú digas, pero el Chicho ha aparecido ahorcado y para mí que una cosa está relacionada con la otra. ¿Sabéis lo que yo pienso? Que el sargento, el padre de la chica, subió por la noche a la cabaña del Chicho, le metió una paliza y lo ahorcó. Y nunca se sabrá la verdad, porque es él mismo el que está investigando el caso y se habrá cuidado de deshacerse de todas las pruebas.

—Ten mucho ojo con lo que dices, joder. Y vosotros, ni una palabra de esto por ahí, que esta conversación no salga de la pandilla. ¿Y quién encontró el cadáver del Chicho?

—La panadera, que pasaba por la collada camino del pueblo de al lado y paró en donde el Chicho, para dejarle una hogaza, como todas las semanas.

—¡Cagüen la leche!

—Oye, ¿os habéis fijado que un montón de gente que ha visitado al Marciano está acabando mal? La Tía Valeria, a la que curó el codo, se ahogó hace tres meses; el Segis, al que trató de las hemorroides, se despeñó hace mes y medio, cuando estaba cogiendo orégano en el monte; el chico del Morros, que fue el primero, que yo sepa, al que curó, murió hace una semana de meningitis. Y a lo mejor hay más: Ciprianín, la Salustia...

—¡Cojones! ¡Es verdad!

—Bueno, no exageremos. A todo el mundo le llega su hora, y también se mueren los que nunca han visitado al curandero.

—Y volviendo a lo de antes, ¿dices que la Teresa se ha enamorado del Marciano?

—Pero vamos a ver, ¿a ti te gusta que te manden?

El Romuldo, de pie, con los puños apoyados sobre la mesa de su cocina, inclinado hacia Marciano, que se había sentado al otro lado del mueble, interrogaba a su visitante. Había este acudido a sondear la posibilidad de alquilarle la casa, ante el rumor de que se iba a ir del pueblo, y la conversación había derivado hacia la política.

Romuldo era el ácrata del pueblo, fundador y único socio, ahora que había muerto su mujer, del "Ateneo Cultural Ferrer Guardia". Cierto era que a las reuniones quincenales que organizaba en los bajos de su casa acudían bastantes habitantes del pueblo, y aun de la comarca, pero este poder de convocatoria no residía en su oratoria ni en la doctrina que intentaba transmitir, sino en los chupitos de orujo y en las roscas de anís que generosamente ponía a disposición de los asistentes. Sus palabras jamás habían movido a la afiliación de nadie.

Ahora dirigía su diatriba contra el visitante, el cual, deseoso de ganarse su simpatía para que sus exigencias económicas no se disparasen en demasía, aguantaba estoicamente el chaparrón, con la inestimable ayuda de la botella de orujo que el otro le puso ante los morros apenas traspasó la puerta. Romuldo reprochaba a Marciano que desde que llegó al pueblo se hubiera puesto a las órdenes de la Iglesia, instalándose en el albergue parroquial y cuidando del jardín del cura. El que Marciano adujese que el albergue era el único alojamiento gratuito del pueblo y que lo del arreglo del jardín se debía más bien a su afición a la jardinería, y que, además, cobraba por ello, y que el párroco no se metía en su trabajo y jamás le había dado una orden al respecto, no le había servido de mucho.

—Aprende, Marciano, y conviértelo en lema de tu vida: Ni Dios, ni patria, ni amo.

—Mira, Romuldo —replicaba Marciano—, eso de Dios es una cosa muy particular de cada uno. Yo creo en Dios, y me da mucha pena que haya gente como tú. Es que sin Dios y sin la esperanza de la vida inmortal, esta vida se convierte en un trágico sinsentido. ¡Vamos, digo yo, no te ofendas! Otra cosa es que no esté de acuerdo en todo con la Iglesia, y más si me planteo ganarme la vida como brujo, curandero y medio santero. Y la patria, pues, hombre, no eres tú el más apropiado para decir que prescindes de ella, porque estás viviendo de una pensión del Estado por una incapacidad que no tienes. ¡Eh, eh! ¡No te alborotes! A mí me importa un huevo, pero no hay más que verte para saber que no tienes la invalidez que dices. Y en lo de amo, mira, ahí te doy la razón; yo tampoco he tenido nunca un amo, ni cuando estuve en la Inclusa, y buenos palos me costó la cosa. Pensar que don Avito es, en cierto sentido, mi amo es, perdona la expresión, una gran gilipollez; no he visto jamás persona más inocente y más fácil de manejar. Es el cura cura, que no está en los altares, primero, porque no se ha muerto, y segundo, porque es tan humilde que su santidad no va a trascender de este pueblo. ¡Para ya, cojones! ¡Joder, me estás mareando! Bueno, ¿me alquilas la casa o no?

Mientras Marciano hablaba, Romuldo se movía nerviosamente de un lado a otro de la habitación, se detenía a veces, apoyaba los puños sobre la mesa y encaraba a su visitante, volvía a pasear, gesticulando aparatosamente, y abría y cerraba la boca, en un intento de articular palabras que nunca llegaban a materializarse.

Suspiró aliviado cuando el Marciano concluyó su parrafada, se sentó frente a él, mirándolo fijamente a los ojos mientras tamborileaba sobre la mesa y, por fin, tras un largo rato que a Marciano le pareció el preámbulo de una negativa a su petición, abrió la boca:

—¿Sabes lo que te digo? Que eres un imbécil, pero me caes bien. Te voy a decir lo que haremos: No me voy a convertir a estas alturas en un capitalista explotador, así que no te alquilo la casa, ¡calla, coño, no te alborotes!, te la cedo gratuitamente, ¡eh, eh!, ¡frena, manolo!, con estas condiciones: Que no cambies la cerradura y, si la cambias, que me mandes una llave a la dirección que te dé; que pagues tú todas las cargas fiscales y que dejes mi dormitorio intacto, tal como está, y no lo uses. Quiero poder venir cuando me dé la gana y sin avisar, a visitar la tumba de mi mujer o a lo que me salga de los cojones.

—Coño, gracias, de acuerdo —murmuró el Marciano, sorprendido—. ¿Y tú qué vas a hacer?

—Me iré al pueblo de mis padres, donde nací. Tengo allí casa y unas cuantas fincas. Compraré un par de vacas y unas gallinas, solo para pasar el rato. Y fundaré una asociación cultural anarquista, a ver si allí tengo más suerte que con la gente de aquí.

Los dos hombres se incorporaron y, sin mediar más palabras, se fundieron en un largo abrazo. Y así fue cómo el Marciano heredó la casa, el consultorio y los enseres de la Tía Refugio.

—Mira en el desván, Marciano, busca en el desván.

Se estaba convirtiendo en una obsesión; tanto, que ya tenía cierto temor a dormirse, porque cada vez que lo hacía se le aparecía el repulsivo fantasma de la Tía Refugio, aquella mujer que no había llegado a conocer en vida, pero cuya casa y oficio, por puro azar o por diabólico designio, ocupaba ahora.

El fantasma de la bruja, que en cada aparición se presentaba más verrugoso y arrugado, o eso le daba la impresión a Marciano, no dejaba de atosigarle con la misma cantilena:

—¡Busca en el desván, Marciano, tío, ¡busca en el desván! ¡Tienes amo! ¡Tienes que aprender a obedecerle! ¡Sube al desván de una puta vez y aprende lo que debes saber para servirlo el resto de tu vida!

A lo que Marciano indefectiblemente contestaba, siempre en sueños:

—¡Que te crees tú eso, bruja! ¡Nunca he tenido amo y nunca lo tendré! ¡Vete a la mierda! ¿Y quién es el amo que dices? ¿El diablo, el anticristo, el ángel de las tinieblas? ¿Pero en qué siglo vives, o, mejor dicho, en qué siglo te has muerto?

En muchas ocasiones, estas oníricas batallas acababan bruscamente, arrojándose la bruja muerta sobre el dormido y apretando su cuello con sus huesudas garras, hasta hacerle perder la respiración, lo que le provocaba un súbito y angustiado despertar. Varios médicos consultados no supieron diagnosticar la dolencia, limitándose a hablar de apnea del sueño. Fue un galeno joven, recién llegado al consultorio rural, el que una vez, en plena partida de mus en la cantina, le dijo:

—Tú, lo que padeces, Marciano, es la Maldición de Ondina, lo que los médicos llamamos, para que nadie nos entienda, SHCC o síndrome de hipoventilación central adquirida idiopática. Es una enfermedad, rarísima no, lo siguiente, tío. Te voy a poner oxígeno y algún medicamento. Y ándate con ojo, que no me gustaría quedarme sin la competencia.

—Lo de idiopática suena a insulto.

—Pues lo que quiere decir es que es de causa desconocida.

Más que nada para librarse de aquellas pesadillas, que no se explicaba cómo se le habían metido en la cabeza, Marciano subió una tarde a la buhardilla. Aunque no quería admitirlo, un puntito de recelo le roía el alma.

El lugar estaba lleno de cachivaches, muebles viejos, algunos muy desvencijados; un par de colchones de muelles con algunos de ellos rotos, trapos sucios, baúles de varios tamaños y cientos de objetos en cuyo uso Marciano no se paró a pensar. Sin embargo, nada le parecía extraño; nada que llamase su atención, nada que pudiera relacionar con la bruja muerta y sus conocidas prácticas. Tras examinar algunos objetos y apartar otros a patadas, abandonó el altillo.

Un día en que Romuldo apareció por la casa sin avisar y sin que quedase claro el motivo, algo que el anarquista solía hacer de cuando en cuando, Marciano le contó sus extraños sueños. El viudo lo miró de hito en hito, se acercó una silla y, muy pausadamente, se sentó, invitando a su compañero a hacer lo mismo a su lado.

—Mira, macho, es que no has sabido buscar —le dijo—. En el fondo del desván, al lado contrario de la claraboya, hay un cuartito al que se accede por una puerta muy disimulada. Yo nunca entré en ese cuarto, no porque la Refu que en paz esté me lo tuviera prohibido, que eso me lo pasaba yo por el forro de los cojones, sino porque jamás me importaron los tejemanejes de mi parienta. Ahí, para mí que es ahí, guardaba ella los aperos de sus hechicerías. Si no encuentras la llave, echa la puerta abajo. Ya verás que es allí donde tienes que buscar.

—Coño —replicó Marciano—, no sabía yo que la práctica del curanderismo, o de la santería, o como deba llamarse la mierda que practicaba tu mujer, necesitase de aperos, fuera, en todo caso, digo yo, de una bola de cristal, una palmatoria o un quemador de incienso. Yo, hasta ahora, todas las sanaciones que he hecho, por el poder que la gente dice que heredé de tu mujer, las hice a manos limpias.

El Romuldo soltó una breve risotada:

—¡Bueno, Marciano, que todo el mundo sabe, en cien kilómetros a la redonda, que, por no sacar otras historias, algún bebedizo le diste a Chicho, el cabrero!

—¿Bebedizo, yo? —Marciano se levantó de su asiento, sorprendido—. Le di una infusión de té de monte, como cortesía por su visita. Si el tío se creyó que le había dado un elixir de amor, y así lo contó por ahí, fue cosa suya. Además, que lo bebió en mi casa; no se lo llevó para dárselo a nadie.

—Pues no es lo que se dice —objetó Romuldo, con sorna—. Además, ¿qué crees que les daba la Refu a sus clientes? Pues té de monte, agua con vino o con posos de café, suero de leche cortada y cosas así. Lo único raro que ella me contó fue que empleaba una manteca, según ella de murciélago, que ya es imaginación, ¡manteca de murciélago! Un día que estaba pasada de orujo dijo que se iba a untar esa manteca en los sobacos para poder volar. Ahora, eso sí, se untaría la grasa, pero yo nunca la vi volar.

Aunque colgado de una punta en una viga del desván había un manojo de llaves, Marciano no iba a perder el tiempo probando una a una las más de veinte que lo componían, teniendo, como tenía, un procedimiento mucho más rápido y expeditivo, autorizado por el dueño de la casa. Al primer patadón, el cerrojo salió volando por los aires y la puerta se abrió violentamente con gran estrépito de maderas. El pequeño cuarto carecía de ventanas y la oscuridad en él era completa, hasta que Marciano, palpando a lo largo del quicio, se topó con un interruptor de porcelana con maneta giratoria que, al ser accionada, encendió una bombilla desnuda pendiente de un cable de algodón trenzado moteado de cagadas de mosca, en el centro de la habitación. Era esta una estancia larga hacia los dos lados y de escaso fondo, con las paredes completamente cubiertas de anaqueles, repletos de botellitas, bolsitas y cajas, casi todas con etiquetas adhesivas amarillentas, escritas a mano con una letra irregular y temblorosa muy difícil de leer, además de algunos libros viejos. A primera vista, allí no había nada extraordinario, algo como esqueletos, momias, animales malignos disecados o cosas así, nada que justificase el desmedido empeño de la bruja muerta por hacerle visitar el cuartucho. Se sintió un poco decepcionado.

Por mera curiosidad, comenzó a leer algunas de aquellas etiquetas. Había muchos líquidos, polvos y plantas desecadas para curar enfermedades, el mal de ojo, los antojos de las embarazadas, la rabia de los perros, verrugas, culebrillas, dolores de muelas y problemas de huesos. En uno de los tarros más grandes, uno de los pocos sin etiqueta, encontró una manteca de color rosado y enseguida le vino a la memoria lo que la maga había dicho acerca de un ungüento para poder volar. Al abrir el tarro, un intenso y desagradable olor a rancio y a algo más, irreconocible, inundó la estancia. "Joder, qué olor" —pensó Marciano con asco—. "Los que seguro que volarían, cuando la tía se untase los sobacos, serían los que estuviesen a su alrededor".

En los polvorientos libros, algunos con más de doscientos años de antigüedad, unos escritos en latín y otros en un español muy solemne y muy antiguo, encontró fórmulas para hacer maleficios de toda clase; para provocar apariciones de bienaventurados, de almas en pena y hasta de la mismísima Virgen; para hacer adivinaciones; para inducir amores irresistibles u odios irreconciliables; para separar hermanos de hermanos o para reunir parejas de distinto o del mismo sexo. Entre las numerosas ilustraciones miniadas, las que representaban ángeles y santos del cielo eran casi tan abundantes como las dedicadas a horrísonas imágenes de seres demoníacos. "Algunos de estos libros valen un pastón. Tengo que comentarlo con don Avito. De lo que no cabe la menor duda es de que tengo aquí material suficiente para ejercer a todo trapo la nueva profesión que el destino parece haberme asignado", iba pensando Marciano al tiempo que abandonaba aquella cámara de los tesoros, cargado con un par de librotes de los más antiguos.

Al apagar la mortecina luz, Marciano creyó ver en la oscuridad, por un momento, dos ojos encendidos como ascuas, dos ojos que condensaban la mayor malignidad del mundo, dos brasas perversas que, por raro que le pareciera y de un modo misterioso, hablaban. Sí, aquellos fuegos dijeron sin palabras al corazón del hombre:

—Mata al cura.

Los dos libracos, sueltos por la sorpresa, se estrellaron contra el suelo, los viejos cueros de su cubierta se cuartearon y varias páginas sueltas volaron por el desván.

—Teresa, ¿por qué estás con el cura?

—Es mi primo hermano. En un momento difícil de mi vida, me acogió, y siempre me ha tratado bien.

—¿Y es solo tu primo?

—Sí, claro, solo mi primo. No te entiendo.

—¿Solo tu primo y nada más?

Teresa, de pronto, entendió la indirecta. Roja de ira y de vergüenza (¿vergüenza, por qué?), estalló:

—¡Imbécil! ¿Qué te crees? No digo que no haya habido hombres en mi vida, pero él no, no en el sentido que insinúas. ¡Jamás!

—No te ofendas, Teresa, pero eres una mujer muy guapa. ¿Qué tendría de extraño? —Y Marciano bajó tanto la voz que casi no se pudo oír lo que añadió a continuación:

—A mí me gustas.

Teresa, que sí lo oyó, esbozó una sonrisa y miró a otro lado.

Aquella tarde, como de costumbre, había salido a pasear por las afueras del pueblo, del lado de las bodegas, en el camino se había encontrado con Marciano y este, sin preguntar la opinión de ella, se pegó a su lado, como la cosa más natural del mundo. La tarde era espléndida; el sol lucía brillante, como en primavera, aunque a aquellas alturas del año ya comenzaban a escaparse en las mañanas frías algunos copos de nieve en la cercana montaña.

Hablaron de muchas cosas, banales al principio y cada vez más personales a medida que el día avanzaba hacia su ocaso. Teresa llegó a aludir a los tres o cuatro amores de su adolescencia y juventud, y Marciano, por corresponder a las confianzas de ella, tuvo que mentir para hablar de otras tantas relaciones fugaces en su mocedad; no podía confesar que sus únicas experiencias sexuales, además de los tocamientos habidos con otros chicos de la Inclusa, habían sido las violaciones periódicas y en grupo de una pobre chica tonta, en Tarazona.

Ya había oscurecido cuando volvieron al pueblo. Antes de despedirse, estuvieron un largo rato uno frente al otro, sonrientes, mirándose a los ojos sin decirse nada. Al tiempo de separarse, Marciano comentó:

—¡Qué noche tan hermosa! Antes de acostarme, creo que me voy a tumbar un buen rato en la huerta, a contemplar estrellas.

Después de cenar, don Avito hizo sus acostumbradas oraciones y se acostó de inmediato; no había nada interesante en la tele. Siempre había presumido de quedarse dormido antes de tres avemarías y de que, una vez cogido el sueño, nadie sería capaz de despertarlo ni a cañonazos.

Los primeros ronquidos fueron la señal. Teresa se puso un chal sobre los hombros y, sigilosamente, salió de casa.

No sé si eres una obsesión tonta, de esas que se meten en la cabeza y no hay manera de arrancarlas, o eres de verdad un alma inquieta, un demonio, pero no te voy a hacer caso. Déjate de ruiditos, de sombras y de chorradas por el estilo. ¿Es que no te has enterado de que soy hospiciano, criado a base de palos, y que no hay nada n el mundo que pueda asustarme? ¡Y ya está bien, joder, que estoy hablando solo! ¿Me estaré volviendo majara?

Marciano, en cuclillas, removía, para esponjarla, la tierra de los rosales que él mismo había plantado ante la casa parroquial para dar una sorpresa a don Avito, mientras le daba vueltas en la cabeza a aquella obsesión. La vieja bruja muerta se había ido transformando lentamente en un horrible y oscuro ser informe de ojos de fuego que le inducía sin cesar a matar a su amigo el cura. "A esta tropa del infierno, porque son tropa del infierno, les jode que haya en el mundo una persona tan virtuosa y honesta como don Avito". Su azadilla tropezó con algo duro; con su mano libre fue separando la tierra suelta, hasta que dejó al descubierto una superficie lisa y blanquecina, como un hueso del cráneo de algún animal. De súbito, notó que unas manos finas y frías levantaban su camisa a la altura de la cintura y se introducían en su espalda, acariciándola suavemente. "Teresa", pensó. Dejó el almocafre; sin abandonar la postura en que se encontraba, alargó sus dos brazos hacia atrás hasta que sus manos tropezaron con dos piernas desnudas y calientes, que se estremecieron un poco al contacto. Al tiempo que se incorporaba, sin volverse, fue subiendo sus manos por las pantorrillas, las corvas, los suaves muslos, hasta llegar a unas nalgas cálidas y firmes, tan solo cubiertas por un breve encaje.

Maldecía su sombra, a la madre desconocida que lo había parido, al padre cabrón que había puesto el semen, al mundo que le rodeaba y a todas las estrellas del firmamento. Así se mantuvo durante un largo rato, sentado al borde de la cama, con todo el pijama pegado al cuerpo y la nuca y el pelo empapados por un sudor pegajoso y frío. Respiraba agitadamente, sin poder contenerse, y el corazón le latía con tal fuerza que casi casi le provocaba dolor físico en el pecho. Acababa de salir bruscamente de una pesadilla protagonizada por los personajes que de un tiempo a esta parte se estaban convirtiendo en el *leitmotiv* de todos sus sueños.

La repugnante figura de la curandera Refugio, de día en día más sombría y cenicienta, más arrugada y maligna, a veces acompañada por cuatro sudarios blancos que no parecían tener un cuerpo dentro, solo, en el centro de la capucha, donde se esperaría encontrar un rostro, un misterioso abismo insondable, un vacío, más negro que la muerte, y por aquel animal indefinible, de contornos imprecisos y con dos ojos perversos encendidos como ascuas, repitiendo sin cesar la misma sofocante monserga:

—¡Mata al cura!

El médico del pueblo le había dicho que no es posible percibir olores durante el sueño, pero era precisamente el hedor fétido que se desprendía de aquellos ojos lo que provocaba el agitado despertar de Marciano cuando ya estaba a punto de quedarse sin aliento o de sufrir un fatídico ataque al corazón.

—¡Mata al cura!

No podía arrancar estas palabras de su mente.

Comenzó a abofetearse con saña, primero pausadamente, después con rapidez creciente, hasta que le saltaron las lágrimas y la nariz le empezó a sangrar.

—¡Mata al cura!

Corrió al cuarto de baño, abrió el grifo de la ducha y se metió dentro del plato, sin advertir que no se había despojado de la ropa hasta que el agua lo empapó por completo. ¿Qué locura se había apoderado de él?

—¡Mata al cura!

Giraba en el sumidero el agua manchada de sangre. Comenzó a sentir algún alivio. Cerró el grifo, salió de la ducha y se plantó ante el espejo. El cristal le devolvió la imagen de un hombre demudado, de barba crecida y ojos saltones y enrojecidos, cien años más viejo.

—¡Mata al cura!

¡Se acabó! Tenía que recuperar la serenidad, tenía que hacerse dueño de la situación. No habría otra salida que recuperar la serenidad, afrontar el problema cara a cara, acabar con aquella pesadilla. Se desnudó, tomó una toalla y comenzó a secarse.

—Ahora mismo voy a ver a don Avito. Es un santo. Él sabrá cómo desechar esta tentación del diablo.

—¿Qué, mi sargento? ¡Buenos días! Venga a tomar un trago con nosotros. ¿O está de servicio?

—Eso lo habéis visto en las películas americanas. Estoy en mi hora de descanso, y bebo cuando tengo ganas y cuando me sale de los cojones —el sargento acercó una silla a la mesa de los cuatro clientes más habituales del bar—. Bueno, pues ya que invitáis vosotros, ¡Mundo, ponme un buen verdejo y unos riñones de tapa!

—Bueno, bueno, bueno. ¿Qué se sabe de lo del Chicho? ¿Fue un suicidio? —preguntó uno, con picardía; todo el mundo daba por cierto que en la muerte del Chicho había tenido mucho que ver el propio sargento. Este no se inmutó:

—El asunto está todavía bajo secreto de sumario. Pero, por muy lamentable que sea la muerte del cabrero, no es el asunto que más nos preocupe. Nos traen mucho más de cabeza el comercio de droga y las peleas en el club de alterne, por ejemplo.

—¿Y nunca le ha inquietado la desaparición de los novios de la Teresa?

—¡Qué gilipollez acabas de decir! Esos eran gente de paso, peregrinos, feriantes, que se pasaban un par de días en el albergue parroquial y luego se largaban.

—No sin antes haberse follado a la Teresa.

—¡Pobre mujer! Está claro que es una ninfómana. Aunque solo lo hace con desconocidos.

—Eso en las ciudades se llama *cruising*.

—¡Qué bien informado estás! ¿Será eso lo que haces cuando vas a vender a la capital?

—¡Vete a la mierda!

—¡Ya estamos! ¡Callaos de una vez! Pues el que está durando mucho en el pueblo es el Marciano.

—Bueno, ese ya no es un forastero. Ha heredado los poderes y hasta la casa de la Tía Refugio, y me da a mí que va a quedarse para siempre. Y lleva aquí varios meses, ya no es un forastero.

—¡Buen dinero que trae al pueblo!

—Hasta que le dé la ventolera y también este se largue, porque la Teresa ya parece que empieza a ir tras él. Y me da a mí que el Marciano no es de los que se dejan uncir.

—¡Don Avito, tengo que hablar con usted!

De un par de zancadas Marciano había superado los escalones de acceso a la vivienda del cura y se asomaba ansioso al interior.

—Pasa, hijo, estoy en la cocina.

La cara demudada de su visitante asustó al párroco:

—¡Concho, Marciano, parece que has visto al diablo!

—Al mismo diablo, sí señor. Don Avito, tiene que escucharme.

—Tranquilo, hijo. Ven y siéntate. ¡Teresa, tráele un vaso de vino al Marciano! A ver, cuenta.

El párroco le pasó una mano tranquilizadora por la espalda. Marciano se sentó, con el aliento roto. Poco a poco, comenzó a serenarse, bebió ansioso el primer vaso que le sirvió el cura, se sirvió otro él mismo, y comenzó a hablar.

El cura lo escuchaba en silencio. Tras una larga parrafada, Marciano se interrumpía, vaciaba el vaso de vino, volvía a llenarlo, tomaba resuello y continuaba hablando. Gritaba a veces, a veces lloraba, se trastabillaba, volvía a serenarse y así continuó durante una media hora.

Al fin se calló. En dos o tres minutos, solo se oyó el vuelo de alguna mosca o el lejano cantar de algún grillo. Marciano sintió que se había desprendido de una enorme losa, un peso realmente físico, una cadena.

—¿Eso es todo, hijo? —la voz serena de don Avito casi le asustó-. ¿Quieres confesarte? Teresa, sal un momento. ¿Quieres que te absuelva en nombre de Dios?

Negó levemente con un gesto. Nadie habló durante más de media hora. El mundo parecía reconstruirse; las cosas adquirían de nuevo dimensiones normales.

—Me voy, don Avito.

Era lo único que se le ocurrió decir. Al apoyarse en la mesa para incorporarse, sus manos tropezaron con un enorme cuchillo cebollero, que había permanecido allí todo el tiempo, pero que él veía ahora por primera vez.

Lo empuñó. La imagen de Refugio se apoderó de él por completo, aquellos dos ojos de fuego, los encapuchados... ¡El grito!:

—¡Mata al cura!

Alzó su brazo armado.

El olor de la sangre caliente invadió la pequeña estancia. Bajó sus ojos: de su costado brotaba a borbotones un humeante líquido rojo. Se volvió. A su espalda, Teresa, con una enorme podadera en la mano, sucia de sangre, lo miraba con severidad.

Se sintió extenuado. Antes de cerrar sus oídos para siempre, oyó a don Avito:

—Teresita, vamos a condenarnos los dos por tu causa. No voy a volver a confesarte, no te vas a amparar más en el secreto de confesión. ¡Y tienes que dejar de echarte novios! ¡Ya no nos caben en el jardín!

Índice